천 일 동안의 시와 이야기

천일시화

천일시화: 천 일 동안의 시와 이야기

2019년 2월 19일 초판 1쇄 발행
지은이: 현우철

펴낸이: 현태용
펴낸곳: 우철 주식회사 | 출판신고: 제315-2013-000043호
주소: (07788) 서울시 강서구 마곡중앙5로1길 20, 1220호 (마곡동, 보타닉비즈타워)
전화: 070-8269-5778 | 팩스: 0505-378-5778 | 이메일: publishing@ucheol.com
홈페이지: http://www.ucheol.com
제작처: (주)북랩 book.co.kr

ⓒ 우철 주식회사
ISBN   979-11-89844-00-4 03810

이 도서의 국립중앙도서관 출판예정도서목록(CIP)은 서지정보유통지원시스템 홈페이지(http://seoji.nl.go.kr)와
국가자료공동목록시스템(http://www.nl.go.kr/kolisnet)에서 이용하실 수 있습니다.
(CIP제어번호: CIP2019003553)

책값은 뒤표지에 있습니다.
잘못된 책은 바꿔드립니다.

천 일 동안의 시와 이야기

천일시화

CheonIlSiHwa

현우철 지음

UCHEOL

목차

천일시화

천 일 동안의 시와 이야기

#00001. 눈이 왔다

눈이 왔다
눈이 왔다
눈이 왔다

내 마음속에 거짓말처럼 눈이 왔다

눈이 왔다
눈이 왔다
눈이 왔다

창문을 열어 보니 정말 눈이 왔다

눈이 왔다
눈이 왔다
눈이 왔다

이미 오래 전부터 겨울인데 겨울인데

눈이 왔다
눈이 왔다
눈이 왔다

정말 오랜만에 눈이 왔다

눈이 왔다
눈이 왔다
눈이 왔다

내 마음속에 거짓말처럼 눈이 왔다

(2005. 1. 29)

#00002. 또 아침이 왔다

또 아침이 왔다

눈을 감고
눈을 감고
눈을 감고

눈꺼풀 뒤의 세상에서
밤새 꿈을 꾸다가

눈을 뜨고
눈을 뜨고
눈을 뜨고

환한 햇살을 보며
환한 햇살을 보며
환한 햇살을 보며

빛의 연속된 흐름 속으로
존재를 일으켜 세웠다

덩그러니
이불 속에 놓여 있는 나

오늘도 변함없이
오늘도 변함없이
오늘도 변함없이

또 아침이 왔다

(2005. 1. 30)

#00003. 푸드덕 푸드덕

푸드덕 푸드덕
밤새 잠들었던 새들이
일제히 깨어나 나의 창문으로
수많은 그림자를 내던지고 있었다

푸드덕 푸드덕
날갯짓 소리보다도 더 빠르게
지나가는 수많은 시간들
그 어디쯤 나는 있는 걸까

푸드덕 푸드덕
부산스럽던 새들이 그림자를 거두니
내게는 아주
아주 잠깐 동안의 고요가 찾아왔다

살며시 창문을 열어 밖을 내다보는데
가슴팍에 스며드는 상쾌한 공기
새들도 하루 일을 이제 막 시작하려고 한다
이제 정말 아침인가 보다

(2005. 1. 31)

#00004. 살아온 시간

살아온 시간
참으로 알 수 없는 수수께끼

그 어떤 힘으로도
도저히 막을 수 없는 것을
우리는 운명이라고 불렀던가

누가 시키지도 않았는데

소리도 없이 소문도 없이
자꾸만 흐르는 시간

그 알 수 없는 시간
오늘이 어제인가
어제가 그저께인가

시간 저편에
이름 모를 거울 속의 주인공
어서 왼손을 내밀어라
오른손을 내밀 테니

(2005. 2. 1)

#00005. 오랫동안 시를 쓰지 않아

오랫동안 시를 쓰지 않아
시가 무엇인지 까마득히 잊어버린 한 젊은
시인이
거울 저편에 동상처럼 말없이 서 있다

그곳에는 거울 밖의 세상처럼
바람이 불고 비가 오고 눈이 오고 꽃이 피었다
무심코 그를 모질게 할퀴고 지나가는 달력의
숫자들

뒤돌아볼 새도 없이 지나쳐 버린 짝사랑의
얼굴과 학교 친구들의 얼굴과
그리고 스치듯 지나간 수많은 사람들의 얼굴들
이제는 되돌아갈 수 없는 시간 속에 묻히고
말았다

무엇이 나를 이렇게 이끌고 왔던 것일까
하늘이여…… 땅이여…… 바다여…… 대답하라

산이여…… 강이여…… 바람이여…… 대답하라

오랫동안 시를 쓰지 않아
시가 무엇인지 까마득히 잊어버린 한 젊은
시인이
시 앞에서 번데기처럼 꿈쩍도 하지 않고 있다

시인은 이제 다시 겸허한 마음으로 시를 만나
오랜 침묵의 껍질을 벗어던지고
거울 저편 어딘가에서 다시 시인으로 태어난다

(2005. 2. 2)

#00006. 그게 바로 오늘이었다

아침에 일어나
세수를 하고
아침을 먹고
양치질을 하고
잠깐 동안 쉬다가
책상 앞에 앉아
해야 할 일을 했다

점심시간이 되어
점심을 먹고
양치질을 하고
잠깐 동안 쉬다가
책상 앞에 앉아
또 해야 할 일을 했다

저녁 시간이 되어
저녁을 먹고
양치질을 하고
잠깐 동안 쉬다가

책상 앞에 앉아
또 해야 할 일을 했다

잠잘 시간이 되어
하루 일을 끝내고
샤워를 하고
이불을 깔고
방 안의 불을 끄고
이불을 덮고
잠이 들었다

나도 모르게 꿈을 꾸고
나도 모르게 꿈에서 깨어났다
그게 바로 오늘이었다

(2005. 2. 3)

#00007. 자꾸만 나이를 먹었다

소년은 어려서부터 자꾸만 나이를 먹었다
소년은 노총각이 되어서도 자꾸만 나이를
먹었다
소년은 자신의 반쪽을 찾아 연애를 하면서도
자꾸만 나이를 먹었다
소년은 가끔씩 독신을 결심하면서도 자꾸만
나이를 먹었다
소년은 소녀와 결혼하고서도 자꾸만 나이를
먹었다
소년은 자기를 닮은 소년을 낳고서도 자꾸만
나이를 먹었다
소년은 노인이 되어서도 자꾸만 나이를 먹었다
소년은 손자를 보고서도 자꾸만 나이를 먹었다
소년은 손자의 손자를 보고서도 자꾸만 나이를
먹었다

소녀도 어려서부터 자꾸만 나이를 먹었다
소녀는 노처녀가 되어서도 자꾸만 나이를
먹었다
소녀는 자신의 반쪽을 찾아 연애를 하면서도
자꾸만 나이를 먹었다
소녀는 가끔씩 독신을 결심하면서도 자꾸만
나이를 먹었다
소녀는 소년과 결혼하고서도 자꾸만 나이를
먹었다
소녀는 자기를 닮은 소녀를 낳고서도 자꾸만
나이를 먹었다
소녀는 노인이 되어서도 자꾸만 나이를 먹었다
소녀는 손녀를 보고서도 자꾸만 나이를 먹었다
소녀는 손녀의 손녀를 보고서도 자꾸만 나이를
먹었다

(2005. 2. 4)

#00008. 결혼할 사람 찾을 때까지

결혼할 사람 찾을 때까지
젊고 싱싱한 모습 그대로 간직하며
살아갈 수 있다면 참 좋을 텐데

내겐 해야 할 일도 많고 배워야 할 것도 많아
시간이 너무 부족하다는 생각만 드는데
나는 아직 결혼할 사람도 못 찾았으니
이를 어쩌나

사람들이 일도 하고 공부도 하고 연애도 하면서
때가 되면 결혼도 하고 아이도 낳고 부모도
모시면서
집도 사고 땅도 사고 차도 사는 걸 보면 참
신기하네

언젠가 나도 연애를 하고 결혼을 하고
아이를 낳고 부모를 모시며 살겠지만
나는 아직 결혼할 사람도 못 찾았으니
이를 어쩌나

결혼할 사람 찾을 때까지
젊고 싱싱한 모습 그대로 간직하며
살아갈 수 있다면 참 좋을 텐데

(2005. 2. 5)

#00009. 행복한 노랫소리

너무 경직된 자세로
오랫동안 컴퓨터 앞에 앉아 있었나
양쪽 어깨가 뻐근하고
가끔씩 알 수 없는 통증까지 찾아온다

하루 종일 모니터 화면을 들여다보며
콩을 볶듯 키보드를 두드리고
손목이 아프도록 마우스를 눌러 댄다
컴퓨터가 나를 더 바쁘게 하는 것 같다

심하게 일한 다음 날 아침이면
누군가에게 심하게 두드려 맞은 것처럼
손과 팔과 어깨가 아파 오지만
금세 내 몸은 통증을 잊고 하루를 시작한다

가끔은 창문 밖을 내다보며 마음껏
푸른빛으로 가득한 숲과 나무를 바라보고 싶다
항상 내 주위를 맴돌고 있는
귀여운 새들의 행복한 노랫소리를 듣고 싶다

(2005. 2. 6)

#00010. 잊혀진 시인

시인이 한참 동안 시를 쓰지 않고 사니
시인은 시도 잊고 시에 대한 감각도 잊어버렸네

시인이 그렇게 많은 날들을 살아가다 보니
시인은 자신이 시인이었는지조차 잊어버렸네

시인이 시인으로서 시를 쓰지 않으니
시인은 어느새 잊혀진 시인이 되어 버렸네

여기에
바로 그 잊혀진 시인이 다시 시를 쓰고 있네

안 하던 일을 다시 시작하기 위해
그 시작을 결심하기까지가 내게는 참 힘든
일이었네

(2005. 2. 7)

#00011. 이제는 바보같이

가슴 아프도록 슬픈 시는 이제
될 수 있으면 쓰지 말아야지

가슴 아프도록 슬픈 시는 나를
자꾸만 약해지게 하니까

쓰면 쓸수록 나를 '공' '격' '하' '는'
수많은 칼날과 화살의 언어들

이제는 바보같이 즐거운 시를 쓰고 싶다
이제는 바보같이 행복한 시를 쓰고 싶다

(2005. 2. 8)

#00012. 쓰고 싶은 시

비평가들은 이러쿵저러쿵 비평하는 것이 일이네
자연을 노래하면 자연을 상품화시켰다고 하고
도시를 노래하면 도시를 상품화시켰다고 하네
남녀 간의 사랑을 노래하면 통속적이라고 하고
밥을 먹고 살기 위해 노래하면 상업적이라고
하네
시인은 마음놓고 자연과 도시를 노래하지
못하고
남녀 간의 사랑도 밥을 위해서도 노래하지
못하나
시인은 이제 무엇을 어떻게 노래해야 하나
머리 아픈 비평가의 비평을 요리조리 피해서
비평가가 듣기 좋은 노래를 해야 진정한
시인인가
사랑시면 어떻고 노동시면 어떻고 정치시면
어떠리
자기가 쓰고 싶은 시를 쓰며 한평생 살면 되는
것이지

(2005. 2. 9)

#00013. 양력과 음력

양력으로 우리 해가 바뀌고
음력으로 우리 해가 바뀌네

양력으로 우리 생일이 지나고
음력으로 우리 생일이 지나네

양력으로 우리 기념일이 지나고
음력으로 우리 기념일이 지나네

양력으로 우리 해가 바뀌고
음력으로 우리 해가 바뀌네

(2005. 2. 10)

#00014. 잠들기 전 내 임무

아무리 바쁘고
정신없이 하루를 살아도
인터넷을 끄고 텔레비전을 끄면
세상은 아무런 일도 없었던 것처럼
조용히 강물처럼 흘러만 간다
밤이 되면 도시는 창문 밖에서
어김없이 잔인한 백색의 늑대가 되어
무섭게 빛나는 눈으로 나를 응시한다
커튼을 쳐도 눈을 감아도
새어 들어오는 도시의 과격한 울부짖음
잠들기 전 내 임무는 먼저
으르렁거리는 도시를 잠재우는 것

(2005. 2. 11)

#00015. 혹독한 스트레스의 열차

엄청난 속도로 달려오는
혹독한 스트레스의 열차
덜컹거리며 흔들거리며
내 시각과 청각을 교란시키는
얄미운 스트레스의 본체
달려들어 잡아 죽이고 싶은
괴팍한 괴물의 형상
온갖 법이 총알처럼 빗발치는
치열한 법치 국가

때로는 법 앞에서 정의도 죽는다
때로는 돈 앞에서 법도 죽는다
없는 자를 위한 법인가
있는 자를 위한 법인가
엄청난 속도로 달려오는
혹독한 스트레스의 열차
빠, 아, 아, 앙……

(2005. 2. 12)

#00016. 불빛이 번져 가네

불빛이
눈시울을 따라 번져 가네

불빛이
애인을 잃은 저 도시의 어둠 속으로
아픔을 잊은 저 말 없는 강물 속으로
할 말을 잃은 잉크처럼
번져 가네

불빛이
자꾸만 높이 자라나는 아파트 숲속으로
자꾸만 불어나는 바퀴벌레 같은 자동차 사이로
늘어나는 빚, 갚을 수 없는 이자처럼
번져 가네

불빛이
희망을 향해 달리는 꿈의 열차 안에서
절망을 부르짖는 자들의 소굴 속으로
대형 할인 마트처럼
번져 가네

불빛이
자꾸만 눈시울을 따라 번져 가네

(2005. 2. 13)

#00017. 핑크빛 암호

마음속에
꼭꼭 숨어 있던 사랑이
도둑고양이처럼
불쑥 세상 밖으로 튀어나왔네

사랑은
억누르면 억누를수록
더 튀어 오르려고 하는
용수철 같은 건가 봐

마음은 벌써
기찻길을 따라 저 멀리
사랑하는 사람과 함께
비밀 여행을 떠났네

핑크빛 암호 같은
발렌타인데이 초콜릿이
어느 한 남자 앞에
소중한 꿈처럼 놓여졌네

(2005. 2. 14)

#00018. 허무라는 것

허무를 몰랐던 한 사춘기 소년이
허무의 시를 읽고 어린 나이에

불행하게도 허무라는 것을 알아 버렸네

결국 처음부터 아무것도 아니었다는 것
그래 어찌 보면 우리의 삶이
결국 아무것도 아니었는지도 모르지

하지만 삶이 허무하다고 해서
허무하고 재미없고 불행하게 살아간다면
그것도 별로 좋지는 않은 것 같네

삶이 비록 결국엔 허무해질지라도
지금 이 순간 굳이 허무할 필요는 없네
잔인한 허무에게 굴복하면 그 순간 끝장이니까

(2005. 2. 15)

#00019. 가리고 싶은

무엇이든 인터넷으로 즉시
공개되는, 그런 세상에 우리는 살고 있었네

비밀이라는 것은 점점 사라지고
모든 사실들이 부끄러운 알몸처럼
드러나는, 그런 세상에 우리는 살고 있었네

우리를 쳐다보는 무수한 사람들의 눈빛들
아…… 가리고 싶은 우리의 알몸이여

(2005. 2. 16)

#00020. 착한 컴퓨터

착한 컴퓨터가 갑자기 말썽을 일으키니

하루 종일 일도 못하고 도대체 이게 뭐야
말없이 내 명령대로만 움직이던 컴퓨터가
갑자기 무수한 오류의 반란을 일으키니
할 일은 많은데 이거 정말 큰일이네
컴퓨터가 안 되니 전화가 안 되는 것보다
더 답답하고 스트레스가 이만저만이 아니네
어디선가 들이닥친 전문가의 도움이 없었다면
나는 아직도 컴퓨터와 씨름하고 있을 뻔했네

(2005. 2. 17)

#00021. 시련의 바다

인터넷은 혹독한 시련의 바다
수많은 정보들이 폭풍우처럼 몰아치네

무엇이 진실이고 무엇이 거짓인가
무엇이 진짜이고 무엇이 가짜인가
무엇이 알짜이고 무엇이 껍질인가

인터넷은 혹독한 시련의 바다
수많은 정보들이 폭풍우처럼 몰아치네

(2005. 2. 18)

#00022. 시인의 임무

시인의 임무는 정성껏 시를 쓰는 것
시인의 임무는 열심히 시를 쓰는 것
시인의 임무는 성실히 시를 쓰는 것
시인의 임무는 꾸준히 시를 쓰는 것
시인의 임무는 건강한 시를 쓰는 것
시인의 임무는 즐거운 시를 쓰는 것

시인의 임무는 행복한 시를 쓰는 것
시인의 임무는 따뜻한 시를 쓰는 것
시인의 임무는 감동의 시를 쓰는 것
시인의 임무는 정성껏 시를 쓰는 것

(2005. 2. 19)

#00023. 맴돌고 있었네

만나고 싶은 사람이 있었는데 나는
달처럼 지구 주변만을 맴돌고 있었네

같이 가고 싶은 곳이 있었는데 나는
지구처럼 해 주변만을 맴돌고 있었네

사랑하고 싶은 사람이 있었는데 나는
해처럼 제 주변만을 맴돌고 있었네

(2005. 2. 20)

#00024. 어디선가 어디선가

어디선가 어디선가
감미로운 감미로운 음악이 음악이
들려왔고 들려왔고
나는 나는
깊은 깊은 잠에서 잠에서
깨어나 깨어나
문득 문득
눈을 눈을 뜨고 뜨고 있었네 있었네

(2005. 2. 21)

#00025. 메아리가 메아리가

창밖에는 창밖에는
바람이 바람이
불고 불고 있었네 있었네

거울 거울 속에도 속에도
바람이 바람이
불고 불고 있었네 있었네

창밖에는 창밖에는
눈도 눈도
내리고 내리고 있었네 있었네

거울 거울 속에도 속에도
눈이 눈이
내리고 내리고 있었네 있었네

산 산 속에는 속에는
언제부턴가 언제부턴가 메아리가 메아리가
살고 살고 있었네 있었네

도시 도시 속에도 속에도
언제부턴가 언제부턴가 메아리가 메아리가
살고 살고 있었네 있었네

(2005. 2. 22)

#00026. 미친 컴퓨터

컴퓨터가 자주 먹통이 되어
바이러스 검사를 했는데
컴퓨터는 점점 더 먹통이 되어 갔네

보통 때 같으면
백신 프로그램 한 방으로
깔끔하게 치료할 수 있었는데
이번에는 참 이상하고 신기한
바이러스에 걸린 것 같네

머리를 쥐어 짜내고 짜내도
도무지 해결책을 찾을 수가 없고
미친 컴퓨터는 시키지도 않았는데
제 스스로 젖 먹던 힘까지 내어
100% 헛바퀴를 돌고 있네

아, 이 말 못할 갑갑함이여

(2005. 2. 23)

#00027. 안 좋은 날

언제나 좋은 날일 수는 없나 보다

좋은 날이 있으면 안 좋은 날이 있고
안 좋은 날이 있으면 좋은 날이 있는 거다

좋은 날일 때는 안 좋은 날을 대비하고
안 좋은 날일 때는 좋은 날을 희망하자

그래, 언제나 좋은 날일 수는 없는 거다

(2005. 2. 24)

#00028. 왜 내 삶은

꿈과 사랑과 환상이 깨지고 나서

한참 후에야 나는 비로소 똑바로 설 수 있었네

세상은 점점 더 살기 좋아지고 있었는데
왜 내 삶은 점점 더 힘들어지고 있었던 것일까

꿈과 사랑과 환상이 깨지고 나서
한참 후에도 나는 그 이유를 알 수 없었네

(2005. 2. 25)

#00029. 사랑 지키기

사랑은 시작하는 것도 어렵지만
지키는 것은 더 어려운 일이네

죽을 때까지 완성될 수 없는 사랑
가슴속에는 밤하늘의 별 같은 눈물이 가득하네

사랑은 수많은 용서와 이해와 배려와 인내로
죽을 때까지 자신을 촛불처럼 불태우네

사랑은 시작하는 것도 어렵지만
지키는 것은 더 어려운 일이네

(2005. 2. 26)

#00030. 새는 자신도 모르게

새는 자신도 모르게
자유의 날개를 깃발처럼 퍼덕이며
불쑥 어디에서부턴가 솟아올랐네

새는 그저 불어오는 바람을 타고

제 온몸을 그 흐름에 내맡긴 채
하염없이 어디론가 날아가고 있었네

행복은 도대체 어디에 있는 것일까
세상에 행복한 사람들이 별로 없는 것 같네
모두가 저마다 행복하다면 얼마나 좋을까

새는 자신도 모르게
자유의 날개를 깃발처럼 퍼덕이며
문득 어디인가로 돌진했네

행복을 발견했나 보다
그곳이 어디일까
궁금하다

(2005. 2. 27)

#00031. 지치고 지쳐도

일에 지치고
공부에 지치고

돈에 지치고
삶에 지치고

사람에 지치고
사랑에 지쳐도

마음 한구석에
희망의 불씨 하나는 남겨 두자

시련의 날들이 가면
언젠가 행복의 날들도 오겠지

일에 지치고
공부에 지치고

돈에 지치고
삶에 지치고

사람에 지치고
사랑에 지쳐도

마음 한구석에
환한 웃음 하나는 남겨 두자

행복의 날들이 오면
언젠가 환하게 웃어야 할 테니까

(2005. 2. 28)

#00032. 글을 쓴다는 것

손가락으로 글을 쓰고
나뭇가지로 글을 쓰고
막대기로 글을 쓰고

돌멩이로 글을 쓰고
활석으로 글을 쓰고
분필로 글을 쓰고

크레파스로 글을 쓰고
색연필로 글을 쓰고
붓으로 글을 쓰고

연필로 글을 쓰고
샤프로 글을 쓰고
펜으로 글을 쓰고

만년필로 글을 쓰고
사인펜으로 글을 쓰고
볼펜으로 글을 쓰고

수동 타자기로 글을 쓰고
전동 타자기로 글을 쓰고
컴퓨터로 글을 쓰고

입으로 글을 쓰고
눈으로 글을 쓰고
단순히 생각만으로 글을 써도

글을 쓴다는 것 자체는
수많은 세월이 지났지만
아무것도 변하지 않았네

(2005. 3. 1)

#00033. 봄이 오려는지

눈이 오고
금세 눈이 녹았네

봄이 오려는지
꽃들이 꽃봉오리 속에서
부지런히 몸단장을 하네

봄이 오면
두꺼운 외투를 벗고
요염한 속옷을 노출할 준비를 하네

나무들도 부지런히
물을 마시고 기지개 켤 준비를 하네

학생들은 모두
새 학년 새 학기로 올라갔네

겨울이 어느새
기억 저편으로 사라지고 있었네

아직도 약간 춥지만
봄이 막 오려고 하네

(2005. 3. 2)

#00034. 반짝거렸다

수많은 별들이
추억의 강물 속에서
저마다 슬프도록 반짝거렸다

수많은 별들이
그대의 눈가에서
애처로운 눈물처럼 반짝거렸다

수많은 별들이
내 마음속에서
헤어짐의 아픔처럼 반짝거렸다

수많은 별들이
그대와 나, 그 추억의 틈새에서
저마다 미치도록 반짝거렸다

수많은 별들이
저 고독한 나뭇가지 끝에서
홀로 흔들리는 나뭇잎처럼 반짝거렸다

수많은 별들이
추억의 강물 속에서
저마다 눈물겹게 반짝거렸다

(2005. 3. 3)

#00035. 사랑은 겨우내

사랑은 겨우내 두 눈을 꼭 감고
술래인 이별에게 들킬까 봐
이불 속에 꼭꼭 숨어 있었더라

사랑은 겨우내 연애 공부 하느라
따스하고 포근한 솜털 같은
이불 속에 꼭꼭 숨어 있었더라

사랑은 겨우내 새우잠을 자며
처녀의 젖가슴 같은 봄을
꿈처럼 기다리고 있었더라

(2005. 3. 4)

#00036. 때로는 외로움도

때로는 외로움도 그렇게 필요했던 거다
더 잔인하고 혹독한 외로움이 찾아오기 전에
미리 외로움을 겪어 보는 것도 좋았던 거다
외로움을 견딜 수 있어야 진정 성장할 수 있었던
거다
때로는 외로움도 그렇게 필요했던 거다

(2005. 3. 5)

#00037. 그 옛날 추억의 장소

분수는 사랑했던 사람의 얘기처럼
봄날 햇살을 따사롭게 받으며
그 옛날 추억의 장소에서
아직도 예쁜 무지개를 그리고 있었구나

꽃은 행복했던 그 순간처럼
예쁘게 화장을 하고
그 옛날 추억의 장소에서
아직도 환한 미소를 짓고 있었구나

폭포는 헤어진 슬픔처럼
가슴 시리도록 차갑게
그 옛날 추억의 장소에서
아직도 그렇게 쏟아지고 있었구나

(2005. 3. 6)

#00038. 여기저기서

여기저기서
고층 빌딩들이 자라오르고 있었다
사람들은 점점 더
부자가 되거나 가난해지고 있었다

여기저기서
고층 아파트들이 자라오르고 있었다
사람들은 점점 더
부자가 되거나 가난해지고 있었다

여기저기서
금싸라기 땅들이 자라오르고 있었다
사람들은 점점 더
부자가 되거나 가난해지고 있었다

(2005. 3. 7)

#00039. 삶은 내게 있어

삶은 내게 있어
스스로 찾아가야만 하는
가슴이 사무치도록 힘겨운 길이었네

그 길 위에는
사랑과 행복과 근면과 성공이 있었고
미움과 불행과 태만과 실패도 있었네

그 어느 날이었던가
문득 내 자신을 조금씩 알아 갈 즈음
나는 이미 낭떠러지 끝까지 달려가 있었네

저 아득한 낭떠러지 끝에는 무엇이 있을까
낭떠러지를 바로 코앞에 두고
나는 심한 현기증을 느끼고 있었네

삶은 내게 있어
스스로 찾아가야만 하는
가슴이 사무치도록 어려운 길이었네

(2005. 3. 8)

#00040. 꽃 같은 추억

꽃들이 활짝 웃으면
멀리 떠나갔던 사랑도
따뜻한 봄의 품에 다시 안기겠네

다시 만나자고
다시 만나자고
사랑과 봄은 그렇게 약속했을까

꽃들이 활짝 웃으면
세상은 꽃처럼 환해지고
마음은 솜털처럼 포근해지겠네

꽃 같은 추억이
꽃 같은 추억이
마음속에서 자꾸만 피어나고

알 수 없는 사랑이
알 수 없는 사랑이
마음속에서 자꾸만 꿈틀거리겠네

(2005. 3. 9)

#00041. 창밖의 하루

아침부터 어두웠던
창밖의 하루가 또 저물어 간다

새들은 우울한 날개를 퍼덕이며
도시의 창공을 낮게 날아간다

부슬부슬 비가 내린다
부슬부슬 비가 내린다

이렇게 비가 오려고
세상은 아침부터 어두웠던 것일까

창밖의 도시는 아침부터
희뿌연 안개로 뒤덮여 있었다

비행기는 하늘을 날았을까
배는 바다를 건넜을까

꽃이 보이지 않는다
꽃이 보이지 않는다

아침부터 어두웠던
창밖의 하루가 또 저물어 간다

(2005. 3. 10)

#00042. 캠퍼스

깊이 잠들어 있던 캠퍼스가
킁킁 봄 냄새를 맡았는지
3월과 함께 번쩍 눈을 떴다

겨울 한구석에 처박혀
한껏 웅크리고 있던 녀석이
소리 없이 번쩍 눈을 떴다

전국에서 몰려온
학생들의 발자국 소리에
귀를 쫑긋 번쩍 눈을 떴다

어디선가 감미로운 음악도 들려오고
쿵쾅쿵쾅 요란스런 음악도 들려오고
띵까띵까 재미있는 음악도 들려오는데

깊이 잠들어 있던 캠퍼스가
킁킁 봄 냄새를 맡았는지
3월과 함께 번쩍 눈을 떴다

(2005. 3. 11)

#00043. 이루어지지 않은 사랑

이루어지지 않은 사랑이
문득 가슴속에서 아름답네요

그저 멀리서 바라만 보고도
저는 가슴이 막 설레고 행복했네요

그대와 키스도 하지 못하고
잠도 같이 자지 못했지만

상상 속에서는 상상 속에서는
서로 아름다운 사랑을 속삭였네요

그대는 젊고 예쁜 모습으로
제 가슴속에 영원히 남아 있을 거예요

그대는 지금쯤 어딘가에서
다른 사람의 여자가 되어 있겠죠

부디 죽을 때까지 행복하세요
부디 죽을 때까지 아름다우세요

이루어지지 않은 사랑이
문득 가슴속에서 아름답네요

(2005. 3. 12)

#00044. 그 사람은 알고 있을까

무심코 떠나 버린
그 사람은 알고 있을까

한 사람이 한결같은 마음으로
그 사람을 사랑했다는 것을,

무심코 떠나 버린
그 사람은 알고 있을까

저 높은 하늘 하염없이 바라보는
텅 빈 해바라기의 마음을

무심코 떠나 버린
그 사람은 알고 있을까

하늘이 왜 그렇게 높았고
바다가 왜 그렇게 깊었는지를

무심코 떠나 버린
그 사람은 알고 있을까

사람들이 저마다 서로의 마음속에
돈과 조건으로 모래성을 쌓고 있다는 것을

무심코 떠나 버린
그 사람은 알고 있을까

모래성은 작은 파도에도
힘없이 무너져 내린다는 것을

무심코 떠나 버린
그 사람은 알고 있을까

한 사람이 한결같은 마음으로
그 사람을 사랑했다는 것을

(2005. 3. 13)

#00045. 가슴 떨리도록 아름다운

사랑을 간절히 꿈꾸었을 때
시는 내게 꽃처럼 다가왔다

가슴 떨리도록 아름다운
눈부신 백색의 꽃이여

네가 떠나니 사랑도 떠나고
사랑이 떠나니 추억만 남았다

그 어느 날이었을까
그 어느 곳이었을까

가슴 떨리도록 아름다운
눈부신 속살의 꽃이여

네가 떠나니 꿈도 떠나고
꿈이 떠나니 현실만 남았다

그 어느 날이었을까
그 어느 곳이었을까

가슴 떨리도록 아름다운
눈부신 봄 같은 꽃이여

(2005. 3. 14)

#00046. 갇혀 있었다

꽃은 방에 갇혀 있었다
방은 집에 갇혀 있었다
집은 마을에 갇혀 있었다
마을은 국가에 갇혀 있었다

국가는 바다에 갇혀 있었다
바다는 행성에 갇혀 있었다
행성은 태양계에 갇혀 있었다
태양계는 어둠에 갇혀 있었다
어둠은 우주에 갇혀 있었다
우주는 꽃에 갇혀 있었다
꽃은 방에 갇혀 있었다

(2005. 3. 15)

#00047. 섬

제0의 섬이
저 멀리 혼자 있소

제1의 섬이
머리끝까지 화가 나 있소

제2의 섬이
도무지 아무런 말이 없소

제3의 섬이
3차원을 넘어 4차원 속에 있소

제4의 섬이
우리 하늘 밑에 있소

제5의 섬이
우리 바다 위에 있소

제6의 섬이
우리 역사 속에 있소

제7의 섬이
우리 머릿속에 있소

제∞의 섬이
우리 마음속에 있소

(2005. 3. 16)

#00048. 땅

제0의 땅을 보며 누군가
심각하게 이야기하고 있소

제1의 땅을 보며 누군가
군침을 흘리고 있소

제2의 땅을 보며 누군가
자기 땅이라고 우기고 있소

제3의 땅을 보며 누군가
막 훔치려 하고 있소

제4의 땅을 보며 누군가
헛된 욕망에 사로잡혀 있소

제5의 땅을 보며 누군가
전혀 알아듣지 못할 말을 하고 있소

제6의 땅을 보며 누군가
자꾸만 트집을 잡고 있소

제7의 땅을 보며 누군가
불같이 화를 버럭 내고 있소

제∞의 땅을 보며 누군가
자꾸만 시비를 걸고 있소

(2005. 3. 17)

#00049. 시여, 힘을 내라

시여, 힘을 내라

시인의 혀끝에서
튀어나오는 한의 절규여

침묵 속에 잠들어 있던
외로운 섬 하나여

시여, 힘을 내라

시인의 동공에서
튀어나오는 푸른 하늘이여

가슴속 깊은 곳에서
용솟음치는 사랑이여

시여, 힘을 내라

시인의 얼굴에서
튀어나오는 풀들의 함성이여

하나가 되고 싶은
갈라진 이 땅이여

시여, 힘을 내라

(2005. 3. 18)

#00050. 시의 휴식

시여, 오늘은 푹 쉬어라

침묵 속에서 세상을 잊고
시인의 혀끝에서 잠들어라

시여, 오늘은 푹 쉬어라

마음속에서 세상을 잊고
시인의 동공에서 잠들어라

시여, 오늘은 푹 쉬어라

함성 속에서 세상을 잊고
시인의 얼굴에서 잠들어라

시여, 오늘은 푹 쉬어라

(2005. 3. 19)

#00051. 시인의 길

먼 길을 가려면
시는 틈틈이 쉬어야 한다

가다가 탈이 나면
더 이상 갈 수가 없을 테니까

그러나 시인은 천 일 동안
밤낮없이 먼 길을 갈 것이다

시는 틈틈이 쉬어도
시인은 도저히 쉴 수가 없다

시는 가끔씩 게을러도
시인은 도저히 게으를 수가 없다

시여, 시인 대신 푹 쉬어라
시인은 도저히 푹 쉴 수가 없다

시여, 월급을 받고 휴일을 즐겨라
시인은 월급도 없고 휴일도 없다

그러나 시인은 천일 동안
밤낮없이 먼 길을 갈 것이다

시여, 너를 가슴에 품고
밤낮없이 먼 길을 갈 것이다

(2005. 3. 20)

#00052. 시를 쓸 자유

시인에게는 얼마든지
시를 쓸 자유가 있다

그 수준이 높든 높지 않든
그런 것은 둘째 문제다

남의 것을 베끼지 않고
독창적인 시를 썼다면 문제가 없다

시인에게는 얼마든지
시를 쓸 자유가 있다

아무도 그 권리를
무참히 짓밟을 수는 없다

시를 쓰지 않는다면
스스로 시인임을 포기하는 것

비록 사람들의 관심을
많이 받지는 못했다 하더라도

비록 비평가들의 관심을
많이 받지는 못했다 하더라도

시인에게는 얼마든지
시를 쓸 자유가 있다

(2005. 3. 21)

#00053. 삼키고 있었다

꽃이 우주를 삼키고 있었다
우주가 어둠을 삼키고 있었다
어둠이 태양계를 삼키고 있었다
태양계가 행성을 삼키고 있었다
행성이 바다를 삼키고 있었다
바다가 국가를 삼키고 있었다
국가가 마을을 삼키고 있었다
마을이 집을 삼키고 있었다
집이 방을 삼키고 있었다
방이 꽃을 삼키고 있었다
꽃이 우주를 삼키고 있었다

(2005. 3. 22)

#00054. 우르르

눈을 떴는데 우르르!

책이 나를 온통 뒤덮는다

책 속의 글자들이 우르르!
눈으로 자꾸 쏟아져 들어온다

눈부신 글자들이 우르르!
빛의 마술을 부리며 달려든다

책꽂이는 튼튼한데 우르르!
순식간에 방을 장악한다

눈을 떴는데 우르르!
책이 나를 온통 뒤덮는다

(2005. 3. 23)

#00055. 밥상 위에는

밥상 위에는 밥과 반찬 책상 위에는 책과 공책 책꽂이에는 수많은 책들 방바닥에는 이불과 베개 이불과 베개 이불과 베개 아침이 오면 아침이 오면 부엌에서 일제히 덜그럭거리며 출동하는 숟가락과 젓가락 병사들이 밥과 반찬을 포위하며 밥상을 순식간에 점령한다 그저께 먹고 버린 바나나 껍질은 책상 위에서 아무렇게나 말라 가고 늘어놓은 온갖 잡동사니는 내 앞에서 이리저리 굴러다니며 내게 수많은 글자를 집어던진다 밥상 위에는 생선 반찬이 자꾸 올라오는데 강과 바다에는 아직도 물고기가 살고 있었다 풀들이 대지를 점령하고 토끼가 풀들을 다시 점령했는데 풀들은 아직도 해마다 자라나고 있었다 밥상 위에는 밥과 반찬 책상 위에는 책과 공책 책꽂이에는 수많은 책들 방바닥에는 이불과 베개 이불과 베개 이불과 베개 늦잠 자던 이상한 나라의 아저씨는 이불을 둘둘 말고 타임머신

에 후진 기어를 넣고 있었다 갑자기 거꾸로 흐르는
시간 거꾸로 흐르는 세월 거꾸로 흐르는 역사 밥
상 위에는 밥과 반찬 책상 위에는 책과 공책 책꽂
이에는 수많은 책들 방바닥에는 이불과 베개 이불
과 베개 이불과 베개……

(2005. 3. 24)

#00056. 탈출하고 있었다

꽃이 방을 막 탈출하고 있었다
방이 집을 막 탈출하고 있었다
집이 마을을 막 탈출하고 있었다
마을이 국가를 막 탈출하고 있었다
국가가 바다를 막 탈출하고 있었다
바다가 행성을 막 탈출하고 있었다
행성이 태양계를 막 탈출하고 있었다
태양계가 어둠을 막 탈출하고 있었다
어둠이 우주를 막 탈출하고 있었다
우주가 꽃을 막 탈출하고 있었다
꽃이 방을 막 탈출하고 있었다

(2005. 3. 25)

#00057. 사춘기 소년

시인은 아직도
방황하는 사춘기 소년

날마다 밤하늘을
신발이 다 닳도록 방황하네

별처럼 반짝이는

추억들을 징검다리 삼아

꽃처럼 아름다운
사랑들을 징검다리 삼아

이리로 한 발짝 옮기고
저리로 한 발짝 옮기며

정처 없이 밤하늘을
신발이 다 닳도록 방황하네

시인은 아직도
방황하는 사춘기 소년

(2005. 3. 26)

#00058. 행복할 수 있었네

계란 넣은 라면 한 그릇
배불리 먹는 것으로도
나는 행복할 수 있었네

허름한 월세방 한 칸
내 몸 하나 자유로운 것으로도
나는 행복할 수 있었네

쥐꼬리만 한 한 달치 월급
그저 꼬박꼬박 나오는 것으로도
나는 행복할 수 있었네

사랑할 수 있는 한 사람
그저 만날 수 있는 것으로도
나는 행복할 수 있었네

그토록 힘겨웠던 한 세상
그저 예쁜 꿈을 꾸는 것으로도
나는 행복할 수 있었네

(2005. 3. 27)

#00059. 시의 마술

시가 방금 저 바다 위에
황혼의 마술을 부렸나 봐요

저 멀리 수평선이 눈시울처럼
그렇게 자꾸만 뜨거워져요

때아닌 바람이 세차게 불어와
머리칼이 깃발처럼 퍼덕이네요

눈물 같은 비라도 몰아오는 걸까요
양떼 같은 눈이라도 몰아오는 걸까요

시가 방금 저 바다 위에
황혼의 마술을 부렸나 봐요

이 하늘과 저 바다가 모두
가슴 벅찬 한 편의 시가 되네요

(2005. 3. 28)

#00060. 가득했다

꽃이 방에 가득했다
방이 집에 가득했다
집이 마을에 가득했다

마을이 국가에 가득했다
국가가 바다에 가득했다
바다가 행성에 가득했다
행성이 태양계에 가득했다
태양계가 어둠에 가득했다
어둠이 우주에 가득했다
우주가 꽃에 가득했다
꽃이 방에 가득했다

(2005. 3. 29)

#00061. 수많은 인내가

수많은 인내가 저마다
아름다운 꽃으로 피어났네
수없이 많은 어려움을 참아 내고
세상을 침묵으로 살다가
어느 날인가 문득
아름다운 꽃으로 피어났네

수많은 인내가 저마다
보석 같은 열매를 맺었네
너무나도 허무한 삶을 참아 내고
세상을 미소로 살다가
어느 날인가 문득
빛나는 보석 같은 열매를 맺었네

(2005. 3. 30)

#00062. 청춘이 가고 있다

사랑이 어딘가 숨어 있다가
갑자기 반가운 강아지처럼
펄쩍 내게로 뛰어든다

천일시화

나는 반가운 마음으로
너를 애인처럼 품에 안고
풍덩 꿈속으로 뛰어든다

오, 사랑이여!
너는 나를 온통 벌거숭이로 만든다
너는 나를 정말 무릎 꿇게 만든다

오, 사랑이여!
어서 빨리 불을 끄자
방심한 사이 청춘이 가고 있다

(2005. 3. 31)

#00063. 이상한 일이 아니네

시인이 시를 쓰는 것은 전혀 이상한 일이 아니네
인내로 시를 쓰는 것도 전혀 이상한 일이 아니네
일을 하며 시를 쓰는 것도 전혀 이상한 일이
아니네
지금처럼 사행시를 쓰는 것도 전혀 이상한 일이
아니네

(2005. 4. 1)

#00064. 사랑의 인연

시를 만나고 사랑을 만나고 또 이별도 만났네
인연이라는 것은 정말 알다가도 모를 일이네
일일이 설명할 수 없는 수많은 사랑의 인연
지난 추억 속에 남아 아름다운 별처럼 반짝이네

(2005. 4. 2)

#00065. 지독히도 시가

시를 좋아하다 보니 어느새 나도 모르게 시인이
됐네
인기 있는 시인이 되지는 못했지만 그래도
여한은 없네
일지를 쓰듯 시를 쓰는 것은 내가 게을렀기
때문이네
지독히도 시가 쓰여지지 않을 때는 이렇게
사행시를 쓰네

(2005. 4. 3)

#00066. 일찍 일어난 하루

시인은 시를 사랑하는 마음으로 하루를
살아가고 싶었네
인적 없는 곳에 피어난 한 송이 꽃처럼 살다 가고
싶었네
일찍 일어난 하루는 물오른 처녀의 젖가슴처럼
풍만했네
지친 발걸음을 재촉하던 하루는 까마득히
멀어져만 갔네

(2005. 4. 4)

#00067. 어렵구나

모든 길은
정말 다 어렵구나

쉬운 길은 쉬워서 어렵고
어려운 길은 어려워서 어렵구나

모든 길은
정말 다 어렵구나

(2005. 4. 5)

#00068. 거짓말이 참말이라면

거짓말이 참말이라면
참말이 거짓말이겠구나

참말이 거짓말이라면
거짓말이 참말이겠구나

오답이 정답이라면
정답이 오답이겠구나

정답이 오답이라면
오답이 정답이겠구나

아, 그렇다면
정말 그렇겠구나

(2005. 4. 6)

#00069. 어쩌면

어쩌면 아무 말도 할 수 없는
그런 힘든 세상인지도 모르지

어쩌면 빛이 사라져 버린
어둠의 세상인지도 모르지

어쩌면 하늘이 온통 먹구름에
가려진 세상인지도 모르지

어쩌면 답답한 일들이
너무나 많은 세상인지도 모르지

어쩌면 슬프고도 안타까운
그런 세상인지도 모르지

혹시나 어쩌면 정말 아름답고
행복한 세상인지도 모르지

(2005. 4. 7)

#00070. 나는 총이다

요즘에는 이상하게도
시를 쓰려고 하면
분노가 목구멍까지 치밀어 오른다

가슴속이 온통 분노다
한 맺힌 풀들보다도
이글거리는 태양보다도
더욱 뜨거운 분노다

그래 나는 총이다
내 목구멍은 지금 막
불을 뿜어 대려 하는 총구다

(2005. 4. 8)

#00071. 봄은 올 것만 같은데

내 뜨거운 분노를 식혀 주려는 듯
하늘에서 시원한 비가 내렸네

창밖에는 바람도 세차게 불어
빗방울은 미친 듯이 허공을 맴돌았네

우두둑 우두둑 떨어지는 빗방울은
내 사는 집 창문을 다급하게 막 두드렸네

어디선가 따뜻한 봄은 올 것만 같은데
나는 아직도 썰렁한 겨울일 뿐이네

(2005. 4. 9)

#00072. 애인 사이

시와 나는 영원히 결혼할 수 없는 위험한 애인
사이구나
언제 헤어질지 모르는 그런 불확실한 애인 사이
구나
잠시도 안심하지 못해 조바심을 내는 그런 애인
사이구나
조금이라도 소홀히 대하면 새침하게 토라져
버리고
조금이라도 빈틈을 보이면 다른 사람의 애인이
되는 사이구나
시와 나는 영원히 결혼할 수 없는 위험한 애인
사이구나

(2005. 4. 10)

#00073. 그대가 있어서

어쩌면
그대가 있어서
더 행복
했는지도 몰라요

정말
정말
정말

꽃 같은
그대가 있어서
더 행복
했는지도 몰라요

이제
이제
이제

저 멀리
아득히 떠나가
다시는
돌아오지 않겠지만

문득
문득
문득

어쩌면
그대가 있어서
더 행복
했는지도 몰라요

(2005. 4. 11)

#00074. 꽃 천지

사방에 꽃이 피었네

노란 꽃 천지
분홍 꽃 천지
하얀 꽃 천지

사방에 꽃이 피었네

겨울이 가고
겨울이 가고
겨울이 가고

사방에 꽃이 피었네

봄이 오고
봄이 오고
봄이 오고

사방에 꽃이 피었네

정말로 정말
정말로 정말
정말로 정말

사방에 꽃이 피었네

노란 꽃 천지
분홍 꽃 천지
하얀 꽃 천지

사방에 꽃이 피었네

(2005. 4. 12)

#00075. 시와 나

시는 이미
내 곁에 있었다

열일곱 살 때부터
시와 나는 애인 사이였다

그러나

시는 나와
결혼해 주지 않았다

그래서

시와 나는
애인 사이일 뿐이었다

시는 나와
결혼하고 싶어 하지 않았다

열다섯 해가 지났는데도
시와 나는 여전히 애인 사이였다

시는 아직도
결혼하고 싶어 하지 않았다

그래서

시와 나는 정말
아직도 애인 사이일 뿐이었다

(2005. 4. 13)

#00076. 시는 가끔씩

시는 가끔씩
내게서 멀어졌네

나를 두고 혼자서
훌쩍 여행을 떠나기도 했네

시는 가끔씩
내 연락도 받지 않았네

고집쟁이처럼 정말
내 말도 잘 듣지 않았네

시는 가끔씩
길들여지지 않은 야생마처럼 날뛰었네

시는 정말 나를
떠나고 싶었던 것일까

시는 정말 나를 떠나
자유롭고 싶었던 것일까

나는 아직도
그 이유를 알 수 없었네

(2005. 4. 14)

#00077. 말 못하게

살다 보면 정말 말 못하게
고통스러울 때도 있는 거다

그래

살다 보면 정말 말 못하게
몸이 아플 때도 있는 거다

그래

그래서 더욱 말 못하게
서글퍼질 때도 있는 거다

그래

살다 보면 정말 말 못하게
고통스러울 때도 있는 거다

(2005. 4. 15)

#00078. 누구나 사랑을

누구나
사랑을 하며 살아가네

원하는 사랑이든
그렇지 않은 사랑이든

누구나 다
사랑을 하며 살아가네

어쩌면 사랑은
너무나 흔한 것이네

하지만 아름다운 사랑은
결코 흔하지 않네

또

누구나
이별을 하며 살아가네

원하는 이별이든
그렇지 않은 이별이든

누구나 다
이별을 하며 살아가네

어쩌면 이별도
너무나 흔한 것이네

하지만 아름다운 이별은
결코 흔하지 않네

때로는

사랑해도 사랑할 수 없고
이별해도 이별할 수 없네

그런 것이 바로
우리가 사는 인생이네

(2005. 4. 16)

#00079. 해와 같이

봄에 봄에 봄에
돋아나고 돋아나는 풀들을
해와 같이 보았어요

여름에 여름에 여름에
우거지고 우거지는 숲들을
해와 같이 보았어요

가을에 가을에 가을에
온갖 열매를 거두고 거두는 사람들을
해와 같이 보았어요

겨울에 겨울에 겨울에
집 안에만 집 안에만 있는 한 소녀를
해와 같이 보았어요

봄에 봄에 봄에
피어나고 피어나는 꽃들을
해와 같이 보았어요

(2005. 4. 17)

#00080. 천둥과 번개

번쩍 번쩍 꽈르릉 꽝꽝

눈부신 빛과 천둥소리에 놀라
새벽에 그만 곤한 잠에서 깨고 말았어요

번쩍 번쩍 꽈르릉 꽝꽝

여기저기 사방팔방 흐릿한 공중에서
환한 빛이 번쩍이고 천둥소리가 울려 퍼졌어요

번쩍 번쩍 꽈르릉 꽝꽝

저 멀리 산 너머에서도 자꾸만 번쩍이고
바로 코앞 이 동네에서도 자꾸만 번쩍였어요

번쩍 번쩍 꽈르릉 꽝꽝

그것도 아주 많이 번쩍였어요

세어 보지는 않았지만 약 서른 번은 넘었던 것
같아요

번쩍 번쩍 꽈르릉 꽝꽝

지금까지 정말 이랬던 적은 없었는데
하늘도 무진장 화가 나는 일이 있었나 봐요

번쩍 번쩍 꽈르릉 꽝꽝

(2005. 4. 18)

#00081. 이상형

그대는 정말 내가 찾던
바로 그 사람이었는지도 몰라요

하지만 나는 그대가 찾던
바로 그 사람이 전혀 아니었는지도 몰라요

그래요 맞아요
어쩌면 그랬을지도 모르죠

어쩌면 그대는 내가 찾던
바로 그 사람이 전혀 아니었는지도 몰라요

하지만 나는 정말 그대가 찾던
바로 그 사람이었는지도 몰라요

그래요 맞아요
어쩌면 그랬을지도 모르죠

(2005. 4. 19)

#00082. 살아 있다는 것만으로도

살다 보면

운수 좋은 날도 있고
운수 나쁜 날도 있네

살다 보면

행복한 날도 있고
불행한 날도 있네

살다 보면

운수 좋은 날이 계속될 때도 있고
운수 나쁜 날이 계속될 때도 있네

살다 보면

행복한 날이 계속될 때도 있고
불행한 날이 계속될 때도 있네

살다 보면

운수가 좋지도 나쁘지도 않은 날도 있고
행복하지도 불행하지도 않은 날도 있네

살다 보면

그저 이렇게 살아 있다는 것만으로도
가슴이 벅찬 그런 날도 있네

(2005. 4. 20)

#00083. 문장 부호

"."

마침표 안에
우주가 있었다

","

쉼표 안에
철학이 있었다

"!"

느낌표 안에
사랑이 있었다

"?"

물음표 안에
운명이 있었다

"."

마침표 안을 자세히 보니
블랙홀도 있었다

(2005. 4. 21)

#00084. 헛소리

헛소리는 헛소리
누군가 헛소리를 했다

밤낮없이 눈만 뜨면
땀 흘리며 헛소리를 했다

꿈속에서도 눈만 뜨면
침 튀기며 헛소리를 했다

그러다 보니 그러다 보니
어느덧 헛소리가 현실이 됐다

헛소리는 헛소리
누군가 또 헛소리를 했다

(2005. 4. 22)

#00085. 풀 (1)

혹독한 바람이 부는데
풀은 춤을 추네요

꽃샘추위가 저기 오는데
풀은 활짝 웃네요

황사가 심하게 몰아치는데
풀은 재채기 한 번 안 하네요

비가 하늘에서 내리는데
풀은 번지 점프를 하네요

뙤약볕이 하염없이 쏟아지는데
풀은 소리 없이 휘파람을 부네요

사람들이 자꾸만 짓밟는데
풀은 다시 일어나네요

어둠이 덮치고 덮치는데
풀은 제자리를 지키네요

(2005. 4. 23)

#00086. 봄

네모난
상자 같은 집안에서

둥그런
공 같은 지구 안에서

툭
하고 던져진 일요일

나는
조용한 하루를 보내고

봄은 밖에서
나를 손꼽아 기다리다

(2005. 4. 24)

#00087. 동화 같은 마을

어떤 한 시인이 말이에요
시가 안 써지면 이상할 듯한
그런 동화 같은 마을에 살고 있었대요

꽃이 저절로 한 편의 시가 되고
풀이 저절로 한 편의 시가 되고
나무가 저절로 한 편의 시가 되고

돌멩이가 저절로 한 편의 시가 되고
바람이 저절로 한 편의 시가 되고
강물이 저절로 한 편의 시가 되고

하늘이 저절로 한 편의 시가 되고
구름이 저절로 한 편의 시가 되고
별이 저절로 한 편의 시가 되고

새가 저절로 한 편의 시가 되고
소년이 저절로 한 편의 시가 되고
소녀가 저절로 한 편의 시가 되는 동네였대요

어떤 한 시인이 말이에요
시가 안 써지면 이상할 듯한
그런 동화 같은 마을에 살고 있었대요

(2005. 4. 25)

#00088. 손바닥 위에서

손바닥 위에서
해가 뜨고 해가 지다

시멘트 틈에서
꽃이 피고 꽃이 지다

옷자락 끝에서
바람이 불고 바람이 자다

유리컵 속에서
비가 오고 비가 멈추다

나무 밑에서
풀이 웃고 풀이 울다

물결 위에서
별이 뜨고 별이 지다

(2005. 4. 26)

#00089. 웃었어요

갑은 그냥 웃었어요
을은 갑을 따라 웃었어요
병은 을을 따라 웃었어요
정은 병을 따라 웃었어요
갑도 정을 따라 웃었어요

(2005. 4. 27)

#00090. 변하지 말아야 할 것

변하지 말고 변하지 말고
변하지 말아야 하는데

사랑이라는 것은

처음부터 끝까지
한결같은 마음일 수 있어야 하는데

사랑이라는 것은

정말 변하지 말고 변하지 말고
변하지 말아야 하는데

사랑이라는 것은

(2005. 4. 28)

#00091. 사랑은 (1)

사랑은
둘이서 하나가 된다

사랑은
멀리 있어도 같이 있다

사랑은
부드럽지만 힘이 세다

사랑은
건강하고 행복한 에너지다

사랑은
아름답기에 지켜야 한다

사랑은
또 사랑을 낳는다

(2005. 4. 29)

#00092. 이 길을

힘이 들고 어렵더라도
가야 한다면 가야 할 것이다

수수께끼 같은 이 길을

기대를 받다가 욕을 먹더라도
가야 한다면 가야 할 것이다

미로 같은 이 길을

관심에서 까마득히 멀어지더라도
가야 한다면 가야 할 것이다

변두리 같은 이 길을

외로움을 견딜 수 없더라도
가야 한다면 가야 할 것이다

암흑 같은 이 길을

(2005. 4. 30)

#00093. 사람들이 저마다

들에서 쑥이 쑥쑥 돋아나다
사람들이 저마다 그 쑥을 캐다

창가 옆 접시 위에서 무꽃이 환하게 피다
사람들이 저마다 그 무꽃을 보다

해가 저물고 우물 속에 별이 가득하다
사람들이 저마다 그 별을 긷다

(2005. 4. 1)

#00094. 깃발

세월의 격렬한 흔들림 속에서
깃발이 홀로 침묵하다

눈부시게 빠른 빛의 흐름 속에서
하늘이 몸부림치며 하얗게 찢겨지다

수많은 언어의 폭발 속에서
어느 한 시인의 시가 공중으로 흩어지다

(2005. 5. 2)

#00095. 초록별 지구인

내가 기다리면
너는 너무 늦게 왔고

내가 기다리지 않으면
너는 너무 빨리 왔다

너는 어느 날 어느 시간
나는 초록별 지구인

(2005. 5. 3)

#00096. 마음이 참 예쁜 사람

그대는 얼굴이 예쁘지 않아도
마음이 참 예쁜 사람인 것 같네요

마음이 예쁜 사람은
세월이 갈수록 더 예뻐진대요

그대는 아직까지 그 누구도 발견하지 못한
진흙 속 숨은 진주인 것 같네요

언제나 수수한 모습에 가려져 있어
아무도 그대가 미인인 줄 몰랐대요

(2005. 5. 4)

#00097. 꽃잎의 흔들림

셀 수 없이 많은 인연이
너도 모르고 나도 모르게
우리 곁을 스치고 지나갔다

아, 시간의 틈 속에 낀
수많은 꽃잎의 흔들림이여

(2005. 5. 5)

#00098. 하나가 되고 싶었다

너와 나는
하나가 되고 싶었다

폭풍우가 우리 사이를
남북으로 갈라놓을지라도

폭염이 우리 사이를
동서로 갈라놓을지라도

너와 나는
하나가 되고 싶었다

(2005. 5. 6)

#00099. 운율

시에는 운율이란 게 숨어 있대요

운율은 마치 메아리 같은 거래요
같은 소리를 자꾸만 반복하니까요

운율은 또 마치 리듬 같은 거래요
북이나 꽹과리 소리와 같으니까요

시에는 정말 너무나 꼭꼭 숨어서
도저히 찾을 수 없는 운율도 있대요

시에는 운율이란 게 숨어 있대요

(2005. 5. 7)

#00100. 한 편의 시 (1)

100일 동안 하루도 쉬지 않고
거짓말처럼 시를 쓰다

100일만큼 더 나이를 먹고
젊음을 시로 불사르다

100번 시를 생각하고
한 편의 시를 쓰다

(2005. 5. 8)

#00101. 시간이 멈추다

하늘에서 빛이 내려오다

그 빛을 받고 풀이 일어서다

온통 초록빛으로 눈이 부시다

꽃이 가로등처럼 환하게 웃다

안개가 어깨를 뽀얗게 누르다

이슬이 땀방울처럼 송송 맺히다

하늘에서 가랑비가 쏟아지다

꿀벌들이 비를 피해 꽃잎 속에 숨다

새들이 저마다 집으로 돌아가다

어디선가 잔잔한 바람이 불어오다

한 폭의 그림처럼 시간이 멈추다

(2005. 5. 9)

#00102. 절망의 끝

어둠의 끝에서야 비로소
한줌의 빛이 새싹처럼 돋아나다

겨울의 끝에서야 비로소
애틋한 봄이 애인처럼 다가오다

절망의 끝에서야 비로소
새로운 희망이 꽃처럼 피어나다

(2005. 5. 10)

#00103. 쓰레기통에 버려야지

좋은 욕심은 오랫동안 마음속에 품더라도
나쁜 욕심은 일찌감치 쓰레기통에 버려야지

좋은 습관은 죽을 때까지 가지고 가더라도
나쁜 습관은 일찌감치 쓰레기통에 버려야지

좋은 생각은 항상 머릿속에서 맴돌더라도
나쁜 생각은 일찌감치 쓰레기통에 버려야지

좋은 추억은 가슴속 깊이 묻어 두더라도
나쁜 추억은 일찌감치 쓰레기통에 버려야지

좋은 사랑은 언제까지나 내 곁에 두더라도
나쁜 사랑은 일찌감치 쓰레기통에 버려야지

좋은 지식은 항상 열심히 배우고 익히더라도
나쁜 지식은 일찌감치 쓰레기통에 버려야지

(2005. 5. 11)

#00104. 가슴속에서 아름다워요

그대가 어디에 있든
추억은 언제나
가슴속에서 아름다워요

그대가 늙어 죽어도
추억은 언제나
가슴속에서 아름다워요

그대가 다시 태어나도
추억은 언제나
가슴속에서 아름다워요

(2005. 5. 12)

#00105. 창문을 보다가

햇살이 미끄럼틀을 타다가
창문으로 막 쏟아져 들어오다

바람이 공중에서 그네를 타다가
창문으로 막 날아 들어오다

나는 밥상 위에 놓인
싱싱한 양파를 한 조각 씹어 먹다

텔레비전은 쉬지 않고
무엇인가를 보여 주고 들려주다

책은 누군가 읽어 줄 때까지
조용히 책꽂이에서 침묵하다

(2005. 5. 13)

#00106. 이빨

잊혀져 버린 언어를 일깨우는
표범의 날카로운 이빨

파고든다
파고든다
파고든다

말랑말랑한 피부 속으로
짜릿한 탈출의 쾌감 속으로

파고든다
파고든다
파고든다

토끼 이빨도 아니고
드라큘라 이빨도 아니다

파고든다
파고든다
파고든다

잊혀져 버린 언어를 일깨우는
표범의 날카로운 이빨

파고든다
파고든다
파고든다

점점 더 파고든다

(2005. 5. 14)

#00107. 창문을 여니

창문을 여니
아카시아 향기가 난다

어느새 방 안은
온통 꽃향기로 가득하다

휴전선 너머 북쪽 어딘가에서
반가운 소식이 오려나

내 마음속 깊은 곳 어딘가에서
희망의 새싹이 돋아나려나

창밖의 까치가
반갑게 울고 있다

(2005. 5. 15)

#00108. 우리는 정말

우리는 정말
우리도 모르는 사이에
서로 하나가 되어 있었다

우리는 정말
우리도 모르는 사이에
서로 몸과 마음을 열고 있었다

우리는 정말
우리도 모르는 사이에
서로 눈부시게 뒤엉켜 있었다

우리는 정말
우리도 모르는 사이에
서로 하나가 되어 있었다

(2005. 5. 16)

#00109. 참 재미있는 이 세상

참 재미있는 이 세상
한번 멋지게 살아도 좋을 이 세상
누군가를 정말 마음껏 사랑해도 좋을 이 세상
언제나 행복이 가득 흘러넘쳐도 좋을 이 세상
굳이 남과 비교하지 않아도 될 이 세상
무엇이든 마음먹기에 달린 이 세상
참 재미있는 이 세상

(2005. 5. 17)

#00110. 성난 파도

엄청난 문명의 물결이
성난 파도처럼

밀
려
오
다

세상의 수평선이 기지개를 켜고
거북이처럼 두 눈을

깜, 빡, 이, 다

첨단 기술의 나무들이 자라오르고
금빛 모래처럼

반, 짝, 이, 다

엄청난 문명의 물결이
성난 파도처럼 다시

밀
려
오
다

바람이 세차게 불던
어느 4차원 바닷가에서

(2005. 5. 18)

#00111. 사랑과 행복

나는
그
ㅁ처럼 다이아몬드처럼
영원히
벼
ㄴ하지 않는 것이 좋다

벼
ㄴ하지 말아야 할 것은
계속
벼
ㄴ하지 말아야 한다

그러나

벼
ㄴ해야 할 것은
계속
벼
ㄴ해야 한다

그래서 나는 더욱

그
ㅁ처럼 다이아몬드처럼
영원히
벼
ㄴ하지 않는 것이 좋다

그게
사랑이었으면 좋겠다

그게
행복이었으면 좋겠다

(2005. 5. 19)

#00112. 헬리콥터

얼마 전부터 우리 집 위로
헬리콥터가 자꾸 지나다니네

윙, 윙, 윙, 윙

처음에는 그냥 그런가 보다 했는데
이제는 놈이 지나갈 때마다 창문까지 흔들리네

덜커덩, 덜커덩, 덜커덩

뭐 하는 헬리콥터인지
도무지 시끄럽기만 하네

에잇

괘씸한
헬리콥터

(2005. 5. 20)

#00113. 조용한 주말

편안하고
조용한 주말이다

헬리콥터도

주말에는 쉬는가 보다

야…… 호……
(야…… 호……)

날씨도 정말
기분 좋게 화창한 주말이다

하늘은 푸르고
새들은 즐겁기만 하다

정말 평화롭고
자유로운 주말이다

(2005. 5. 21)

#00114. 참 힘이 드오

101호의 아이가 참 힘이 드오
102호의 어른이 참 힘이 드오
201호의 학생이 참 힘이 드오
202호의 스승이 참 힘이 드오
301호의 사춘기 소년이 참 힘이 드오
302호의 사춘기 소녀가 참 힘이 드오
401호의 총각이 참 힘이 드오
402호의 처녀가 참 힘이 드오
501호의 유부남이 참 힘이 드오
502호의 유부녀가 참 힘이 드오
601호의 남편이 참 힘이 드오
602호의 아내가 참 힘이 드오
701호의 자식이 참 힘이 드오
702호의 부모가 참 힘이 드오

(2005. 5. 22)

#00115. 웃었소

1단지의 아이들이 길을 가다 웃었소
2단지의 학생들이 길을 가다 웃었소
3단지의 사춘기 소년들이 길을 가다 웃었소
4단지의 사춘기 소녀들이 길을 가다 웃었소
5단지의 총각들이 길을 가다 웃었소
6단지의 처녀들이 길을 가다 웃었소
7단지의 아저씨들이 길을 가다 웃었소
8단지의 아줌마들이 길을 가다 웃었소
9단지의 할아버지들이 길을 가다 웃었소
10단지의 할머니들이 길을 가다 웃었소
11단지의 행인들이 길을 가다 웃었소
12단지의 나무들도 기분 좋게 웃었소

(2005. 5. 23)

#00116. 짖었소

0번지의 개가 그냥 짖었소
1번지의 개가 멍멍 하고 짖었소
2번지의 개가 덩달아 멍멍 하고 짖었소
3번지의 개가 으르렁거리며 짖었소
4번지의 개가 미친 듯이 짖었소
5번지의 개가 영문도 모른 채 짖었소
6번지의 개가 천둥처럼 짖었소
7번지의 개가 두려운 듯이 짖었소
8번지의 개가 귀엽게 짖었소
9번지의 개가 무섭게 짖었소
10번지의 개가 걱정하듯 짖었소
11번지의 개가 시끄럽게 짖었소
12번지의 개가 소리 없이 짖었소
0번지의 개가 또 그냥 짖었소

(2005. 5. 24)

#00117. 고갈

퍼내고
퍼내고
퍼내고
퍼내고
퍼내고

또

퍼내고
퍼내고
퍼내고
퍼내고
퍼내고

자꾸

퍼내고
퍼내고
퍼내고
퍼내고
퍼내고

그러니까

이젠 정말
고갈되고 마는구나

아……

목이 마르다
목이 마르다
목이 마르다
목이 마르다

목이 마르다

우주의 샘이여
시원한 물을 다오

(2005. 5. 25)

#00118. 공허하다

갑자기
모든 욕심들이 공허하다

살고
또 살고
또 살고
자꾸만
살다 보니

갑자기
모든 욕심들이 공허하다

(2005. 5. 26)

#00119. 으르렁 으르렁

으르렁 으르렁
치고 박고 싸우고 난리네

으르렁 으르렁
할퀴고 꼬집고 난리네

으르렁 으르렁
붙잡고 흔들고 난리네

으르렁 으르렁
넘어뜨리고 뒹굴고 난리네

으르렁 으르렁
노려보고 째려보고 난리네

으르렁 으르렁
짖어 대고 울어 대고 난리네

으르렁 으르렁
여기는 바로 짐승의 세계

(2005. 5. 27)

#00120. 냉장고에서

신기하게도
냉장고에서 매일 노란 참외가 나온다

신기하게도
냉장고에서 매일 싱싱한 참외가 나온다

신기하게도
냉장고에서 매일 맛있는 참외가 나온다

신기하게도
냉장고에서 매일 달콤한 참외가 나온다

여기는 지금
참외가 나오는 계절

냉장고는
참외가 나오는 마술 상자

(2005. 5. 28)

#00121. 시의 언어

내 손에 들린
시의 언어가 봄비를 맞아
대지처럼 촉촉하게 젖다

책장에 처박힌
시의 언어가 겨우내 뒤집어썼던
먼지를 털고 일어서다

거리를 걷는데 문득
한 처녀의 옆구리 부근에서
예쁜 디자인의 시집을 목격하다

(2005. 5. 29)

#00122. 서른 해가 더 지났지만

태어난 지 서른 해가 더 지났지만
나는 아직 나에 대해서 잘 모르겠네

나는 나를 잘 알고 싶고
나는 너를 잘 알고 싶고
나는 삶을 잘 알고 싶고
나는 사랑을 잘 알고 싶고
나는 시를 잘 알고 싶은데

태어난 지 서른 해가 더 지났지만
나는 아직 나에 대해서도 잘 모르겠네

(2005. 5. 30)

#00123. 창작의 고통 (1)

창작의 고통을 느끼다

뜨거운 사막 한복판에 혼자 있는 것처럼
심한 외로움과 갈증을 느끼다

커다란 백지 위에 아무것도 쓰지 못하고
생각과 표현의 고통을 느끼다

그렇게 반나절이 훌쩍 지나다

(2005. 5. 31)

#00124. 깜짝 놀라다

하늘이 화가 났는지
우르릉 쾅쾅 고함을 지르다

인터넷을 하던 나는 갑자기
그 소리 때문에 깜짝 놀라다

날은 흐리고 비는 오지 않는데
바람은 불고 나뭇잎은 몹시 흔들리다

깡통은 신이 났는지
요란스럽게 이리저리 굴러다니다

새들은 제 몸을 낮추면서
푸드덕푸드덕 저마다 어디론가 날아가다

(2005. 6. 1)

#00125. 편안한 시간

때로는 나를 위해
편안한 시간을 가져야겠다

너무나 힘겹게
너무나 바쁘게
너무나 혹독하게
너무나 피곤하게
하루하루를 살다 보니
몸과 마음이 쉽게 지쳐 버린다

무엇이든 열심히 하는 것도 좋고
인생에서 성공하는 것도 좋지만

때로는 나를 위해
편안한 시간을 가져야겠다

무심코 창밖을 보는데
어제는 내리지 않던 비가
오늘은 시원하게 한바탕 내리고 있다
빗소리가 참 상쾌하다

(2005. 6. 2)

#00126. 원망

정말

그 누구를 원망할 수 있을까
모든 것은 나의 잘못인 것을

결국은

내가 내가 무지했던 것이고
내가 내가 경솔했던 것이고
내가 내가 태만했던 것이고
내가 내가 오만했던 것이고
내가 내가 편협했던 것이고
내가 내가 소망했던 것이고
내가 내가 사랑했던 것이고
내가 내가 이별했던 것인데

정말

그 누구를 원망할 수 있을까
모든 것은 나의 잘못인 것을

(2005. 6. 3)

#00127. 쪽파를 다듬는데

쪽파를 다듬는데
자꾸 눈물이 난다

쪽파를 다듬는데
자꾸 눈물이 앞을 가린다

쪽파를 다듬는데
자꾸 눈물이 흐른다

쪽파를 다듬는데
자꾸 눈물이 떨어진다

쪽파를 다듬는데
자꾸 눈물이 난다

(2005. 6. 4)

#00128. 시인입니다

세상에 널리 알려지지 않은 시인도 시인입니다
시인이 아닌 듯이 일상을 살아가는 시인도 시인
입니다
시를 써서 돈을 벌지 못하는 시인도 시인입니다
오랫동안 시를 쓰지 않은 시인도 시인입니다
빛을 보지 못하고 죽어간 시인도 시인입니다
사람들에게서 아주 잊혀져 버린 시인도 시인입
니다

(2005. 6. 5)

#00129. 한세상을 사네

복잡하고 심각하게 살아도 어차피 한세상을 살고
단순하고 재미있게 살아도 어차피 한세상을 사네

어떤 사람에게는 복잡한 것이 참 복잡하고
어떤 사람에게는 복잡한 것이 참 단순하고
어떤 사람에게는 단순한 것이 참 복잡하고
어떤 사람에게는 단순한 것이 참 단순하네

어떤 사람에게는 심각한 것이 참 심각하고
어떤 사람에게는 심각한 것이 참 재미있고
어떤 사람에게는 재미있는 것이 참 심각하고
어떤 사람에게는 재미있는 것이 참 재미있네

아인슈타인의 상대성 이론이 적용되는 이 세상
상당히 복잡해 보이지만 의외로 단순한 이 세상
상당히 심각해 보이지만 의외로 재미있는 이 세상

복잡하고 심각하게 살아도 어차피 한세상을
살고

단순하고 재미있게 살아도 어차피 한세상을
사네

(2005. 6. 6)

#00130. 그곳에 있었습니다

산은 여전히 그곳에 있었습니다
산은 언제나 내가 오를 수 있게
늘 그곳에 그렇게 있었습니다

바다도 여전히 그곳에 있었습니다
바다는 언제나 내가 헤쳐 나갈 수 있게
늘 그곳에 그렇게 있었습니다

하늘도 여전히 그곳에 있었습니다
하늘은 언제나 내가 우러러볼 수 있게
늘 그곳에 그렇게 있었습니다

상상 속의 꽃도 여전히 그곳에 있었습니다
상상 속의 꽃은 언제나 내가 사랑할 수 있게
늘 그곳에 그렇게 있었습니다

그리움도 여전히 그곳에 있었습니다
그리움은 언제나 내가 추억할 수 있게
늘 그곳에 그렇게 있었습니다

아, 하지만······

현실의 꽃은 그곳에 없었습니다
현실의 꽃은 언제나 내가 사랑할 수 있게
늘 그곳에서 기다려 주지 않았습니다

(2005. 6. 7)

#00131. 꽃이요 꽃

캄캄한 땅속에서
한겨울을 홀로 참고 견딘

씨앗이요
씨앗

천 근 같은 흙더미를
역도 선수처럼 번쩍 들어 올린

떡잎이요
떡잎

눈부시게 밝은 햇살에
얼굴이 짙푸르게 타 버린

이파리요
이파리

제 몸을 돋보이기 위해
잎으로 감싸고 꽃잎으로 치장하는

줄기요
줄기

제 몸을 땅속으로 거미줄처럼 뻗어
스펀지처럼 물기를 흡수하는

뿌리요
뿌리

온갖 동물들을 녹여 버릴 듯이 유혹하고
무수한 씨앗을 잉태하는

꽃이요
꽃

(2005. 6. 8)

#00132. 참 다행이에요

우리나라에는 아직 제 반쪽이 없나 봐요
아니면 제가 그동안 너무 바빠서
아직 반쪽을 찾지 못한 건지도 몰라요
눈을 아주 동그랗게 크게 뜨고
우리나라에서 열심히 반쪽을 찾아보거나
중국이든지 미국이든지 러시아든지
다른 나라로 어서 눈을 돌려야 하나 봐요
사랑에는 국경도 없으니까 그나마 참 다행이에요

(2005. 6. 9)

#00133. 나는 아직 부족하기에

나는 아직 부족하기에 이렇게 시를 쓴다
모든 것이 만족스럽고 풍족하다면
나는 더 이상 시를 쓸 이유가 없을지도 모른다

내가 바라는 사랑이 모두 다 이루어지고
내가 바라는 행복이 모두 다 이루어지면
나는 더 이상 시를 쓸 필요가 없을지도 모른다

나는 아직 부족하기에 멈출 수가 없다
나는 아직 아무것도 아니기에 멈출 수가 없다
나는 아직 별 볼 일이 없기에 도저히 멈출 수가
없다

나는 쥐구멍 속에 있기에 해가 무척 그립다
나는 안에 갇혀 있기에 밖이 무척 그립다
나는 사랑을 이루지 못했기에 사랑이 무척 그립다

(2005. 6. 10)

#00134. 참 신기한 일

총각이 처녀를 좋아하고
처녀가 총각을 좋아하는 것은
참 당연한 일이네

남편이 아내를 좋아하고
아내가 남편을 좋아하는 것은
참 당연한 일이네

하지만 그렇게 당연한 일이
어쩌면 우리에게는
참 신기한 일인지도 모르겠네

총각이 유부녀를 좋아하고
유부녀가 총각을 좋아하는 것은
참 신기한 일이네

처녀가 유부남을 좋아하고
유부남이 처녀를 좋아하는 것은
참 신기한 일이네

하지만 그렇게 신기한 일이
어쩌면 우리에게는
참 당연한 일인지도 모르겠네

(2005. 6. 11)

#00135. 어느새 나는

산속에 있으면
어느새 나는
동굴처럼 산의 일부가 된다

숲속에 있으면
어느새 나는
나뭇잎처럼 온통 초록빛이다

강가에 있으면
어느새 나는
강물처럼 유유히 흐르는 존재가 된다

호숫가에 있으면
어느새 나는
호수처럼 고요하고 잔잔하다

바닷가에 있으면
어느새 나는
파도처럼 산산이 부서진다

그대 곁에 있으면
어느새 나는
아이처럼 마냥 신이 난다

(2005. 6. 12)

#00136. 나는 지금 사막이다

창작의 샘이 갑자기
메말라 버린 것인가

아무것도 솟아나지 않는다

아무것도 떠오르지 않는다

어디론가 훌쩍
여행이라도 떠나야만 하나

복잡한 생각들이
눈앞에 수수께끼처럼 흩어져 있다

비라도 와야 할까
나는 지금 사막이다

(2005. 6. 13)

#00137. 꽃이 피었어요

겨울의 끝에서
꽃이 피었어요

정말 아름다운
꽃이 피었어요

나의 창가에도
꽃이 피었어요

귀엽고 깜찍한
꽃이 피었어요

처녀의 옷에도
꽃이 피었어요

싱그럽고 예쁜
꽃이 피었어요

저 산 너머에도

꽃이 피었어요

방긋방긋 웃음
꽃이 피었어요

(2005. 6. 14)

#00138. 시가 나온다

외
외
외
외로운 가슴에서

시가
시가 나온다

허
허
허
허기진 마음에서

시가
시가 나온다

부
부
부
부족한 현실에서

시가
시가 나온다

(2005. 6. 15)

#00139. 시가 쏟아진다

시…
…시
시…
…시

시가
시가 쏟아진다

하늘에서
구름에서
공중에서
손끝에서

시…
…시
시…
…시

시가
시가 쏟아진다

어서
어서
시를 받자

시…
…시
시…
…시

( )…
…( )
( )…
…( )

어서
어서
시를 담자

시…
…시
시…
…시

시가
시가 쏟아진다

(2005. 6. 16)

#00140. 오직 한 사람

아……

사랑은 너와 나
오직 둘 사이에만 있어야 했다

아……

너는 나와 그 사람 중
오직 한 사람의 사랑이어야 했다

아……

너는 왜 나를 버리고
그를 만나야만 했던 것인가

아……

너는 왜 그를 버리고

나를 만나야만 했던 것인가

아……

너는 나와 그 사람 중
오직 한 사람의 사랑이어야 했다

사랑은 나와 너
오직 둘 사이에만 있어야 했다

(2005. 6. 17)

#00141. 축구 경기를 보는데

축구 경기를 보는데
시간이 참 잘 갔다

금세 1분이 가고
금세 5분이 갔다

한 골을 먼저 빼앗겼는데
시간이 참 잘 갔다

금세 10분이 가고
금세 15분이 갔다

한 골도 넣지 못하고 있는데
시간이 참 잘 갔다

금세 20분이 가고
금세 25분이 갔다

한 골이라도 넣어야 하는데
시간이 참 잘 갔다

금세 30분이 가고
금세 35분이 갔다

선수들이 있는 힘을 다하고 있는데
시간이 참 잘 갔다

금세 40분이 가고
금세 45분이 갔다

축구 경기를 보는데
시간이 참 잘 갔다

(2005. 6. 18)

#00142. 시는 (1)

시는
눈부신 사랑의
씨앗

시는
이제 막 피어난
꽃

시는
자주 토라지는
애인

시는
재미있고 감동적인
놀이

시는
잊혀진 우리의

꿈

(2005. 6. 19)

#00143. 등산

산을 오르다 보면
기분이 참 좋아지네

좋은 공기 마시니
몸도 따라 상쾌하네

힘들어서 땀이 나도
바람 불면 시원하네

목마를 때 물 한 모금
무엇보다 달콤하네

어디선가 물소리
메마른 가슴 적시네

어디선가 새소리
외로운 마음 달래네

산을 오르다 보면
기분이 참 좋아지네

(2005. 6. 20)

#00144. 시인은 시를 써요

시인은 시를 써요 소설가는 소설을 써요 수필가
는 수필을 써요 시나리오 작가는 시나리오를 써요

극작가는 희곡을 써요 시인은 시를 좋아해요 소설가는 소설을 좋아해요 수필가는 수필을 좋아해요 시나리오 작가는 영화를 좋아해요 극작가는 연극을 좋아해요 시인은 시를 사랑해요 소설가는 소설을 사랑해요 수필가는 수필을 사랑해요 시나리오 작가는 영화를 사랑해요 극작가는 연극을 사랑해요 시인은 독자에게 감사해요 소설가는 독자에게 감사해요 수필가는 독자에게 감사해요 시나리오 작가는 관객에게 감사해요 극작가는 관객에게 감사해요 시인은 죽어서 시를 남겨요 소설가는 죽어서 소설을 남겨요 수필가는 죽어서 수필을 남겨요 시나리오 작가는 죽어서 영화를 남겨요 극작가는 죽어서 연극을 남겨요 언제부터인지 몰라도 시인은 시를 써요 소설가는 소설을 써요 수필가는 수필을 써요 시나리오 작가는 시나리오를 써요 극작가는 희곡을 써요……

(2005. 6. 21)

#00145. 이를 정말 어쩌나

미니스커트가 유행이라 그런지
밖으로 나가면 처녀들이 저마다
새하얀 허벅지를 드러내 놓고 다녀요

마냥 쳐다보고 있을 수도 없고
그렇다고 한 번도 안 쳐다볼 수도 없고
아, 이를 정말 어쩌나

일부러 안 쳐다보려고 하는데도
자꾸만 예쁜 다리가 눈에 들어와요
아, 이를 정말 어쩌나

(2005. 6. 22)

#00146. 더운 날씨

땀이 나는데
습기가 많아 더 덥네요

가만히 있어도
참 더운 날씨예요

가끔씩 바람이라도 불어오면
그나마 좀 나아지네요

에어컨을 틀면 언제 더웠나 싶지만
문밖을 나서면 참 덥네요

땀이 나는데
습기가 많아 더 덥네요

(2005. 6. 23)

#00147. 밤 12시

밤 12시가
다 되어 가는데
차들은
다들 어디를 가는지
끊임없이 도로를 오간다

하늘에는
별들이 많을 텐데
내가 사는 곳에서는
별들이 하나도 보이지 않는다

저 멀리
가로등 불빛만이

근시인 내 눈에
큰 별처럼 보일 뿐이다

밤 12시가 다 되어 가는데
차들의 불빛은 혜성처럼
자꾸만 어디론가 흘러가고 있다

(2005. 6. 24)

#00148. 안타까운 일

누군가 자신을 알아주길 바라는데
아무도 자신을 알아주지 않는다면

음, 그건 정말 안타까운 일이네

사람은 누구나 홀로 서야만 하는데
사람이 누구나 홀로 서지 못한다면

음, 그것도 정말 안타까운 일이네

사람은 외로워도 견뎌야만 하는데
사람이 외로워도 견디지 못한다면

음, 그것도 정말, 정말 안타까운 일이네

(2005. 6. 25)

#00149. 인터넷

인터넷이란 게
신기하게 느껴지던 시절은
이미 지나 버렸네

아······

인터넷이란 게
더 이상 새롭지 않음은
내가 너무 무지했기 때문일까

아······

인터넷이란 게
더 이상 신기하지 않음은
내가 너무 빠져 있었기 때문일까

아······

인터넷이란 게
신기하게 느껴지던 시절은
그렇게 이미 지나 버렸네

(2005. 6. 26)

#00150. 댓글이 달리고

인터넷은 항상
항상 잔인할 정도로 빨랐다

라디오보다 빠르고
텔레비전보다 빠르고
신문보다 빨랐다

모든 것은 순식간에
순식간에 밝혀지고
사람들은 저마다 열띤 논쟁에 빠져들었다

댓글이 달리고

댓글이 달리고
댓글이 달리고

기
다
랗
게

기
다
랗
게

댓글이 달리고
댓글이 달리고
댓글이 달리고

인터넷은 항상
항상 잔인할 정도로 빨랐다

(2005. 6. 27)

#00151. 행복을 보았다

행복은 그림자처럼 그렇게

가
까
이

정말 가까이 있었던가 보다

끝
없

는

방황과 방황과 방황과 방황과 방황⋯⋯

그 방황의 어느 중간쯤에서

갑
자
기

나는 행복을 보았다

저기 저 태양은
참
멀리 있었지만

나의 그림자는
참
가까이 있었다

행복은 그림자처럼 그렇게

가
까
이

정말 가까이 있었던가 보다

(2005. 6. 28)

#00152. 부부는 위험하다

부부는 위험하다

언, 제, 적, 이, 될, 지
아, 무, 도, 모, 른, 다

부부는 정말 위험해서 항상
서로가 서로를 위해 줘야 한다

정말 가까운 사이인 것 같지만
정말 까마득히 먼 사이기도 하다

돌, 아, 서, 면, 남, 이, 되, 고
원, 수, 가, 되, 기, 도, 한, 다

남이 되고 원수가 되려고
부부가 된 것일까

이혼이 아무렇지도 않은
그런 시대가 올지도 모른다

부부는 정말 위험해서 항상
서로가 서로를 진정 위해 줘야 한다

부부는 정말 위험하다

(2005. 6. 29)

#00153. 당뇨병을 조심해야겠다

당뇨병을 조심해야겠다

당뇨병에 걸려 합병증이 생기면
심할 경우 눈이 멀고
발을 잘라 낼 수도 있다고 한다

참 무서운 병이기도 하지만
잘 관리해 주면 괜찮은 병이라고 한다

당뇨병에 걸리는 사람들이
점점 늘어나고 있다고 한다

당뇨병은 왜 걸리는 것일까
정말 큰 문제인 것 같다

이미 당뇨병에 걸렸다면
당뇨병을 고객처럼
잘 관리해 나가면 될 것 같고

아직 당뇨병에 걸리지 않았다면
당뇨병을 조심해야겠다

(2005. 6. 30)

#00154. 정리하고 있었다

주변을 정리하고 있었다

아주 오랫동안 돌보지 않아
주변은 온통
먼지로 뒤덮여 있었다

주변에는
필요한 것들도 있었고
불필요한 것들도 있었다

너무 오랫동안 주변을 돌보지 않아
하루아침에 모든 것을 정리한다는 게
불가능하다는 생각이 들고 있었다

그
러
다
가

또다시

주변을 정리하고 있었다

조금씩
조금씩
조금씩

쉬지 않고 정리하고 있었다

이것저것 정리하다 보면
나도 모르게
아련한 추억들이 떠올랐다

그
러
나

때로는 소중했던 추억도
잊어야만 했다

그
러
면
서

또다시

주변을 정리하고 있었다

주변은 온통
종이와 책들로 가득했다

책들은 버리기 아까웠다
무엇인가 써 놓은 종이도 버리기 아까웠다

책들을 보기 좋게 정리하고
불필요한 종이들을 재활용으로 내놓았다

조금씩
조금씩
조금씩

소중한 것들은 남기고
불필요한 것들은 떠나보내고 있었다

그
렇
게

주변을 정리하고 있었다

조금씩
조금씩
조금씩

쉬지 않고 정리하고 있었다

그
런
데

정리하고
정리하고
정리해도

끝이 없었다
정말 끝이 없어 보였다

그저
아득하기만 했다

정말 오랜만에
정리를 하던 날에

(2005. 7. 1)

#00155. 비가 올 것 같아

비가 올 것 같아
산
산
산에 가지 않았다

날은 흐린데 결국 하루 종일
비
비
비는 오지 않았다

어제 비가 많이 와서
땅
땅
땅은 아직 마르지 않았을 것이다

비가 가끔씩 적당하게 오면 좋지만
비
비
비는 늘 갑자기 많이 오거나 한참 동안 오지
않거나 했다

주말마다 산에 가는 게 요즘의 유일한 취미인데
산
산
산에 가지 않았다

도시는 아직도 마냥 흐린 모습이고
나
나
나는 텅 빈 하루를 보냈다

(2005. 7. 2)

#00156. 좋은 시

좋은 시를
많이 쓰고 싶은데

좋은 시가
잘 써지지 않는다

좋은 시는 늘 어딘가에
꼭꼭 숨어 있는 듯하다

좋은 시를 쓰려고
억지로 마음먹으면

이
상
하
게
도

좋은 시는 자꾸만 내게서

달
아
나
고

또

달
아
난
다

좋은 시를
기다리고 또 기다리고

좋은 시를
꿈꾸고 또 꿈꾸고

좋은 시를
생각하고 또 생각하고

좋은 시를
그리워하고 또 그리워하고

아……

좋은 시를
정말 많이 쓰고 싶은데

좋은 시가
정말 잘 써지지 않는다

이것이 바로
시인의 숙명인가 보다

(2005. 7. 3)

#00157. 존재 이유

하루하루가 지나면서
나는 조금씩 나이를 먹는다

요즘의 내 존재 이유는
시를 쓰는 것밖에 없는 듯하다

세상은 조용한 것만 같은데
보이지 않게 치열하고 필사적이다

세상은 무척 시끄러운 것만 같은데
보이지 않게 평온하고 잠잠하다

나는 살기 위해 밥을 먹고 있다
나는 시를 쓰기 위해 살아가고 있다

아니 어쩌면 나는
살기 위해 시를 쓰고 있는지도 모른다

요즘 내 존재 이유는
시를 쓰는 것밖에 없는 듯하다

아무리 곰곰이 생각해 봐도
다른 이유를 찾을 수 없었다

(2005. 7. 4)

#00158. 시가 좋아서 (1)

시가 좋아서
마냥 시를 즐겨 읽었을 뿐이다

시가 좋아서

마냥 시를 즐겨 썼을 뿐이다

시가 좋아서
마냥 시인을 우러러봤을 뿐이다

시가 좋아서
마냥 나 혼자 행복했을 뿐이다

시가 좋아서
마냥 나 혼자 짝사랑했을 뿐이다

(2005. 7. 5)

#00159. 요즘 내 홈페이지

요즘 내 홈페이지가 조용
조용한 것
같다

새가 버리고 떠난
텅 빈 둥지인 것
같다

학생들이 없는
텅 빈 교실인 것
같다

휴일을 맞은
회사의 사무실인 것
같다

인적이 없는
산골짜기의 새벽인 것
같다

폭풍이 오기 직전
극도의 적막함인 것
같다

요즘 내 홈페이지가 정말 조용
조용한 것
같다

(2005. 7. 6)

#00160. 열심히 시를

그래 맞다
시인의 임무는 바로
열심히 시를 쓰는 것이다

그래 맞다
시인의 임무는 바로
성실히 시를 쓰는 것이다

그래 맞다
시인의 임무는 바로
꾸준히 시를 쓰는 것이다

그래 맞다
그래 맞았다
그래 맞을 것이다

그래 또 맞다
시인의 임무는 바로
열심히 시를 쓰는 것이다

(2005. 7. 7)

#00161. 필연의 무게

아, 아스라이 먼 곳에서
운명의 여신이 나를 찾아왔다

나는 갑자기 육중한 책임감을
어깨에 한껏 짊어졌다

아, 그것은 아마도 어쩔 수 없이
가장이 돼야만 하는 필연의 무게일 것이다

아, 그것은 아마도 어쩔 수 없이
계속 살아가야만 하는 삶의 무게일 것이다

한 해 한 해가 지나가면서
나는 쉬지 않고 계속 나이를 먹었다

한 해 한 해가 지나가면서
부모님도 쉬지 않고 계속 나이를 드셨다

단지 그 사실을 미처
깨닫지 못하고 있었을 뿐

나는 갑자기 무한한 책임감을
어깨에 잔뜩 짊어졌다

아, 아스라이 먼 곳에서
운명의 여신이 내게 찾아왔다

(2005. 7. 8)

#00162. 나는 처음에

나는 처음에 내 시를
대다수 사람들이 읽어 주기를 바라면서
열심히 시를 썼다

하, 지, 만

나는 요즘에 내 시를
극소수 사람들이 읽어 주기를 바라면서
열심히 시를 쓴다

그, 렇, 게, 생, 각, 하, 니, 까
마, 음, 이, 정, 말, 편, 하, 다

(2005. 7. 9)

#00163. 경력

이력서와 자기 소개서를 쓰다 보니
문득 내 자신의 경력을 되돌아보게 된다

나는 정말 그동안 잘 살아온 것일까

힘들었던 시절 조금만 더 참고 견뎠으면
아마 나는 지금보다 더 나은 모습이었을지도
모른다

나는 정말 그동안 잘 살아온 것일까

경력에 있어 일관성을 유지하는 것이
정말 중요하다고 취업 전문가들은 입을 모은다

나는 정말 그동안 잘 살아온 것일까

이력서와 자기 소개서를 쓰다 보니
문득 내 자신의 인생을 되돌아보게 된다

(2005. 7. 10)

#00164. 책을 사며

오랜만에 시내 대형 서점에 가서
수많은 책들을 바라보니
이상하게도 기분이 좋아졌다

필요한 책이 있어서 책을 한 권 사러 갔다가
그 옆에 괜찮아 보이는 책이 하나 더 있어서
한 권을 더 사게 됐지만 마음은 즐거웠다

여기저기 서점을 둘러보는데
생각보다 사람들이 꽤 많았고
아직 나를 알아보는 사람은 한 명도 없는 것
같았다

오랜만에 시내 대형 서점에 가서
수많은 책들을 만나 보니
신기하게도 기분이 좋아졌다

(2005. 7. 11)

#00165. 꿈을 잃지 말자

아무리 힘들어도
꿈을 잃지 말자

아니 힘들수록 더욱
꿈을 잃지 말자

꿈이 있어야
꿈을 향해 나아간다

꿈이 없으면
삶은 무기력해질 수 있다

아무리 힘들어도
꿈을 잃지 말자

아니 힘들수록 더욱
꿈을 잃지 말자

(2005. 7. 12)

#00166. 반가운 그대

지하철역으로 내려가다
우연히 마주친 반가운 그대

우리 사이에는 보이지 않는
그 어떤 운명의 연결 고리가 있었던 것일까

어제 처음 그대를 보았는데
오늘 그대를 다시 보게 되었다

하지만 우리는 또
기약 없는 헤어짐과 헤어짐을 거듭할 뿐

소나기가 소리 없이
눈부시게 내리던 날에

(2005. 7. 13)

#00167. 한 우물 (1)

세상에는 정말 할 일이 많은데 경력이 쌓이고 쌓이면서 이상하게도 할 수 있는 일이 점점 줄어든다 한 우물을 판다는 것은 분명 좋은 방법이지만 한 우물을 파면 팔수록 점점 더 한 우물 속 깊이 갇히고 결국은 도저히 빠져나올 수 없을 정도가 된다 삶은 정말 까다로운 선택과 선택 당함의 연속이다 선택하거나 선택 당한 방향으로 삶이 자꾸만 변해 간다 한번 잘못 파고들어 간 우물을 버리고 처음부터 다시 파고들어 가기는 너무 힘겨운 일이다 한 우물을 제대로 파려면 내게 맞는 우물을 찾아야 한다 그리고 날마다 열심히 한 우물을 파자 어쩌면 이제는 한 우물을 기본으로 파면서 슬쩍 옆에도 한두 개의 우물은 더 파야 할 시대가 올지도 모르겠다 세상에는 정말 할 일이 많으니까

(2005. 7. 14)

#00168. 한 우물 (2)

삶을 살아가며 아주 긴 세월 동안 한 우물을 팠다는 것은 그 사실만으로도 정말 존경할 만한 일이다 한 우물을 판다는 것은 내가 지금까지 여러 가지 부득이한 사유로 인해 실천하기 어려웠던 것이기도 하다 그래서 더욱 한 우물을 파고 있는 사람들이 존경스럽다 처음부터 그렇게 한 우물을 잘 파고들어 간 사람들도 있지만 피치 못할 사정으로 한 우물을 파지 못하고 여러 우물을 조금씩 파고들어 간 사람들도 있다 세월이 좀 흐른 뒤에야 비로소 느낀 것이지만 역시 일에서 성공하려면 자신에게 맞는 한 우물을 잘 찾은 다음 그 우물을 끈질기게 파고들어 가야 한다 그것만이 유일한 방법인 듯하다 삶을 살아가며 아주 긴 세월 동안 한 우물을 팠다는 것은 그 사실만으로도 정말 존경할 만한 일이다

(2005. 7. 15)

#00169. 닥치는 대로 읽자

책을 많이 읽으면
논술에 도움이 된다고 한다

시를 읽든
소설을 읽든
수필을 읽든
신문을 읽든
잡지를 읽든
만화를 읽든
교과서를 읽든
참고서를 읽든
문제집을 읽든
칠판을 읽든
무엇이든 닥치는 대로 읽자

학생들은 논술을 핑계 삼아
열심히 책을 읽자

(2005. 7. 16)

#00170. 배우고 익혀야 할 것들

내 나이 서른이 넘었지만 아직도
내 주위에는 배우고 익혀야 할 것들이
산더미같이 남아 있네

내가 읽은 책들보다
내가 읽지 못한 책들이 더 많고
내가 알고 있는 것들보다
내가 모르고 있는 것들이 더 많네

성공에서도 배우고 실패에서도 배우고
긍정에서도 배우고 부정에서도 배우고
선배에게서도 배우고 후배에게서도 배우고
아이에게서도 배우고 어른에게서도 배우네

내 나이 서른이 넘었지만 아직도
내 주위에는 배우고 익혀야 할 것들이
산더미같이 남아 있네

(2005. 7. 17)

#00171. 시를 쓰고 있는 중

시인은 혼자 있을 시간이 필요하다
시를 쓰고 있는데 자꾸 옆에서 누가 말을 걸면
나는 도저히 시를 쓸 수가 없기 때문이다
주위가 시끄러운 것은 상관없다
하지만 누군가 날 보며 말을 걸고 있는데
나는 정말 아무 말도 해 줄 수가 없다
내게는 미안한 마음만 가득할 뿐이다
나는 지금 시를 쓰고 있는 중이다

(2005. 7. 18)

#00172. 숨바꼭질 (1)

멋진 사랑을 해도 좋을
나이
나이
나이

그러나 아직 만나지 못한 사랑

행복한 결혼을 해도 좋을
나이
나이
나이

그러나 아직 만나지 못한 반쪽

나와 내 반쪽은 지금
서로
서로
서로

완벽한 숨바꼭질을 하고 있다

그래서
그래서
그래서

나는 너를 찾지 못하고
너도 나를 찾지 못한다

언제쯤
언제쯤
언제쯤

이 길고도 지루한
숨바꼭질 게임이 끝나게 될까

이제는
그 날이 무척 기다려진다

(2005. 7. 19)

#00173. 하루 종일 회사에서

하루 종일 회사에서 일하다 보니
하루가 정말 빨리 지나간다
나아갈 방향을 제대로 정하지 못하면
무의미한 하루가 계속 반복될 것 같다
아무런 생각도 없이 그저
이리저리 흔들리며 방황할지도 모르겠다
하루 종일 회사에서 일하다 보니
하루가 정말 빨리 지나간다

(2005. 7. 20)

#00174. 정신이 혼미하다

오랜만에 술을 많이 마셨는데
문득 정신이 혼미하다

맥주를 마시다가 소주를 섞어 마셨는데
문득 정신이 혼미하다

차가 끊겨서 택시를 타고 집에 오는데
문득 정신이 혼미하다

집에 와서 컴퓨터를 켜는데
문득 정신이 혼미하다

술에 취한 상태에서 시를 쓰는데
문득 정신이 혼미하다

이제 자야겠다고 막 생각하는데
문득 정신이 혼미하다

(2005. 7. 21)

#00175. 얼렁뚱땅

일어나서 1시간이 얼렁뚱땅
아침을 먹으며 1시간이 얼렁뚱땅
회사와 집을 오가며 3시간이 얼렁뚱땅
회사에서 일하며 11시간이 얼렁뚱땅
저녁을 먹으며 1시간이 얼렁뚱땅
자기 전에 1시간이 얼렁뚱땅
꿈속에서 6시간이 얼렁뚱땅

정신을 바짝 차리지 않으면
세월이 자꾸만 내 시간을 훔쳐 간다

(2005. 7. 22)

#00176. 시는 짧으니까

시는 짧으니까 참 빨리 써질 것 같은데
사실 그렇게 빨리 써지지는 않네

짧은 시 한 편 쓰는 데도
낱말 하나하나에 고민하고

행 하나하나에 고민하고
연 하나하나에 고민하네

몸이 힘들 때는 시를 쓴다는 것
그 자체가 큰 고통일 수도 있네

시는 짧으니까 참 쉽게 써질 것 같은데
사실 그렇게 쉽게 써지지는 않네

(2005. 7. 23)

#00177. 나는 즐겁다

회사를 다닌다는 것이 나는 즐겁다
좋은 사람들과 함께 일한다는 것이 나는 즐겁다
고객들을 직접 만난다는 것이 나는 즐겁다
하루 10시간 넘게 힘들게 일하지만 나는 즐겁다
보람된 일을 한다는 것이 나는 즐겁다
회사를 다닌다는 것이 나는 즐겁다

(2005. 7. 24)

#00178. 고객이 있네

고객이 있으니 회사가 있고
회사가 있으니 내가 있고
내가 있으니 가족이 있고
가족이 있으니 사랑이 있고
사랑이 있으니 행복이 있고
행복이 있으니 사랑이 있고
사랑이 있으니 가족이 있고
가족이 있으니 내가 있고
내가 있으니 회사가 있고

회사가 있으니 고객이 있네

(2005. 7. 25)

#00179. 변두리에 있다

정해진 길로 반듯하게 갔다면

벌써 먼 길을 가고도 남았을 텐데

이리 갔다 저리 갔다 꼬불꼬불

수없이 방황하고 헤매다 보니

나는 아직도 변두리에 있다

(2005. 7. 26)

#00180. 힘을 주세요

어머니에게 힘을 주세요
어머니가 언제나
건강하게 살 수 있도록 힘을 주세요

남동생에게 힘을 주세요
남동생이 마음속에 꿈을 간직하고
그 꿈을 이룰 수 있도록 힘을 주세요

여동생에게 힘을 주세요
여동생이 좋은 남자 만나
한평생 행복하게 살 수 있도록 힘을 주세요

아버지에게 힘을 주세요
아버지가 언제나
건강하게 살 수 있도록 힘을 주세요

(2005. 7. 27)

#00181. 후드득 후드득

삶의 순간순간마다
생소한 문제가 자꾸만

툭
하니

던져지고 또 던져진다

그렇게
쉬지 않고

던져지는 문제를

척
하니

풀어내지 못하면
삶이 자꾸만 힘들고 고달파진다

후드득
후드득

미적분보다 훨씬 어려운 문제들이
삶 속으로

빗
발

치
듯

쏟
아
진
다

후드득
후드득

그
렇
게

(2005. 7. 28)

#00182. 열여섯 살

나는 어느새
너희들과 같이 열여섯 살이다

서른이 훌쩍 넘은 내게
또 하나의 사춘기가 온 것만 같다

가슴속에서 무엇인가가
막 꿈틀거린다

내 존재는 정말 참을 수 없을 만큼
무중력 상태다

나는 너희들 속에서
너희들과 같이 열여섯 살이다

(2005. 7. 29)

#00183. 내 나이

누군가를
마음껏 사랑해도 좋을
나
이

그렇다고
아무나 막 사랑할 수는 없는
나
이

사랑하고
그 사랑을 책임질 수 있어야 할
나
이

하지만
대 놓고 누군가를 유혹하기에는 좀 멋쩍은
나
이

그래도
평생 혼자 살지 않으려면 어떻게든 해야 할
나
이

내
나
이

서른 둘

(2005. 7. 30)

#00184. 행복은 어쩌면

행복은 어쩌면
손이 닿는 거리에 있다

행복은 어쩌면
밥을 먹는 것보다도 쉽다

행복은 어쩌면
마음먹기에 달려 있다

행복은 어쩌면
이미 우리 곁에 있었을지도 모른다

행복은 어쩌면
발이 닿는 거리에 있다

(2005. 7. 31)

#00185. 시인의 이야기

회사 일을 하면서
매일 시를 쓴다는 것은
쉽지 않은 일이었네

잠들기 전 피곤한 눈을 게슴츠레 뜨고
간신히 써 내려 가는
고독한 시인의 이야기여

시의 모습을 하고 있지만
시가 아닌 것처럼 느껴질 수도 있는
낙서 같고 일기 같은 나의 시여

아……

나의 수줍은 이야기여

(2005. 8. 1)

#00186. 밀린 시를 쓴다

밀린 시를 쓴다
밀린 시들에 밀려
더욱 밀려 버린
첩첩산중 같은 시를 쓴다
시가 자꾸 물결처럼
내 곁에서 멀어지니
시는 어제와 어제 속에서
아찔한 절벽처럼
까, 마, 득, 하, 다
그
렇
게
밀린 시를 쓴다

(2005. 8. 2)

#00187. 짝이 없으면

짝이 없으면 짝을 찾기 위해
눈에 불을 켜고 수많은 날들을 보내야 한다

짝을 찾으면 짝을 잃지 않기 위해
온몸을 불사르며 수많은 날들을 보내야 한다

짝을 잃으면 짝을 다시 찾기 위해
눈에 불을 켜고 또 수많은 날들을 보내야 한다

(2005. 8. 3)

#00188. 눈이 시렸다

시가 자꾸 밀리는 이유는
컴퓨터 화면을 보는데
눈이 시렸기 때문이다

하루 종일 회사에서 일하고
밤늦게 피곤한 몸으로 집에 와서는
컴퓨터를 켜고 떡 하니 앉아
컴퓨터 화면을 뚫어지게 바라보고 있으면
얼음이 꽁꽁 얼어붙은 추운 겨울에
손이 시린 것처럼 눈이 시렸다

하루 종일 나도 모르게
눈을 너무 혹사시켰던 것은 아닐까
아……
내게는 충분한 휴식이 필요하다

(2005. 8. 4)

#00189. 버릇

신발을 끄는 버릇을 가진 친구
그가 사무실에서 움직이면
움직일 때마다 바닥에 검은 고무 자국이 남는다
청소하는 아줌마들이 매일 뭐라고 하고
상사 한 명이 주의를 줬는데도
그 버릇은 절대로 안 바뀐다
오히려 점점 더 심해져서
바닥은 온통 고무 자국으로 가득하다
버릇은 참 무서운 거다

(2005. 8. 5)

#00190. 여자 나이

이제는 안경알을 바꿀 때가 됐다
요즘 내가 여자 나이를 잘 알아맞히지 못한다

화장 때문이었는지
조명 때문이었는지
의상 때문이었는지
성형 때문이었는지

도무지 여자 나이를 알아맞히지 못하겠다
이제는 정말 안경알을 바꿀 때가 됐다

(2005. 8. 6)

#00191. 방황하고 있었네

한 가지 일에 정신을 쏟다 보니
세월이 가고 있다는 것도 잊고
내가 나이를 먹고 있다는 것도 잊고
다른 사람들이 같이 나이를 먹고 있다는 것도
잊고
세상이 변해 가고 있다는 것도 잊고
내가 이 같은 사실을 모두
잊고 있었다는 것조차 잊고 말았네

수많은 변화의 소용돌이 속에서
나는

수많은 문명 충돌의 파편 속에서
나는

갈 곳을 잃어
중심도 없고 방향도 없이 그렇게

방황하고 있었네

(2005. 8. 7)

#00192. 은둔

1년 365일 동안
눈을 감고 귀를 막고 입을 다물고

이 세상
저 세상
이도 저도 아닌 세상

그 어느 곳에도
마음 하나 두지 않은 채

사람을 떠나
사람 밖에서
사람 없이 홀로 고독하더라도

진정 날 알아주는 이는
하나 없을 것 같구나

(2005. 8. 8)

#00193. 언어의 광산

너를 파헤치면
네 안에는
더욱 심오한 네가 들어 있다

네 안을 들여다보면 볼수록
더욱 심오해지는 너를

나는 더욱 파헤치고 싶다

너는 언어의 광산
나는 강철 곡괭이

(2005. 8. 9)

#00194. 장벽을 넘어

넘지 못할 선을 넘어 버린 사랑

그것은
국가의 장벽을 넘었다고 해야 할 것인가
종교의 장벽을 넘었다고 해야 할 것인가
마음의 장벽을 넘었다고 해야 할 것인가

아니면
법의 장벽을 넘었다고 해야 할 것인가
인륜의 장벽을 넘었다고 해야 할 것인가
우주의 장벽을 넘었다고 해야 할 것인가

오……
넘지 못할 선을 넘어 버린 사랑

(2005. 8. 10)

#00195. 한 여자를 사랑했을 때

한 여자를 사랑했을 때
어디까지 사랑했어야
진정 사랑했다고 말할 수 있을까

혼자서 짝사랑으로

열병처럼 사랑했던 여자도 결국은
마음속에 아름다운 사랑으로 남고

서로 좋아서
불꽃처럼 사랑했던 여자도 결국은
마음속에 아름다운 사랑으로 남는데

한 여자를 사랑했을 때
어디까지 사랑했어야
진정 사랑했다고 말할 수 있을까

(2005. 8. 11)

#00196. 사랑이라는 건

사랑이라는 건 참 쉬우면서도 어려운 거다
어쩌면 사랑이라는 건
참 어려우면서도 쉬운 건지도 모른다

내가 가진 것을 보고 나를 좋아하는 여자가
있다면
나는 그 여자가 그렇게 좋지는 않을 것 같고
내가 가진 것이 없다고 나를 싫어하는 여자가
있다면
나 역시 그 여자가 그렇게 좋지는 않을 것 같다

나의 사람됨을 보고 나를 좋아하는 여자가
있다면
나 역시 그 여자가 참 좋을 것 같고
나의 사람됨을 보고 나를 싫어하는 여자가
있다면
나는 그 여자가 그렇게 싫지는 않을 것 같다

내가 가진 것을 보고 나를 좋아했던 여자는

내가 가진 것이 없어지면 나를 아주 쉽게
떠날 것 같고
　나의 사람됨을 보고 나를 좋아했던 여자는
　내가 가진 것이 없어져도 내 곁에 남아 힘이
되어 줄 것만 같다

　사랑이라는 건 참 어려우면서 쉬운 거다
　어쩌면 사랑이라는 건
　참 쉬우면서도 어려운 건지도 모른다

(2005. 8. 12)

#00197. 사랑이었네

　사랑하고 싶었지만
　사랑할 수 없었던 것도 사랑이었네

　사랑할 수 없었지만
　사랑할 수 있었던 것도 사랑이었네

　사랑하고 사랑했지만
　사랑한다고 말할 수 없었던 것도 사랑이었네

　사랑한다고 소리치지는 않았지만
　사랑을 온몸으로 느낄 수 있었던 것도
사랑이었네

　사랑을 피하고 싶었지만
　사랑을 피할 수 없었던 것도 사랑이었네

　사랑할 수 있었지만
　사랑할 수 없었던 것도 사랑이었네

　사랑할 수 없었지만

사랑하고 싶었던 것도 사랑이었네

(2005. 8. 13)

#00198. 게으른 시인

바쁘다고 핑계만 대던 게으른 시인은
4년 가까이 시를 손에서 놓고 지냈다

모처럼 시를
다시 손에 쥐고

모처럼 시를, 시를, 시를
다시 손에 한 움큼 쥐고

4년 가까이 되는 우주의 단잠을
깨우고 또 깨우고

4년 가까이 되는 내면의 침묵을
깨우고 또 깨우고

입을 열었다 창문을 열었다 하늘을 열었다
그래 열었다 열렸다 여렸다 어렸다 알았다

바쁘다고 핑계만 대던 게으른 시인은
4년 가까이 딴짓만 하고 또 딴짓만 했다

왜 바쁨 속에서도 항상
나침반의 바늘은 북쪽을 가리켰던 것인가

왜 혼돈 속에서도 항상
북극성의 방향만큼은 잊지 않고 있었던 것인가

게슴츠레 떠진 봄기운 가득한

강아지 눈빛처럼 희미하게나마

세상의 수많은 기록물들을
가슴속으로 쓸어 담았다

또 한 번 변한 세상에
또 한 번 새로운 다짐을 버릇처럼 내던지며

4년 가까이 시를 쓰지 않은 시인은
다시 시를 밥 먹듯이 쓰기로 결심했다

(2009. 3. 27)

#00199. 시에게 바침

시를
즐겁게 쓰면서

행복한 하루를 보내려고
마음먹고 또 마음먹었는데

시는 갑자기 많은 변명을 늘어놓으며
시인에게 심한 욕설을 했다

분명 시인이 무슨 말 실수를 했던 것 같다
분명 시인이 그를 화나게 했던 것 같다

마치 환각에 빠진 것처럼
시는 시인의 머리를 때리고 또 때리고

그러다가 어느 순간
뒤통수를 두들기듯 때리고 또 때리고

게다가 손톱으로 할퀴고 꼬집으며

인정사정없이 시인에게 상처를 낸다

가나다라마바사!
아자차카타파하!

'아야', '어여'가
'오요', '우유', '으이'고!

'나냐', '너녀'가
'노뇨', '누뉴', '느니'다!

메스껍게
메스껍게

그토록 아득히
끓어오르던 분노여

시인의 삶을 움켜쥐고 뒤흔드는
어쩌면 너무나도 잔인한 시여

침묵으로 조용히 일생을 숨어 지내다가
따사로운 한 줌 빛을 시인에게 내던지고
사라져 버린

쓰라린 상처의 설움
어쩌면 너무나도 혹독한 시여

시인이 말장난하는 것처럼 보였을까
시인이 말꼬리 잡는 것처럼 보였을까

마음껏
시인을 두들겨 패고

속 시원하니
시여

오늘 하루를 의미 있게 보내는 것은
시에게 그렇게 두들겨 맞고

그 두들겨 맞은 느낌을
시의 언어로 표현하는 거다

시인이 이렇게 살아 있으므로
아프면 아프다고 시를 써야겠다

시인이 정말 이렇게 살아 있으므로
아직 희망이 남았다고 시를 써야겠다

시인이 죽었다면 이렇게
시를 쓰지도 못하겠지

그냥 정지해 있는 수평선 위에
멈추어 선 커다란 고민 덩어리 하나

외로웠기에
시를 찾았던 것일까

익숙했기에
시를 찾았던 것일까

시를
밥 먹듯이 쓰면서

시인은 시의 자취를 남긴다
말로 표현할 수 없는 빛깔의 숲속으로

까마득히 멀어지는
무지개, 하얀 구름, 파란 폭풍, 돛단배여

밥 먹듯이
너를

너를
저 넓고 파란 하늘에 꼼꼼히 적는다

오,
시여……

(2009. 3. 31)

#00200. 눈, 다락, 쥐

눈
다락
쥐

째앵
쥐

캄캄한 동굴 속의 박
쥐

이쁘
쥐

거기 참 멀
쥐

오늘 참 행복하
쥐

갑자기 사랑이 막 솟구쳐 오르
쥐

눈
다락
쥐

더러운 손으로 눈 만지면 안 되
줘

꿀꿀 돼
줘

참 이쁘
줘

눈
다락
줘

째앵
줘

눈부신 동굴 속의 박
줘

하하하 그렇게 웃
줘

호호호 그렇게 웃
줘

껄껄껄 그렇게 웃
줘

참 재밌
줘

눈
다락
줘

(2009. 4. 2)

#00201. 아무렇지도 않게

아무렇지도 않게 하루를 보내고
아무렇지도 않게 삶을 이야기했다

삶은 어쩌면 너무나도 단순한 것인데
때로는 너무나도 복잡한 것이었다

원칙과 공식만으로 누가
이 삶을 뚜렷하게 정의할 수 있을까

원칙과 공식만으로 누가
이 삶을 정확하게 채점할 수 있을까

아무렇지도 않게 하루를 보내고
아무렇지도 않게 말을 건넸다

한 마디의 말이 치명적인 나의 하루여
혀끝에서 나오는 독기의 언어여

처절하게 뱉어 버리는 혀끝의 언어여
속삭여라 속삭여라 그래

소리 질러라 소리 질러라 버럭
내면에서 질리도록 울렁거리는 시간이여

아무렇지도 않게 하루를 보내고
아무렇지도 않게 입을 꾹 다물었다

(2009. 4. 13)

#00202. 무거운 짐 (1)

나도 모르게
많은 것을 등에 짊어지고 살아가려니
두 어깨가 무거운 것이고

두 어깨가 무겁다 보니
삶은 갈수록 더 힘들어지고
힘들어지는 것이다

가진 것을 모두 기꺼이
버릴 수 있는 지혜는 아무도 내게
가르쳐 주지 않았기에

나 역시
쉽게 아무것도 버리지 못하고 자꾸만
무거운 짐을 짊어지고 있다

조금씩 조금씩 내 짐을
덜어 내고 덜어 내면
분명 진정한 자유의 날은 정말 올 것인가

(2010. 5. 22)

#00203. 허공 위 구름 바닥

수많은 욕망의 이글거리는 눈빛들이
무수한 손을 뻗쳐 황금을 움켜쥐려 하고 있었다

그곳, 바로 공허한 어느 한 지점에서
한 걸음 내디디면 아마 허공 위 구름 바닥이었지

끝도 없이 떨어지는 눈빛들의 흐느낌이여
묘사하고 싶어도 묘사할 수 없는 고통이여

욕심내어 가지려고 하면 영원히 가질 수 없고
욕심 버려 가지지 않으려 하면 가질 수 있는

영원한 자본주의의 수수께끼
해답을 알고 있는 자는 이미 황금을 보유하고
있었다

그곳, 바로 공허한 어느 한 지점에서
한 걸음 내디디면 아마 허공 위 구름 바닥이었지

(2010. 5. 23)

#00204. 모든 사람들이 행복하기를

모든 사람들이 행복하기를
바라고
바라고
바라고
바라고
바라는 것은
정말 바보 같은 생각인 것일까

마음먹기에 따라 모든 사람들은
마치
타, 임, 머, 신을 타고 시공을 오가듯
지금
당장이라도 한순간에
행복
해질 수 있을 것만 같은데

언제부턴가 시작된
비교와
비교와
비교와

비교와
비교……

남
과 나와

남
과 나와

남
과 나와의

그 처절한 비교와 비교와 비교와 비교와 비교와
비교와 비교와 비교와 비교와 비교와 비교
와 비교와 비교와 비교와 비교와 비교와 비교와
비교와 비교와 비교와 비교와 비교와 비교와 비교
와 비교와 비교와 비교와 비교와 비교와 비교와
비교와 비교와 비교와 비교와 비교와 비교와 비교
와 비교와 비교와 비교와 비교와 비교와 비교와
비교와 비교와 비교와 비교와 비교와 비교와 비교
와 비교와 비교와 비교와 비교와 비교와 비교와
비교와 비교와 비교……

무의식적으로 반복해 왔던 역사와 같은
무심코 하는
비교와
비교와
비교와
비교와
비교……

아……
이제는 나도 행복해지고
남들도 행복해지면 좋겠네

아……
이제는 남들도 행복해지고
나도 행복해지면 좋겠네

어느 텔레비전 방송에서 누군가 행복을 수학
공식으로 나타내고 나서
욕심을 줄이면 행복이 커진다고 그랬었지

모든 사람들이 욕심을 조금씩 줄여서
모두가 다 행복해지면 참 좋겠네

(2010. 5. 24)

#00205. 한 끗 차이

사람들의 속은 아무도 모르지

사람들은
저마다의 기준으로

마치 학교 운동장에서
좌우로 정렬

하기 전에 손들고
기준

하고 외치는 것 같은
바로 그런 기준으로

세상을

바
,
라
,

본

,

다

어쩔 땐 아름답기만 한 것 같은 세상 어쩔 땐 혹독하기만 한 것 같은 세상 어쩔 땐 행복하기만 한 것 같은 세상 어쩔 땐 고통스럽기만 한 것 같은 세상 어쩔 땐 평화롭기만 한 것 같은 세상을

바

,

라

,

본

,

다

자꾸만 변하고 변하고 변하는 세상 불현듯 나도 모르게 나도 변하고 나도 변하고 과연 나는 좋은 모습으로 변하고 있는 것일까 점점 더 게을러지고 타성에 젖어 늘 같은 것을 똑같이 반복하고 있는 것은 아니었을까

성

공

과

실

패

그 모두가 다 한 끗 차이였던 것일 뿐
옛말처럼 정말 뜻이 있으면 길이 있었다

갈 곳을 정하고 길을 찾다 보면 결국 길이 나오고
길이 없으면 길을 직접 만들어서라도 갈 수 있었다

무엇인가를 알고 모르는 그 한 끗 차이
무엇인가를 행하고 행하지 않는 그 한 끗 차이

너무 간단하지만 쉽게 보이지 않는 그 미묘한 힘
한, 끗, 차, 이

(2010. 5. 27)

#00206. 인생 교육

세상을 살아가다 보니 알게 된 것인데 인생 교육이라는 건 어차피 나중에 알게 될 것을 미리 알려주어 절실히 깨닫게 해 주는 것이었네 나이가 어릴 때는 세상을 별로 살아 보지 못했기 때문에 잘못된 생각의 울타리에 쉽게 갇혀 버릴 수도 있었던 것이네 학교를 다니고 학원을 다니고 사회에 나와 몸소 세상을 10여 년 살아가다 보니 비로소 깨닫게 되는 것들, 나는 도대체 그동안 무엇을 배워 왔던 것일까 나는 도대체 그동안 무엇을 위해 살아왔던 것일까 그저 하루하루를 살아가기 위해서였을까 생활비를 벌고 대출을 갚아나가기 위해서였을까 또는 내가 알지 못하는 그 무엇인가를 위해서였을까 아…… 좀더 일찍 제대로 깨닫지 못했더라도 세상을 그렇게 원망할 필요는 없었던 것이었네 아…… 좀더 일찍 제대로 깨닫지 못했더라도 모든 잘못을 다른 사람 탓으로 돌릴 필요는 없었던 것이었네 세상을 살아가다 보니 노력한 만큼의 대가가 늘 없었던 것은 아니었네 세상을 살아가다 보니 노력하지 않았던 것이 결코 잘한 일은 아니었네 우주가 무한하듯 행복 에너지도 무한했던 것이었네 분수에서 분모를 0에 최대한 가깝게 하고 분자를 무한대에 이르게 하면 무한대의 무한대가 되는 것처럼 행복 에너지도 무한했던 것이었네 또 누구에게나 길은 열려 있었던 것이네 가야 할 곳을 정

하면 우주는 마법처럼 길을 보여 주었던 것이었네
세상을 살아가다 보니 알게 된 것인데 인생 교육이
라는 건 어차피 나중에 알게 될 것을 미리 알려 주
어 절실히 깨닫게 해 주는 것이었네

(2010. 5. 28)

#00207. 너도 나도 학생

요즘엔 여기저기서
너도 나도 학생

평생 배워야 하므로
졸업해도 학생

일하는 사람도 학생
은퇴해도 학생

하룻밤 자고 나면
새로운 것들이 계속해서 사방에서 튀어나오니

어쩔 수 없이 생존을 위해
너도 나도 학생

영희도 철이도 학생
엄마도 아빠도 학생

아줌마도 아저씨도 학생
할머니도 할아버지도 학생

요즘엔 여기저기서
너도 나도 학생

(2010. 5. 29)

#00208. 조금만 더 일찍

조금만 더 일찍
깨달을 수 있었다면
얼마나 좋았을까

조금만 더 일찍
많이 알 수 있었다면
얼마나 좋았을까

세월이 가면서
삶은 순간순간 내게
뼈저린 교훈을 준다

이미 되돌릴 수 없도록
바보처럼 모든 것을
몸소 직접 체험해 보고 깨닫게 한다

세월은 더 이상 나를 묵인해 주지 않고
이 우주 어딘가에서 나도 모르게
항상 부산스럽게 움직인다

바람을 타고 파도를 타고
새소리를 따라 고동 소리를 따라
동그랗게 동그랗게

세월은 내가 정지한 순간에도
쿵, 쿵, 쿵, 쿵,
그 거대한 발걸음을 빛의 속도로 내딛는다

조금만 더 일찍
깨달을 수 있었다면
얼마나 좋았을까

조금만 더 일찍

많이 알 수 있었다면
얼마나 좋았을까

(2010. 6. 21)

#00209. 꿈들이 자라난다

꿈들이 자라난다
여기저기서 풀처럼 나무처럼
쑤욱쑤욱 쑤욱쑤욱
꿈들이 자라난다

문득 두 눈을 감으면

내 마음 밖에는
존재의 존재를 생각하는 존재가 있고
내 마음속에는
자꾸만 변할 수밖에 없는 진리가 있다

흐르고 흐르고 흐르고
나뉘어지고 나뉘어지고 나뉘어지고
합쳐지고 합쳐지고 합쳐지고
다시

오, 꿈이여……
꿈꿈꿈
아, 꾸움꾸움꾸움……
꿈

나뉘어지고 나뉘어지고 나뉘어지고
합쳐지고 합쳐지고 합쳐지고
흐르고 흐르고 흐르고
다시

알 수 없는 암호처럼
어쩌면 너무 쉬운 것 같은 문제처럼
내 마음속에는 자꾸만 변할 수밖에 없는 진리가
있고
내 마음 밖에는 존재의 존재를 생각하는 존재가
있다

아뿔싸, 하는 순간

꿈들이 또 자라난다
여기저기서 풀처럼 나무처럼
쑤욱쑤욱 쑤욱쑤욱
꿈들이 자라난다

(2010. 6. 28)

#00210. 우주를 생각하며

수많은 존재들이 내 바깥에 있다
수많은 별들이 내 주위를 돈다

수많은 존재들이 내 안에 있다
수많은 별들이 내 주위를 다시 돈다

나도 덩달아 누구를 중심으로 돈다
누구도 덩달아 다른 누구를 중심으로 돈다

나는 우주와 또 다른 우주와의 경계
나는 수많은 생각과 또 다른 수많은 생각과의 경계

살아 움직이는 별과 별과 별과 별
우주 속의 검은 구멍과 하얀 구멍과 벌레 구멍과
또 다른 공간

표현할 수 없는 엄청난 끌어당김의 법칙
빛조차 휘어져 들어가는 버틸 수 없는 끌어당김

아무도 겪어보지 못한 추상적인 세계
아무도 증명할 수 없을 것 같은 추상적인 세계

수많은 존재들이 내 안에 있다
수많은 별들이 내 주위를 다시 돈다

수많은 존재들이 내 바깥에 있다
수많은 별들이 내 주위를 돈다

(2010. 9. 8)

#00211. 한 폭의 그림

어느 날인가
문득 눈을 떠 보니
인부들이 내 앞에 그림처럼 존재하고 있었다

여기, 여기
저기, 저기
여기, 여기
저기, 저기

하, 나, 둘, 씩
어두운 밤하늘 별처럼 나타나
나의 집으로 빛의 요정처럼 날아들고 있었다

그 어떤 인연으로
그 수많은 시간과 공간 속에서
그들은 나와 함께 존재하고 있었을까

시간의 마법사는 시간을 돌려 순식간에

지난해 혹독한 추위를 버티지 못한 나의 집을
인부들을 보내 그림처럼 수리하고 있었다

정지해 버린
어느 무더운 여름날의 뙤약볕
소나기라도 쏴아아, 하고 내렸으면……

문득 나도 나의 창가에서
누군가가 그렇게 바라보던
한 폭의 그림이 된다

(2011. 6. 20)

#00212. 30년 전의 도시

한동안 딴 곳에 정신을 팔다가
문득 이곳으로 다시 돌아와서
주위를 천천히 둘러보니
세상이 많이 변해 있었다

별로 변한 것이 없는 것 같은데
아니 별로 변한 것이 없다고 위안을 가지고 싶은데
주위를 천천히 둘러보니
정말 세상이 많이 변해 있었다

30년 전의 서울은 없었다
30년 전의 인천은 없었다
30년 전의 천안은 없었다
30년 전의 대전은 없었다
30년 전의 대구는 없었다
30년 전의 부산은 없었다
30년 전의 서울은 다시 없었다

누군가의 사진첩 속에서나

역사의 박물관에서나
구석기, 신석기 시대의 유물처럼
그렇게 구경거리가 되고 있었다
아니 어쩌면 추억거리가 되고 있었다

자본주의 논리에 따라
도시는 자꾸만 높아지고 있었다
도시가 낮아진다는 것은 상상할 수도 없기에
도시는 세상의 모든 자원을 끌어모아
자신의 덩치를 키우고 자꾸만 높아지려 하고
있었다

도시가 높아지면서
어떤 사람들은 전세금도 안 되는 보상금을 받고
집에서 쫓겨나기도 하고
또 어떤 사람들은 새 아파트를 얻고
두둑한 보상금까지 받고 있었다

한동안 딴 곳에 정신을 팔다가
문득 이곳으로 다시 돌아와
주위를 천천히 둘러보니
세상이 정말 많이 변해 있었다

(2011. 6. 22)

#00213. 고마웠다

정신없이 밥상을 차려 놓고
숟가락을 들어 쌀밥 한 술 뜨려 하는데
문득 쌀농사를 지으신 농부님들이 고마웠다
농부님들 아니었으면
내가 직접 힘들게 쌀농사를 지어야 했겠지
농부님은 한 톨의 쌀알이라도 더 창조하기 위해
그토록 땀을 흘리셨나 보다

쌀밥을 입에 넣고 씹으며
젓가락을 들어 멸치를 집으려 하는데
문득 멸치를 잡으신 어부님들이 고마웠다
어부님들 아니었으면
내가 직접 힘들게 멸치를 잡아야 했겠지
어부님은 한 마리의 멸치라도 더 창조하기 위해
그토록 땀을 흘리셨나 보다

한때 반찬 투정을 하고
고마움이라고는 하나도 모르던
언제였는지 잘 기억도 나지 않는
그런 어린 시절이 있었지
살다 보면 자연스럽게 알게 되는 것일까
살다 보면 자연스럽게 느껴지게 되는 것일까

밥을 한 술 더 뜨고
젓가락을 들어 다른 반찬을 집으려 하는데
문득 주어진 일거리가 고마웠다
일거리가 없었으면
돈도 벌지 못하고 살아갈 날이 더 막막했겠지
일거리는 내 능력을 더욱 키워 주기 위해
그토록 쉴 새 없이 밀려들었나 보다

(2011. 6. 23)

#00214. 우산을 써도

가슴팍으로도
추억이 아련히 스미는데

우산을 써도
빗방울이 새처럼 날아 들어오네

눈가에도
그리움이 아득한 물결처럼 밀려오는데

신발도 양말도
빗물에 젖었는지 축축하기만 하네

시인의 시도
겨우 진통을 끝내고 세상 밖으로 나오려는데

여기에서도 저기에서도
빗방울이 폭죽처럼 바닥에서 솟아오르네

가야 할 길을 가야 하는 시인도
흐뭇한 미소를 머금고 가야 할 길을 가는데

아무리 완벽한 우산을 써도
빗방울이 새처럼 날아 들어오네

(2011. 6. 24)

#00215. 탭 댄스를 추네

시는 어쩌면 내 머릿속 어딘가에서
이미 쓰여진 채로 숨어 있을 것만 같네

시는 나도 모르게 어딘가에서
순식간에 불쑥 튀어나올 것만 같네

시가 정확히 어디에 숨어 있는지
나는 아직도 잘 모르겠네

시는 아마도 눈 감으면 보이는 암흑 같은 우주
속 어딘가에서
아무도 몰래 혼자 별처럼 빛나고 있을 것만 같네

시는 어쩌면 늘 부끄러워하는 것 같지만
끼가 넘치는 처녀인지도 모르겠네

시는 늘 숨어 있다가 내가 조심스레 부르면
종종걸음으로 다가와 갑자기 키보드 위에서
탭 댄스를 추네

(2011. 6. 25)

#00216. 비가 그친 후

비가 갑자기 그치고 나서
아무 일도 없었던 듯 조용하다

아주 조금 열어 놓은
창문 틈으로 보이는 하늘에는
아직도 먹구름이 수묵화처럼 남아 있다

늦잠을 자다가 자다가
게으름을 부리다가 부리다가
겨우 정신 차려 일어난 일요일

선풍기를 틀지 않아도
충분히 시원하기만 하다
얼마 전까지만 해도
더워서 부채를 부치면서 있기도 했는데
그래도 비가 오고 난 직후라 그런지
어느 깊은 숲속 계곡에 와 있는 것 같다

비가 갑자기 그치고 나서
평소 그토록 많이 지나가던
요 앞 도로의 차 소리도 잘 안 들린다

무슨 일이 있는지 궁금하여

창밖을 슬그머니 내다보는데
여기저기 눈에 띄는 은행나무
은행나무 이파리가 유난히 푸르다

(2011. 6. 26)

#00217. 무수한 인파 속에서

시인은 무수한 인파 속에서
갑자기 눈을 감고 무수한 시인이 된다

시인은 아침에 출근하면서
반가운 이들과 마주치고
반가운 미소로 반가운 시를 한 편 쓰고
경쾌하게 걸으며 추억의 여운을 남긴다

걸어가는 시인, 움직이는 시인
지나간 발자국은 나의 과거, 너의 과거, 우리의 과거
움직이는 이 순간은 나의 현재, 너의 현재,
우리의 현재
나는, 너는, 우리는 지금 어디를 향해 가고 있는
것일까

아차, 하는 사이
미래는 순식간에 현재가 되어 버린다

시인은 저녁에 퇴근하면서
행복한 이들과 마주치고
행복한 미소로 행복한 시를 한 편 쓰고
경쾌하게 걸으며 추억의 여운을 남긴다

시인은 무수한 인파 속에서
갑자기 눈을 뜨고 무수한 시어가 된다

(2011. 6. 27)

#00218. 달콤한 수박

달(이 사차원에 비스듬하게 걸려 있다)
콤(플렉스는 그림자처럼 따라붙고)
한(뼘 정도 되는 거울이 나를 비추고 있다)

수박이 유난히 맛있던 하루
저물고 있다

여름인 듯 여름 아닌 듯
저물고 있다

깍두기처럼 잘려진 수박이 검은 접시 위에서
사라지듯
저물고 있다

달(이 사차원에서 빠져나오고 있다)
콤(플렉스는 투명 인간처럼 사라지고)
한(뼘 정도 되는 거울이 나를 다시 비추고 있다)

수박이 유난히 맛있던 하루
역시 저물고 있다

(2011. 6. 28)

#00219. 비 많이 오던 날

어디에서부터 흘러온 것인지
엄청난 흙탕물이
무릎까지도 오지 않던 탄천을 완전히
뒤덮어 흐르고 있었다

비가 쉬지도 않고 하늘에서 쏟아지고
바람은 어디에서부터인지 자꾸만 불어오니

사람들은 우산을 운명처럼 부여잡고
비를 시련처럼 힘들게 막아 내고 있었다

어느 날씨 좋던 날
공원 길을 누비던 자전거들에 대한 기억도
언제 그랬냐는 듯이 흙탕물이 통째로 집어삼켜
버리고
얕은 개울 징검다리 같이 느껴지던 작은 다리도
몸집이 불어난 흙탕물에 가려 볼 수 없었다

빗속을 걷고 있는 존재
그것도 신호등이 빨간 눈을 뜨지 않는 이상
계속 쉴 새 없이 목적지를 향해 걷고 있는 존재
가야 할 길을 가야 하기에
가야 할 길을 정말 가야 하기에
존재의 존재는 우주의 영혼 속에서 산낙지처럼
꿈틀거렸다

(2011. 6. 29)

#00220. 하나의 의미가 되고 싶다

운명의 누군가에게 다가가
하나의 의미가 되고 싶다

기계처럼 반복되는
시간의 톱니바퀴 같은 생활

하지만 아파트처럼
똑같은 공간 속에서도
사람들의 하루 일과는 저마다 달랐다

아침을 먹고
점심을 먹고

저녁을 먹고

그렇게 밥을 먹고
차를 마시고
과일을 먹고
시간을 보내도

아침과 점심 사이
점심과 저녁 사이
저녁과 아침 사이

그 틈에서 하는 일들은
그렇게 저마다 달랐다

길에서
마주쳤던 수많은 사람들

버스나 지하철에서
마주쳤던 수많은 사람들

그 사람들 중 어느 누군가는
나의 이상형이었을지도 모른다

아니 어쩌면 내 사랑은
어딘가에 꼭꼭 숨어 있었을지도 모른다

벌과 나비가
꽃을 찾아 바쁘게 날아다니는 것처럼

꽃이
벌과 나비를 위해 한껏 그 자태를 드러내는 것처럼

지금이라도
당장

운명의 누군가에게 다가가
그렇게 하나의 의미가 되고 싶다

(2011. 6. 30)

#00221. 살얼음판

어느 순간 나는
어느 여름날의 한가운데에서
기괴한 음악을 들으며
나도 모르게 살얼음판을 걷고 있다

바닥이 꺼지면
아무래도 까마득히 깊은
낭떠러지 같은 바닷속으로 영원히 잠길 것만
같다

식은땀을 줄줄 흘리며
문득 고개를 들어 주위를 둘러보면

고층 빌딩으로 둘러싸인
어느 도시의 한가운데에
빨간색 봉, 파란색 봉이 그려진
어느 복잡해 보이는 도표가 구렁이처럼 꿈틀
거린다

떨어지면 죽을 정도의 높이에서 외줄을 타듯
어느 순간 나는
어느 여름날의 한가운데에서
나도 모르게 살얼음판을 걷고 있다

(2011. 7. 1)

#00222. 부딪힌다

마음과 마음이
파도처럼 출렁이며 부딪힌다

부서지는 파편처럼
사방으로 번져 가는 메아리여

시인은 뜨거운 모래벌판을 맨발로 걸어가며
난해한 시를 발자국처럼 남긴다

문명이 거대한 탑처럼 자라오르고
사람들의 눈높이가 저마다 하늘을 찌른다

간절한 꿈과 노력으로 이룬 성공처럼
만져질 듯 만져질 듯 결국은 만져지는 현실이여

얼마나 간절히 꿈꾸었을까
얼마나 간절히 노력했을까

마음과 마음이
파도처럼 출렁이며 다시 부딪힌다

(2011. 7. 2)

#00223. 무더위

무더위에 지쳤는지
전선은 축 늘어져
지나가는 하루를 응시하고 있다

빗소리는 분주히
음악 감상 시간을 방해하려는 듯
창문 틈으로 자꾸만 새어 들고

끈적끈적한 여름날의 육체는
무엇인가
시원한 것을 꿈꾸고 있다

부채
(부채는 수동으로 바람을 일으키고)

선풍기
(선풍기는 자동으로 바람을 일으키고)

에어컨
(에어컨은 자동으로 찬바람을 일으키고)

등목
(등목은 누군가 해 줘야 하고)

샤워
(샤워는 혼자서도 할 수 있고)

수박
(수박은 사다가 먹으면 되고)

아이스크림
(아이스크림은 먹을 때만 시원하고)

숲속 계곡, 동굴, 바다
(시간 내서 찾아가면 자연과 함께 시원해지고)

남극, 북극, 겨울
(그냥 상상하는 것만으로 좋을 듯하고)

기타
(등등)

※ 추신: 이열치열도 있었네

(2011. 7. 3)

#00224. 아름다운 추억

나무들은 온통
초록빛으로 정지해 있네

바람은 긴 여행에 지쳤는지
초록빛 속에서 잠시 곤한 잠을 자네

산책로를 따라 나무 그늘 밑을
영화 속 주인공처럼 걸으면

나도 모르게 내 마음은
온몸이 초록빛으로 물들고

수많은 이파리가 되어
새처럼 사방으로 날아가네

바람은 깜짝 놀라 곤한 잠에서 깨었는지
서둘러 여행을 다시 떠나고

나무들은 온통 초록빛으로 반짝이며
아름다운 추억을 남기네

(2011. 7. 4)

#00225. 바라본 하늘

바라본 하늘
지난 가을의 기억 속에서
유독 파랗다

(창문을 열어 보니 하늘은 뿌옇다)

지금 이 순간

지구는 팽이처럼 빙글빙글 돌면서
큰 타원을 그리려 한다

아마 지구가 돌고 있다면
그 위에 있는 나도 돌고 있는 게 맞을 텐데
나는 가만히 정지해 있는 것 같다

(일부러 생각하지 않으면 늘 잊어버린다)

아, 그렇다면 정지해 있는
모든 것들은 사실상
정지해 있는 것이 아니었던가

밀려오는 우주적 관점과 지구적 관점의 충돌
아, 어렵구나
아직도 풀리지 않는 물리학적, 천문학적 수수께끼여

옛날 옛적 사람들은 그래서
편하게 지구가 우주의 중심이고
하늘이 빙글빙글 돈다고 생각했나 보다

(창문을 다시 열어 보니 햇살에 눈이 부시다)

바라본 하늘
지난 가을의 기억 속에서
유독 파랗다

(2011. 7. 5)

#00226. 미루는 습관

이상하게도
나중으로 미루었던 것들은

타임머신을 타고
까마득한 미래로 가
결국은 잊혀져 버렸네

나중, 나중, 나중
안타깝지만 하지 못하게 될
후회할 확률이 매우 높은 단어여

정말 내게 소중하고
정말 내게 필요한 것이라면
머리를 쓰고 몸을 쓰고 시간을 쪼개서라도
지금 당장 해야 하네

나중으로 미루어도 좋은 것은 아마도
불필요한 지출과 죽음일 것이네

이상하게도
나중으로 미루었던 것들은
타임머신을 타고
까마득한 미래로 가
결국은 잊혀져 버렸네

(2011. 7. 6)

#00227. 눈 깜짝할 사이

내가 태어난 이후로 한 일은
거대한 우주 속의 먼지보다도 작네

내 주위에 있는 모든 것들은 이미
다른 사람들에 의해 창조되어 있네

이 세상의 모든 것들은 원래부터
그렇게 존재한 것도 있지만

수많은 천재들의 발명과
수많은 사람들의 노동으로 이루어져 있네

생각해 보면 내 손이 간 것이 별로 없네
그러므로 모든 것에 감사할 수밖에 없네

언제까지나 남 탓을 하고 한탄만 하며
이 세상을 살아갈 수는 없네

내가 태어난 이후로 한 일은 정말
거대한 우주 역사 속에서 눈 깜짝할 사이도 되
지 않네

(2011. 7. 7)

#00228. 상상

신나는 하루를
시작하고 싶은 날은
아침 일찍 일어나
신나는 노래를 듣고
신나는 상상을 하네

와, 정말 신난다 신나

상쾌한 하루를
시작하고 싶은 날은
아침 일찍 일어나
상쾌한 노래를 듣고
상쾌한 상상을 하네

와, 정말 상쾌하다 상쾌해

행복한 하루를

시작하고 싶은 날은
아침 일찍 일어나
행복한 노래를 듣고
행복한 상상을 하네

와, 정말 행복하다 행복해

(2011. 7. 8)

#00229. 자유 (1)

자유

내가 정말 애타게 찾던 것
내가 정말 간절히 원하던 것

자유

있을 때는 잘 모르지만
잠시라도 없어지면 금방 알게 되는 것

자유

시에게도 그런 자유를 선사하고 싶다
자유로운 날개를 달고
자유롭게 날아다니도록 하고 싶다

자꾸 억압하는 무엇인가에 대해
저항하는 것도 시의 자유
저항하지 않는 것도 시의 자유

나는 마치 동면을 하듯
깊은 잠에 빠져들어
정지한 시간 속에서 나 홀로

자유로운 날개를 찾아 헤맨다

자유

내가 정말 애타게 찾던 것
내가 정말 간절히 원하던 것

(2011. 7. 9)

#00230. 시여, 마음껏 생각하라

시여, 마음껏 생각하라

우리 세상의 그 모든 것들에 대해서
하나도 빼놓지 말고
우리 삶의 그 모든 것들에 대해서
하나도 빼놓지 말고

시여, 마음껏 말하라

무수한 글자들 사이에서
독특한 너만의 색깔로
무수한 이미지 사이에서
독특한 너만의 색깔로

시여, 마음껏 행동하라

규칙적인 시간의 눈금 속에서
확고한 원칙을 세우고
돌아오지 않는 현재 속에서
확고한 원칙을 세우고

시여, 마음껏 사랑하라

떠나간 젊음은 다시 돌아오지 않는다
지금 이 순간 진심으로 사랑하라
젊은 날의 경험은 다시 돌아오지 않는다
지금 이 순간 진심으로 사랑하라

시여, 마음껏 꿈을 펼쳐라

백지 위에는 아무것도 없다
이제 바로 너의 차례다
무엇이든 창조하면 된다
이제 바로 너의 차례다

시여, 마음껏 생각하고 또 생각하라

시인은 잠시 장마를 피해
구름 위에서 낮잠을 자고 싶다
시인은 잠시 더위를 피해
얼음 속에서 낮잠을 자고 싶다

(2011. 7. 10)

#00231. 참 시다

요리 재료와
레시피를 넣고
버튼을 누르니

텅

하는 소리와 함께 무엇인가 나온다

캔 속에는
시 한 편이 들어 있다

맛을 보니
눈꺼풀이 떨릴 정도로
참 시다

(2011. 7. 11)

#00232. 하루 (1)

하루

라는 이름의 강물에서

아주 완벽한 시인의 그물로
무엇인가를 건져 낼 수 있다면

대부분의 시간들은

미
꾸
라
지
처
럼

도망쳐 사라질 것이고
남는 것은 아마도

시

한 편이겠네

(2011. 7. 12)

#00233. 거리에서

엄청난 기술 발전의 열차가
바람처럼
나를 스치듯 순식간에 지나가고

일부러 보려고 한 것은 아닌데
저 멀리서
짧은 치마가 깃발처럼 휘날리네

어느 순간 내 손 안의 전화기는
슈퍼컴퓨터처럼
그렇게 빠르게 진화해 가고

일부러 느끼려고 한 것은 아닌데
아주 가까이서
긴 머리카락의 향기가 눈부시게 휘날리네

(2011. 7. 13)

#00234. 인터넷이 안 되다

인터넷이 무슨 이유 때문인지
연결이 되지 않고 있네

집에

인터넷이 연결되어 있지 않으니
컴퓨터는 갑자기 까막눈이 되네

정말

인터넷이 연결되어 있지 않으니
그 어떤 것도 제대로 할 수가 없네

인터넷

각종 정보와 지식을 얻고
외부 세계와 소통할 때 꼭 필요한 것

집에

인터넷이 연결되어 있지 않으니
피시방에서 정신없이 시 한 편 남기네

(2011. 7. 14)

#00235. 마법사

마법사가 방금 전
집에
왔다갔네

마법사의 손이
케이블 모뎀에 닿자마자
모뎀은 새 모뎀이 되고

집은
결국 외부 세계와 연결되었네

순간
지식과 정보로 가득 차는 집

마법사가 방금 전
집에
왔다갔네

(2011. 7. 15)

#00236. 눈부신 아침

빛의 홍수가
눈부시게
눈시울을 넘어

시각 속으로
강물처럼
흘러 들어온다

내가 너무 오랫동안
깜깜한 곳에 있었나 보다

아……

새들의 울음소리가
부산스럽게
귓가를 맴돌다

청각 속으로
파도처럼
흘러 들어온다

나는 이른 아침을
깊은 숲속에서 맞이했었나 보다

(2011. 7. 16)

#00237. 동그랗고 푸른 별

무수한 낮과 밤을
무수한 별들 속에서 헤매었네

동그랗고 푸른 별만을 생각하며

아주 오래 전부터 그렇게

수많은 블랙홀을 뚫고
왜곡된 시간의 차원을 넘어

무수한 낮과 밤을
무수한 별들 속에서 헤매었네

문득

환한 빛에 이끌려 찾아가 보니
푸른 별은 눈앞에 나타나고

다시

무수한 낮과 밤을
무수한 사람들 속에서 헤매었네

(2011. 7. 17)

#00238. 시여, 불을 뿜어라

시여, 불을 뿜어라

시는

고층 빌딩 사이의 공중을 날며
오랜 침묵의 입을 열고
시어를 찾아
매서운 눈을 부릅뜬다

시여, 불을 뿜어라

시는

도시의 공중에 널린
시어를 통닭처럼 구워서
한입에 꿀꺽 삼키고
거대한 날개를 휘젓는다

아……

시에 올라타
고삐를 쥐고 있는 시인이여

멈추지 말고
그대로 돌진하라

시는

무수한 시어를 삼키고
부풀어 오른 배를 쓸어내리며
눈부시게 푸른 하늘을 향해
날카로운 눈을 번득인다

시여, 불을 뿜어라

(2011. 7. 18)

#00239. 발가벗은 시

눈부신 햇살이
발가벗은 시를 내리쬐고 있었다

시는

말리려고 널어놓은
빨래에도 있었고

시는

말리려고 널어놓은
빨간 고추에도 있었고

시는

말리려고 널어놓은
오징어에도 있었고

시는

말리려고 널어놓은
과일 껍질에도 있었다

언제부터였을까

눈부신 바람이
발가벗은 시를 쓰다듬으며 지나가고

눈부신 햇살이
다시 발가벗은 시를 내리쬐고 있었다

(2011. 7. 19)

#00240. 30년 전의 사랑 공식

30년 전의 사랑 공식은
이제 더 이상 찾아볼 수 없구나

도시마다 고층 아파트는 계속 자라오르고
빈부의 차이는 무한대로 벌어진다

빈은 빈을 끌어당기며 한없이 질주하고

부는 부를 끌어당기며 한없이 질주한다

둘이 만나 서로 힘을 합쳐 살아가기에도
너무 힘든 시대가 된 것인가

아니

둘이 만나 서로 눈높이를 맞추기에도
너무 힘든 시대가 된 것인가

눈높이는 저마다 하늘을 찌르는데
정작 가진 것은 별것도 없구나

정말 가지고 있는 것은 몸뚱이뿐인데
모두들 엄청난 눈높이를 가지고 있다

30년 전의 사랑 공식은
이제 더 이상 찾아볼 수가 없구나

(2011. 7. 20)

#00241. 블랙홀

어느 날인가 문득

시가 시를 끌어당겨
거대한 블랙홀을 만들고 있었다

시는

보일 사이도 없이
블랙홀 속으로 빨려 들어가고 있었다

시는

읽힐 사이도 없이
블랙홀 속으로 빨려 들어가고 있었다

블랙홀은
지나간 시간의 소용돌이

시는

빙글빙글 돌아가는 시간 속에서
시를 자꾸만 끌어당기고 있었다

블랙홀은
까마득한 과거의 형상

시는

깜깜한 과거를 더욱 까맣게 응축시키면서
시를 자꾸만 끌어당기고 있었다

블랙홀은
불 꺼진 빛들의 엄청난 잔치

시는

눈부신 빛들을 감쪽같이 모두 삼키면서
시를 자꾸만 끌어당기고 있었다

시는

보일 사이도 없이
블랙홀 속으로 빨려 들어가고 있었다

시는

읽힐 사이도 없이
블랙홀 속으로 빨려 들어가고 있었다

어느 날인가 문득

시가 거대한 블랙홀 반대편 어딘가에서
시를 불꽃처럼 내뿜고 있었다

(2011. 7. 21)

#00242. 도깨비 방망이여 뚝딱

지금 이 순간

30평 아파트를 간절히 원한다면
30평 아파트를 한없이 꿈꾸시오

도깨비 방망이여 뚝딱
(부동산을 볼 수 있는 혜안을 가지시오)

지금 이 순간

건강한 몸과 마음을 간절히 원한다면
건강한 몸과 마음을 한없이 꿈꾸시오

도깨비 방망이여 뚝딱
(좋은 식단과 운동을 마련하시오)

지금 이 순간

은퇴 자금 10억 원을 간절히 원한다면
은퇴 자금 10억 원을 한없이 꿈꾸시오

도깨비 방망이여 뚝딱
(저축과 투자의 지혜를 체득하시오)

(2011. 7. 22)

#00243. 마음을 모르오

초1이 초2의 마음을 모르오
초2가 초3의 마음을 모르오
초3이 초4의 마음을 모르오
초4가 초5의 마음을 모르오
초5가 초6의 마음을 모르오
초6이 중1의 마음을 모르오

중1이 중2의 마음을 모르오
중2가 중3의 마음을 모르오
중3이 고1의 마음을 모르오

고1이 고2의 마음을 모르오
고2가 고3의 마음을 모르오
고3이 대1의 마음을 모르오

대1이 대2의 마음을 모르오
대2가 대3의 마음을 모르오
대3이 대4의 마음을 모르오
대4가 직1의 마음을 모르오

직1이 직2의 마음을 모르오
직2가 팀장의 마음을 모르오
팀장이 본부장의 마음을 모르오
본부장이 사장의 마음을 모르오
사장이 배우자의 마음을 모르오
배우자가 초1의 마음을 모르오

하하하, 나도 내 마음을 잘 모르오

(2011. 7. 23)

#00244. 인고의 날

남녀 간의 사랑은 너무 가슴이 아파서
이젠 더 이상 노래하고 싶지 않네

소설, 영화, 드라마, TV 쇼, 대중가요 등에서
끊임없이 계속 다루어질 것이니 나는 빠지겠네

짧은 순간에는 사랑이 참 좋은 것 같지만
결국에는 하루하루가 인고의 날이 되네

두 사람 모두가 참고 참아도 인고의 날이 되고
두 사람 모두가 참지 않아도 인고의 날이 되네

두 사람 중 한 사람이 참고 참아도 인고의 날이
되고
두 사람 중 다른 한 사람이 참고 참아도 인고의
날이 되네

남녀 간의 사랑은 너무 가슴이 아파서
이젠 더 이상 노래하고 싶지 않네

(2011. 7. 24)

#00245. 참 속상합니다

희망을 생각하니
희망이 내게로 날아와
살포시 앉습니다

잠시

딴생각을 했더니
희망이 어디론지 날아가

보이지 않습니다

참 속상합니다

행복을 생각하니
행복이 내게로 날아와
둥지를 틉니다

잠시

딴생각을 했더니
행복이 어디론지 날아가
보이지 않습니다

참 속상합니다

(2011. 7. 25)

#00246. 바다, 바다, 바다

지루하고 자꾸 속이 울렁거리는 바다
내가 처음으로 기억하는 어느 배 위에서의 바다

바다
바다
바다

아주 차갑고 짠맛이 나는 바다
내가 기억하는 어느 피서지의 바다

바다
바다
바다

정말 새파랗고 유리처럼 투명한 바다
내가 기억하는 어느 섬의 바다

바다
바다
바다

파도소리 들으며 그냥 바라보아도 좋던 바다
내가 기억하는 어느 추운 겨울날의 바다

그런 바다……

(2011. 7. 26)

#00247. 변화한다는 것

어느 날 문득 내 삶을 뒤돌아보니
나는 내 자신을 변화시키려고 하기보다는
다른 사람을 변화시키려고 애쓰며 살아왔네

당장 내 자신을 변화시키는 것도 어려운 일인데
다른 사람을 변화시키려고 한다는 것은
정말 불가능에 가까운 일이었네

다른 사람을 변화시키려고 한다는 것이
정말 불가능에 가까운 일이라는 것을 알고 나서야
나는 진정한 마음의 평화를 얻을 수 있었네

무조건 남 탓을 할 필요가 없어졌고
무조건 내 탓을 할 필요도 없어졌네

다른 사람은 다른 사람이었네
다른 사람은 나 아닌 다른 사람이었네

다른 사람을 변화시키려고 직접 애쓰기보다는
내 자신을 먼저 변화시키고 좋은 모범이 되어서
다른 사람도 변화되기를 말없이 간절히 바랄 뿐
이네

하지만 그러한 일도 정말 불가능에 가까울 수 있네
내 자신을 변화시키는 것 자체가 어렵기 때문이네

(2011. 7. 27)

#00248. 행복하게

조심스럽게
아주 조심스럽게
수면 위로 떠오르지 않게

편안하게
아주 편안하게
아무도 관심 갖지 않게

조용하게
아주 조용하게
정말 아무렇지도 않게

행복하게
아주 행복하게
눈부신 하루가 새롭게

(2011. 7. 28)

#00249. 소셜스럽다

요즘 세상이 참
소셜스럽다

세상을 주욱 둘러보니
소셜이 가득하다

이제는 말하듯이 실시간으로
인터넷에서도 짧은 문장들을 주고받는다

처음에는 사람들이 서로서로
한 줄짜리 시를 쓰는 줄 알았다

스마트폰으로도 쓰고
태블릿 피시로도 쓰고 컴퓨터로도 쓴다

그것도 여기저기서
아무 때나 시시때때로

요즘 세상이 참
소셜스럽다

(2011. 7. 29)

#00250. 생각하기 나름

힘들고 지루하게 하던 일을
힘들고 지루하다고 생각하면
더욱 힘들고 지루하게 됩니다

즐겁고 신나게 하던 일을
즐겁고 신난다고 생각하면
더욱 즐겁고 신나게 됩니다

즐겁고 신나게 하던 일도
힘들고 지루하다고 생각하면
어느새 힘들고 지루하게 됩니다

힘들고 지루하게 하던 일도
즐겁고 신난다고 생각하면
어느새 즐겁고 신나게 됩니다

(2011. 7. 30)

#00251. 시에 대해

사랑에 관한 시도 써 보고
이별에 관한 시도 써 보고
그리움에 관한 시도 써 보고
슬픔에 관한 시도 써 봤네

재미있는 시도 써 보고
장난 같은 시도 써 보고
웃기지도 않는 시도 써 보고
아무 의미 없는 시도 써 봤네

자연에 관한 시도 써 보고
우주에 관한 시도 써 보고
나에 관한 시도 써 보고
마음에 관한 시도 써 봤네

삶에 관한 시도 써 보고
일상에 관한 시도 써 보고
시인에 관한 시도 써 보고
시에 관한 시도 써 봤네

아무도 찾지 않는 곳
깜깜한 우주 속의 별처럼

그렇게 홀로 빛나는 시
시는 어쩌면 마음의 별이었네

(2011. 7. 31)

#00252. 시는 오늘도

태양이 어둠을 뚫고 솟아오르듯
시는 오늘도 높이 솟아올라
마음속에서 빛을 낸다

깃발이 세찬 바람 속에서 부대끼듯
시는 오늘도 힘차게 부대끼며
마음속에서 정진한다

매미가 무더운 여름 정신없이 울듯
시는 오늘도 마음껏 울며
마음속에서 추억을 치유한다

(2011. 8. 1)

#00253. 행복의 비밀

무한한 기쁨의 에너지는
모든 사람들의 마음속에 하늘처럼 펼쳐지네

누구나 무한대로 가질 수 있는
기쁨, 기쁨, 기쁨의 에너지

누구나 마음만 먹으면 정말
정말 마음껏 가질 수 있네

비록 대지와 황금은 유한해서

소수의 특별한 사람들이 대부분을 소유하겠지만

무한한 행복의 에너지는
모든 사람들의 마음속에 우주처럼 펼쳐지네

누구나 무한대로 누릴 수 있는
행복, 행복, 행복의 에너지

누구나 마음만 먹으면 정말
정말 마음껏 누릴 수 있네

(2011. 8. 2)

#00254. 늘어나는 별들

제1의 아이가 태어나지 못하고 있소
제2의 아이가 태어나지 못하고 있소
제3의 아이가 태어나지 못하고 있소
제4의 아이가 태어나지 못하고 있소
제5의 아이가 태어나지 못하고 있소
제6의 아이가 태어나지 못하고 있소
제7의 아이가 태어나지 못하고 있소
제∞의 아이가 태어나지 못하고 있소

제1의 아이가 4차원 입구에서 줄을 서고 있소
제2의 아이가 4차원 입구에서 줄을 서고 있소
제3의 아이가 4차원 입구에서 줄을 서고 있소
제4의 아이가 4차원 입구에서 줄을 서고 있소
제5의 아이가 4차원 입구에서 줄을 서고 있소
제6의 아이가 4차원 입구에서 줄을 서고 있소
제7의 아이가 4차원 입구에서 줄을 서고 있소
제∞의 아이가 4차원 입구에서 줄을 서고 있소

제1의 아이가 기다리다 지쳐 별이 되고 있소

제2의 아이가 기다리다 지쳐 별이 되고 있소
제3의 아이가 기다리다 지쳐 별이 되고 있소
제4의 아이가 기다리다 지쳐 별이 되고 있소
제5의 아이가 기다리다 지쳐 별이 되고 있소
제6의 아이가 기다리다 지쳐 별이 되고 있소
제7의 아이가 기다리다 지쳐 별이 되고 있소
제∞의 아이가 기다리다 지쳐 별이 되고 있소

(2011. 8. 3)

#00255. 한껏 피어난 꽃

삶이 참 고단하여
물끄러미 세상을 보는데
창문 너머 어딘가에서
싱그러운 꽃향기가 나네

꽃향기를 따라
바람을 타고 날아가면
마음은 꽃처럼
알록달록 예쁜 추억이 되고

하의가 안 보이는 한 숙녀는
세상을 향해 우주를 향해
눈부시게 신비로운 다리를
한껏 피어난 꽃처럼 노출하네

(2011. 8. 4)

#00256. 돈에 대한 생각

돈은 나쁜 것이라고 생각하며 살아왔는데
돈을 굳이 나쁘다고 생각할 필요는 없었네

사람이 이 사회 속에서 도움 없이 살아가려면
죽는 그 순간까지 최소한의 생활비가 있어야 하네

돈은 나쁜 것이라고 생각하며 살아왔던 것은
아마도
돈 때문에 안 좋은 일들이 많이 생겼기 때문이네

돈 때문에 힘이 들고 돈 때문에 서로 헐뜯고
싸우고
돈 때문에 법을 어기고 돈 때문에 서로 죽이기도
하네

어쩌면 돈이라는 것은 너무 좋고 필요한 것이기
때문에
서로 가지기 위해서 그토록 치열했던 것일까

돈을 자세히 살펴보니 그 자체는
좋지도 나쁘지도 않은 무감정의 창조물이었네

돈은 나쁜 것이라고 생각하며 살아왔는데
돈을 굳이 나쁘다고 생각할 필요는 없었네

(2011. 8. 5)

#00257. 지켜보기만 했네

그저 멀리서
지켜보기만 했네

너무 멀리서
지켜보아서 그런지

별들이 저마다
독특한 존재였다는 것을 나는 몰랐네

그저 간절히
그리워하기만 했네

너무 간절히
그리워해서 그런지

마음은 까맣게 타고
별들에 대한 애틋한 추억만 남았네

(2011. 8. 6)

#00258. 우주의 수수께끼

아무리 생각하고 생각해도
우주의 수수께끼는 풀 수 없었네

우주가 처음에
어디서 어떻게 왜 태어났는지

우주가 지금
어디서 어떻게 왜 살아가고 있는지

우주가 나중에
어디서 어떻게 왜 죽어갈는지

아무리 생각하고 생각해도
우주의 수수께끼는 풀 수 없었네

한 가지 확실히 알 수 있는 것은
현재 이 우주가 존재한다는 것이네

그렇다면 지구를 낳은 우주가
태어나기 이전에는 무엇이 있었을까

아마도 지구를 낳지 않은 또 다른 우주가
무수하게 존재하고 있지는 않았을까

그렇다면 또 다른 우주들이 이 우주를 낳은 것
일까
우주를 초월한 그 무엇이 이 우주를 낳은 것일까

결국 이 우주 밖에는 또 다른 우주가
포도알 같은 모양으로 무수할 것만 같은데

아무리 생각하고 생각해도
우주의 수수께끼는 풀 수 없었네

(2011. 8. 7)

#00259. 태풍

태풍이 지구를 순식간에 휘젓는다

격정적인 연인들처럼
서로 뒤엉키는 구름들

태풍이 바다를 순식간에 휘젓는다

휴식 중 찻잔 속에서 펼쳐지는
작은 소용돌이 쇼

태풍이 도시를 순식간에 휘젓는다

열린 창문으로 막
달려 들어오는 바람

태풍이 온 방 안을 순식간에 휘젓는다

(2011. 8. 8)

#00260. 내 마음은 새들처럼

사방으로 나 있는 길을 따라
내 마음은 새들처럼 부리나케 달아난다

무수하게 쪼개진 마음은
달아나는 길마다 이정표 같은 흔적을 남기고

뫼비우스의 띠 같은 도로 위에서
끝없는 욕망을 향해 부리나케 달아난다

나는 잃어버린 내 마음을 찾아
오늘도 이정표 같은 흔적을 추적하고

어느 순간 무수한 내 마음이 한 방울 눈물이 되면
내 존재는 잠시 그 어느 곳에서도 있고 없다

(2011. 8. 9)

#00261. 눈물

제1의 눈물이
처음처럼 순수하오

제2의 눈물이
욕망처럼 샘솟고 있소

제3의 눈물이
용광로처럼 뜨겁소

제4의 눈물이
결혼처럼 후회하고 있소

제5의 눈물이

사막처럼 메마르고 있소

제6의 눈물이
이혼처럼 안타깝소

제7의 눈물이
투명 인간처럼 보이지 않소

제∞의 눈물이
바다처럼 짠맛이 나오

(2011. 8. 10)

#00262. 기업

기업

수많은 자극에 반응하는
살아 움직이는 생명체

임직원 숫자만큼의 두뇌를 가진
임직원 숫자만큼의 마음과 손발을 가진

존재

미래를 향해 거대한 더듬이를 움직이고
현재를 블랙홀처럼 빨아들이는 생명체

세계 각국의 현금을 자석처럼 끌어모아
만족을 증기 기관차처럼 내뿜어야 하는

변화의 끝없음

(2011. 8. 11)

#00263. 새야, 참 고맙다

새야, 참 고맙다

너가 아니었다면 나는 늦잠을 자서
출근이 늦어질 뻔했다

오늘은 무슨 일 때문인지
창문 저편 어딘가에서 너는 자꾸만 울었다

너는 알 수 없는 소리로 목이 쉬도록 울면서
늦잠을 자던 나를 깨웠구나

문득 창문을 열어 보니
너는 어디론가 사라져 보이지 않았다

그 언젠가 내가 너에게 도움을 준 적이 있었니?
그 언젠가 내가 너에게 행복을 준 적이 있었니?

오늘은 무슨 일 때문인지
창문 저편 어딘가에서 너는 자꾸만 울었다

새야, 참 고맙다

(2011. 8. 12)

#00264. 시원한 맥주

기분 전환이 필요할 때
나는 가끔 시원한 맥주를 꿈꾸네

일을 마치고 집으로 가는 길에
가까운 동네 마트에 들려

맥주 한 병과 감자 칩 한 봉지를 사 들고
칭찬 받은 아이처럼 마냥 즐겁네

일에 지친 나의 하루를 달래듯
시원한 맥주를 두세 모금 들이켜면

오늘 했던 일들은 이미 까마득한 어제가 되고
내일에 대한 걱정은 잠시 잊어버리네

어찌 보면 작지만 어찌 보면 크기도 한
오직 나만을 위한 축제

기분 전환이 필요할 때
나는 가끔 시원한 맥주를 마시네

(2011. 8. 13)

#00265. 시간 속에서

나는 제0의 시간 속에서
태어나지도 존재하지도 않소

나는 제1의 시간 속에서
태어나지 않았지만 존재하오

나는 제2의 시간 속에서
태어나려고 하며 존재하오

나는 제3의 시간 속에서
태어나 존재하오

나는 제4의 시간 속에서
자라나며 존재하오

나는 제5의 시간 속에서
살아가며 존재하오

나는 제6의 시간 속에서
죽지 않으려 하며 존재하오

나는 제7의 시간 속에서
죽었지만 존재하오

나는 제∞의 시간 속에서
죽지도 존재하지도 않소

(2011. 8. 14)

#00266. 신기한 시대

신기한 시대

허……

정말 널리 알리고 싶은 것은
이상하게도 아무도 모르고 있고

허……

서로 꼭꼭 숨기고 있는 것은
이상하게도 누구나 알고 있다

허……

신기하고 신기한 시대

허……

정말 널리 알리고 있는 것은
이상하게도 아무도 관심이 없고

허……

서로 꼭꼭 숨기고 싶은 것은
이상하게도 누구나 관심이 있다

허……

신기하고 신기하고
신기한 시대

(2011. 8. 15)

#00267. 시여, 쉬워지자

시여, 쉬워지자

아무리 읽어도 도저히 알 수 없는
그런 시가 되지는 말자

말 못할 숨겨진 깊은 뜻이 있다면
가끔은 수수께끼 같은 시가 되더라도

누구나 쉽게 읽을 수 있게
일부러 어려운 시가 되지는 말자

깜깜한 우주에서 쉬운 언어를 끌어모아
쉬우면서도 빛나는 별 같은 시가 되자

하얀 색은 여백, 검은 색은 글자
시가 없으면 0, 시가 있으면 1

시여, 쉬워지자

(2011. 8. 16)

#00268. 2011년 여름의 서울

밤새도록 비가
폭포처럼 쏟아지듯 내리고

아침에도 또 비가
하늘에서 정신없이 쏟아진다

얼마나 더 기다려야
비가 그칠까

얼마나 더 나아가야
비가 그칠까

유난히도 비가 많이 쏟아진
2011년 여름의 서울

두 눈을 감고
조용히 마음을 열면

머릿속은 온통
쏟아지는 빗소리다

(2011. 8. 17)

#00269. 한글

한글 자음이 여기 있네

ㄱ(기역)

ㄴ(니은)

ㄷ(디귿)

ㄹ(리을)

ㅁ(미음)

ㅂ(비읍)

ㅅ(시옷)

ㅇ(이응)

ㅈ(지읒)

ㅊ(치읓)

ㅋ(키읔)

ㅌ(티읕)

ㅍ(피읖)

ㅎ(히읗)

한글 모음이 여기 있네

ㅏ(아)

ㅑ(야)

ㅓ(어)

ㅕ(여)

ㅗ(오)

ㅛ(요)

ㅜ(우)

ㅠ(유)

ㅡ(으)

ㅣ(이)

한글 자음과 모음을 이렇게 외우기도 했네

가나다라마바사아자차카타파하
갸냐댜랴먀뱌샤야쟈챠캬탸퍄햐
거너더러머버서어저처커터퍼허
겨녀뎌려며벼셔여져쳐켜텨펴혀
고노도로모보소오조초코토포호
교뇨됴료묘뵤쇼요죠쵸쿄툐표효

구누두루무부수우주추쿠투푸후
규뉴듀류뮤큐슈유쥬츄큐튜퓨휴
그느드르므브스으즈츠크트프흐
기니디리미비시이지치키티피히

가로로 줄줄이 외우고
세로로 줄줄이 외우고

또 가로로 줄줄이 외우고
세로로 줄줄이 외웠네

자연스레 듣고 말할 수는 있었지만
읽고 쓸 수는 없었던 어린 시절

한글 자음과 모음에 대한 공부는
모든 공부의 첫출발이었네

(2011. 8. 18)

#00270. 있음과 없음

0에서 0으로
없음에서 없음으로

0에서 1로
없음에서 있음으로

1에서 1로
있음에서 있음으로

1에서 ∞으로
있음에서 무한한 있음으로

∞에서 ∞으로
무한한 있음에서 무한한 있음으로

∞에서 1로
무한한 있음에서 있음으로

1에서 0으로
있음에서 없음으로

0에서 다시 0으로
없음에서 다시 없음으로

없음을 인식할 수 있는 존재는
없음의 바깥쪽에 반드시 있어야 한다

있음을 인식할 수 있는 존재도
있음의 바깥쪽에 반드시 있어야 한다

(2011. 8. 19)

#00271. 쓰여진 시

어젯밤에 쓰여진 시는
어둠에 물들어서 그런지 온통 새까맣다

오늘 아침에 쓰여진 시는
밝음에 물들어서 그런지 온통 새하얗다

오늘 점심에 쓰여진 시는
맑은 하늘 햇살을 받아서 그런지 온통 눈부시다

오늘 저녁에 쓰여진 시는
저녁 노을을 닮아 그런지 온통 붉다

오늘밤에 쓰여진 시는
어둠을 뚫고 나와 그런지 온통 별처럼 빛난다

(2011. 8. 20)

#00272. 별나라 시인의 집

별나라 시인의 집에는
온통 시가 가득하오

제0의 시가 제∞의 방에서
먼지처럼 쌓여 있소

제1의 시가 제∞의 나무에서
열매처럼 열리고 있소

제2의 시가 제∞의 꽃봉오리에서
눈부시게 피어나고 있소

제3의 시가 제∞의 거울에서
다이아몬드처럼 반짝이고 있소

제4의 시가 제∞의 빨래에서
사막처럼 메말라 가고 있소

제5의 시가 제∞의 휴지통에서
꼬박꼬박 비워지고 있소

제6의 시가 제∞의 손에서
신비롭게 조각되고 있소

제7의 시가 제∞의 책에서
풍경처럼 펼쳐지고 있소

제∞의 시가 제0의 방에서
다시 먼지처럼 쌓여 있소

별나라 시인의 집에는

온통 시가 가득하오

(2011. 8. 21)

#00273. 이상형의 여인

늘 꿈꾸어 오던 이상형의 여인이
문득 제 옆을 스치고 지나갑니다

저는 그 여인을 처음 본 것이지만
오래 전부터 만나 왔던 것만 같습니다

설레는 마음에 부풀어 오른 벅찬 가슴은
두근두근 시한폭탄처럼 폭발할 듯한데

그 짧은 순간에 수많은 생각이
번개처럼 머릿속을 스치고 지나갑니다

남자친구가 있는지 남편이 있는지
아무리 생각해도 알 수 없습니다

나이가 몇 살인지 좋은 성품을 가졌는지
아무리 생각해도 알 수 없습니다

어렵고 힘든 순간이 와도 지혜롭게 이겨 낼 수 있을지
아무리 생각해도 알 수 없습니다

늘 꿈꾸어 오던 이상형의 여인이
문득 제 옆을 스치고 지나갑니다

(2011. 8. 22)

#00274. 자전과 공전

지구가 태양 주위를 한 바퀴 돌면서
자신을 중심으로 365바퀴 정도 정신없이 돌아가네

지구의 하루는 늘 반복될 수밖에 없는 운명
누가 시키지 않아도 지구는 바쁘게 돌아가고
사람들은 쉬지 않고 끝없이 돌아가는 지구에서
누구에게나 똑같이 주어진 24시간을 보내네

누구에게나

아침이 오고
점심이 오고
저녁이 오고
밤이 오고
새벽이 오고

누구에게나

봄이 오고
여름이 오고
가을이 오고
겨울이 오고

누구에게나

태양이 뜨고
바람이 불고
비가 내리고
눈이 내리고
안개가 끼네

누구에게나 똑같이 주어진 24시간

이 시간을 어떻게 보내는 것이 정말 좋을까
간절한 꿈을 가슴속 깊이 뚜렷하게 새기고
24시간을 원자처럼 쪼개고 쪼개고 쪼개야 하네

지구가 태양 주위를 한 바퀴 돌면서
자신을 중심으로 365바퀴 정도 정신없이 돌아
가네

(2011. 8. 23)

#00275. 공간 속에서

제0의 공간 속에서
시가
매일 조각상처럼 태어나고 있소

제1의 공간 속에서
시가
매일 손님을 기다리고 있소

제2의 공간 속에서
시가
매일 영화처럼 보여지고 있소

제3의 공간 속에서
시가
매일 신문처럼 읽혀지고 있소

제4의 공간 속에서
시가
매일 지렁이처럼 꿈틀거리고 있소

제5의 공간 속에서
시가
매일 자신의 알몸을 드러내고 있소

제6의 공간 속에서
시가
매일 사랑하는 연인처럼 합쳐지고 있소

제7의 공간 속에서
시가
매일 수박처럼 쪼개지고 있소

제∞의 공간 속에서
시가
매일 조각상처럼 태어나고 있소

(2011. 8. 24)

#00276. 시야에서 사라진다

누군가 제일 먼저 창문으로 걸어 나와
눈부신 커튼을 열어젖히고 있다

이름 모를 벌레가 날아와
제0의 시야에서 사라진다

우산이 뒤집혀질 만큼 거센 바람이 불어와
제1의 시야에서 사라진다

거대한 항공 모함 같은 먹구름이 밀려와
제2의 시야에서 사라진다

양동이로 들이붓듯 비가 쏟아져 내려와
제3의 시야에서 사라진다

분노에 찬 수많은 파도가 밀려와
제4의 시야에서 사라진다

한 치 앞도 보이지 않는 안개가 내려와
제5의 시야에서 사라진다

공중을 가득 채우는 함박눈이 내려와
제6의 시야에서 사라진다

햇살이 눈부신 미끄럼틀을 타고 내려와
제7의 시야에서 사라진다

이름 모를 새가 날아와
제∞의 시야에서 사라진다

누군가 고층 아파트 발코니로 나와
눈부신 정면을 응시하고 있다

(2011. 8. 25)

#00277. 별나라 시인

별나라 농부가 날마다
시를 땅에 심고 있네

즐거움이 자라나
행복으로 다시 꽃필 때까지

별나라 어부가 날마다
시를 바다에 던지고 있네

꿈과 희망을 잡아
성공으로 다시 끌어올려질 때까지

별나라 시인이 날마다
시를 조각하고 있네

지식과 경험의 뼈를 깎아
눈부신 지혜로 다시 빛날 때까지

(2011. 8. 26)

#00278. 휴

땀
이

주
르
르

흐
른
다

휴?

사람이 나무 그늘 밑에 있다

휴!

시원한 바람이라도 불어왔으면

휴!!

온몸이 끈적끈적하다

휴!!!

땀
이

주
르
르

흐
른
다

휴&

(2011. 8. 27)

#00279. 날마다 행복합니다

매일 시를 읽고 써서 그런지
하루하루가 날마다 행복합니다

매일 시를 읽고 써서 그런지
하루하루가 날마다 새롭습니다

매일 시를 읽고 써서 그런지
하루하루가 날마다 상쾌합니다

매일 시를 읽고 써서 그런지
하루하루가 날마다 즐겁습니다

매일 시를 읽고 써서 그런지
하루하루가 날마다 반갑습니다

매일 시를 읽고 써서 그런지
하루하루가 날마다 행복합니다

(2011. 8. 28)

#00280. 쓰여지지 않는 시

제0의 시가 정지된 시간 속에서
쓰여지지 않고 있었소

제1의 시가 투명한 시간 속에서
쓰여지지 않고 있었소

제2의 시가 움직이는 시간 속에서
쓰여지지 않고 있었소

제3의 시가 흐르는 시간 속에서
쓰여지지 않고 있었소

제4의 시가 파란만장한 시간 속에서
쓰여지지 않고 있었소

제5의 시가 격리된 시간 속에서
쓰여지지 않고 있었소

제6의 시가 자유로운 시간 속에서
쓰여지지 않고 있었소

제7의 시가 촉박한 시간 속에서
쓰여지지 않고 있었소

제∞의 시가 4차원 같은 시간 속에서
쓰여지지 않고 있었소

(2011. 8. 29)

#00281. 맨홀 뚜껑

제0의 맨홀 뚜껑이
환한 달덩어리처럼 동그랗소

제0.1의 맨홀 뚜껑이
네모난 창문처럼 네모나오

제0.2의 맨홀 뚜껑이
피라미드 한쪽 옆면처럼 세모나오

제0.3의 맨홀 뚜껑이
별 모양 불가사리 같소

제0.4의 맨홀 뚜껑이
총을 맞은 듯 사방에 구멍이 뚫려 있소

제0.5의 맨홀 뚜껑이
하늘 높이 분수처럼 솟구쳐 오르고 있소

제0.6의 맨홀 뚜껑이
블랙홀처럼 빗물을 빨아들이고 있소

제0.7의 맨홀 뚜껑이
지구 중심 방향으로 상당히 무겁소

제0.∞의 맨홀 뚜껑이
제자리에서 가만히 침묵하고 있소

제1의 맨홀 뚜껑이
맛있어 보이는 피자처럼 동그랗소

(2011. 8. 30)

#00282. 노래

제0의 노래가
공기 중으로 막 빨려 들어가고 있소

제0.000,000,0∞의 노래가
4차원에서 0과 1로 분해되고 있소

제0.000,000,7의 노래가
스피커에서 진동하고 있소

제0.000,006의 노래가
바람 속에서 흔들리고 있소

제0.000,05의 노래가
추억 속에서 아파하고 있소

제0.000,4의 노래가
입술 주위에서 맴돌고 있소

제0.003의 노래가
눈가에서 눈물이 되고 있소

제0.02의 노래가
TV 화면에서 움직이고 있소

제0.1의 노래가
인터넷에서 꿈틀거리고 있소

제1의 노래가
공기 중으로 막 튀쳐나오고 있소

(2011. 8. 31)

#00283. 컴퓨터 앞에 앉았는데

아침에 시를 쓰려고
제1의 컴퓨터 앞에 앉았는데

컴퓨터는 전원 버튼을 눌러도
아무런 소식이 없었소

제0의 시간 속에서
컴퓨터는 멀쩡하게 작동하고 있었소

제1의 시간 속에서
컴퓨터는 게임을 하고 있었소

제2의 시간 속에서
컴퓨터는 공부를 하고 있었소

제3의 시간 속에서
컴퓨터는 영화를 보고 있었소

제4의 시간 속에서
컴퓨터는 가끔씩 에러를 내고 있었소

제5의 시간 속에서
컴퓨터는 일을 하고 있었소

제6의 시간 속에서
컴퓨터는 인터넷을 하고 있었소

제7의 시간 속에서
컴퓨터는 글을 쓰고 있었소

제∞의 시간 속에서
컴퓨터는 멀쩡하게 작동하고 있었소

저녁에 시를 쓰려고
제1의 컴퓨터 앞에 앉았는데

제1의 컴퓨터는 아직도 소식이 없고
제0의 컴퓨터가 잠에서 깨어나고 있었소

(2011. 9. 1)

#00284. 지하철역 속으로

어제 저녁 제0의 지점에서
사람들이 건물 밖으로 일제히 몰려나와
지하철역 속으로 빨려 들어가고 있었소

어제 저녁 제1의 지점에서
한 여자가 매력적인 하얀 다리를 내놓고
지하철역 속으로 빨려 들어가고 있었소

어제 저녁 제2의 지점에서
한 여자가 친구와 발랄하게 이야기를 하며
지하철역 속으로 빨려 들어가고 있었소

어제 저녁 제3의 지점에서
한 남자가 피곤한 어깨를 축 늘어뜨리고
지하철역 속으로 빨려 들어가고 있었소

어제 저녁 제4의 지점에서
한 남자가 한 여자의 손을 붙잡고
지하철역 속으로 빨려 들어가고 있었소

어제 저녁 제5의 지점에서
한 여자가 한 남자의 팔짱을 끼고
지하철역 속으로 빨려 들어가고 있었소

어제 저녁 제6의 지점에서
한 여자가 향기로운 화장품 냄새를 흩뿌리며
지하철역 속으로 빨려 들어가고 있었소

어제 저녁 제7의 지점에서
한 이상형의 여자가 환한 미소를 지으며
지하철역 속으로 빨려 들어가고 있었소

어제 저녁 제∞의 지점에서
사람들이 건물 밖으로 일제히 몰려나와
지하철역 속으로 빨려 들어가고 있었소

(2011. 9. 2)

#00285. 해변가에서

파도가 힘들다며 거품을 물고
내 앞에서 힘없이 쓰러지네

풀썩

갈매기가 타임머신을 타고
공중에서 잠시 멈추어 있네

끼루룩

고기잡이 배들이 국수를 먹듯
그물을 순식간에 빨아올리네

후루룩

모래 벌판이 외롭다며 젖은 눈물로
내 발자국을 부드럽게 어루만지네

살포시

바람이 바쁘다며 속눈썹이 휘날리도록
내 존재를 복사하며 지나가네

휙~

(2011. 9. 3)

#00286. 여신

제0의 여신이 하늘 구름 사이에서
새파란 눈동자로 날 내려다 보고 있었소

제1의 여신이 무심코 올려다본 나뭇잎들 사이에서
눈부신 자태로 숨어 있었소

제2의 여신이 이름 모를 풀들 사이에서
새하얀 허벅지를 드러내고 있었소

제3의 여신이 수많은 사람들 사이에서
우유 빛깔 얼굴에 붉은 꽃잎 같은 입술을 하고
있었소

제4의 여신이 눈금처럼 나뉘어진 시간 속에서
아름다움을 소비하며 분해되고 있었소

제5의 여신이 무심코 내려다본 돌멩이들 밑에서
블랙홀 같은 자신의 검은 그림자를 숨기고 있었소

제6의 여신이 끝없이 떨어지는 폭포 뒤에서
알몸 전부를 드러내고 물처럼 투명해지고 있었소

제7의 여신이 물이 흐르는 골짜기에서

풍만한 젖가슴을 반쯤 드러낸 채 발을 담그고 있었소

제∞의 여신이 물에 비친 하늘 구름 사이에서 새파란 눈동자로 날 다시 올려다보고 있었소

(2011. 9. 4)

#00287. 무엇인가 내 존재를

획

무엇인가 내 존재를 밀치고 달려든다

획

무엇인가 내 존재를 복사하고 지나간다

획

무엇인가 내 존재를 휘감고 사라진다

획

무엇인가 내 존재를 뚫고 들어온다

획

무엇인가 내 존재를 빨아먹고 날아간다

획

무엇인가 내 존재를 보고 다가온다

획

무엇인가 내 존재를 훔치고 달아난다

획

무엇인가 내 존재를 끌어안고 움직인다

획

무엇인가 내 존재를 감싸고 멈춘다

(2011. 9. 5)

#00288. 사원

33인의 사원이
별나라 주식회사에 입사하였소

제1의 사원이 적성에 안 맞는다고 그만두었소
제2의 사원이 집에 일이 있다고 그만두었소
제3의 사원이 힘들다고 그만두었소
제4의 사원이 몸이 아파 그만두었소
제5의 사원이 교통사고가 나서 그만두었소
제6의 사원이 더 좋은 곳에 취직되어 그만두었소
제7의 사원이 결혼을 하고 그만두었소
제8의 사원이 개인적인 일로 그만두었소
제9의 사원이 상사와 싸우고 그만두었소

남아 있는 24인의 사원 중 12인의 사원이
회사가 어려워져 정리 해고 되었소

남아 있는 제1의 사원이 아직도 일하고 있었소
남아 있는 제2의 사원이 타부서로 이동되었소

남아 있는 제3의 사원이 승진하였소

남아 있는 제4의 사원이 병가를 내고 소식이
없었소

남아 있는 제5의 사원이 출산 휴가를 냈소

남아 있는 제6의 사원이 외국으로 출장을 나갔소

남아 있는 제7의 사원이 그만두려고 작정하였소

남아 있는 제8의 사원이 회사에 대한 불만을
이야기하고 있었소

남아 있는 제9의 사원이 지방으로 발령받았소

남아 있는 제10의 사원이 신사업 팀으로 이동되
었소

남아 있는 제11의 사원이 12시간 이상을 일하고
있었소

남아 있는 제12의 사원이 결혼을 하고 있었소

별나라 주식회사는 정년이 55세였기에

남아 있던 사원은 55세까지는 그럭저럭 살았다
고 하오

(2011. 9. 6)

#00289. 법 (1)

법
물이 가는 법

물은 언제나 높은 데서
낮은 데로 흐르는 법

분수처럼 계속 위로 솟아오르기도 하지만
결국은 아래로 떨어지는 법

물이 오래도록 흐르면
땅에 물길이 생기는 법

물은 그릇에 따라
그 모양이 달라지는 법

물은 온도에 따라
그 존재를 바꾸는 법

물은 결국 바다로 가서
소금처럼 짜게 변하는 법

법
물이 가는 법

(2011. 9. 7)

#00290. 말

제0의 말이 누군가의 마음에서
라디오 음악 소리처럼 흘러나오고 있소

제1의 말이 누군가의 머릿속에서
알에서 깨어난 새처럼 빠져나오고 있소

제2의 말이 누군가의 목구멍에서
총알처럼 튀어나오고 있소

제3의 말이 누군가의 입에서
꽃향기처럼 내뿜어지고 있소

제4의 말이 누군가의 혀끝에서
날카로운 칼날처럼 잔인하게 빛나고 있소

제5의 말이 누군가의 입가에서
아름다운 미소처럼 여운을 남기고 있소

제6의 말이 누군가의 눈동자에서
불꽃처럼 이글거리고 있소

제7의 말이 누군가의 이마에서
잔잔한 호수처럼 침묵하고 있소

제∞의 말이 누군가의 마음에서
깜깜한 밤하늘 속 별처럼 반짝거리고 있소

(2011. 9. 8)

#00291. 아무것도 모릅니다

별나라 시인은
아무것도 모릅니다

세상이 왜
자꾸 변해 가는지

어떻게 사는 것이
정답인지

달나라 시인도 덩달아
아무것도 모릅니다

살아간다는 것이 왜 시간과 돈을
소모하는 습관인지

살기 위해서는 왜 시간과 피와 땀을
돈으로 바꾸어야 하는지

해나라 시인도 덩달아
아무것도 모릅니다

행복은 이미 내 곁에 있는데
왜 멀리서 찾으려 하는지

성공은 왜 항상 뚜렷한 목표를 향해
뼈를 깎는 노력을 해야 찾아오는지

별나라 시인은 정말
아무것도 모릅니다

(2011. 9. 9)

#00292. 내 존재

내 존재는
태어나기 전에

0

이었고 0의 시절에 대해
아무것도 기억나지 않는다

&

내 존재는
지금 살아 있으므로

1

이고 1의 시절에 대해
기억할 수 있는 만큼 기억하고 있다

&

내 존재는

언젠가 죽을 것이므로 다시

0

일 것이고 0의 시절에 대해
아무것도 기억나지 않을 것이다

(2011. 9. 10)

#00293. 눈부신 희망의 세상

깜깜한 저 깊은 물속 세상도
아주 환한 빛을 비추면 알록달록
아름다운 색깔의 세상이었네

깜깜한 저 하늘 끝 우주 세상도
아주 큰 망원경으로 보면 알록달록
신비로운 꽃밭의 세상이었네

깜깜한 이 절망의 마음 세상도
아주 좋은 책을 읽으면 알록달록
눈부신 희망의 세상이었네

(2011. 9. 11)

#00294. 음……

음…… 시의 존재는

결국 콘크리트 틈에서 자라난
작은 민들레 꽃이었네

음…… 시의 행보는

결국 큰 바위를 뚫고 나온
하나의 거대한 나무뿌리였네

음…… 시의 고향은

결국 수많은 비바람을 이겨 낸
나무 꼭대기 작은 둥지였네

(2011. 9. 12)

#00295. 자동차

강변도로를 내려다보면
자동차들이 줄지어 잘 달리고 있소

제0의 자동차가 빛의 속도로
꿈을 따라잡으려 하고 있었소

제1의 자동차가 전속력으로
비상등을 깜빡이며 달리고 있었소

제2의 자동차가 빠른 속도로
왼쪽 깜빡이를 켜고 달리고 있었소

제3의 자동차가 보통 속도로
오른쪽 깜빡이를 켜고 달리고 있었소

제4의 자동차가 느린 속도로
갓길에서 멈추어 설 준비를 하고 있었소

제5의 자동차가 제2의 자동차를 따라
왼쪽 깜빡이를 켜고 달리고 있었소

제6의 자동차가 제3의 자동차를 따라

오른쪽 깜빡이를 켜고 달리고 있었소

제7의 자동차가 제4의 자동차를 따라
갓길에서 멈추어 설 준비를 하고 있었소

제∞의 자동차가 빛의 속도로
꿈을 따라잡으려 하고 있었소

강변도로를 내려다보면
자동차들이 줄지어 잘 달리고 있소

(2011. 9. 13)

#00296. 숨바꼭질 (2)

나를 찾기 위해
내 밖에서

30년 가까이를
혼자서 헤매었네

하지만
아무리 헤매어도

나는 나를
찾을 수가 없었네

이후
나는 또

나를 찾기 위해
내 안에서

10년 가까이를

혼자서 헤매었네

하지만
아무리 헤매어도

나는 나를
찾을 수가 없었네

영원한
숨바꼭질 같은 것

시간의 틈 속 어딘가에
꼭꼭 숨어버린 나

(2011. 9. 14)

#00297. 세월

아……

숱한 세월이 지나가며
그의 생일 때마다
내게 나이를 선물했네

아……

숱한 사람들이 지나가며
그가 어려울 때마다
내게 걱정을 선물했네

아……

숱한 여자들이 지나가며
그가 심심할 때마다

내게 수다를 선물했네

아……

숱한 비바람이 지나가며
그가 기분 좋을 때마다
내게 무지개를 선물했네

아…… 다시

숱한 세월이 지나가며
그의 생일 때마다
내게 나이테를 선물했네

(2011. 9. 15)

#00298. 꽃이 피었소

0%의 꽃이 알 수 없는
눈부신 4차원에서 피었소

꽃 (am 00:10)

10%의 꽃이 하늘 밖
깜깜한 우주 공간에서 피었소

꽃 (am 00:09)

20%의 꽃이 하늘 안
숨 쉬는 공기 중에서 피었소

꽃 (am 00:08)

30%의 꽃이 하늘 아래

높은 산에서 피었소

꽃 (am 00:07)

40%의 꽃이 집 밖
아담한 꽃밭에서 피었소

꽃 (am 00:06)

50%의 꽃이 집 안
조그만 화분에서 피었소

꽃 (am 00:05)

60%의 꽃이 방 안
예쁜 꽃병에서 피었소

꽃 (am 00:04)

70%의 꽃이 가슴속
두근거리는 사랑에서 피었소

꽃 (am 00:03)

80%의 꽃이 머릿속
아름다운 추억에서 피었소

꽃 (am 00:02)

90%의 꽃이 밤하늘 속
별 같은 이야기에서 피었소

꽃 (am 00:01)

100%의 꽃이 거울 속
잔잔한 미소에서 피었소

*^.^* (am 00:00)

(2011. 9. 16)

#00299. 꿈이 없소

제-∞의 아이가 학교로 돌진하는데
가슴속에 품고 있는 꿈이 없소

제-7의 아이가 학교로 돌진하는데
가슴속에 엄마가 입력한 꿈이 있소

제-6의 아이가 학교로 돌진하는데
가슴속에 아빠가 입력한 꿈이 있소

제-5의 아이가 학교로 돌진하는데
가슴속에 선생님이 입력한 꿈이 있소

제-4의 아이가 학교로 돌진하는데
가슴속에 책이 입력한 꿈이 있소

제-3의 아이가 학교로 돌진하는데
가슴속에 친구가 입력한 꿈이 있소

제-2의 아이가 학교로 돌진하는데
가슴속에 할아버지가 입력한 꿈이 있소

제-1의 아이가 학교로 돌진하는데
가슴속에 할머니가 입력한 꿈이 있소

제0의 아이가 학교로 돌진하는데
가슴속에 품고 있는 꿈이 전혀 없소

(2011. 9. 17)

#00300. 오래 묵은 시집

한때 눈부신 불꽃을 내뿜던 시가
오래 묵은 시집 어느 한 쪽에서
말려진 한 송이 붉은 꽃잎이 되었네

시를 참 좋아했던 한 10대 소년도
나이를 먹고 나이를 먹고 나이를 먹고
이제 어느덧 40대를 앞두고 있네

뒤돌아보고 뒤돌아보고 뒤돌아보면
세월은 아무런 예고편도 없이
그렇게 왔다가 또 그렇게 가 버렸네

한때 눈부신 불꽃을 내뿜던 시가
오래 묵은 시인의 마음속에서
아련한 추억의 불꽃 축제가 되었네

(2011. 9. 18)

#00301. 한 송이 꽃

거대한 우주 속에
덩그렇게 놓여진
한 송이 꽃이여

너와 나는 어떤 인연으로
이렇게 마주하고 있는가

오, 나는 소년
오, 너는 한 송이 꽃

오, 나는 노인
오, 너는 한 송이 꽃

물 한 모금 머금고
눈부시게 빛나는
한 송이 꽃이여

너와 나는 어떤 인연으로
이렇게 마주하고 있는가

(2011. 9. 19)

#00302. 한 편의 시 (2)

날마다 수많은 생각과 말들이
시인의 손가락 끝에서
시가 되려고 아우성치네

시인은 수많은 생각과 말들을
기다란 원통처럼 세워 놓고
한 편의 시를 조각하네

순간순간 사방으로 튀는 생각들
순간순간 팔방으로 튀는 말들
방 안에 쌓이는 수많은 시의 파편들

날마다 수많은 생각과 말들이
시인의 손가락 끝에서
시가 되려고 탭 댄스를 추네

(2011. 9. 20)

#00303. 소용돌이

제0의 지점을 향해 눈부신 속도로
손바닥만 한 소용돌이가 날아가고 있소

제1의 지점을 향해 시속 60킬로미터로
애매한 소용돌이가 날아가고 있소

제2의 지점을 향해 시속 120킬로미터로
메마른 소용돌이가 날아가고 있소

제3의 지점을 향해 시속 250킬로미터로
거대한 소용돌이가 날아가고 있소

제4의 지점을 향해 시속 500킬로미터로
끈끈한 소용돌이가 날아가고 있소

제5의 지점을 향해 시속 1,000킬로미터로
차가운 소용돌이가 날아가고 있소

제6의 지점을 향해 시속 5,000킬로미터로
새로운 소용돌이가 날아가고 있소

제7의 지점을 향해 시속 10,000 킬로미터로
눈부신 소용돌이가 날아가고 있소

제∞의 지점을 향해 눈부신 속도로
손바닥만 한 소용돌이가 날아가고 있소

(2011. 9. 21)

#00304. 미래의 영혼

돌고 돎의 밑바닥에서
무심코 고개를 치켜든 존재

아……

새파란 하늘과 새하얀 구름들이

콘크리트 빌딩 사이로 보이고

아……

지금 이 순간의 존재는
차곡차곡 과거의 흔적으로 쌓여 간다

아……

돌고 돎의 밑바닥에서
무심코 고개를 치켜든 시

아……

새파란 강물과 새하얀 새들이
아름드리 나무 사이로 보이고

아……

지금 이 순간의 시는
순간순간 미래의 영혼으로 번쩍인다

(2011. 9. 22)

#00305. 바라보고 있소

0층의 사람이 0.1센티미터의 틈을 통해
눈부심으로 가득한 세상을 바라보고 있소

0.1층의 사람이 1센티미터의 틈을 통해
지평선으로 가득한 세상을 바라보고 있소

0.2층의 사람이 10센티미터의 틈을 통해
신발과 바퀴로 가득한 세상을 바라보고 있소

0.3층의 사람이 30센티미터의 틈을 통해
남자의 종아리로 가득한 세상을 바라보고 있소

0.4층의 사람이 70센티미터의 틈을 통해
여자의 허벅지로 가득한 세상을 바라보고 있소

0.5층의 사람이 120센티미터의 틈을 통해
아이들로 가득한 세상을 바라보고 있소

0.6층의 사람이 180센티미터의 틈을 통해
여신의 얼굴로 가득한 세상을 바라보고 있소

0.7층의 사람이 250센티미터의 틈을 통해
네모난 집으로 가득한 세상을 바라보고 있소

0.∞층의 사람이 ∞센티미터의 틈을 통해
눈부심으로 가득한 세상을 바라보고 있소

(2011. 9. 23)

#00306. 틈으로 본 세상

어제의 층에서
어제의 틈으로 보았던 세상은
이제 정말 어제가 되어
오늘에서 점점 더 멀어지네

오늘의 층에서
오늘의 틈으로 보는 세상은
아직 오늘이긴 하지만
눈 깜짝할 사이 어제가 되네

내일의 층에서
내일의 틈으로 볼 세상은

어제와 오늘이 만든
또 하나의 오늘이겠네

(2011. 9. 24)

#00307. 새로운 시

캄캄한 밤

아직 깨어 있는 한 시인은
가장 어두운 순간에서도
밝은 미소로 세상을 밝히네

살아온 날

어제와 그저께의 층에서
시간의 틈으로 본 세상은
온통 눈부시게 빛나는 우주였네

새로운 날

한 편의 새로운 시가
오래된 시들의 틈으로 들어가
주위를 환하게 밝히네

(2011. 9. 25)

#00308. 초심

무엇인가 처음으로
시작했을 때의 그 간절한 뜻을
절대 잃어버리지 말아야지

항상 시작하고 나서 보면
뜻은 자기도 모르게
일상 속에서 쉽게 무너지고

항상 끝마치기도 전에
뜻은 어디로 갔는지
온데간데없는 적이 많다

무엇인가 처음으로
시작했을 때의 그 간절한 뜻을
절대 잃어버리지 말아야지

(2011. 9. 26)

#00309. 바다를 보다가

어느 바닷가 큰 바위 위에 앉아
가만히 바다를 들여다보니

똑같은 파도끼리 싸우는데
더 힘센 파도가 이겼다

똑같이 힘센 파도끼리 싸우는데
더 지혜로운 파도가 이겼다

똑같이 지혜로운 파도끼리 싸우는데
더 덕이 높은 파도가 이겼다

(2011. 9. 27)

#00310. 때가 되면

풀들은 아침이 되면

방울방울 이슬 목욕을 하고

꽃들은 때가 되면
알록달록 얼굴 화장을 하네

나무들은 바람이 불면
하늘하늘 나뭇잎 춤을 추고

돌멩이들은 비가 오면
시끌벅적 작은 소란을 피우네

풀들은 밤이 되면
귀뚤귀뚤 귀뚜라미 친구가 되고

꽃들은 다시 때가 되면
알콩달콩 눈부신 사랑을 하네

나무들은 눈이 오면
차곡차곡 가지마다 성벽을 쌓고

돌멩이들은 해가 뜨면
데굴데굴 햇빛 속을 뒹구네

(2011. 9. 28)

#00311. 달린다 달려

쌩쌩 정말 달린다 달려

내가 눈부시게 달리니
달도 별도 해도 따라
눈부시게 우주를 달린다

쌩쌩 정말 달린다 달려

내가 시원하게 달리니
달도 강물도 바다도 따라
시원하게 지구를 달린다

쌩쌩 정말 달린다 달려

내가 푸르게 달리니
달도 숲도 산도 따라
푸르게 대지를 달린다

쌩쌩 정말 달린다 달려

내가 신나게 달리니
달도 강아지도 자동차도 따라
신나게 도로를 달린다

쌩쌩 정말 달린다 달려

달 뜰 때부터 달 질 때까지
달 질 때부터 달 뜰 때까지
달도 별도 해도 따라

이 하루를 달린다 달려

(2011. 9. 29)

#00312. 슈퍼맨

제0의 슈퍼맨이 4차원 공간에서
전화를 받지 못하고 있소

제1의 슈퍼맨이 직장 사무실에서
새벽부터 밤늦게까지 근무 중이오

제2의 슈퍼맨이 타임머신 사령탑에서
빛의 속도를 추월하며 회의 중이오

제3의 슈퍼맨이 우주 공간 큰길에서
수천 대의 타임머신을 운전 중이오

제4의 슈퍼맨이 막다른 골목에서
잠시 투명 인간이 되어 부재 중이오

제5의 슈퍼맨이 마법의 식탁에서
수천 가지 음식을 모아 놓고 식사 중이오

제6의 슈퍼맨이 기쁨의 침실에서
사랑을 나누지 못할 만큼 정말 바쁘오

제7의 슈퍼맨이 생생한 현실에서
수천 명과 동시에 통화 중이오

제∞의 슈퍼맨이 4차원 공간에서
아직도 전화를 받지 못하고 있소

(2011. 9. 30)

#00313. 슈퍼우먼

제0의 슈퍼우먼이 4차원 공간에서
전화를 받지 못하고 있소

제1의 슈퍼우먼이 임신을 하고
직장 일과 집안일을 하느라 정말 바쁘오

제2의 슈퍼우먼이 아이를 맡기고
직장에 나가 정신없이 업무 중이오

제3의 슈퍼우먼이 시간을 멈추고
직장, 집, 마트 사이를 이동 중이오

제4의 슈퍼우먼이 막다른 골목에서
잠시 투명 인간이 되어 부재중이오

제5의 슈퍼우먼이 업무 마감을 앞두고
수천 군데 업무처와 통화 중이오

제6의 슈퍼우먼이 기쁨의 침실에서
슈퍼맨을 간절히 원하고 있소

제7의 슈퍼우먼이 생생한 현실에서
수천 명과 동시에 대화 중이오

제∞의 슈퍼우먼이 4차원 공간에서
아직도 전화를 받지 못하고 있소

(2011. 10. 1)

#00314. 모이네요

모이를 주니
새들이 모이네요

개나리가 피니
이제야 봄을 보네요

햇살이 따가워지니
여름이 열리네요

하얀 눈이 오니
가을이 가네요

곰이 겨울잠을 자니
겨울을 겨우 버티네요

비가 쏟아지니
바다가 받아 내네요

호랑이가 어흥 하니
토끼가 깜짝 놀라 토끼네요

울고 싶은데 허허허 웃으니
그것 참 허세네요

모이를 주니
새들이 또다시 모이네요

(2011. 10. 2)

#00315. 길이 있다

사방에 길이 있다
내가 갈 곳은 어디인가

이리로 가도 저리로 가도
결국은 그리로 가겠지만

후회 없이 바른 길을 가려면
어디로 가면 좋을까

과거와 현재의 수많은 사람들은
무엇을 위해 길이라는 것을 만들었나

늘 다니던 길
무심코 다니던 그 길

수많은 사연들이 그 길을 지나고 있다
생생한 순간들이 그 길을 지나고 있다

이리로 가도 저리로 가도
결국은 그리로 가겠지만

내가 갈 곳은 정말 어디인가
팔방에 길이 있다

(2011. 10. 3)

#00316. 목마른 존재

어렵게

꿈을 이루고 나니
어느새 또 다른 꿈을 꾸고 있다

사람은

항상 꿈을 쫓아 움직이는
목마른 존재였을까

어렵게

문제를 풀고 나니
어느새 또 다른 문제가 놓여 있다

사람은

항상 문제를 풀며 살아가는
뒤엉킨 존재였을까

어렵게

만족을 느끼고 나니
어느새 또 다른 만족을 찾고 있다

사람은

항상 만족을 찾아 방황하는
굶주린 존재였을까

(2011. 10. 4)

#00317. 우주에

우주에

알 수 없는 에너지가
제일 먼저 가득했을까

우주에

알 수 없는 물질이
제일 먼저 가득했을까

우주에

무수한 별들이
제일 먼저 가득했을까

우주에

무수한 우주가
제일 먼저 가득했을까

(2011. 10. 5)

#00318. 별 하나 (1)

별

밤하늘 눈부신 별 하나가
오늘따라 갑자기 보이지 않네

별

이렇게 쓸쓸히 사라지기 위해
그토록 눈부시게 빛났던 것일까

별

별이 있던 자리는 왠지 모르게
알 수 없는 여운으로 가득하네

별

수많은 지혜와 경험을 축적하고
눈부시게 빛나던 그 별은 어디로 갔을까

별

밤하늘 눈부신 별 하나가
오늘따라 갑자기 보이지 않네

(2011. 10. 6)

#00319. 방긋방긋

어둠을 하얗게 부수고 나온 새벽이네요
방긋방긋 좋은 새벽 보내세요

해를 빨갛게 데리고 온 아침이네요
방긋방긋 좋은 아침 보내세요

풀들을 푸르게 길러 온 낮이네요
방긋방긋 좋은 낮 보내세요

해를 까맣게 밀어내는 저녁이네요
방긋방긋 좋은 저녁 보내세요

달과 별을 눈부시게 맞이하는 밤이네요
방긋방긋 좋은 밤 보내세요

새벽부터 밤까지 정말 소중한 하루네요
방긋방긋 좋은 하루 보내세요

월요일부터 일요일까지 정말 신나는 한 주네요
방긋방긋 좋은 한 주 보내세요

(2011. 10. 7)

#00320. 바라고 또 바랍니다

온 세상 온 우주 가득
긍정의 힘이 가득하기를
바라고 또 바랍니다

온 세상 온 우주 가득
건강한 에너지가 가득하기를
바라고 또 바랍니다

온 세상 온 우주 가득
즐거운 추억이 가득하기를
바라고 또 바랍니다

온 세상 온 우주 가득
아름다운 꿈이 가득하기를
바라고 또 바랍니다

온 세상 온 우주 가득
눈부신 성공이 가득하기를
바라고 또 바랍니다

온 세상 온 우주 가득
무한한 행복이 가득하기를
바라고 또 바랍니다

온 세상 온 우주 가득
다시 한 번 긍정의 힘이 가득하기를
바라고 또 바랍니다

(2011. 10. 8)

#00321. 100년을 하루처럼

하루를 100년처럼 살고
100년을 하루처럼 사네

하루가 모여 100년이 되고
100년이 모여 하루가 되네

어제 하루가 오늘을 만들고
오늘 하루가 내일을 만드네

내일 하루를 먼저 꿈꾸고
오늘 하루를 꿈꾸듯 달렸네

오늘 하루를 먼저 꿈꾸고
어제 하루를 꿈꾸듯 달렸네

하루가 모여 100년이 되고
100년이 모여 하루가 되네

하루를 100년처럼 살고
100년을 하루처럼 사네

(2011. 10. 9)

#00322. 그 돈으로

요즘 사람들은
농사를 직접 짓는 대신
피땀 흘려 돈을 벌어
그 돈으로 사서 먹습니다

요즘 사람들은
물고기를 직접 잡는 대신
피땀 흘려 돈을 벌어
그 돈으로 사서 먹습니다

요즘 사람들은
사냥을 직접 하는 대신
피땀 흘려 돈을 벌어
그 돈으로 사서 먹습니다

요즘 사람들은
집을 직접 짓는 대신
피땀 흘려 돈을 벌어
그 돈으로 사서 삽니다

요즘 사람들은
옷을 직접 만드는 대신
피땀 흘려 돈을 벌어
그 돈으로 사서 입습니다

요즘 사람들은
사랑을 마음으로만 하는 대신
피땀 흘려 돈을 벌어
그 돈으로 사랑을 줍니다

(2011. 10. 10)

#00323. 혹독한 바람

서쪽에서 혹독한 바람이
몰아칩니다

풀들은

서둘러 서로의 머리를 맞대고
이 바람 부는 시기를 대비합니다

바람이 데려온 혹독한 비가
하늘에서 폭포처럼 끝없이 쏟아집니다

바람이 데려온 혹독한 눈이
공중을 가득 채우며 끝없이 내려옵니다

바람이 데려온 혹독한 안개가
땅을 온통 희뿌옇게 끝없이 뒤덮습니다

풀들은

굳세게 서로의 손을 잡고
이 바람 부는 시기를 이겨 냅니다

서쪽에서 혹독한 바람이 또
몰아칩니다

(2011. 10. 11)

#00324. 풀 (2)

제0의 풀이 오랜 잠에서 깨어나
눈부시게 붉은빛을 내뿜고 있소

제1의 풀이 오랜 슬픔을 참으며
눈물을 속으로 삼키고 있소

제2의 풀이 오랜 시련 끝에
새로운 풀로 탈바꿈하고 있소

제3의 풀이 오랜 침묵을 깨고
힘차게 바람 소리를 내고 있소

제4의 풀이 오랜 고독에서 벗어나
즐거운 세상으로 나오고 있소

제5의 풀이 오랜 임무를 완수하고
잠깐 동안 휴식을 취하고 있소

제6의 풀이 오랜 불행을 이겨 내고
마침내 행복을 맞이하고 있소

제7의 풀이 오랜 실패를 교훈 삼아
결국은 대성공을 거두고 있소

제∞의 풀이 오랜 잠에서 깨어나
눈부시게 푸른빛을 내뿜고 있소

(2011. 10. 12)

#00325. 결국은

한 발짝 한 발짝 매일 쉬지 않고
한 가지 뜻으로 걷고 또 걷다 보면
결국은 높은 곳에 올라설 것이네

무슨 일이든 맡은 일을 잘하기 위해
정직하고 성실하게 열심히 노력하다 보면
결국은 좋은 보람을 느낄 수 있을 것이네

아무리 높은 산도 오르고 오르면
결국은 정상에 오를 수 있는 것처럼
공부도 일도 행하면 그만큼 거둘 것이네

만약 풀을 베는 것이 맡은 일이라면
열심히 풀을 베는 것도 중요하지만
틈틈이 낫을 가는 것도 잊지 말아야 하네

한 발짝 한 발짝 매일 쉬지 않고
한 가지 뜻으로 걷고 또 걷다 보면
결국은 높은 곳에 올라설 것이네

(2011. 10. 13)

#00326. 어머니

제0의 어머니가 거실에서 책을 읽으니
아이도 같이 옆에서 책을 읽고 있소

제1의 어머니가 거실에서 신문을 읽으니
아이도 같이 옆에서 신문을 읽고 있소

제2의 어머니가 거실에서 공부를 하니
아이도 같이 옆에서 공부를 하고 있소

제3의 어머니가 거실에서 체조를 하니
아이도 같이 옆에서 체조를 하고 있소

제4의 어머니가 거실에서 붓글씨를 쓰니
아이도 같이 옆에서 붓글씨를 쓰고 있소

제5의 어머니가 거실에서 그림을 그리니
아이도 같이 옆에서 그림을 그리고 있소

제6의 어머니가 거실에서 수학 문제를 푸니
아이도 같이 옆에서 수학 문제를 풀고 있소

제7의 어머니가 거실에서 영어를 들으니
아이도 같이 옆에서 영어를 듣고 있소

제∞의 어머니가 거실에서 글을 쓰니
아이도 같이 옆에서 글을 쓰고 있소

(2011. 10. 14)

#00327. 마감

마감이라는 것이 없다면
일을 제때 끝내지 못할 것이네

마감이라는 것이 있어서 그런지
일을 꼭 마감 때까지 끝내게 되네

어차피 마감이라는 것을 했더라도
곧 다시 일을 시작하게 되겠지만

일단 마감이라는 것을 하고 나면
막혔던 곳이 뻥 뚫린 것처럼 후련하네

마감이라는 것도 자꾸 하다 보면
자기도 모르게 마감의 달인이 되네

마감 때가 되면 갑자기 생각이 번쩍이고
안 써지던 글이 저절로 술술 써지네

마감이라는 것이 있어서 그런지
일을 꼭 마감 때까지 끝내게 되네

마감이라는 것이 없다면
일을 제때 끝내지 못할 것이네

(2011. 10. 15)

#00328. 하루에 세 번 밥을 먹네

하루에 한 번 깨어나고
하루에 세 번 밥을 먹네

하루에 한 번 시를 쓰고
하루에 세 번 밥을 먹네

하루에 세 번 활동하고
하루에 세 번 밥을 먹네

하루에 세 번 감사하고
하루에 세 번 밥을 먹네

하루에 세 번 용서하고
하루에 세 번 밥을 먹네

하루에 세 번 사랑하고
하루에 세 번 밥을 먹네

하루에 세 번 밥을 먹고
하루에 세 번 양치하네

하루에 세 번 밥을 먹고
하루에 세 번 사랑하네

하루에 세 번 밥을 먹고
하루에 세 번 용서하네

하루에 세 번 밥을 먹고
하루에 세 번 감사하네

하루에 세 번 밥을 먹고
하루에 세 번 활동하네

하루에 세 번 밥을 먹고
하루에 한 번 시를 쓰네

하루에 세 번 밥을 먹고
하루에 한 번 잠을 자네

(2011. 10. 16)

#00329. 여기는 도시입니다

버스가 시도 때도 없이 도로 위를 오가고
오토바이가 사방에서 곡예를 하듯 내달립니다

비행기가 모기처럼 시끄럽게 날아다니고
땅속으로 전철이 용처럼 꿈틀거리며 달려갑니다

아파트들이 거대한 나무처럼 우뚝 솟아 있고
주위는 온통 울창한 아파트 숲으로 가득합니다

택시가 사람이 많이 오가는 곳에 진을 치고 있고
키다리 빌딩들이 큰길에 마중을 나와 있습니다

아, 여기는 도시입니다

(2011. 10. 17)

#00330. 별들이 떠 있습니다

나의 마음속에는 항상
반짝이는 별들이 떠 있습니다

나의 주위에도 항상
반짝이는 별들이 떠 있습니다

나의 안
깊숙한 곳의 별들

나의 밖
드넓은 곳의 별들

나의 존재는 결국 항상
별들과 별들 사이에 있었습니다

나의 안
극한의 우주

나의 밖
무한의 우주

나의 주위에는 항상
아름다운 별들이 떠 있습니다

나의 마음속에도 항상
아름다운 별들이 떠 있습니다

(2011. 10. 18)

천일시화

#00331. 사람이라는 존재

모든 것을 깨닫게 되고
모든 것을 알게 되어도
언제나 사람이라는 존재는
땅 위에 있고 하늘 아래에 있구나

아……

아무리 높은 곳에 올라가고
아무리 많은 것을 가졌어도
언제나 사람이라는 존재는
땅 위에 있고 하늘 아래에 있구나

아……

몸이 죽어 땅에서 사라지고
넋이 죽어 하늘로 사라져도
언제나 사람이라는 존재는
땅 위에 있고 하늘 아래에 있구나

아……

목숨처럼 평화를 지킬 사람아
또 널리 사람을 이롭게 할 사람아
그래도 역시나 사람이라는 존재는
땅 위에 있고 하늘 아래에 있구나

(2011. 10. 19)

#00332. 중첩되는 시간 속에서

제0의 존재가 흙을 뚫고 솟아나
중첩되는 시간 속에서
아름드리 나무가 되고 있었소

제1의 존재가 알을 깨고 나와
중첩되는 시간 속에서
매서운 독수리가 되고 있었소

제2의 존재가 물을 뚫고 나와
중첩되는 시간 속에서
피를 빠는 모기가 되고 있었소

제3의 존재가 사람을 뚫고 나와
중첩되는 시간 속에서
지혜로운 사람이 되고 있었소

제4의 존재가 줄기를 뚫고 나와
중첩되는 시간 속에서
푸릇푸릇한 이파리가 되고 있었소

제5의 존재가 가난을 이겨 내고
중첩되는 시간 속에서
눈부신 부를 이루고 있었소

제6의 존재가 맨 밑바닥을 짚고 일어나
중첩되는 시간 속에서
맨 꼭대기에 도달하고 있었소

제7의 존재가 딱딱한 껍질 속에 갇혔는데
중첩되는 시간 속에서
껍질을 뚫고 뿌리를 내리고 있었소

제∞의 존재가 흙을 뚫고 솟아나
중첩되는 시간 속에서
아름드리 나무가 되고 있었소

(2011. 10. 20)

#00333. 스치듯 지나가 버리네

아무리 어렵고 힘들던 날도
결국은 스치듯 지나가 버리네

어차피 이렇게 주어진 삶
어렵고 힘들어도 한번 이겨 내 볼까

무슨 이유인지 몰라도 분명
이렇게 태어난 이유가 있을 것이네

아마도 세상 사람들을 널리
이롭게 하기 위해 태어나지 않았을까

삶을 살아가고자 하는 의지를
가슴속에 눈부신 별처럼 품고 있다면

아무리 어렵고 힘든 날이라도
거뜬히 이겨 내고 살아갈 수 있지 않을까

아무리 어렵고 힘들던 날도
결국은 또 스치듯 지나가 버리네

(2011. 10. 21)

#00334. 절대적 여신

풍덩 빠져 버리고 싶은
절대적 여신의 눈동자

검게 빛나며 약간 젖은 채로
주변 시야를 모두 흡수하고

미적 감각의 아름다운 다리는

짧은 치마로 시선을 끌어당기네

립싱크를 하듯 움직이고 있는
절대적 여신의 입술

붉게 빛나며 약간 젖은 채로
주변 공간을 모두 물들이고

미적 감각의 아름다운 가슴은
눈부시도록 시선을 끌어당기네

풍덩 빠져 버리고 싶은
절대적 여신의 별바다

(2011. 10. 22)

#00335. 내일이 오늘을 향해

내일이 오늘을 향해
시속 360킬로미터로 달려오네요

100미터 달리기를 1초에 하는
엄청난 기록의 육상 선수

끝없이 달려오는 내일을
아무도 막을 수가 없네요

가만히 있으면 수많은 내일이 와서
나를 뚫고 그냥 어제로 사라지네요

필요한 것은 꼭 가지고 있고
불필요한 것은 꼭 내버리는 습성

존재는 항상 눈부신 내일을 꿈꾸며

다 써 버린 오늘을 어제로 버리네요

아……
이렇게 시를 쓰는 순간에도

아……
이렇게 시를 읽는 순간에도

내일이 오늘을 향해
시속 360킬로미터로 달려오네요

(2011. 10. 23)

#00336. 내뱉어지고 있소

아무런 의미 없이 제0의 말이
세상에 무수하게 내뱉어지고 있소

자신은 실천하지 못하면서 제1의 말이
세상에 강요하듯 내뱉어지고 있소

스스로 모순되는데도 제2의 말이
세상에 태연하게 내뱉어지고 있소

입소문처럼 돌고 돌아서 제3의 말이
세상에 비밀스레 내뱉어지고 있소

제일 먼저 스스로를 죽이고 제4의 말이
세상에 욕을 하듯 내뱉어지고 있소

아무것도 알지 못하는데도 제5의 말이
세상에 유식하게 내뱉어지고 있소

너무나 많이 알고 있으면서 제6의 말이

세상에 아주 조금만 내뱉어지고 있소

수많은 사람의 책 속에서 제7의 말이
세상에 글자로 내뱉어지고 있소

아무런 의미 없이 제∞의 말이
세상에 끝없이 내뱉어지고 있소

(2011. 10. 24)

#00337. 시간의 틈새

어디선가 바람이 달려와
시간의 틈새에 끼어든다

휘이익…… 휘이익……
초침이 바람처럼 달리고

문득 올려다보는 하늘은
아주아주 파랗고 높다

하늘에서 햇살이 미끄러지듯
시간의 틈새에 끼어든다

환하게…… 환하게……
달력 숫자가 햇살처럼 빛나고

문득 내려다보는 바다는
아주아주 파랗고 깊다

(2011. 10. 25)

#00338. 나무들

나무들이 어느새
자신의 색깔을 송두리째
드러내고 있다

온통 푸르던 나무들이
어느새 노을처럼 빨갛게 물들고
황금처럼 노랗게 빛이 난다

이미 헐벗어 앙상하게
곧은 뼈만 남은
나무들도 눈에 보인다

아직도 여전히 눈부시게
푸른빛을 간직한
나무들도 눈에 보인다

나무들이 어느새
자신의 존재를 송두리째
드러내고 있다

(2011. 10. 26)

#00339. 슬픈 오뚝이

나의 마음은 깃털을 타고
파란 하늘을 가볍게 날아가네

거대한 독수리 발톱 같은 운명이
나를 꽉 움켜쥐고 거친 바다를 가로지르네

아파트만 한 파도가 솟아올라
내 앞에서 쓰러지며 산산조각으로 부서지네

나의 마음은 깃털을 타고
파란 하늘을 가볍게 날아가네

어제 넘어졌던 슬픈 오뚝이는
오늘 다시 일어나 내일을 향해 미소 짓네

하늘과 바다를 뜨겁게 물들이는
태양 같은 열정이 마음속에 가득하네

(2011. 10. 27)

#00340. 세월과 존재

수많은 세월이
존재를 훑으며 끝없이 지나가네

수많은 행동이
존재를 통해 습관이 되네

수많은 지식이
존재의 머릿속에서 진화하네

수많은 경험이
존재를 눈부시도록 풍요롭게 하네

수많은 지혜가
존재에게 행복할 수 있는 능력을 주네

수많은 세월이 다시
존재를 훑으며 끝없이 지나가네

(2011. 10. 28)

#00341. 추억

아련한 추억이 두둥실 떠오르네

되돌릴 수 없는 시간의 놀이터를
망아지처럼 신나게 뛰놀고

그네를 타듯 공중을 뒤흔들다가
문득 무슨 생각이 난 것인지

미끄럼틀을 타고 만세를 부르네

(2011. 10. 29)

#00342. 모이고 모여 (1)

한 방울의 물이 모이고 모여
유유히 흐르는 강물이 되듯

한 편의 시가 모이고 모여
한 권의 시집이 되고

하나의 강물이 모이고 모여
지구를 감싸 안은 바다가 되듯

한 권의 시집이 모이고 모여
하나의 전집이 되네

(2011. 10. 30)

#00343. 별나라 시인의 꿈

별나라 시인은

지구의 일에 관여하지 않습니다

별나라 시인은 그저
지구를 매일 주의 깊게 관찰할 뿐입니다

별나라 시인은 혼자
별집에서 조용히 살고 있습니다

별나라 시인은 매일
한 편의 시를 조각합니다

별나라 시인은 이제
그 어떤 것에도 흔들리지 않습니다

별나라 시인은 항상
지구가 평화롭기를 간절히 바랍니다

별나라 시인은 진정
무한한 자유를 눈부시게 꿈꿉니다

(2011. 10. 31)

#00344. 문제

제0의 문제가 제∞의 지점에서
시작도 끝도 없이 발생하고 있소

제1의 문제가 제7의 지점에서
원인을 알 수 없이 발생하고 있소

제2의 문제가 제6의 지점에서
그 누군가에 의해 발생하고 있소

제3의 문제가 제5의 지점에서

하늘의 뜻에 의해 발생하고 있소

제4의 문제가 제4의 지점에서
인간의 욕심에 의해 발생하고 있소

제5의 문제가 제3의 지점에서
땅의 유한함에 의해 발생하고 있소

제6의 문제가 제2의 지점에서
시간의 충돌에 의해 발생하고 있소

제7의 문제가 제1의 지점에서
열정의 부족에 의해 발생하고 있소

제∞의 문제가 제0의 지점에서
시작도 끝도 없이 발생하고 있소

(2011. 11. 1)

#00345. 발가벗은 시간

왠지 모르게 시간들이 일그러진 채로
고층 아파트 어느 꼭대기쯤에 걸쳐 있는
뭉게구름 속에서 방황하고 있네

발가벗은 시간들이 피땀을 흘리며
고층 빌딩 사이 어느 그림자쯤에서
녹초가 되어 도미노처럼 쓰러지고 있네

하루가 그렇게 지나고 다시 아침이 되면
거꾸로 돌린 도미노 영상처럼
벌떡벌떡 일어나는 발가벗은 시간들

왠지 모르게 시간들이 일그러진 채로

꾸겨진 신문 속 어느 활자쯤에서
바람이 몰고 온 낙엽처럼 맴돌고 있네

(2011. 11. 2)

#00346. 별이 쏟아지네

별이
내 마음에 쏟아지네

설거지할 때 수도꼭지에서 물이 쏟아지듯
별이 은빛으로 수다를 떨며 쏟아지네

별이
내 마음에 쏟아지네

황금벌판에서 농부가 벼를 추수하듯
별이 금빛으로 세상을 뒤덮으며 쏟아지네

별이
내 마음에 쏟아지네

아이가 물감으로 그림을 예쁘게 색칠하듯
별이 무지개 빛깔로 하늘을 수놓으며 쏟아지네

별이
내 마음에 쏟아지네

(2011. 11. 3)

#00347. 맨 앞에 있으면

맨 앞에 있으면

항상 새로움이 숙제다

한 걸음 한 걸음
항상 모두가 처음이다

바로 옆에 누가 있을까
바로 뒤에 누가 있을까

옆을 보고 뒤를 보면
하루도 안심할 시간이 없다

항상 상대보다 반걸음 앞서면서
맨 앞을 지키기도 한다

맨 앞에 있으면
항상 새로움이 숙제다

(2011. 11. 4)

#00348. 대비

새로움이 날마다 가득하니
애써 배움으로 대비할 수밖에

낡음이 날마다 가득하니
새로 바뀜으로 대비할 수밖에

삶이 날마다 가득하니
널리 사랑으로 대비할 수밖에

(2011. 11. 5)

#00349. 바닥

나는 바닥이다

더 이상 밀려날 곳도
더 이상 떨어질 곳도 없다

이제 바닥을 짚고
당당히 일어서기만 하면 된다

나는 바닥이다

푸른 하늘 저 높이 날아올라
아득한 현기증에 취했던 것일까

아차

정신을 차리는 순간
날개가 꿈의 무게를 견디지 못한다

나는 바닥이다

(2011. 11. 6)

#00350. 날마다 (1)

날마다 세수를 하듯
날마다 생각을 씻네

날마다 머리를 감듯
날마다 영혼을 씻네

날마다 샤워를 하듯
날마다 마음을 씻네

날마다 쌀을 씻고 밥을 하듯
날마다 존재를 씻네

(2011. 11. 7)

#00351. 순서

모레가 오기 전에
항상 내일이 먼저 있었네

내일이 오기 전에
항상 오늘이 먼저 있었네

월요일이 오기 전에
항상 일요일이 먼저 있었네

매월 1일이 오기 전에
항상 말일이 먼저 있었네

매년 1월이 오기 전에
항상 12월이 먼저 있었네

오늘이 오기 전에
항상 어제가 먼저 있었네

어제가 오기 전에
항상 그저께가 먼저 있었네

(2011. 11. 8)

#00352. 시인과 여신

이 넓은 우주

수많은 사람들 속
소년과 소녀
그리고 스치고 지나가는 별 하나

이 넓은 우주
수많은 사람들 속
총각과 처녀
그리고 스치고 지나가는 별 하나

이 넓은 우주
수많은 사람들 속
시인과 여신
그리고 스치고 지나가는 별 하나

(2011. 11. 9)

#00353. 0의 세계

아무것도 없는 0의 세계 안쪽에는
아무것도 없다는 것을 알 수 있는
그 어떤 존재도 없었을 것이네

아무것도 없는 0의 세계 바깥쪽에는
0의 세계 안쪽에 아무것도 없다는 것을
그 어떤 존재는 알 수 있었을 것이네

0에서 태어난 우주가 ∞로 자라는데
0의 세계 안쪽에는 무슨 일이 있었던 것일까
0의 세계 바깥쪽에는 무슨 일이 있었던 것일까

안쪽과 바깥쪽 구분도 없이 아무것도 없었다면
세상은 어둠으로 가득했을까 빛으로 가득했을까
0의 세계 그 끝은 있었을까 또는 없었을까

(2011. 11. 10)

#00354. 동그란 돌멩이

산꼭대기 울퉁불퉁 모난 돌덩이가

긴 세월 굼벵이처럼 굼뜨게

엉금엉금 기고 떼굴떼굴 굴러

꿈의 바다 입구까지 갔더니

돌덩이 자신도 모르는 사이에

이곳저곳 뼈저리게 닳고 닳아

매끄럽고 동그란 돌멩이가 되어 버렸네

(2011. 11. 11)

#00355. 가을

늘 거닐던 동네 근처 산책로는 이미
노란 은행잎들이 선점하고 있었네

잎 다 떨어진 나무들 사이사이를
나뭇잎들을 밟으며 소년처럼 걸어가네

바람이 불어 나뭇가지가 흔들리고
문득 올려다보는 하늘이 높고 파랗네

(2011. 11. 12)

#00356. 이야기

이야기

진짜 재미있고
진짜 감동적인

이야기

어딘가에 쓸모 있고
누군가에게 돈이 되는

이야기

성공의 동기를 주고
행복의 능력을 주는

이야기

수많은 경험을 주고
끝없는 지혜를 주는

이야기

진짜 즐겁고
진짜 행복한

그런 이야기

(2011. 11. 13)

#00357. 시를 남기네

새들은 죽어

푸른 하늘을 남기고

개들은 죽어
누런 땅을 남기네

풀들은 죽어
투명한 이슬을 남기고

꽃들은 죽어
알록달록 시를 남기네

(2011. 11. 14)

#00358. 사람의 마음

이 세상 모든 일들은 모두
사람의 마음으로부터 시작되었네

사람의 마음과 마음
사람의 마음과 마음

한순간이라도 마음이 비뚤어지면
일들도 같이 비뚤어지기 시작하네

사람의 마음과 마음
사람의 마음과 마음

그러므로 결국 모든 일들은 다시
사람의 마음으로 돌아가겠네

(2011. 11. 15)

#00359. 중앙난방

어느새 날씨가 추워졌는데
사무실은 여름처럼 덥기만 하다

온도를 조절할 수 없는
중앙난방 장치의 궤적 때문일까

훈훈한 바람이 천장에서
감당할 수 없이 쏟아진다

습도는 지극히 낮아지고
갑갑한 건조함이 흐르는데

주위는 온통 칸막이로 둘러싸여
시원하게 열어 둘 창문이 없다

어느새 겨울인 것 같은데
사무실에는 여름이 온 것 같다

(2011. 11. 16)

#00360. 반성

나는 지금까지
무엇을 쫓아다니며
정신없이 살아온 것일까

나는 지금까지
무엇을 기준으로
행복하고 불행했던 것일까

나는 지금까지
무엇을 배웠으며

무엇을 깨달았던 것일까

나는 지금까지
무엇을 생각했으며
무엇을 말했던 것일까

나는 지금까지
무엇을 말했으며
무엇을 실천했던 것일까

나는 지금까지
무엇을 쫓아다니며
정신없이 살아온 것일까

(2011. 11. 17)

#00361. 수많은 하루 (1)

오늘 하루는 아마도
존재의 축적된 수많은 하루였다

자꾸 어제가 되는 오늘
자꾸 그저께가 되는 어제

그리고는 까마득히 멀어지는
기억의 검은 구멍 속 달력 숫자

애써 기록해 두지 않으면
하나둘씩 사라져 버리는 존재의 흔적들

어쩌면 존재는 이미 아무도 모르게
조금씩 새롭게 태어나고 있었다

오늘 하루는 결국

존재의 축적된 수많은 하루였다

(2011. 11. 18)

#00362. 태어남

암흑 같은 우주의 껍질을 깨고
또 하나의 우주로 나온 새 한 마리

둥지에서 울고 있다,
날개를 퍼덕이며 울고 있다

담벼락 같은 경계의 껍질을 깨고
또 하나의 경계로 나온 거북이 한 마리

바다로 기어가고 있다
지느러미를 휘저으며 기어가고 있다

꿈결 같은 세계의 껍질을 깨고
또 하나의 세계로 나온 시 한 편

모니터 화면에 들어가 박히고 있다
온몸을 꿈틀거리며 들어가 박히고 있다

(2011. 11. 19)

#00363. 마음가짐

항상 좋은 일이 있어
미소 짓고 다닌다기보다는

미소 짓고 다니다 보니
항상 좋은 일이 생기네

항상 누군가를 이기기 위해
열심히 노력한다기보다는

열심히 노력하다 보니
항상 누군가를 이기네

항상 행복한 일이 있어
진심으로 감사한다기보다는

진심으로 감사하다 보니
항상 행복한 일이 생기네

(2011. 11. 20)

#00364. 편리한 세상

쌀을 씻어
전기밥솥에 넣고
버튼을 누르면
일정 시간 후에
저절로 밥이 되는 세상

사용한 그릇들을
식기세척기에 넣고
버튼을 누르면
일정 시간 후에
저절로 설거지가 되는 세상

빨아야 할 옷들을
세탁기에 넣고
버튼을 누르면
일정 시간 후에
저절로 빨래가 되는 세상

청소할 곳에
로봇 청소기를 놓고
버튼을 누르면
일정 시간 후에
저절로 청소가 되는 세상

이루고 싶은 꿈을
종이에 적고
끊임없이 노력하면
일정 시간 후에
저절로 꿈이 이루어지는 세상,

그런 세상……

(2011. 11. 21)

#00365. 눈물이오

제0의 눈물이
별빛처럼 빛나는 눈물이오

제1의 눈물이
하늘처럼 끝없는 눈물이오

제2의 눈물이
구름처럼 떠도는 눈물이오

제3의 눈물이
바다처럼 깊은 눈물이오

제4의 눈물이
파도처럼 몰아치는 눈물이오

제5의 눈물이

땅처럼 고정된 눈물이오

제6의 눈물이
산처럼 솟아나는 눈물이오

제7의 눈물이
바람처럼 스쳐 가는 눈물이오

제∞의 눈물이
다시 별빛처럼 빛나는 눈물이오

(2011. 11. 22)

#00366. 손수건

손수건이여
눈물을 흡수하라

그대의 몸이 눈물로
흠뻑 젖어

더 이상 눈물을
흡수할 수 없을 때까지

그렇게
존재의 눈물을 흡수하라

지나온 세월
하루하루가 모두 소중했다

스쳐 간 옷깃
하나하나가 모두 소중했다

손수건이여

눈물을 흡수하라

그대의 마음이 눈물로
흠뻑 젖어

더 이상 눈물을
흡수할 수 없을 때까지

(2011. 11. 23)

#00367. 사실

누구 앞에서나 항상
1 더하기 1은 2라고 말하듯
사실을 말하고 싶다

동쪽에서도 서쪽에서도
남쪽에서도 북쪽에서도
변하지 않는 사실을 말하고 싶다

1 더하기 1은 2라는 것을
지금 모르는 사람이 있더라도
배우고 익히면 곧 알게 될 것이다

어제에도 오늘에도 내일에도
과거에도 현재에도 미래에도
변하지 않는 사실을 말하고 싶다

누구 앞에서나 항상
1 더하기 1은 2라고 말하듯
사실을 말하고 싶다

(2011. 11. 24)

#00368. 시와 시인

시는
어쩌면 별이다

하얀 종이 우주에
둥둥 떠 있는 검은 별이다

또는

눈부심 속에서 나타난
여신의 실루엣이다

그리고

시인은
어쩌면 조각가다

거대한 언어의 암석 덩어리를 깎아
시의 조각상을 만드는 조각가다

또는

눈부심 속에서 나타난
언어의 흑기사다

(2011. 11. 25)

#00369. 원칙과 깨달음

자신만의 어떤 원칙을 세우고
그것을 지키기 위해 노력하다 보면
어느 순간 하나의 깨달음을 얻게 되네

자신이 세운 원칙을 지킨다는 것은
자기 자신과의 약속을 지키는 것이 되고
그 약속을 지킴으로써 진정 행복할 수 있네

여기서 멈추지 않고 앞으로 더 나아가다 보면
예전에 볼 수 없었던 것들이 하나둘 눈에 보이고
어느 순간 또 하나의 깨달음을 얻게 되네

(2011. 11. 26)

#00370. 물건들이 쌓이네

별다른 생각 없이 바쁘게
지내다 보면 책상 위에
자꾸만 물건들이 쌓이네

네모지고 평평한 책상 위에
온갖 책들이 쌓이고
종이들도 수북하게 쌓이네

내 마음도 내 일상도
그렇게 정리되지 못한 채
정신없이 쌓여만 가는 것일까

책꽂이에 꽂아두든가
서랍에 넣어두든가
서류철에 끼워두든가 해야 하는데

별다른 생각 없이 바쁘게
지내다 보면 책상 위에
자꾸만 물건들이 쌓이네

(2011. 11. 27)

#00371. 마음과 우주

끝없는 우주가 마음 바깥쪽에 있고
끝없는 행복이 마음 안쪽에 있네

마법 같은 시간이 마음과 나란히 있고
신비로운 생명이 마음과 함께 있네

좌표 같은 공간이 우주 안쪽에 있고
겹쳐질 수 없는 존재가 공간 안쪽에 있네

끝없는 마음이 우주 바깥쪽에 있고
끝없는 자유가 우주 안쪽에 있네

(2011. 11. 28)

#00372. 추억과 열정

칼날 같은 바람이
사방에서 불어오면
내리는 함박눈은
온통 하늘 가득 휘날리고
가슴속의 추억은
문득 눈꽃처럼 하얗게 피어나네

불덩이 같은 해가
지평선에서 떠오르면
메마른 풀들은
온통 벌판 가득 이글거리고
가슴속의 열정은
문득 불꽃처럼 빨갛게 타오르네

(2011. 11. 29)

#00373. 시를 느끼네

눈으로 시의 글자를
빛의 속도로 읽고

귀로 시의 음성을
소리의 속도로 듣고

코로 시의 냄새를
바람의 속도로 맡고

입으로 시의 맛을
강물의 속도로 느끼고

몸으로 시의 감동을
폭포의 속도로 느끼네

(2011. 11. 30)

#00374. 수많은 선택

현재 시각

사람의 존재는
수많은 선택의 결과물

그동안 살아오며 무엇을 선택하고
무엇을 선택하지 않았던 것일까

똑같이 주어진 하루를 살기 위해
똑같이 주어진 시간을 살기 위해

아무것도 선택하지 않을 수 없었던
무엇인가는 꼭 선택해야만 했던

그런 순간들이 숨 가쁘게 지나가고
그런 순간들이 가슴 벅차게 지나가고

아……

사람의 존재는
수많은 선택의 결정체

(2011. 12. 1)

#00375. 만족과 행복

사람이 혼자서 평생 산다면
마음먹기에 따라 얼마든지
주어진 것에 만족하며
정말 행복하게 살아갈 수 있네

사람이 둘이서 같이 산다면
아무리 혼자서 주어진 것에 만족하며
행복하게 살아가려고 노력해도
상대방이 불만족할 경우 결국 불행해지네

사람이 여럿이 같이 산다면
아무리 혼자서 주어진 것에 만족하며
행복하게 살아가려고 노력해도
모두가 불만족할 경우 결국 불행해지네

사람이 혼자서 평생 산다면
마음먹기에 따라 얼마든지
자기 자신에게 만족하며
정말 행복하게 살아갈 수 있네

(2011. 12. 2)

#00376. 아직 지나지 않은 날들

지금 이 순간

이미 지나 버린 날들은
당겨진 방아쇠처럼
절대로 되돌릴 수 없네

이미 지나 버린 날들은
시간 속에서 차곡차곡
퇴적층처럼 쌓여가고

이미 지나 버린 날들은
생일 케이크 위에 꽂혀진
나이 개수만큼의 촛불처럼 빛나네

지금 이 순간

아직 지나지 않은 날들은
이 세상의 위대한 발명품처럼
새롭게 창조될 수 있네

아직 지나지 않은 날들은
시간 속에서 사방팔방
나이테처럼 늘어가고

아직 지나지 않은 날들은
어두운 밤하늘 속에 펼쳐져 있는
수많은 별들처럼 빛나네

(2011. 12. 3)

#00377. 뉴스

사람들이 법을 만들면
뉴스에 잘 나오네

사람들이 법을 고치면
뉴스에 잘 나오네

사람들이 법을 없애면
뉴스에 잘 나오네

사람들이 법을 어기면
뉴스에 잘 나오네

사람들이 법을 지키면
뉴스에 잘 안 나오네

(2011. 12. 4)

#00378. 존재의 하루

존재의 하루가 물방울처럼 모여
역사라는 하나의 물줄기가 되고

하나의 물줄기는 결국 바다로 가
수많은 역사 속에서 살아 숨 쉬네

존재는 하늘 어딘가에 숨어 있다가
때가 되면 하늘에서 봄비처럼 내려오고

역사는 바다 어딘가에 모여 있다가
때가 되면 바다 위로 상어처럼 올라오네

존재의 하루가 별처럼 모여

역사라는 하나의 우주가 되고

하나의 우주는 결국 우주 바다로 가
수많은 역사 속에서 살아 숨 쉬네

(2011. 12. 5)

#00379. 막다른 곳에서

더 이상 물러설 곳이 없는 존재
이제는 앞으로 나아갈 수밖에 없네

더 이상 떨어질 곳이 없는 존재
이제는 위로 올라갈 수밖에 없네

더 이상 숨겨질 곳이 없는 존재
이제는 세상에 드러날 수밖에 없네

더 이상 알려질 곳이 없는 존재
이제는 아득히 잊혀질 수밖에 없네

더 이상 마음 둘 곳이 없는 존재
이제는 꿈을 찾아 떠날 수밖에 없네

(2011. 12. 6)

#00380. 굶주리고 바쁜 시간

시간은 우주 공간을
매 순간 통째로 집어삼키고

존재의 시야에
들어올 틈도 없이 사라지네

그 가운데

시간은 강물처럼 흐르기도 하고
바위처럼 멈춰 있기도 하고

초침처럼 돌기도 하고
종소리처럼 울려 퍼지기도 하네

그 가운데

시간은 우주 공간을
매 순간 통째로 집어삼키고

존재의 손끝에
닿을 틈도 없이 사라지네

(2011. 12. 7)

#00381. 파도와 존재

알 수 없는 비바람이
마음속에서 거칠게 몰아치면
분노에 찬 파도는
존재의 눈앞에서 수없이 부서지네

존재가 커다란 날개를 달고
새벽하늘 속으로 사라지면
수없는 빛의 병사들은
파도 위에서 눈부신 함성을 지르네

(2011. 12. 8)

#00382. 길이 생기네

존재의 가슴속에서
붉은 해가 뜨고 지면

존재의 머릿속에는
뚜렷한 꿈이 꿈틀거리고

존재의 어깨 너머에서
보름달이 뜨고 지면

걸어가는 존재의 발끝에는
마법처럼 길이 생기네

(2011. 12. 9)

#00383. 먼지가 쌓이고 있소

제0의 먼지가
방 안에 쌓이고 있소

제1의 먼지가
거실에 쌓이고 있소

제2의 먼지가
현관에 쌓이고 있소

제3의 먼지가
마당에 쌓이고 있소

제4의 먼지가
골목에 쌓이고 있소

제5의 먼지가

거리에 쌓이고 있소

제6의 먼지가
공중에 쌓이고 있소

제7의 먼지가
바다에 쌓이고 있소

제∞의 먼지가
우주에 쌓이고 있소

(2011. 12. 10)

#00384. 걷고 있네

반드시 가야 할 길이기에
매일 30분씩 걷고 있네

마치 매일 밥을 세끼 먹고
밤에는 잠을 자는 것처럼

햇살이 따가워도 걷고
먹구름이 몰려와도 걷고
비가 쏟아져도 걷고
바람이 휘몰아쳐도 걷고
꽃잎이 떨어져도 걷고
나뭇잎이 떨어져도 걷고
눈발이 휘날려도 걷고
얼음이 얼어붙어도 걷고

마치 매일 밥을 세끼 먹고
밤에는 잠을 자는 것처럼

반드시 가야 할 길이기에

매일 30분씩 걷고 있네

(2011. 12. 11)

#00385. 오늘도 시를 씁니다

별나라 시인은
오늘도 시를 씁니다

시를

별나라 집에서도 쓰고
별나라 거리에서도 쓰고
별나라 산속에서도 쓰고
별나라 강가에서도 쓰고
별나라 바닷가에서도 씁니다

시를

새벽에 쓸 때도 있고
아침에 쓸 때도 있고
점심에 쓸 때도 있고
저녁에 쓸 때도 있고
밤에 쓸 때도 있습니다

시가

아주 손쉽게 써질 때도 있고
다소 손쉽게 써질 때도 있고
보통으로 써질 때도 있고
다소 힘들게 써질 때도 있고
아주 힘들게 써질 때도 있습니다

시가

10분 만에 써질 때도 있고
20분 만에 써질 때도 있고
30분 만에 써질 때도 있고
1시간 만에 써질 때도 있고
2시간 만에 써질 때도 있습니다

네

별나라 시인은
오늘도 시를 씁니다

(2011. 12. 12)

#00386. 그만한 대가

무엇인가를 이루어 내기 위해서는
항상 그만한 대가를 치러야 했음을
정말 뼈저리게 기억하고 있습니다

직장 일에 몰두하다 보면
집안일이 등한시되고
집안일에 몰두하다 보면
직장 일이 등한시됩니다

직장 일이 등한시되면
먹고 사는 문제가 생기고
집안일이 등한시되면
가족 간의 문제가 생깁니다

공부에 몰두하다 보면
놀이가 등한시되고
놀이에 몰두하다 보면
공부가 등한시됩니다

공부가 등한시되면
자기 계발의 문제가 생기고
놀이가 등한시되면
재충전의 문제가 생깁니다

무엇인가를 이루어 내기 위해서는
항상 그만한 대가를 치러야 했음을
정말 뼈아프게 기억하고 있습니다

(2011. 12. 13)

#00387. 온통 안개 속이네

한 걸음 내디뎠는데
주위는 온통 안개 속이네

두 걸음 내디뎠는데도
주위는 온통 안개 속이네

땅이 밟히는 것 같은데
땅이 땅인지 모르겠고

한 걸음 더 앞에
땅이 있는지 낭떠러지가 있는지

한 걸음 더 앞에
늪이 있는지 호수가 있는지

한 걸음 더 앞에
벽이 있는지 사람이 있는지

바로 한 걸음 앞도
도무지 알 수가 없네

한 걸음 다시 내디뎠는데
주위는 온통 안개 속이네

두 걸음 다시 내디뎠는데도
주위는 온통 안개 속이네

(2011. 12. 14)

#00388. 그저 가만히 있는 것

어느 한 순간 한 존재가
아무것도 하지 않고
그저 가만히 있는 것을 보고
시간 낭비라고 생각할 수도 있겠지만
아무것도 하지 않고
그저 가만히 있는다고 해서
그 존재에게 불필요한 일은 절대 아니네

잠시도 쉬지 않고 무엇이든
계속 생각하고 움직여야만
시간을 낭비하지 않는 것이라고
스스로 생각하며 실천하던 한 존재는
아무것도 하지 않고
그저 가만히 있는다는 것이 틈틈이
꼭 필요한 일이라는 것을
아주 뒤늦게나마 깨닫게 되었네

스트레스의 연속된 순간들
스트레스는 몸의 곳곳을 공격하고
특히 심장을 더욱 집중적으로 공격하네
스트레스를 안 받을 수 있는 존재라면
아마도 튼튼한 심장을 가지고 있겠지만
스트레스를 안 받을 수 없는 존재라면
꼭 틈틈이 안정과 휴식을 취해야 하네

어느 한 순간 한 존재가
아무것도 하지 않고
그저 가만히 있는 것을 보고
시간 낭비라고 생각할 수도 있겠지만
아무것도 하지 않고
그저 가만히 있는다고 해서
그 존재에게 불필요한 일은 절대 아니네

(2011. 12. 15)

#00389. 방 안의 먼지

우주 먼지가 모여서
빛나는 별들이 됐으니까

내 방 안의 먼지도
치우지 않고 무한대로 모은다면

먼지들이 힘이 세져
주위 먼지들을 강하게 끌어당기고

언젠가는 정말로
빛나는 별이 되겠지

하찮아 보이는 먼지도
무한대로 쌓이고 쌓이면

별이 되고 태양이 되고
블랙홀이 되고 그러는 거니까

(2011. 12. 16)

#00390. 새들은 얼마나 좋을까

양쪽 팔에 날개를 달고
아무 때나 날고 싶을 때마다
저 하늘을 날 수 있다면
정말 좋겠다는 생각을 가끔씩 하네

새들은 얼마나 좋을까
아무 때나 날고 싶을 때마다
날개를 퍼덕이며 공중으로 떠올라서
하늘을 마음껏 날아다닐 수 있으니까

새들은 스트레스도 잘 풀리겠지
뻥 뚫린 하늘을 아주 빠른 속도로 날다 보면
스트레스 같은 것이 쌓이려고 하다가도
그냥 한 방에 사라져 버릴 것만 같네

양쪽 팔에 날개를 달고
아무 때나 날고 싶을 때마다
저 하늘을 날 수 있다면
정말 좋겠다는 생각을 가끔씩 하네

(2011. 12. 17)

#00391. 정말 고맙습니다

심장이 뛰고 있는 지금 이 순간이
정말 고맙습니다

숨을 쉬고 있는 지금 이 순간이
정말 고맙습니다

피가 돌고 있는 지금 이 순간이
정말 고맙습니다

물을 마시고 있는 지금 이 순간이
정말 고맙습니다

밥을 먹고 있는 지금 이 순간이
정말 고맙습니다

눈으로 보고 있는 지금 이 순간이
정말 고맙습니다

귀로 듣고 있는 지금 이 순간이
정말 고맙습니다

생각하고 있는 지금 이 순간이
정말 고맙습니다

공부를 하고 있는 지금 이 순간이
정말 고맙습니다

일을 하고 있는 지금 이 순간이
정말 고맙습니다

휴식을 취하고 있는 지금 이 순간이
정말 고맙습니다

곤하게 잠이 드는 지금 이 순간이
정말 고맙습니다

아침에 문득

잠에서 깨어난 지금 이 순간이
정말 고맙습니다

(2011. 12. 18)

#00392. 아침, 점심, 저녁

아침에 하품하던 어느 한 천사는
주머니 속에서 달콤한 낮잠을 자고

점심에 활짝 웃던 어느 한 꽃은
책갈피에서 눈부신 한 편의 시가 되고

저녁에 미소 짓던 어느 한 여신은
밤하늘 속에서 수많은 별이 되었네

(2011. 12. 19)

#00393. 한 해를 보내려 할 때

한 해를 보내려 할 때면
항상 아쉬움이 살그머니 남는다

연초에 많은 목표를 세웠지만
달성하지 못한 것들이 있어 아쉽고

연초에 많은 계획을 세웠지만
실천하지 못한 것들이 있어 아쉽다

하루하루 지나온 365일의 시간들
무엇을 잘했고 무엇을 잘못했을까

한 해를 보내려 할 때면
항상 아쉬움이 살그머니 남는다

(2011. 12. 20)

#00394. 목표의 충돌

수많은 존재의 목표가
같은 공간에서 서로 충돌하네

존재는 항상 최고가 되기 위해
하나밖에 없는 것을 원했던 것일까

존재는 항상 비교하기 위해
상대적인 것을 원했던 것일까

흐릿한 목표들 속에서
뚜렷한 목표들이 튀어나오고 있네

작심삼일 같은 실천들 속에서
꾸준한 실천들이 튀어나오고 있네

수많은 존재의 목표가
같은 시간에서 서로 충돌하네

존재는 항상 기회를 잡기 위해
준비하며 때를 기다려야 했던 것일까

존재는 항상 행복하기 위해
스스로 절대적이어야 했던 것일까

수많은 존재의 목표가
같은 목적지 부근에서 서로 충돌하네

(2011. 12. 21)

#00395. 감사의 소중함

오래전부터 감사의 소중함을 알았다면

젊은 시절의 내 삶은 많이 달랐을 것이네

하지만 지금이라도 감사의 소중함을 알기에
그것만으로도 나는 정말 만족하고 감사하네

아주 적은 금액이라도 왜 기부해야 하는지
좀 늦은 나이가 되어서야 알게 되었고

아주 미약한 힘이라도 왜 봉사해야 하는지
좀 늦은 나이가 되어서야 알게 되었네

왜 이기심만으로는 진정 행복할 수 없는지
좀 늦은 나이가 되어서야 알게 되었고

왜 돈만으로는 진정 행복할 수 없는지
좀 늦은 나이가 되어서야 알게 되었네

오래전부터 감사의 소중함을 알았다면
젊은 시절의 내 삶은 많이 달랐을 것이네

하지만 지금이라도 감사의 소중함을 알기에
그것만으로도 나는 정말 만족하고 감사하네

(2011. 12. 22)

#00396. 건배

한 해를 보내는
아쉬움을 위해 건배

한 해를 보내는
쓸쓸함을 위해 건배

한 해를 보내는

정겨움을 위해 건배

한 해를 보내는
뿌듯함을 위해 건배

한 해를 보내는
시원함을 위해 건배

한 해를 보내는
행복함을 위해 건배

한 해를 보내는
감사함을 위해 건배

(2011. 12. 23)

#00397. 크리스마스 이브

제0의 할아버지가 제∞의 시간에
아이들의 양말에 선물을 넣어 주고 있소

제1의 할아버지가 제7의 시간에
거리에서 불우 이웃 돕기 성금을 모금하고 있소

제2의 할아버지가 제6의 시간에
장난감 가게에서 아이들을 반겨 주고 있소

제3의 할아버지가 제5의 시간에
유치원에서 아이들과 사진을 찍고 있소

제4의 할아버지가 제4의 시간에
북극에서 루돌프 사슴의 썰매를 타고 있소

제5의 할아버지가 제3의 시간에

텔레비전에서 크리스마스 인사를 하고 있소

제6의 할아버지가 제2의 시간에
게임에서 크리스마스 이벤트를 하고 있소

제7의 할아버지가 제1의 시간에
인터넷에서 행복한 미소를 짓고 있소

제∞의 할아버지가 제0의 시간에
도로에서 선물이 가득한 트럭을 몰고 있소

(2011. 12. 24)

#00398. 몸과 마음 (1)

몸이 먼저 태어난 것도 아니고
마음이 먼저 태어난 것도 아니네

몸이 먼저 공부한 것도 아니고
마음이 먼저 공부한 것도 아니네

몸을 먼저 사랑한 것도 아니고
마음을 먼저 사랑한 것도 아니네

몸이 먼저 사랑받은 것도 아니고
마음이 먼저 사랑받은 것도 아니네

몸이 먼저 행복한 것도 아니고
마음이 먼저 행복한 것도 아니네

몸이 먼저 아픈 것도 아니고
마음이 먼저 아픈 것도 아니네

몸이 먼저 죽는 것도 아니고

마음이 먼저 죽는 것도 아니네

(2011. 12. 25)

#00399. 감사하고 행복합니다

이미 가지고 있는 것에 대해
진정으로 감사하고 행복합니다

가지고 있는 것은 별로 없지만
진정으로 감사하고 행복합니다

이미 가지고 있는 것을 지키기 위해
피와 땀을 흘리며 노력합니다

가지고 있는 것은 별로 없지만
피와 땀을 흘리며 노력합니다

아직 가지지 못한 것을 가지기 위해
피와 땀을 흘리며 노력합니다

가지고 있는 것은 별로 없지만
진정으로 감사하고 행복합니다

이미 가지고 있는 것에 대해
진정으로 감사하고 행복합니다

(2011. 12. 26)

#00400. 땅은 풀이 되어

땅

땅은 풀이 되어
풍성한 숲처럼 자라오르고

땅

땅은 또 나무가 되어
울창한 산처럼 자라오르네

하늘

하늘은 비가 되어
거센 폭포처럼 떨어지고

하늘

하늘은 또 눈이 되어
하얀 꽃잎처럼 떨어지네

강

강은 물고기가 되어
육상 선수처럼 뛰어오르고

강

강은 또 안개가 되어
슬픈 추억처럼 피어오르네

바다

바다는 파도가 되어
성난 화산처럼 솟아오르고

바다

바다는 또 해가 되어
신의 사랑처럼 솟아오르네

(2011. 12. 27)

#00401. 하나의 존재

처음 무엇을 시작하고
처음 시작한 무엇을 기억하고
처음 시작한 무엇을 매일 반복하고
처음 시작한 무엇을 매일 반복하는
그런 날들이 모이고 모여
하나의 존재가 된다

하나의 존재가
처음 시작한 무엇을 잊고
처음 시작한 무엇을 매일 반복하지 않고
처음 시작한 무엇을 매일 반복하지 않는
그런 날들이 모이고 모여
또 하나의 존재가 된다

(2011. 12. 28)

#00402. 꼭 버려야 할 것

한 해가 가기 전에
꼭 버려야 할 것이 있다면
그동안 몸에 쌓인 피로와 스트레스
혹시라도 누군가를 미워했던 마음
그리고 대안도 없는 부정적인 생각

무엇을 얻기 위해서는
항상 무엇을 먼저 버려야 했고

무엇을 채우기 위해서는
항상 무엇을 먼저 비워야 했네

한 해가 가기 전에
꼭 버려야 할 것을 버린다면
한결 더 건강해진 몸과
한결 더 건강해진 마음으로
새로운 해를 맞이할 수 있겠네

(2011. 12. 29)

#00403. 피와 땀을 흘리는 존재

하나라도 더 알기 위해
수많은 책 속에 파묻혀
피와 땀을 흘리는 존재

하나라도 더 깨닫기 위해
참기 힘든 고통 속에서
피와 땀을 흘리는 존재

하나라도 더 익히기 위해
틈틈이 시간 날 때마다
피와 땀을 흘리는 존재

하나라도 더 실천하기 위해
아침부터 밤늦게까지
피와 땀을 흘리는 존재

하나라도 더 창조하기 위해
수많은 생각들 속에서
피와 땀을 흘리는 존재

엄청난 노력을 기울이는

그런 존재들이 모이고 모여
눈부신 역사를 창조하네

(2011. 12. 30)

#00404. 한 해를 돌아보면

가만히 한 해를 돌아보면
365일이 마치 하루같이
순식간에 지나 버린 것 같네

아침에 일어나 세수를 하고
머리를 빗고 수염을 깎고
대변을 보고 아침을 차려 먹고
양치를 하고 옷을 차려입고
출근을 해서 맡은 일을 하고
퇴근을 해서 운동을 하고
머리를 감고 세수를 하고
샤워를 하고 저녁을 차려 먹고
와인을 반잔 하고 양치를 하고
휴식을 취하고 TV를 보고
컴퓨터와 인터넷을 하고 책을 읽고
공부와 연구를 하고 잠을 자네

가만히 하루를 돌아보면
하루가 마치 1초같이
순식간에 지나 버린 것 같네

(2011. 12. 31)

#00405. 밤하늘

깜깜한 저 밤하늘에

천둥소리의 속삭임과 함께
반짝이는 꽃들이 피네

지난해를 까마득히 보내며
도시의 저 밤하늘에
반짝이는 꽃들이 피네

새해를 기쁘게 맞이하며
사람들의 마음속에
반짝이는 꽃들이 피네

깜깜한 저 밤하늘에
별들의 함성과 함께
반짝이는 꽃들이 피네

(2012. 1. 1)

#00406. 끝없이 달린다

눈앞에 펼쳐진 끝없는 길
시간은 끝없이 전속력으로 달린다

강철 심장과 무한 허파
존재는 끝없이 창조하며 달린다

나무가 없으면 나무를 심으며 달리고
꽃이 없으면 꽃을 심으며 달린다

돈이 없으면 돈을 벌며 달리고
평화가 없으면 평화를 만들며 달린다

강철 다리와 무한 핏줄
존재는 끝없이 창조하며 달린다

눈앞에 펼쳐진 끝없는 길
시간은 끝없이 전속력으로 달린다

(2012. 1. 2)

#00407. 겨울바람

시는

두 손을 쏙 집어넣은
코트 주머니 속에 있다가

문득

밖으로 꺼낸 두 손 때문에
불어오는 차가운 겨울바람을 타고

사방
팔방으로 꽃잎처럼 흩어지네

눈물 같은 시어는
차가운 눈시울의 장벽을 넘어

두 뺨을 힘차게 달리다가
불어오는 차가운 겨울바람을 타고

사방
팔방으로 꽃잎처럼 흩어지네

(2012. 1. 3)

#00408. 수도꼭지

똑
똑
똑

수도꼭지에서 물이
한 방울씩 떨어지네

똑
똑
똑

수도관이 혹한에
얼어 터지지 않게

똑
똑
똑

줄줄 흐르지는 않으면서
적당한 속도로

똑
똑
똑

수도꼭지에서 물이
한 방울씩 떨어지네

똑
똑
똑

수도꼭지를 향해

자라오르는 얼음 줄기

똑
똑
똑

밤새워 기다리는
따스한 햇살의 손길

(2012. 1. 4)

#00409. 언어의 마법사

시인은
언어의 마법사

시인이 먹은 밥과 반찬이
결국은 시가 되네

시인이 먹은 야채와 과일이
결국은 시가 되네

시인이 들이마신 공기가
결국은 시가 되네

시인이 흡수한 햇빛이
결국은 시가 되네

시인이 스쳐 보낸 바람이
결국은 시가 되네

시인이 맞은 눈과 비가
결국은 시가 되네

시인이 보고 듣고 느낀 세상이
결국은 시가 되네

시인은
변화의 마법사

(2012. 1. 5)

#00410. 현재의 집

밤새 멀쩡한 시간이
바깥에서 눈을 맞고
눈사람이 되던 날

매일 꿈을 먹고
자라오르던 존재는
하늘 어딘가에서 별이 되고

항상 마음속에 그리던
행복한 공간은
문득 현재의 집이 되네

(2012. 1. 6)

#00411. 시련을 견디며

지구가 태양 주위를 돌듯이
시간이 존재 주위를 돌고

(또 돌고)

수많은 별들이 움직이듯이
수많은 사람들이 움직이고

(또 움직이네)

나비가 꽃 주위를 맴돌듯이
남자가 여자 주위를 맴돌고

(또 맴돌고)

새싹이 비바람을 견디며 자라듯이
마음이 시련을 견디며 자라고

(또 자라네)

(2012. 1. 7)

#00412. 떨어지는 물방울

한 방울 한 방울

쉬지 않고 떨어지는 물방울이
어쩌면 하찮게 보일지 몰라도

한 방울 한 방울

쉬지 않고 떨어지는 물방울이
결국은 단단한 바위를 뚫듯이

한 편 한 편

쉬지 않고 써지는 시가
시인의 마음을 치유하고

한 편 한 편

쉬지 않고 써지는 시가

결국은 시인의 존재를 일깨우네

(2012. 1. 8)

#00413. 우주

우주 바깥에 있는
우주의 공간 속에
우주가 들어 있네

지구 바깥에 있는
우주의 공간 속에
지구가 들어 있네

집 바깥에 있는
지구의 공간 속에
집이 들어 있네

사람 바깥에 있는
집의 공간 속에
사람이 들어 있네

마음 바깥에 있는
사람의 공간 속에
마음이 들어 있네

우주 바깥에 있는
마음의 공간 속에
우주가 들어 있네

(2012. 1. 9)

#00414. 시간의 블랙홀

꿈을 이루기 위해 몸부림치는
어느 한 존재가
시간을 블랙홀처럼 빨아들이네

공부를 하기 위해 몸부림치는
어느 한 존재가
시간을 블랙홀처럼 빨아들이네

약속을 지키기 위해 몸부림치는
어느 한 존재가
시간을 블랙홀처럼 빨아들이네

최고가 되기 위해 몸부림치는
어느 한 존재가
시간을 블랙홀처럼 빨아들이네

(2012. 1. 10)

#00415. 꿈을 이루기 위해

꿈을 이루기 위해
무엇을 준비하려고 하는데
할 수 없을 것이라고
생각하고 믿고 행동하면
아무리 시간이 흘러가도
정말 할 수 없네

꿈을 이루기 위해
무엇을 준비하려고 하는데
할 수 있을 것이라고
생각하고 믿고 행동하면
시간이 흘러갈수록

꿈에 조금씩 더 가까워지네

꿈을 이루기 위해
무엇을 준비하려고 하는데
이미 그 꿈을 이루었다고
생각하고 믿고 행동하면
일정 시간이 흘러간 뒤에
꿈이 정말 이루어지기도 하네

(2012. 1. 11)

#00416. 꿈을 쫓는 존재

어느새 꿈을 이루고 나면
결국 또 다른 꿈을 꾸네

이루어진 꿈을 지키기 위해
밤낮없이 피와 땀을 흘리고

또 다른 꿈을 이루기 위해
밤낮없이 피와 땀을 흘리네

사람은
끝없이 꿈을 쫓는 존재

사람은
끝없이 길을 닦는 존재

꿈이 있어 그 길을 달릴 수 있고
길이 없으면 길을 만들며 달리네

(2012. 1. 12)

#00417. 존재와 삶

존재는 어느 순간 자기도 모르게
이 세상에 나타나 존재하고 있지만

언젠가는 사라져야 함을 깨닫게 되면
문득 숙연해질 수밖에 없네

단 한 번
단 한 번밖에 주어지지 않는 삶

어찌 보면 하루 같은 100년 같기도 하고
어찌 보면 100년 같은 하루 같기도 하네

존재는 존재를 남기기 위해
존재를 만나 존재를 사랑하여 존재를 낳네

존재는 행복과 평화를 창조하고
닥치거나 닥칠 문제를 풀며 삶을 살아가네

(2012. 1. 13)

#00418. 새로운 생각

유유히 흐르는 강물 위를
한 오리가 빠르게 헤엄쳐 가네

강물의 흐름을 비스듬하게
대각선 방향으로 거슬러 올라가네

수많은 사람들의 고정된 생각은
강물처럼 대세가 되어 유유히 흐르고

어느 한 사람의 새로운 생각은

대세를 거스르며 새로운 대세가 되네

(2012. 1. 14)

#00419. 내뱉어진 말

내뱉어진 말이
사람들의 입에서 입으로
토끼처럼 막 뛰어다니네

내뱉어진 말이
사람들의 손에서 손으로
공처럼 막 던져지네

내뱉어진 말이
사람들의 머리에서 머리로
용처럼 막 날아다니네

내뱉어진 말이
사람들의 마음에서 마음으로
물고기처럼 막 헤엄치네

(2012. 1. 15)

#00420. 희망

밤하늘이 깜깜해질수록
별은 더 환하게 빛나고

어려움이 커질수록
희망은 더 환하게 빛나네

지금 이 순간이 참 어렵더라도

조금만 더 참고 이겨 내야지

희망은 마음속 어딘가에
별이 되어 숨어 있을 테니까

(2012. 1. 16)

#00421. 웃는다

하
하하하

웃는다

호
호호호

웃는다

기분이
안 좋을 때는

가까운
산이라도 오르며

허
허허허

웃는다

히
히히히

웃는다

(2012. 1. 17)

#00422. 부메랑

내 곁을 떠난 말이
사람들의 기억 속에 머물다가

필요할 때마다
사람들의 입을 통해 돌고 돌아

결국은 내게로
부메랑처럼 다시 돌아오네

내가 아주
오래전에 했던 말 같은데

분명 내가
언젠가 했던 말 같아서

어렴풋이
기억이 날 것도 같은데

한참 동안 시간이 흐르고 나서
다른 사람을 통해 내 말을 들으니

새삼스럽게 느껴지는 기분이
참 아리송하네

(2012. 1. 18)

#00423. 우주가 생기기 전

우주가 생기기 전에는
아무것도 없어서 허전했을까

우주가 생기기 전에는
정말 세상에 아무것도 없었을까

어떤 공간이 있었으니까
아무것도 없다고 할 수 있지 않았을까

그렇다면 우주가 생기기 전에는
알 수 없는 공간이 이미 있었던 것일까

알 수 없는 공간의 부피와 질량은
유한했을까 무한했을까

알 수 없는 공간의 온도는
뜨거웠을까 차가웠을까 미지근했을까

알 수 없는 공간의 시간은
멈춰 있었을까 움직이고 있었을까

알 수 없는 공간의 끝은
막혀 있었을까 뚫려 있었을까

우주가 생기기 전에는
아무것도 없어서 허전했을까

우주가 생기기 전에는
정말 세상에 아무것도 없었을까

(2012. 1. 19)

#00424. 함박눈

어느 날 저녁 무렵
일을 마치고 집으로 가려는데
하늘에서 함박눈이 내리고 있었네

우산을 가지고 오지 않아
어쩔 수 없이 다 맞아야 했던 함박눈
온통 눈앞에 가득했네

털어 내고 털어 내고 털어 내도
자꾸만 쌓이는 순백의 조각들
털어 내지 않으면 눈사람이 될 정도였네

짧은 머리 위에도 쌓이고
긴 코트 위에도 쌓이는
미소를 머금은 새하얀 얼음 꽃잎

어느 날 저녁 무렵
일을 마치고 집으로 가려는데
하늘에서 함박눈이 내리고 있었네

(2012. 1. 20)

#00425. 둘이 같이 사는 것

서로에게 도움을 줄 수 있다면
평생 혼자 사는 것보다
둘이 같이 사는 것이 더 낫네

세상에 완벽한 사람은 없기에
항상 부족한 점을 서로 채워 주고
항상 서로에게 도움을 주어야 하네

서로에게 해를 끼칠 바에는
평생 둘이 같이 사는 것보다
차라리 혼자 사는 것이 더 낫네

(2012. 1. 21)

#00426. 집이 용처럼

집이 용처럼 꿈틀거리며
사람들을 뿜어낸다

한 사람이 먹고 살기 위해
일터로 눈부시게 돌진한다

한 사람이 공부하기 위해
학교로 가슴 벅차게 달린다

한 사람이 장을 보기 위해
시장으로 천사처럼 날아간다

한 사람이 운동을 하기 위해
산으로 황소처럼 올라간다

한 사람이 영화를 보기 위해
영화관으로 순간 이동처럼 사라진다

또다시 집이 용처럼 꿈틀거리며
사람들을 뿜어낸다

(2012. 1. 22)

#00427. 새해 탐험 준비물

새해를 365번 탐험하기에 앞서
잊지 말고 꼭 챙겨야 할 것이 있다면

주위를 환하게 밝힐 수 있는
햇살 같은 미소

불행을 행복으로 바꾸는

긍정적인 마음가짐

그 어떤 어려움도 이겨 내겠다는
눈부신 자신감

평화롭고 아름다운 세상을 만들어 내는
창의적인 생각

계획을 세우고 이를 실천하는
끈질긴 의지와 노력

기타 등등
기타 등등

(2012. 1. 23)

#00428. 행복 가득한 세상

허허허
여보시오

행복은 세상천지에
수없이 널려 있는데

얼른 주워 담지 않고
여기서 뭐하시오?

(불행의 늪을 지키는
어느 한 사람으로부터)

(2012. 1. 24)

#00429. 인간관계

때로는 알면서도
상대방이 그냥 좋아서
모르는 척 이용을 당하기도 하고
상대방의 모든 투정과 푸념을 받아 주는
거대한 바다 같은 존재가 되기도 하네

그렇게 이용을 당하고
괴롭힘을 당하고 나서도
좋은 경험을 했다고 스스로를 위로하며
고마운 마음을 가지고 다시
진정으로 원하는 내일을 꿈꾸기도 하네

도저히 견딜 수 없으면
어쩔 수 없이 상대방을 떠나서
아름다운 추억으로 남길 수밖에 없고
결국 새로운 길을 찾아 나설 수밖에 없는
그런 유목민 같은 존재가 되기도 하네

(2012. 1. 25)

#00430. 가끔씩 내가 나를

가끔씩 내가 나를
믿지 못할 때가 있다

만약에 내가 나를
항상 믿지 못하게 된다면

이 세상에서 누가 나를
항상 믿어줄 수 있을까

혹시라도 누가 나를

믿어줄 수 있다면 고마운 일이지만

그래도 내가 나를
항상 믿지 못한다면

나를 믿어준 그에게도
미안한 일이 되겠지

내 자신에게 한 약속을
스스로 잘 지키지 못했던 것처럼

그렇게 내가 나를
믿지 못할 때가 있다

(2012. 1. 26)

#00431. 우주 속의 움직임

새가 순백의 날개를 달고
푸른 하늘을 날아가고

물고기가 은빛 지느러미를 달고
투명한 물속을 헤엄치고 있었네

황소가 황금 뿔을 달고
붉은 벌판을 눈부시게 달리고

원숭이가 검은 꼬리를 달고
나무 사이를 뛰어다니고 있었네

달팽이가 황토 집을 달고
축적된 역사 속을 기어가고

개미가 커다란 더듬이를 달고

온 우주를 더듬거리고 있었네

(2012. 1. 27)

#00432. 어제, 오늘, 내일

어제의 나를
외투처럼 벗어 버리고

오늘의 나를
거울처럼 맞이하네

오늘의 나를
다시 외투처럼 벗어 버리고

내일의 나를
조각상처럼 맞이하네

(2012. 1. 28)

#00433. 시가 되기 위해

한 편의
시가 되기 위해
발버둥을 치는
수많은 언어들은
키보드 위에서
경쾌한 탭 댄스를 추며
컴퓨터 모니터에
보석처럼 들어가 박히고

주위 언어들과 어울리지 않거나
제자리를 찾지 못한 언어들은

한 편의
시를 바로 코앞에 두고

문득

0과
1의 경계에서 사라진다

(2012. 1. 29)

#00434. 희망이라는 것

희망을 가지고 산다는 것은
분명 좋은 일인 것 같은데
대부분의 사람들은 이상하게도
희망을 가지지 말아야 할 부분에서
눈부신 희망을 가지고
희망을 꼭 가져야 할 부분에서
희망을 전혀 가지지 않네

그렇기 때문에
희망을 가지지 말아야 할 부분에서
눈부신 희망을 가지게 되는 것을
항상 조심하는 것이 좋겠고
희망을 꼭 가져야 할 부분에서
희망을 전혀 가지지 않게 되는 것을
항상 조심하는 것이 좋겠네

(2012. 1. 30)

#00435. 한 편의 시를 쓴다

한 시인이

하루를 견디기 위해
한 편의 시를 쓴다

한 시인이
24시간을 견디기 위해
한 편의 시를 쓴다

한 시인이
1,440분을 견디기 위해
한 편의 시를 쓴다

한 시인이
86,400초를 견디기 위해
한 편의 시를 쓴다

한 시인이
하루를 견디기 위해 또다시
한 편의 시를 쓴다

(2012. 1. 31)

#00436. 100세를 산다면

사람이 100세를 산다면
약 36,500일을 산다

어떻게 보면 얼마 안 되는 날들
앞으로 남은 날들을 어떻게 살아가는 것이 좋을까

사람이 100세를 산다면
약 876,000시간을 산다

어떻게 보면 얼마 안 되는 시간들,
앞으로 남은 시간들을 어떻게 보내는 것이 좋을까

사람이 100세를 산다면
약 52,560,000분을 산다

나는 자투리로 쪼개진 시간들을
아무 의미 없이 그냥 흘려보내지는 않았을까

사람이 100세를 산다면
약 3,153,600,000초를 산다

나는 순간순간을 정말 아름답게
감사하는 마음으로 잘 살아온 것일까

문득
세월에 대한 상념이 사방에서 튀어나온다

(2012. 2. 1)

#00437. 집과 사람

집은

아침마다 사람들을
서둘러 밖으로 내보낸다

직장을 가는 사람들
학교를 가는 사람들

집은

저녁마다 사람들을
서둘러 안으로 불러들인다

잠을 자러 오는 사람들
사랑을 하러 오는 사람들

집은

밤마다 사람들을
서둘러 꿈나라로 안내한다

꿈을 꾸는 사람들
꿈을 꾸지 않는 사람들

날마다 사람을 집어삼키고
다시 꾸역꾸역 토해 내는

거대한 고래 배 속
집……

(2012. 2. 2)

#00438. 영화를 보다가

어느 날이었을까
영화관에서 영화를 보다가

갑자기
눈물이 주르르 흘러내렸다

눈물이 홍수처럼 불어나서
눈가에서 흘러넘쳤다

눈물이 나올 듯 말 듯하다가
나도 모르게 가슴이 벅차오르면서

갑자기
눈물이 주르르 흘러내렸다

영화의 어느 한 장면에서

갑자기 가슴이 뭉클해지면서

눈물이
자꾸만 샘물처럼 솟아났다

(2012. 2. 3)

#00439. 빛과 어둠

빛을 입에
한껏 머금은 바람이

어둠 속으로 날아가서
어둠의 시간을 쫓아내고

어둠의 공간을 온통
빛으로 가득 채우네

어둠 속에만 있던 존재는
빛을 알고 빛을 꿈꾸었을까

빛 속에만 있던 존재는
어둠을 알고 어둠을 꿈꾸었을까

빛을 입에
한껏 머금은 꽃이

어둠 속에서 피어나서
어둠의 시간을 쫓아내고

어둠의 공간을 온통
빛으로 가득 채우네

(2012. 2. 4)

#00440. 시간의 속도

요즘 나의 하루가
너무 빨리 지나가는 것 같다

아무것도 한 일이 없는 것 같은데
하루가 벌써 다 지나갔다

요즘 나의 한 달이
너무 빨리 지나가는 것 같다

새해를 맞이한 지 얼마 되지 않아
어느새 한 달이 벌써 다 지나갔다

요즘 나의 하루가
너무 빨리 지나가는 것 같다

(2012. 2. 5)

#00441. 나를 대신하여

구름이 나를 대신하여
파란 하늘에 하얀 시를 쓴다

바람이 나를 대신하여
잔잔한 강물에 물결 시를 쓴다

새들이 나를 대신하여
푸른 숲속에 노래 시를 쓴다

비가 나를 대신하여
금빛 대지에 낙하 시를 쓴다

햇살이 나를 대신하여

붉은 꽃잎에 곤충 시를 쓴다

(2012. 2. 6)

#00442. 변화와 공부

어쩔 수 없이
맞이할 수밖에 없는
이 시대의 새로움과 변화에 대해
공부하지 않음으로 응대하려니까
참 갑갑하고 불편하다

어쩔 수 없이
갑갑하고 불편함을 겪지 않으려면
새로움과 변화에 대해
마음을 열고
공부로 응대해야만 하는 것일까

세상의 모든 것들을 알고 있더라도
자꾸만 새로운 것들이 나오니까
잠시도 공부를 쉴 수가 없다

세상의 모든 것들을 알고 있더라도
자꾸만 세상이 변화해 가니까
잠시도 공부를 쉴 수가 없다

(2012. 2. 7)

#00443. 사람은 누구나

사람은 누구나
태어나서 살다가
늙고 죽는다

아무리 생각해 봐도
무슨 이유인지는
정말 모르겠지만

사람은 누구나
태어나고 싶지 않아도
태어나야 하고

시간의 흐름 속에서
늙고 싶지 않아도
늙어 가야 하며

언젠가 때가 되면
죽고 싶지 않아도
죽어야 한다

아무리 생각해 봐도
무슨 이유인지는
정말 모르겠지만

사람은 누구나
태어나서 살다가
늙고 죽는다

(2012. 2. 8)

#00444. 무엇인가를 남겼소

제0의 사람이 죽어서
세상에 빛을 남겼소

제1의 사람이 죽어서
세상에 돈을 남겼소

제2의 사람이 죽어서
세상에 집을 남겼소

제3의 사람이 죽어서
세상에 빌딩을 남겼소

제4의 사람이 죽어서
세상에 땅을 남겼소

제5의 사람이 죽어서
세상에 회사를 남겼소

제6의 사람이 죽어서
세상에 명예를 남겼소

제7의 사람이 죽어서
세상에 이름을 남겼소

제∞의 사람이 죽어서
세상에 빚을 남겼소

(2012. 2. 9)

#00445. 수많은 언어들

시가 되지 못한 수많은 언어들이
먼지처럼 방 안에 수북하게 쌓인다

조만간 마음먹고 날 한번 잡아서
방 청소를 해야 할 것 같다

마치 서바이벌 게임을 하듯
수많은 언어들이 서로 경쟁하다가

승리한 언어들은 다이아몬드처럼
영롱한 빛을 내며 시 속에 들어가 박히고

패배한 언어들은 빵 부스러기처럼
힘없이 뚝뚝 떨어져 방 안에 수북하게 쌓인다

독하게 마음먹고 날 한번 잡아서
정리정돈을 해야 할 것 같다

(2012. 2. 10)

#00446. 나의 희망, 시

나를 위로해 주는 시
정말 고맙다

네가 있어
내 삶에 의미가 있다

네가 없었다면
나는 삶에 희망을 잃었을 것이다

나를 살아가게 해 주는 시
정말 고맙다

네가 있어
내가 항상 깨어 있다

네가 없었다면
나는 항상 잠들어 있었을 것이다

나를 행복하게 해 주는 시
정말 고맙다

(2012. 2. 11)

#00447. 통계 수치 속의 존재

내부에 갇혀 있으니
존재는 존재를 잘 모르겠네

외부에 있는 한 존재가
존재를 통계 속에 집어넣고

수많은 존재들과 함께 뒤섞어
통계 수치를 가래떡처럼 뽑아내네

통계 수치 속의 존재는 발가벗겨져
다른 존재들과 비교당하네

점수를 매기고 줄을 세우는
외부에 있는 한 존재

그 역시 또 다른 내부에 갇혀 있으니
정말 존재는 존재를 잘 모르겠네

(2012. 2. 12)

#00448. 시는 참 좋아요

시는 짧아서
금방 읽을 수 있으니까
참 좋아요

시는 리듬감이 느껴져서
읽는 재미가 있으니까
참 좋아요

시는 창의적이어서
마음껏 생각할 수 있으니까
참 좋아요

시는 감동이 있어서
정서를 순화시켜 주니까
참 좋아요

시는 짧아서
금방 읽을 수 있으니까
참 좋아요

(2012. 2. 13)

#00449. 마음먹기에 따라

세상의 모든 일은
마음먹기에 따라 달라지는 것 같다

지나온 날들을
다시 살 수는 없지만

지금 이 순간
나의 마음은 바꿀 수 있다

그동안 마음이 비뚤어져 있었다면
지금이라도 바로 하면 되고

그동안 마음이 꽉 닫혀 있었다면
지금이라도 활짝 열면 된다

세상의 모든 일은
마음먹기에 따라 달라지는 것 같다

(2012. 2. 14)

#00450. 사랑과 존중

사랑이 가득한 세상
참 좋은 일이지

그와 그녀 만났을 때
불붙는 사랑 할 수는 있지

그와 그녀 만났을 때
꿈꾸던 사랑 할 수는 있지

하지만 그 사랑 계속되려면
죽을 때까지 서로를 존중해야 하지

사랑이 가득한 세상
참 좋은 일이지

존중이 가득한 세상
더 좋은 일이지

(2012. 2. 15)

#00451. 시와 사람들

시를 읽는 사람들이여
그 어떤 어려움이 닥쳐와도
마음속에 있는 희망을 잃지 말길

시를 쓰는 사람들이여
그 어떤 어려움이 닥쳐와도
마음속에 있는 희망을 잃지 말길

시를 듣는 사람들이여
그 어떤 어려움이 닥쳐와도

마음속에 있는 희망을 잃지 말길

시를 말하는 사람들이여
그 어떤 어려움이 닥쳐와도
마음속에 있는 희망을 잃지 말길

(2012. 2. 16)

#00452. 희망과 행복

아무리 어려운 순간이 와도
희망을 가지고 견뎌 내야지

희망을 버리지 않는 이상
기회는 찾아올 것이다

행복은 숨 쉬는 공기처럼
누구나 누릴 수 있는 것이니까

(2012. 2. 17)

#00453. 사랑한다고 해서

무조건 사랑한다고 해서
모든 일이 해결되는 것은 아니었다

무조건 사랑하기만 한다고 해서
행복이 계속되는 것은 아니었다

서로가 서로를 사랑하면서
서로가 서로를 존중해야 했다

서로가 서로를 더 잘 알아 갈수록

서로가 서로를 더욱 존중해야 했다

사랑을 지키고 키워 나가기 위해서는
서로에게 존중의 마음이 가득해야 했다

무조건 사랑한다고 해서
모든 일이 해결되는 것은 아니었다

(2012. 2. 18)

#00454. 미지의 끝자락에서

어느 해 겨울
그 미지의 끝자락에서

나는 따뜻한 봄을
간절히 기다린다

살이 떨어져 나갈 것 같은
혹독한 추위를 보내고

초록빛 새싹이
나뭇가지마다 움트는 봄

희디흰 꽃잎이
하늘을 찬란하게 뒤덮고

붉디붉은 꽃잎이
지평선을 뜨겁게 달군다

겨울잠을 자던 세상이
다시 한 번 깨어나고

존재하지 않던 세상이

다시 한 번 존재하는

어느 해 겨울
그 미지의 끝자락에서

나는 따뜻한 봄을
간절히 기다린다

(2012. 2. 19)

#00455. 수수께끼 같은 하루

날마다 주어지는
수수께끼 같은 하루

주어진 하루의
수수께끼를 풀기 위해

아침부터 밤까지
다람쥐처럼 쳇바퀴 속을 달린다

달리고 달리면
바쁜 하루가 지나가고

달리고 달리면
또 다른 하루가 온다

주어진 하루의
수수께끼를 풀기 위해

아침부터 밤까지
다람쥐처럼 쳇바퀴 속을 또 달린다

아, 날마다 주어지는

숨은그림찾기 같은 하루

(2012. 2. 20)

#00456. 언어의 파도

언어의 파도가
귓가에 몰아친다

귓가에서 부서지는
언어의 거대한 파도

열린 마음속으로
막 언어가 흘러넘친다

문득 눈을 뜨면
빛과 뒤섞이는 언어

언어가 빛 속을
물고기처럼 헤엄친다

눈부심 속에서
떨어지는 한 방울의 눈물

언어의 파도가
귓가에 또 몰아친다

(2012. 2. 21)

#00457. 고마운 사람들

주위에 고마운 사람들이
참 많이 있다

아플 때 나를 치료해 준
사람이 있고

은행에서 내 계좌를 만들어 준
사람이 있고

마트에서 내 장바구니를 계산해 준
사람이 있고

미용실에서 내 머리카락을 잘라 준
사람이 있고

TV 화면에서 날 재밌게 해 준
사람이 있고

라디오에서 날 즐겁게 해 준
사람이 있고

인터넷에서 날 깨닫게 해 준
사람이 있다

주위에 고마운 사람들이
참 많이 있다

(2012. 2. 22)

#00458. 살다 보면 가끔씩

살다 보면 가끔씩
길을 잃고 방황하기도 한다

혹시나 길을 잃게 되면
다시 주위를 천천히 돌아보고

내가 도대체 어디쯤에 있는지
내가 진정 가야 할 곳이 어디인지

곰곰이 다시 생각하면서
발걸음을 옮겨야 할 것이다

살다 보면 가끔씩
길을 잃고 방황하기도 한다

(2012. 2. 23)

#00459. 소중한 것들

무엇이든 있을 때는 잘 모르는데
잃고 나면 그 소중함을 알게 된다

그리고 왜 감사했어야 했는지도
그때서야 뼈저리게 느끼게 된다

성공한 사람도 실패한 사람도
그 주위에는 소중한 것들이 있다

성공한 사람도 실패한 사람도
그 주위에는 소중한 사람들이 있다

무엇이든 있을 때는 잘 모르는데
잃고 나면 그 소중함을 알게 된다

(2012. 2. 24)

#00460. 운명의 재창조

잔인하고 매서운 운명의 장난이

나의 갈 길을 어지럽히더라도

마음속에 있는 꿈을 잃지 말고
하루하루를 살아가고 싶다

운명과 혹독하게 싸우며
자신의 운명을 새롭게 재창조하는

그런 사람이 되고 싶다
그런 큰 사람이 되고 싶다

내 자신을 위해서도 살아야 하고
남을 위해서도 살아야겠지만

내 자신을 위해서도 좋고
남을 위해서도 좋은

그런 일을 하고 싶다
그런 도움이 되고 싶다

(2012. 2. 25)

#00461. 무심코 본 영화

재미있을 것 같아
무심코 본 영화 한 편에서

벅찬
감동을 느끼고

내 삶은 나도 모르게
더 풍성해진다

잠자고 있던 내 감성을

조심스럽게 깨워 주는 영화 한 편

내게
이야기를 보여 주고

사랑 노래를 들려주고
깨달음을 전해 주었다

감동적일 것 같아
무심코 본 영화 한 편에서

은근한
재미를 느끼고

내 삶은 나도 모르게
더 풍성해진다

(2012. 2. 26)

#00462. 배는 나아간다

배는 나아간다

선장이 바뀌어도
배는

앞으로
앞으로

계속 나아간다

바람의 방향이 바뀌어도
배는

쉬지 않고 나아간다

노 젓는 속도가 바뀌어도
배는

쉬지 않고 나아간다

앞으로
앞으로

계속 나아간다

목적지가 바뀌어도
배는

앞으로
앞으로

상어 등
지느러미처럼

계속 나아간다

거북이 등
껍질처럼

앞으로
앞으로

계속 나아간다

이 우주의
손바닥 위에서

(2012. 2. 27)

#00463. 작은 불꽃

마음속에
작은 불꽃을 간직하고
거센 바람에도 꺼지지 않게
정성 들여
마음을 감싸고 감싸

작은 불꽃
따스한 마음처럼
서로가 서로에게 전해지고
전해질
그 날이 올 때까지

뼈아픈
가시밭길을 맨발로
피범벅이 되어 가고
또 가는
작은 불꽃 품은 사나이

마음속에
작은 불꽃을 간직하고
캄캄한 어둠에도 길 잃지 않게
북극성을 기준 삼아 내딛는
피와 땀의 발걸음

작은 불꽃
따스한 마음처럼
서로가 서로에게 전해지고
전해질
그 날이 올 때까지

(2012. 2. 28)

#00464. 스치고 지나갔다

무심코 뛰어든
태풍 같은 삶

많은 일들이 바람처럼
날 스치고 지나갔다

휘이익
휘이익

정신없이 지나갔고
또 정신없이 지나갔다

휘이익
휘이익

문득 눈뜨고 보니
어느새 한참이나 와 있었다

무심코 뛰어든
강물 같은 삶

많은 일들이 물방울처럼
날 스치고 지나갔다

(2012. 2. 29)

#00465. 먼지투성이

구름 같은 시간이
얼마나 흘러간 것일까

오랜만에 청소를 하니

방 안 곳곳이 먼지투성이다

늘 드나드는 내 방을
마치 고대 유적지를 탐사하듯

여기저기 주의 깊게 살펴 가며
쌓인 먼지를 닦아 낸다

뜯어보지도 않은 우편물이
종이 더미 속에서 우연히 발굴되고

아무렇게나 갈겨 쓴 메모들이
판독이 쉽지 않은 고대 문자를 닮았다

직장과 일은
내 시간을 블랙홀처럼 빨아들이지만

가끔씩 내게
달콤한 휴식 시간을 던져 주기도 했다

아, 안개 같은 시간이
얼마나 흘러간 것일까

오랜만에 청소를 하니
방 안 곳곳이 먼지투성이다

(2012. 3. 1)

#00466. 20대 청년이 된 것처럼

오랜만에 나는
20대 청년이 된 것처럼
좋은 사람들과 함께 앉아
술잔을 기울이며

마치 타임머신을 탄 것처럼
학창 시절로도 돌아가고
군복무 시절로도 돌아가고
힘든 시절로도 돌아갔다

이야기 속에
이야기 속에
주고받고 주고받는
이야기 속에
꿈과 희망이 가득하고
성공과 행복이 가득했다

무수한 실패는
결국 성공이 되었고
처절한 좌절은
결국 희망이 되었고
찬란한 불행은
결국 행복이 되었다

오랜만에 나는
20대 청년이 된 것처럼
서로 이야기를 나누며
자유롭게 새벽을 맞이했다

(2012. 3. 2)

#00467. 38년 묵은

38년 묵은 사람
38년 묵은 이야기
38년 묵은 소망
38년 묵은 배꼽
38년 묵은 목소리
38년 묵은 눈빛

38년 묵은 얼굴
38년 묵은 마음
38년 묵은 존재

나……

(2012. 3. 3)

#00468. 복잡하고 어려운 것

단순한 것이 있는데
이 단순한 것들을 모으고 모아
단순하게
수없이 끼워 맞추고 보니
결국은 복잡한 것이 된다

쉬운 것이 있는데
이 쉬운 것들을 모으고 모아
쉽게
수없이 끼워 맞추고 보니
결국은 어려운 것이 된다

(2012. 3. 4)

#00469. 잎 다 떨어진 나무

겨울을 참아 낸
잎 다 떨어진 나무는
봄이 오면
제일 먼저 꽃봉오리를
팝콘처럼 일제히 터뜨리고
나뭇잎을
가지마다 입김처럼 뿜어낸다

겨울을 참아 낸
잎 다 떨어진 그 나무는

(2012. 3. 5)

#00470. 봄을 알리고 있다

하루 종일 내리는 비
봄을 알리고 있다

보고 보고 또 보는
예쁜 꽃들이 피어나는 세상

이제는 정말 보아야 할 때
마음껏 세상을 보라

세상이 또 한 번 열리기 전까지
마음껏 세상을 보라

보고 보고 또 보는
파릇파릇한 새싹들의 세상

부슬부슬 내리는 비
봄을 알리고 있다

(2012. 3. 6)

#00471. 날 자꾸 따라온다

우산을 쓴
그림자가 비를 맞으며
날 자꾸 따라온다

나는

비가 오는 곳에서
비가 오지 않는 곳으로

비가 오지 않는 곳에서
비가 오는 곳으로

끊임없이 움직이고
또 움직이는데

우산을 쓴
그림자가 비를 맞으며
날 자꾸 따라온다

(2012. 3. 7)

#00472. 세상을 오고 간다

사람들은 저마다
마음속에 꿈을 가지고
별이 되어
세상을 오고 간다

별들은
서로 이야기하고
서로 사랑하고
서로 다투기도 하고

다시 화해하고
다시 정들고
다시 사랑하고
다시 이야기하기도 한다

사람들은 저마다
마음속에 꿈을 가지고
바람이 되어
세상을 오고 간다

(2012. 3. 8)

#00473. 세월 속에서

가고 싶어도
도저히 갈 수 없는 어제

항상 오지만
다시는 오지 않을 오늘

갈 수 있는데
가지 않은 수많은 내일

(2012. 3. 9)

#00474. 나의 하루

수학 문제에는 정답이 있지만
나의 하루에는 정답이 없다

가만히 있는 내게 풀어야 할
수많은 문제가 별처럼 쏟아진다

순간순간 풀어야 할
숙명의 문제 같은 하루

가고자 하는 방향이 같다면
같은 길을 가도 좋다

길 떠날 시간이 같다면
한마음으로 가도 좋다

간절히 기다려도 오고
기다리지 않아도 오는 하루

수학 문제에는 정답이 있지만
나의 하루에는 정답이 없다

(2012. 3. 10)

#00475. 시와 가사

시는 가사에 비해
소수의 독자들이 읽어 주었고

가사는 시에 비해
다수의 대중들이 들어 주었다

시는 소수의 독자들을 위해
하나의 시집으로 태어났고

가사는 다수의 대중들을 위해
하나의 대중가요 앨범으로 태어났다

(2012. 3. 11)

#00476. 옛날 노래

아주 오랜만에 노래방에 가서
노래 부를 기회가 있었는데

요즘 노래를 부를 줄 몰라

옛날 노래를 부를 수밖에 없었다

가만히 돌이켜 보면 모두
내가 10대와 20대 때의 노래다

오래전부터 정말 많이 읽혔던
고전 문학이 오늘날에도 읽히듯

오래전부터 정말 많이 불렸던
옛날 노래는 오늘날에도 불린다

다음에는 요즘 노래도 한두 곡쯤
연습해서 불러보도록 해야겠다

(2012. 3. 12)

#00477. 먼 훗날에도

먼 훗날에도 시인은
기억할 수 있을까

시인이 보낸 하루가 결국은
한 편의 시였다는 것을

30대 젊은 시인은
정말 알 수 있을까

시인이 살아 낸 인생이 결국은
한 점의 그림이었다는 것을

100세 노인이 된 시인은
정말 느낄 수 있을까

시인이 겪어 낸 갈등이 결국은

한 줌의 바람이었다는 것을

먼 훗날에도 시인은
정말 기억할 수 있을까

(2012. 3. 13)

#00478. 몸에 대해서

내 몸은 역시
무쇠 철인은 아닌가 보다

지나치게 피곤하면
다래끼가 나기도 하고

점심을 먹고 나서
가만히 앉아 있으면

나도 모르게
졸음이 쏟아지기도 한다

순간순간 바쁘게
하루가 지나가고 있고

내 몸은 일상에 맞춰
그렇게 돌아가고 있다

피로를 풀기 위해서는
충분히 자는 것이 좋을 것 같다

피로가 계속 쌓이면
병이 된다는 것을 왜 잊었을까

내 몸은 역시

무쇠 철인은 아닌가 보다

(2012. 3. 14)

#00479. 물을 길어 올리고

우물에서
물을 길어 올리고

금광에서
금을 캐내 올리고

탄광에서
석탄을 캐내 올리고

태양에서
열을 받아 올리고

유전에서
원유를 끌어올리고

은행에서
돈을 찍어 올리고

다시 우물에서
물을 길어 올린다

(2012. 3. 15)

#00480. 가야만 하는 길

가고 싶은 길이 있고
가야만 하는 길이 있다

가고 싶은 길을
내가 가지 않더라도

아무도 나서서
내게 뭐라고 하지 않는다

하지만 가야만 하는 길을
내가 가지 않으면

누군가 나서서
내게 뭐라고 할 것이다

정신없이 바쁜
그런 일상을 보내다 보면

가고 싶은 길을 전혀
가지 못하게 되기도 하고

가야만 하는 길조차 제대로
가지 못할 때가 있다

음……

가야만 하는 길이 있고
가고 싶은 길이 있다

(2012. 3. 16)

#00481. 혼자서 살아간다는 것

혼자서 살아간다는 것은
생활을 지속하기 위해 돈을 벌면서
집안일을 모두 혼자 힘으로
해내야 한다는 뜻이다

밥을 먹으려면
직접 쌀을 씻어야 하고
밥솥에 쌀을 넣고
밥이 될 때까지 기다려야 한다

반찬을 먹으려면
반찬거리를 사다가 직접 해 먹거나
만들어진 반찬을 사다가 먹어야 하고
다음에도 먹을 수 있는 반찬은
냉장고에 잘 보관해 둬야 한다
또한 밥을 다 먹고 나면 기분 좋게
설거지하는 것을 잊으면 안 된다

옷을 계속 입고 다니려면
빨래를 해야 하는데
빨래를 하기 위해서는
일단 빨랫감을 세탁기통에 모아 뒀다가
빨래할 날을 잡아 세제를 넣고
세탁기를 일정 시간 돌린 후
말리기 위해 빨랫감을 꺼내 널어야 하고
널고 나서는 다 마를 때까지 기다렸다가
다 마르고 나면 거둬서 개어 놓아야 한다

집에서 살기 위해서는
가끔씩 청소를 해 줘야 하는데
방을 쓸어야 하고 방을 닦아야 하고
온갖 물건들을 정리하고 정돈해야 한다
먼지는 어디서 왔는지도 모르게
시간이 흐를수록 집 안에 쌓이고
나름대로 자리를 차지하고 있는 물건들은
방 안에서 꿈쩍도 않으니까 말이다

혼자서 살아간다는 것은
생활을 지속하기 위해 돈을 벌면서
집안일을 모두 혼자 힘으로

해내야 한다는 뜻이다

(2012. 3. 17)

#00482. 일상의 테두리

어디론가 여행을
훌쩍 떠나지 않는 이상
내 몸은 일상의 테두리 안에서
정신없이 움직인다

마치 보이지 않는 손이
내가 일상의 테두리를 벗어나지 못하게
발목을 꼭 붙잡고 있는 것만 같다

집과 직장이라는 거대한 두 기둥에
꼼짝없이 묶여 있는 내 몸

언젠가 때가 되면
직장이라는 거대한 기둥에서는
벗어날 수 있을 것이다

하지만 살아가는 동안에는
벗어날 수 없는 집이라는 존재여

어차피 벗어날 수 없는
일상의 테두리라면
그 속에서 나름대로 즐거움을 찾아야겠다

어디론가 여행을
훌쩍 떠나지 않는 이상
내 몸은 일상의 테두리 안에서
정신없이 움직인다

(2012. 3. 18)

#00483. 선택한다는 것

무엇을 선택한다는 것은
다른 무엇을 버린다는 말이다

한 학교에 들어가기 위해서는
다른 수많은 학교를 버려야 한다

한 직장에 들어가기 위해서는
다른 수많은 직장을 버려야 한다

한 여자와 결혼하기 위해서는
다른 수많은 여자를 버려야 한다

한 집에 살기 위해서는
다른 수많은 집을 버려야 한다

내 존재는 하나이기에
다른 수많은 곳에 동시에 있을 수 없다

결국 무엇을 얻기 위해서는
다른 무엇을 버려야 한다

(2012. 3. 19)

#00484. 손바닥만 한 컴퓨터

사람들이 저마다
손바닥만 한 컴퓨터를
손에 들고 있다

사람들이 저마다
손에 들린 컴퓨터로
음악을 듣고

TV를 보고
영화를 보고
만화를 보고
사진을 보고
뉴스를 읽고
책을 읽고
강의를 듣고
이야기를 주고받고 있다

세상의 속도가
점점 더 빨라지고
세상의 모습은
점점 더 투명해지고 있다

사람들이 저마다
손바닥만 한 컴퓨터를
손에 쥐고 있다

(2012. 3. 20)

#00485. 변해야 할 시대

이제는 정말 시도
변해야 할 시대인가

새로운 시가
새로운 하루를 열고

눈부신 시가
눈부신 하루를 연다

재밌는 시가
재밌는 하루를 열고

뜻깊은 시가
뜻깊은 하루를 연다

이제는 정말 시도
변해야 할 시대인가

(2012. 3. 21)

#00486. 시인의 꿈

시가 살아남는다면
시인도 살아남을 것이다

시인이 살아남는다면
시도 살아남을 것이다

시가 살아남지 못한다면
시인도 살아남지 못할 것이다

시인이 살아남지 못한다면
시도 살아남지 못할 것이다

시인이 나이를 먹고 늙어 죽더라도
좋은 시는 살아남을 것이다

시인이 소박한 꿈이 있다면
좋은 시를 많이 남기는 것뿐이다

(2012. 3. 22)

#00487. 다시 달려야 한다

가만히 뒤돌아보니

지난 세월
주로 앞을 보고 달려온 것만 같다

가끔 눈을 감기도 하고
옆을 돌아보기도 했지만
팔 할은 주로 앞을 보고 달려온 것만 같다

아직도 내게는
앞을 보고 달려야 할
수많은 세월이 남아 있는 것만 같은데

지금이라는 시간은 항상
가려고 하는 길을 가기 위한
새로운 출발점이 되는 것만 같다

마음을 깨끗이 비우고
어제의 나를 과감히 벗어던지고
이제 오늘을 다시 달려야 한다

(2012. 3. 23)

#00488. 사랑을 하더라도

사랑을 하더라도
머리는 차갑게

머리는 차갑더라도
가슴은 따뜻하게

가슴은 따뜻하더라도
사랑은 뜨겁게

사랑은 뜨겁더라도
마음은 가볍게

마음은 가볍더라도
몸가짐은 무겁게

몸가짐은 무겁더라도
느낌은 눈부시게

느낌은 눈부시더라도
사랑은 황홀하게

사랑은 황홀하더라도
머리는 차갑게

(2012. 3. 24)

#00489. 다음 밧줄

삶은 하루하루가 정말
수많은 모험의 연속이었고

존재는 끝없는 실패의 바다에서
정신없이 허우적거리다가

끊어질 듯 말 듯한 밧줄 같은
한 가닥의 성공을 간신히 부여잡고

존재도 모르게 주어진
존재의 삶을 존재처럼 살아가고 있었다

현재의 밧줄이 끊어지기 전에
부여잡아야 할 다음 밧줄은 어디에 있을까

끝없는 실패의 수레바퀴 밑에서
존재는 푸릇푸릇한 새싹 같은

성공의 희망을 어떻게
존재의 가슴속에 간직할 수 있었을까

삶은 하루하루가 정말
수많은 모험의 연속이었고

존재는 끝없는 실패의 바다에서
정신없이 허우적거렸을 텐데 말이다

(2012. 3. 25)

#00490. 재능

사람은 누구나 태어나면서
최소한 한 가지 재능은 타고난다

자신의 재능을 찾아내기 위해서는
다양한 경험과 꾸준한 노력이 필요하다

운이 좋다면 재능을 일찍 발견해서
그 재능을 갈고닦아 꿈을 펼칠 수도 있다

운이 없다면 늙어 죽을 때까지
재능을 발견하지 못할 수도 있다

재능이 주어졌지만 그것을 찾아내는 것은
결국 자기 자신의 몫이었고

재능이 없더라도 노력하고 또 노력하면
없던 재능도 어디에선가 불쑥 나타났다

(2012. 3. 26)

#00491. 모두가 원하는 세상

모두가 원하는 세상이
눈앞에 펼쳐지고 있다

눈부신 영광은
하늘을 푸르게 뒤덮고

눈부신 불꽃은
삶을 뜨겁게 불태운다

모두가 찾고
모두가 필요로 하는

그런 물건들이
눈앞에 나타나고 있다

반짝이는 성공은
하늘을 눈부시게 뒤덮고

반짝이는 별은
삶을 아름답게 꿈꾼다

모두가 찾고
모두가 필요로 하는

그런 꿈의 세상이
눈앞에 펼쳐지고 있다

(2012. 3. 27)

#00492. 누군가 먼저 (1)

어느 외진 곳에

길이 있다

누군가 먼저
그 길을 갔다

눈앞에 짙푸른 나무들이
바다처럼 펼쳐져 있다

어느 외진 곳에
길이 있다

누군가 시간과 돈을 들여
먼저 그 길을 갔다

눈앞에 뚜렷한 오솔길이
용처럼 꿈틀거리고 있다

누군가 먼저
그 길을 갔다

어느 외진 곳에
길이 있다

(2012. 3. 28)

#00493. 지하철

지네처럼 생긴 지하철이
지하 세계를 달린다

출입문이 열리면
나가고 들어오는 사람들

출입문이 닫히면

다시 길을 떠나는 지하철

사람들이 멈추어 서 있고
지하철이 달린다

사람들이 말없이 서 있고
지하철이 달린다

앉아 있는 사람이 일어서면
서 있는 사람이 앉고

서 있는 사람이 앉으면
서 있는 사람은 서 있다

출입문이 열리면
나가고 들어오는 사람들

출입문이 닫히면
다시 길을 떠나는 지하철

지네처럼 생긴 지하철이
오늘도 지하 세계를 달린다

(2012. 3. 29)

#00494. 이제 꽃이 필 때가 되었다

이제 꽃이 필 때가 되었다

혹독한 추위와 부대끼고
매서운 바람과 싸웠던 시간이 지났다

변덕스러운 봄이 오다가 말다가
또 오다가 말다가 하더니

결국 꽃이 필 때가 되었다

자기 전에 난방을 끄고 자려고 해도
약간 쌀쌀한 것 같기도 하고

난방을 켜고 자려고 해도
좀 낭비 같은 생각이 드는 환절기 날씨

이제 꽃이 필 때가 되었다

(2012. 3. 30)

#00495. 넘고 또 넘고 넘어서

한 사람임을
넘어서

고양이가 담벼락을 넘듯
넘고 또 넘고 넘어서

한 가족임을
넘어서

담쟁이넝쿨이 담벼락을 넘듯
넘고 또 넘고 넘어서

한 국민임을
넘어서

낙서가 담벼락을 넘듯
넘고 또 넘고 넘어서

한 지구인임을
넘어서

해와 달과 별이 담벼락을 넘듯
넘고 또 넘고 넘어서

한 우주인임을
넘어서

비행접시가 담벼락을 넘듯
넘고 또 넘고 넘어서

(2012. 3. 31)

#00496. 꽃이 봄보다 먼저

꽃이 봄보다 먼저
방 안에서 피어났다

꽃이 방 안을 온통
눈부신 봄으로 채우고

내 앞에서는 아직
아무런 말이 없다

꽃이 봄보다 먼저
유리병에서 피어났다

꽃이 방 안을 온통
화사한 봄으로 채우고

내 앞에서는 아직
아무런 말이 없다

(2012. 4. 1)

#00497. 세상을 살다 보니

시인이 세상을 살다 보니
아무리 생각을 해도
좋은 생각이 떠오르지 않는
그런 날들도 있다

시인이 세월을 보내다 보니
아무리 시를 써도
좋은 시가 써지지 않는
그런 날들도 있다

시인이 사람과 지내다 보니
아무리 하루를 살아도
좋은 하루가 될 수 없는
그런 날들도 있다

(2012. 4. 2)

#00498. 좋다

차를 바깥에
세워 두는 나로서는
비가 오면
저절로 세차가 되어서 좋다

빨래를 거실에서
말리는 나로서는
해가 뜨면
빨래가 빨리 말라서 좋다

더운 여름에
부채를 부치는 나로서는
바람이 불면

힘 안 들이고 시원해서 좋다

밤하늘의 별을
좋아하는 나로서는
밤이 되면
별을 바라볼 수 있어서 좋다

주어진 하루에
항상 감사하는 나로서는
아침이 되면
하루를 시작할 수 있어서 좋다

(2012. 4. 3)

#00499. 절약 정신

오래 신은 신발
굽 갈고 반짝반짝 닦았더니
다시 새 신발이 되었다

구멍 난 양말
시간 내어 꿰매었더니
다시 신을 수 있었다

아주 낡아 버린 수건
어디 쓸 데 없나 보았더니
다시 걸레로 쓸 수 있었다

잘못 인쇄된 A4 용지
재활용하려고 했더니
다시 종이 뒷면을 쓸 수 있었다

구멍 나지 않은 짝 잃은 고무장갑
슬그머니 뒤집어 보았더니

다른 짝과 함께 쓸 수 있었다

(2012. 4. 4)

#00500. 사람들의 이별

어떻게 보면 사람들은
너무 쉽게 사귀고
너무 쉽게 헤어진다

어떻게 보면 사람들은
너무 어렵게 사귀고
너무 어렵게 헤어진다

어떻게 보면 사람들은
너무 쿨하게 사귀고
너무 쿨하게 헤어진다

어떻게 보면 사람들은
너무 진지하게 사귀고
너무 진지하게 헤어진다

어떻게 보면 사람들은
너무 즐겁게 사귀고
너무 즐겁게 헤어진다

어떻게 보면 사람들은
너무 당연하게 사귀고
너무 당연하게 헤어진다

(2012. 4. 5)

#00501. 사랑

사랑이라는 것은 정말
한없이 좋고 행복한 것이지만

어쩌면 사랑이라는 것은 정말
한없이 슬프고 아픈 것이다

사랑은 머리로 하는 것이 아니라
가슴으로 해야 할 것만 같은데

가슴은 어느새 머리가 되고
머리는 어느새 가슴이 되어

사랑이라는 울타리 안에서
떨어질 수 없는 하나가 되는 것 같다

(2012. 4. 6)

#00502. 훌쩍 지나는 시간

정신없이 일을 하다 보면
시간이 정말 훌쩍 지나간다

물론 밥 먹을 때가 되면
밥은 꼭 먹고 일해야 한다

정신없이 일을 할 때면
내 존재는 마치 없는 것 같다

나는 나를 느끼지 못하고
오직 일만을 생각하고 있다

물론 쉴 때는 확실히 쉬고

잘 때는 충분히 푹 자야 한다

정신없이 일을 하다 보면
시간이 정말 훌쩍 지나간다

(2012. 4. 7)

#00503. 일요일 저녁

일요일 저녁
지하철역에서 나와
도로변을 빠르게 걷는데
어디에선가 맛있는
고기 냄새가 났다

고개를 돌려
살며시 바라보니
사람들이 모여 앉아
도로변의 한 고깃집에서
고기를 굽고 있었다

정다운 사람들
사람들이 사람들 속에서
이야기를 주고받으며
고기를 젓가락으로
맛있게 집어 먹고 있었다

일요일 저녁
집으로 가는 길에
사람들이 그리워서 그런지
고기 굽는 냄새가
참 맛있게 느껴졌다

(2012. 4. 8)

#00504. 참 많은 노력이 필요하다

새로운 일을 찾아 도전해 보는 데는
참 많은 준비가 필요하다

원래 하던 일을 계속 해 나가는 데도
참 많은 인내가 필요하다

원래 하던 일을 그만두는 데도
참 많은 고민이 필요하다

새로운 일을 성공시키는 데도
참 많은 노력이 필요하다

(2012. 4. 9)

#00505. 아름다운 하루

눈물나게 아름다운 하루가
내게 잠시 머물다
눈이 부시도록 환하게 떠났다

울어도 우는 것이 아니고
웃어도 웃는 것이 아닌
슬프도록 기쁜 하루가 지나갔다

캄캄하고 추운 밤이 지나가면
눈물나게 아름다운 하루가
또 나를 찾아올 것만 같다

(2012. 4. 10)

#00506. 그냥

그냥

꽃처럼 피어나서
예쁘게 한 세상 살아도 좋겠네

그냥

그렇게 미련 없이 시들어
작은 씨앗들을 남겨도 좋겠네

그냥

다시 꽃처럼 피어나서
즐겁게 한 세상 살아도 좋겠네

그냥

그렇게 예쁜 꽃이 되어
봄바람에 잠시 설레도 좋겠네

(2012. 4. 11)

#00507. 묵묵히 서 있는 목련 나무

내가 사는 곳 맞은편에
묵묵히 서 있는 목련 나무

혹독한 겨울을 보내고
이제 하얀 꽃을 피우려 한다

꽃봉오리가 일제히
나뭇가지에서 순식간에 돋아나

공중을 뾰족하게 찌르며
하얗게 으르렁거리고 있다

바람이 불고 나뭇가지가 흔들린다
햇살이 쏟아지고 꽃봉오리가 눈부시다

내가 사는 곳 맞은편에
묵묵히 서 있는 목련 나무

혹독한 겨울을 보내고
이제 눈부신 꿈을 펼치려 한다

(2012. 4. 12)

#00508. 길을 떠날 때

이 세상 그 어딘가를 향해
길을 꼭 떠나야만 한다면

꼭 필요한 것이 무엇인지
미리 알아서 챙겨야 하고

불필요한 것이 무엇인지
미리 알아서 버려야 한다

자신이 짊어질 수 있는
무게를 미리 알아야 하며

그 무게를 짊어지고 얼마나
오랫동안 길을 갈 수 있는지

또 힘이 들고 지칠 때는
자신이 얼마나 쉬어야 다시

가던 길을 갈 수 있는지
미리 알아서 대비해야 한다

이 세상 그 어딘가를 향해
길을 꼭 떠나야만 한다면 말이다

(2012. 4. 13)

#00509. 서로의 힘을 합쳐

어떻게든 서로가
서로의 힘을 합쳐
잘 살아가고자 노력한다면
지금은 힘들지 몰라도
결국에는 잘 살 수 있네

돈이 없으면
돈을 벌면서 살아가면 되고
집이 없으면
집을 빌려서 살아가면 되고
차가 없으면
대중교통을 이용해서 살아가면 되고
꿈이 없으면
꿈을 찾으며 살아가면 되네

불타오르던 사랑이
수많은 세월의 흐름 속에서
작은 불씨로만 남게 되더라도
같이 살아가야 하는
의무와 책임의 양은 변하지 않고
사랑은 단순한 감정이기보다는
하나의 약속과 의지가 되어 버리네

어떻게든 서로가

서로의 힘을 합쳐
잘 살아가고자 노력한다면
지금은 힘들지 몰라도
결국에는 잘 살 수 있네

(2012. 4. 14)

#00510. 꽃잎이 흩날리네

꽃이 나뭇가지마다 하얗게 돋아나
새파란 나뭇잎보다도 먼저
이 세상에 봄을 알리고 있네

서로 무슨 이야기를 그렇게 나누는지
다닥다닥 정겹게 모여 앉아
하루 종일 시간 가는 줄 모르네

그토록 행복한 절정의 시간
못 다한 이야기는 아직도 많은데
스치는 바람에 꽃잎이 흩날리네

(2012. 4. 15)

#00511. 기다리던 봄

그토록 기다리던 봄이
드디어 내게 찾아왔고

겨울잠을 자던 꽃들이 저마다
밖으로 뛰쳐나와 함성을 지르네

개나리는 계란 노른자처럼
노랗게 함성을 지르고

벚꽃은 영화관 팝콘처럼
하얗게 함성을 지르고

목련은 여신의 속살처럼
하얗게 함성을 지르네

그토록 기다리던 봄이
드디어 내게 찾아왔고

꽃단장을 한 여신들이 저마다
밖으로 뛰쳐나와 환하게 웃네

(2012. 4. 16)

#00512. 들려오는 클래식 음악

들려오는 클래식 음악 속을
소년은 리듬을 타며 신나게 달린다

발에 밟히는 허공 위 계단 같은
무수한 음표들을 징검다리 건너듯 오가며

지금보다 더 높은 곳을 향해
지금보다 더 먼 곳을 향해

달리고 있다
달리고 있었다

때로는 전혀
들리지 않을 정도로 고요하게

때로는 깜짝
놀랄 정도로 웅장하게

마음속에서 마치 곡예를 하듯
무수한 음표들이 아름다운 무지개를 그리고

들려오는 클래식 음악 속을
소년은 춤을 추며 신나게 달린다

(2012. 4. 17)

#00513. 마음껏 주위를 보네

봄이 되었으니
이제 마음껏 주위를 보네

봄을 손꼽아 기다리며
꼭꼭 숨어 있던 술래

그대 이름은 꽃이었나
아니면 희망이었나

꽃들도 저마다 서로 보라고
귀 따갑게 재잘대고

여신들도 저마다 서로 보라고
설레는 화장을 하네

모두가 그렇게 활짝 피어나
저마다 서로 보라고 하네

봄이 되었으니
이제 마음껏 주위를 보네

(2012. 4. 18)

#00514. 하얀 종이

나 하나는 아무것도 없는
하얀 종이와 마주하고 있다

시간은 종이 위에서 자꾸만 흘러가는데
하얀 종이는 여전히 하얀 종이다

하얀 종이에 시를 쓰려면 잠시
때 묻은 나를 훌훌 벗어 버리고

언어의 마법사로 변신하여
언어들을 불러 모으고

그 언어들을 조각하여
하얀 종이 위에 흩뿌려야 한다

하얀 종이에 그림을 그리려면 잠시
때 묻은 나를 훌훌 벗어 버리고

빛의 마법사로 변신하여
빛들을 불러 모으고

그 빛들을 조각하여
하얀 종이 위에 흩뿌려야 한다

하얀 종이에 곡을 쓰려면 잠시
때 묻은 나를 훌훌 벗어 버리고

소리의 마법사로 변신하여
소리를 불러 모으고

그 소리들을 조각하여
하얀 종이 위에 흩뿌려야 한다

시간은 종이 위에서 자꾸만 흘러가는데
하얀 종이는 여전히 하얀 종이다

나 하나는 아무것도 없는
하얀 종이와 그렇게 마주하고 있다

(2012. 4. 19)

#00515. 숙명의 나무

발이 땅에 묶인
숙명의 존재

아무리 힘들어도
제자리를 지켜야 하는

한시도 자리를 비울 수 없는
가장 같은 나무

생명이 다할 때까지
모든 것을 아낌없이 주며

수없이 많은 날들을
그냥 말없이 참고 이겨 내야 하는

나무
우리의 나무

그렇게 있는 듯 없는 듯
항상 우리 곁에 있었던

발이 땅에 묶인
숙명의 나무

(2012. 4. 20)

#00516. 눈물의 허수아비

거침없이 불어오는 바람
바람 따라 흐르는 눈물

허허벌판에 홀로 서면
나는 눈물의 허수아비다

보이지 않는 하루의 누적
분주한 하루의 눈부신 움직임

회사에 들어가 일하다 보면
나는 매일 움직이는 숫자다

다닥다닥 붙어 있는 집들
앞집과 뒷집과 윗집과 아랫집과 옆집

집에 돌아와 조용히 있으면
나는 그냥 옆집 아저씨다

(2012. 4. 21)

#00517. 시의 필요성

이 세상에 시라는 것이
꼭 필요한 것만은 분명하다

시가 밥을 먹고 살아가는 데
직접적인 도움이 되지 않더라도

또는

시가 밥을 먹고 살아가는 데
직접적인 도움이 되더라도

시는 분명 소설과는 다른 맛이 나고
영화와도 다른 맛이 난다

시가 필요 없는 것이었다면
아마도 공룡처럼 멸종했을 것이다

그러나

시는 아직 우리 마음속에
물고기처럼 살아서 꿈틀거리고 있다

이 세상에 제일 처음 시를 쓴 사람은
그 옛날 그 누구였을까

이 세상에 시라는 것이
꼭 필요한 것만은 분명하다

(2012. 4. 22)

#00518. 마음속에 있던 평화

눈을 지그시 감고
음악 소리에 귀를 기울이면

마음속에 있던 스트레스가
음악 소리를 따라 움직인다

시간이 점점 더 흐를수록
스트레스는 음악 소리에 취해

마음속에서 수없이 비틀거리다가
음악 소리와 함께 사라지고

눈을 지그시 감고 다시

음악 소리에 귀를 기울이면

마음속에 있던 평화가
음악 소리를 따라 춤을 춘다

(2012. 4. 23)

#00519. 이야기의 바다

저마다 손에 쥐고 있는
이야기의 바다

손끝으로 말을 실어
서로서로 주고받는 말풍선 놀이

언제 어디서나
하고 싶은 이야기를 할 수 있는 세상

손끝에서 손끝으로
전해지는 수많은 이야기들

옆집 소년도 옆집 소녀도
옆집 아저씨도 옆집 아줌마도

저마다 손에 쥐고 있는
이야기의 바다

(2012. 4. 24)

#00520. 하루하루

하루하루는 내게 주어진
정말 소중한 선물

항상 고마운 마음으로
오늘 하루를 받아

아침부터 밤까지
이 세상을 살아 낸다

수많은 시간이 파도처럼
끝없이 내게 밀려오고

세찬 바람이 혹독한 시련처럼
내 머리칼과 옷깃을 뒤흔들지만

나는 보고 있다
분명히 보고 있다

저 멀리 어딘가에서
빛나고 있을 꿈의 하루를

(2012. 4. 25)

#00521. 마음을 열고 걷는다

환한 봄날의 오후
마음을 열고 걷는다

이름 모를 꽃들이
저마다의 색깔로 피어나

수많은 나를 향해
모두 활짝 웃고 있다

냉장고가 텅 비어 버려
마트에 들러 반찬거리를 사고

멈춰 버린 손목시계를 위해
시계방에 들러 시계 약을 넣는다

잠들어 있던 시간이
약의 힘으로 다시 움직인다

거리를 쓸고 있는 한 노인
그 옆을 지나고 있는 나 하나

아기를 안고 있는 한 아저씨
그 옆을 지나고 있는 나 하나

교복을 입고 있는 한 소년
그 옆을 지나고 있는 나 하나

엄마 품에 안겨 있는 한 아기
그 옆을 지나고 있는 나 하나

이름 모를 꽃들이
저마다의 향기로 피어나

수많은 나를 향해
모두 방긋 웃고 있다

환한 봄날의 오후
마음을 열고 걷는다

(2012. 4. 26)

#00522. 어느 날 어느 곳에서

철통같이 닫힌 마음을 열고
우주 끝까지 마음을 열고 또 열어

존재는

어느 날 어느 곳에서
자기도 모르게 하나의 별이 된다

우주의 탄생처럼 수수께끼로 가득한
이 세상의 처음과 지금과 나중

또는

방금 전이라는 순간과
지금이라는 순간

지금이라는 순간과
또 다른 지금이라는 순간

철통같이 닫힌 마음을 열고
다른 사람들의 아픔까지 보듬어 안고

존재는

어느 날 어느 곳에서
자기도 모르게 하나의 꽃이 된다

(2012. 4. 27)

#00523. 회전문 (1)

회전문을 사이에 두고
이쪽과 저쪽이 있다

이쪽은 소년이 있는 바깥쪽
저쪽은 소녀가 있는 안쪽

회전문이 빙그르르 돌면
소년은 들어가고 소녀는 나온다

이쪽은 소녀가 있는 바깥쪽
저쪽은 소년이 있는 안쪽

회전문이 다시 빙그르르 돌면
소녀는 들어가고 소년은 나온다

회전문을 사이에 두고
이쪽과 저쪽이 있다

(2012. 4. 28)

#00524. 회전문 (2)

어제의 회전문을 사이에 두고
이쪽과 저쪽이 또 있다

이쪽은 어제의 소년이 있던 바깥쪽
저쪽은 어제의 소녀가 있던 안쪽

어제의 회전문이 빙그르르 돌면
총각이 들어가고 처녀가 나온다

이쪽은 어제의 소녀가 있던 바깥쪽
저쪽은 어제의 소년이 있던 안쪽

어제의 회전문이 빙그르르 돌면
처녀가 들어가고 총각이 나온다

어제의 회전문을 사이에 두고
이쪽과 저쪽이 또 있다

(2012. 4. 29)

#00525. 회전문 (3)

그저께의 회전문을 사이에 두고
이쪽과 저쪽이 또다시 있다

이쪽은 그저께의 소년이 있던 바깥쪽
저쪽은 그저께의 소녀가 있던 안쪽

그저께의 회전문이 빙그르르 돌면
한 쌍의 연인이 들어가고 한 쌍의 부부가 나온다

이쪽은 그저께의 소녀가 있던 바깥쪽
저쪽은 그저께의 소년이 있던 안쪽

그저께의 회전문이 빙그르르 돌면
한 쌍의 부부가 들어가고 한 쌍의 연인이 나온다

그저께의 회전문을 사이에 두고
이쪽과 저쪽이 또다시 있다

(2012. 4. 30)

#00526. 회전문 (4)

내일의 회전문을 사이에 두고
이쪽과 저쪽이 이제는 없다

이쪽은 내일의 소년이 있을 저쪽
저쪽은 내일의 소녀가 있을 이쪽

내일의 회전문이 빙그르르 돌면
남자 친구가 들어가고 여자 친구가 나온다

이쪽은 내일의 소녀가 있을 저쪽

저쪽은 내일의 소년이 있을 이쪽

내일의 회전문이 빙그르르 돌면
여자 친구가 들어가고 남자 친구가 나온다

내일의 회전문을 사이에 두고
이쪽과 저쪽이 이제는 없다

(2012. 5. 1)

#00527. 미치도록 아름다운 꽃

무더운 하루가 불쑥 찾아와
서둘러 여름옷들을 깨운다

서랍장 속에서 깊이 잠들어 있던
지난날들의 여름옷들

하나둘씩 잠에서 깨어나
이 세상을 다시 한 번 살아 낸다

보일 듯 말 듯한
참을 수 없는 여름옷의 얇음

그대는
눈부시게 아름다운 여신이다

은밀한 속살을 드러내는
참을 수 없는 여름옷의 짧음

그대는
미치도록 아름다운 꽃이다

옷장 속에서 곤히 잠들어 있던

지난 세월의 여름옷들

하나둘씩 잠에서 깨어나
이 세상을 다시 한 번 살아 낸다

(2012. 5. 2)

#00528. 하나

어떤 하나가 있다

하나가 되고 싶어
하나가 된 하나가 있다

하나가 되지 못해
다른 하나가 된 하나가 있다

누가 보아도
하나는 하나인데

누가 느껴도
하나는 하나인데

둘이 되고 싶어
다른 하나가 된 하나가 있다

둘이 되지 못해
하나가 된 하나가 있다

그런 하나가 있다

(2012. 5. 3)

#00529. 새들이 울었다

새들이 울었다

창문 밖 어딘가에서
새들이 울었다

창문 밖을 내다보는데
새들은 없고 새들이 울었다

새들은 저 하늘 구름 속에 숨었을까
이 마음속에 숨었을까

하늘을 올려다보는데
새들은 없고 새들이 울었다

마음속을 들여다보는데
새들은 없고 새들이 울었다

창문 밖 어딘가에서
또 새들이 울었다

새들이 정말 울었다

(2012. 5. 4)

#00530. 소나기가 쏟아지는데

소나기가 쏟아지는데
우산이 없는 한 그림자가
빗속을 걷는다

소나기가 쏟아지는데
마주 오던 한 그림자가
빗속의 빗속을 걷는다

소나기가 쏟아지는데
우산을 펼친 한 그림자가
땅 위를 걷는다

소나기가 쏟아지는데
마주 오던 한 그림자가
땅 위의 땅을 걷는다

소나기가 쏟아지는데
우산을 접은 한 그림자가
땅속을 걷는다

소나기가 쏟아지는데
마주 오던 한 그림자가
땅속의 땅속을 걷는다

소나기가 쏟아지는데
우산이 없는 한 그림자가 또
빗속을 걷는다

소나기가 쏟아지는데
마주 오던 한 그림자가 또
빗속의 빗속을 걷는다

(2012. 5. 5)

#00531. 존재의 존재

어느 순간

존재는 존재가 되어
거대한 존재 속으로 들어가

존재의 존재가 되고

거대한 존재는
사방에서 존재를 끌어모아
존재의 존재를 만든다

어느 순간

존재는 존재의 존재가 되거나
거대한 존재를 떠나
다른 존재의 존재가 되고

거대한 존재는
팔방에서 존재를 끌어모아
존재의 존재를 다시 만든다

어느 순간

존재는 다른 존재가 되어
거대한 존재 속으로 들어가
존재의 존재가 되고

거대한 존재는
만방에서 존재를 끌어모아
존재의 존재를 또다시 만든다

(2012. 5. 6)

#00532. 여신을 무심코 보는데 (1)

제0의 여신을 무심코 보는데
어딘가 모르게 정말 아름답다

제1의 여신을 무심코 보는데

앞모습이 정말 아름답다

제2의 여신을 무심코 보는데
45도 각도 비켜 간 옆모습이 정말 아름답다

제3의 여신을 무심코 보는데
옆모습이 정말 아름답다

제4의 여신을 무심코 보는데
뒷모습이 정말 아름답다

제5의 여신을 무심코 보는데
위에서 내려다본 모습이 정말 아름답다

제6의 여신을 무심코 보는데
아래에서 올려다본 모습이 정말 아름답다

제7의 여신을 무심코 보는데
대각선 위에서 내려다본 모습이 정말 아름답다

제∞의 여신을 무심코 보는데
어딘가 모르게 정말 눈부시게 아름답다

(2012. 5. 7)

#00533. 여신을 무심코 보는데 (2)

제0의 여신을 무심코 보는데
어느 거리쯤에선가 참 아름답다

제1의 여신을 무심코 보는데
바로 눈앞에서 참 아름답다

제2의 여신을 무심코 보는데

팔을 뻗어 닿을 거리쯤에서 참 아름답다

제3의 여신을 무심코 보는데
두 발자국쯤 떨어진 곳에서 참 아름답다

제4의 여신을 무심코 보는데
다섯 발자국쯤 떨어진 곳에서 참 아름답다

제5의 여신을 무심코 보는데
10미터쯤 떨어진 곳에서 참 아름답다

제6의 여신을 무심코 보는데
50미터쯤 떨어진 곳에서 참 아름답다

제7의 여신을 무심코 보는데
보이지 않을 만큼 떨어진 곳에서 참 아름답다

제∞의 여신을 무심코 보는데
어느 거리쯤에선가 참 미치도록 아름답다

(2012. 5. 8)

#00534. 청춘의 시절

아……
눈부시게 달콤한 청춘의 시절

아……
연인처럼 황홀한 절정의 시절

아……
아름다운 추억은 마음속에 남고

아……

아름다운 하루는 행복 속에 남네

아……
눈부시게 새콤한 청춘의 시절

아……
처음처럼 황홀한 절정의 시절

(2012. 5. 9)

#00535. 나의 하루가 쌓인다

하루가 가면
허물 벗듯 벗어 놓은 옷들이
빨래 통 속에 쌓이고

또 하루가 가면
껍질 벗듯 벗어 놓은 옷들이
빨래 통 속에 또 쌓인다

차
곡
차
곡

순
서
대
로

퇴적층처럼 쌓이는 하루

나의 하루가 쌓이듯
너의 하루가 쌓이고

너의 하루가 쌓이듯
나의 하루가 쌓인다

하루가 가면
떨어진 꽃잎 같은 옷들이
빨래 통 속에 쌓이고

또 하루가 가면
떨어진 나뭇잎 같은 옷들이
빨래 통 속에 쌓인다

차
곡
차
곡

순
서
대
로

돼지 저금통 속 동전처럼 쌓이는
그런 하루

(2012. 5. 10)

#00536. 꽃의 소망

그 얼마나 간절히
아름답게 피어나고 싶었을까

누군가의 품에 안긴
눈부시게 아름다운 꽃

모래뿐인 사막에서도
꽃은 활짝 피어나고

아슬아슬한 절벽 끝에서도
꽃은 한껏 피어난다

그 얼마나 간절히
사랑에 눈뜨고 싶었을까

누군가의 품에 안긴
미치도록 아름다운 꽃

(2012. 5. 11)

#00537. 어느 날

어느 날

아무런 예고도 없이
거친 바람이 무섭게 불어와
수많은 나를 깃발처럼 뒤흔든다

아무런 소리도 없이
하늘 가득 일제히 날아오르는
수없이 많은 어린 새들

어느 날

아무런 예고도 없이
산들바람이 갑자기 불어와
수많은 나를 나뭇잎처럼 뒤흔든다

아무런 소리도 없이
하늘 가득 일제히 날아오르는

수없이 많은 민들레 홀씨

(2012. 5. 12)

#00538. 나 하나와 세상

제0의 시간
나 하나가 없었고 세상도 없었다

제1의 시간
나 하나가 있었고 세상은 없었다

제2의 시간
나 하나가 있었고 세상도 있었다

제3의 시간
나 하나가 없었고 세상은 있었다

제4의 시간
다른 나 하나가 있었고 세상도 있었다

제5의 시간
다른 나 하나가 없었고 세상은 있었다

제6의 시간
또 다른 나 하나가 있었고 세상도 있었다

제7의 시간
또 다른 나 하나가 없었고 세상은 있었다

제∞의 시간
수많은 나 하나가 없었고 세상도 없었다

(2012. 5. 13)

#00539. 시간의 포식자

큰 접시 위에 놓인
마지막 딸기 한 개처럼

황량한 벌판 위에
덩그러니 남아 있던 시간

굶주린 괴물 그림자 떼가
순식간에 달려들어

시간을 씹지도 않고 통째로
뱀처럼 집어삼킨다

아무리 쪼개고 쪼개어 써도
부족한 것만 같은 시간

오랫동안 냉동실에 보관해 두었다가
필요할 때마다 꺼내어 쓰면 좋을 텐데

항상 같은 속도로 움직이기만 하고
도저히 멈출 수는 없는 시간

굶주린 하이에나 무리는 어슬렁거리며
항상 시간 주위를 맴돌고

시간이 잠시라도 머뭇거리면
씹지도 않고 통째로 번개처럼 집어삼킨다

(2012. 5. 14)

#00540. 세상이 점점 더

누군가의 뜨거운 열정이 모여

세상이 점점 더 편리해진다

누군가의 놀라운 창조물이 모여
세상이 점점 더 풍요로워진다

누군가의 끈질긴 노력이 모여
세상이 점점 더 즐거워진다

누군가의 눈물 어린 헌신이 모여
세상이 점점 더 아름다워진다

누군가의 끝없는 실천이 모여
세상이 점점 더 평화로워진다

누군가의 가슴 벅찬 희망이 모여
세상이 점점 더 행복해진다

(2012. 5. 15)

#00541. 회전문 (5)

회전문을 사이에 두고
소년과 소녀가 이제는 없다

소년이 없는 회전문 안쪽
소녀가 없는 회전문 바깥쪽

세월의 회전문이 빙그르르 돌면
새 바람이 들어가고 묵은 바람이 나온다

소녀가 없는 회전문 안쪽
소년이 없는 회전문 바깥쪽

세월의 회전문이 빙그르르 돌면

묵은 바람이 들어가고 새 바람이 나온다

회전문을 사이에 두고
소년과 소녀가 이제는 없다

(2012. 5. 16)

#00542. 타임머신에 탑승했는데

제0의 타임머신에 탑승했는데
문득 삶도 없고 죽음도 없었다

제1의 타임머신에 탑승했는데
문득 나도 없고 너도 없었다

제2의 타임머신에 탑승했는데
문득 몸도 없고 마음도 없었다

제3의 타임머신에 탑승했는데
문득 시간도 없고 공간도 없었다

제4의 타임머신에 탑승했는데
문득 빛도 없고 어둠도 없었다

제5의 타임머신에 탑승했는데
문득 행복도 없고 불행도 없었다

제6의 타임머신에 탑승했는데
문득 평화도 없고 전쟁도 없었다

제7의 타임머신에 탑승했는데
문득 사랑도 없고 증오도 없었다

제∞의 타임머신에 탑승했는데

문득 삶도 없고 죽음도 없었다

(2012. 5. 17)

#00543. 나비

어디에선가 나비가 날아와
컴퓨터 모니터에 달라붙었다

떼었다 붙였다 하는 메모지처럼
노랗게 바싹 달라붙었다

순간순간 번쩍거리며 떠오르는
수많은 생각들이 한 마리 나비가 되어

번쩍거리는 하늘을 뚫고
얼음 벌판처럼 차가운 땅을 뚫는다

어디에선가 나비가 또 날아와
컴퓨터 모니터에 달라붙었다

절대로 떨어지지 말아야 할 운명처럼
노랗게 바싹 그렇게 달라붙었다

(2012. 5. 18)

#00544. 내가 보낸 어느 한 주

그 어느 날
내가 보낸 어느 한 주였을 것이다

월요일은 이상하게도
더 피곤했다

화요일은 그나마
좀 나았다

수요일은 그럭저럭
별 생각 없이 지냈다

목요일은 하루만 더
일하면 쉰다는 생각으로 버텼다

금요일은 이제 곧
주말이라는 생각에 기뻤다

토요일은 그냥
아무 부담 없이 편안하고 좋았다

일요일은 왠지 모르게
월요일이 걱정됐다

그 어느 날
내가 보낸 어느 한 주였을 것이다

(2012. 5. 19)

#00545. 그저 아름다웠다

아무 생각 없이
지난날들을 돌아보는데

한 순간 한 순간
살아온 날들이 그저 아름다웠다

사랑했던 순간에는
사랑할 수 있었기에 참 아름다웠고

고독했던 순간에는
고독할 수 있었기에 참 아름다웠다

아무 후회 없이
지난날들을 돌아보는데

한 순간 한 순간
살아 낸 날들이 그저 아름다웠다

(2012. 5. 20)

#00546. 아름다움만 남기고

아름다움만 남기고
모두 버렸다

눈앞에 펼쳐진 길바닥은
아무것도 없이 백지처럼 깨끗하다

문득 길 위에 서서
주위를 둘러보니

자로 잰 것 같은
정확한 감동을 주는 나무가 있고

알록달록 예쁜 옷 같은
황홀한 만족을 주는 꽃이 있다

어느 누구에게서
비법을 전수받은 정원사일까

아름다움만 남기고
모두 미련 없이 버렸다

(2012. 5. 21)

#00547. 꿈속에 답이 있다

왜 살아야 하는지 정말
간절히 알고 싶었던 사춘기 시절

그러나 아무리 생각해도 정말
나는 알 수 없었고

수많은 책을 읽어도 정말
나는 알 수 없었다

그 후로 얼마나 많은 시간이 정말
그냥 흘러간 것일까

신비로운 마술처럼 나도 모르게 정말
어느 순간 사춘기를 벗어나

일상의 쳇바퀴 속으로 빨려 들어가 정말
나도 따라 돌고 도는데

그 어느 날 갑자기 정말
태양처럼 떠오른 생각 한 줄기

꿈
속
에

답
이

있
다

(2012. 5. 22)

#00548. 물고기 같은 하루

아무
생각 없이

그냥
고요히 앉아 있는데

물
위로 튀어 올라와

펄떡이는
물고기 같은 하루

나는
살아 있다

(2012. 5. 23)

#00549. 그곳에는 이미 없는데

그곳에는 이미 없는데
내게는 그림처럼 보이고 있다

저 멀리 우주 끝
그 어딘가에서 피어난 꽃 한 송이

100억 년 이상의 세월을
빛의 속도로 고독하게 날아와

지친 기색 하나 없이
내 앞에서 한없이 아름답다

눈 깜짝할 사이 피고 지는

꽃의 눈부신 하루여

손 내밀어 닿을 수 없는
100억 년 이상 된 존재의 홀로그래피

그곳에는 이미 없는데
내게는 꿈처럼 보이고 있다

(2012. 5. 24)

#00550. 설거지를 한다

밥을 먹고
설거지를 한다

다음에 또 밥을 먹기 위한
삶의 고단한 준비

고무장갑을 손에 끼고
수세미에 세제를 묻혀

정신없이 덜그럭거리며
바쁘게 설거지를 한다

하얀 거품으로 둘러싸인
수많은 그릇들

쏴아아
소나기가 내리듯이

수도꼭지에서
물이 한바탕 쏟아지면

거품은 없고

뽀드득 소리는 있다

다음에 또 밥을 먹기 위한
삶의 끝없는 준비

밥을 먹고
설거지를 한다

(2012. 5. 25)

#00551. 정말 고마운 선물

하루하루는 내게 주어진
신비로운 수수께끼

늘 같은 것 같으면서도
늘 다른 것 같다

이렇게 풀면 더 나을까
저렇게 풀면 더 나을까

순간순간
나를 스치는 모든 것들

어떤 인연이었을까
어떤 운명이었을까

문득 바라보는
삶과 죽음의 경계에서

하루하루는 내게 주어진
정말 고마운 선물

(2012. 5. 26)

#00552. 적지 않은 세월

번쩍거리는
불빛 같은 하루하루

적지 않은 세월이
날 훑고 지나갔다

나는

그동안 무엇을 붙잡았고
무엇을 붙잡지 않았을까

나는

그동안 무엇을 버렸고
무엇을 버리지 않았을까

펄럭거리는
깃발 같은 하루하루

적지 않은 세월이
날 스치고 지나갔다

(2012. 5. 27)

#00553. 알 수 없는 하루

눈뜬 하루가
눈을 깜빡거렸고

귀한 하루가
귀를 기울였다

코뿔소 같은 하루가
코를 들이밀었고

입 큰 하루가
입을 뻐끔거렸다

얼굴 하얀 하루가
얼굴을 내밀었고

알 수 없는 하루가
알을 남겼다

(2012. 5. 28)

#00554. 걸어온 길

꼬불꼬불 미로처럼
정신없이 헤매며 걸어온 길

비바람 같은 시간이
날마다 내 발자국을 지운다

뒤돌아보면 참
아득하기만 한 세월

어떻게 살아왔는지도 모르게
나는 정말 살아왔다

삶은 어쩌면
필연의 연속 같기도 하고

어떻게 보면
우연의 연속 같기도 하다

짙은 안개 속처럼
불확실성 속에서 걸어온 길

파도 같은 시간이
날마다 내 발자국을 지운다

(2012. 5. 29)

#00555. 강아지 같은 하루

꼬리 흔들며 달려드는
강아지 같은 하루

흐뭇한 마음으로
보듬어 안고 쓰다듬는데

문득 지나가 버린 하루는
까마득히 멀어져

어느새
아련한 추억이 된다

지금 현재의 나
지금 있는 그대로의 모습

모든 일들이
정말 운명이었다면

그 누구도
원망할 필요는 없었다

내가 나를 이기지 못하고
내가 내 운명을 이기지 못했을 뿐

아……
저 멀리 어딘가에서

강아지 같은 하루가 또
꼬리를 흔들며 달려오고 있다

(2012. 5. 30)

#00556. 신들린 손

잠시 쉬고 있는데
신들린 손이 나타나

악보 속 음표를 따라
피아노 건반 위를 달린다

들려오는
물방울 같은 소리

마음속에서
눈부시게 아름답다

잠시 그렇게 있는데
신들린 손이 또 나타나

악보 속 음표를 따라
바이올린과 함께 춤춘다

들려오는
풀잎 같은 소리

마음속에서
황홀하게 아름답다

(2012. 5. 31)

#00557. 자꾸만 높아지는 도시

참
신기한 도시

자고 일어나면
자꾸만 높아지는 도시

아니
자꾸만 높아져야 하는 도시

아니
자꾸만 높아질 수밖에 없는 도시

아, 때로는
높아지고 싶어도 높아질 수 없는 도시

아, 그토록
까마득한 높이의 블랙홀 같은 도시

자고 일어나면 정말
자꾸만 높아지는 도시

참
신비한 도시

(2012. 6. 1)

#00558. 꽃과 하루

꽃은
결국 씨를 남겼고

씨는 어딘가에서

꽃이 되었다

아름다운
꽃

우주를 한껏 껴안은
꽃

그 주위에 펼쳐진
들판

아름다운
들판

그리고
하루

아름다운 꽃 같은
하루

하루는
결국 시를 남겼고

시는 어딘가에서
하루가 되었다

(2012. 6. 2)

#00559. 하얀 종이 상태

파내고
파내고
파내고
또 파내면

결국 금이 없는 금광처럼
고갈돼 버리는 것일까

또는

비워 내고
비워 내고
비워 내고
또 비워 내면

결국 마법의 샘처럼
다시 차오르는 것일까

아……

머릿속은 정말
하얀 종이 상태다

아……

마음속도 정말
하얀 종이 상태다

텅

비었고
아무 생각이 없다

문득

정신이 들 때쯤
피곤함이 양떼처럼 밀려온다

어느새
한밤중이 되었나 보다

그렇게
하루가 지난다

(2012. 6. 3)

#00560. 하루가 남긴 시

어딘가에서 하루가 된
시는

세상을 시인처럼
살았고

결국
또 다른 하루를 남겼다

우주에서 바라본 지구처럼
푸른 하루

지구에서 바라본 별들처럼
빛나는 하루

하루는
결국 시를 남겼고

시는 어딘가에서
또 다른 하루가 되었다

(2012. 6. 4)

#00561. 삶을 살아 보니

하루를 살아 보니

아침에는 해가 떠오르고
밤에는 해가 떨어진다

밤에는 별들이 나타나고
아침에는 별들이 사라진다

세상을 살아 보니

꿈은 우리가 왜 사는지에 대한
그럴듯한 답이 되어 주고

희망은 어려움을 이겨 내기 위한
그럴듯한 답이 되어 준다

하루를 다시 살아 보니

하늘은 땅 위에 있고
땅은 하늘 아래에 있는데

하늘 위에는 항상 별들이 있었고
하늘 아래에는 사람들이 있었다

(2012. 6. 5)

#00562. 꿈, 꿈, 꿈

과거의 수많은
나는

깜깜한 밤하늘 속의 별처럼
반짝거리던

눈물
눈물
눈물

현재의 하나뿐인
나는

거친 세상을 바람처럼
떠도는

새
새
새

미래의 수많은
나는

피 같은 시간으로 탑처럼
쌓아 올려질

꿈
꿈
꿈

(2012. 6. 6)

#00563. 들리는 소리

댕
댕
댕

대나무 숲 같은 시간 속에
가만히 서 있는데

어디에선가
고요한 종소리가 들려오고

마지막 잎사귀 같은
불멸의 꿈이

동굴 같은 마음속에
깊이 잠들어 있던 꿈이

번쩍
두 눈을 뜬다

둥
둥
둥

녹차 밭 같은 시간 속에
가만히 서 있는데

어디에선가
조용한 북소리가 들려온다

(2012. 6. 7)

#00564. 변화의 시대

세상이 변하고 있는데
내가 변하지 않으려고 하니까
정말 힘이 들었다

세상을 따라 내 자신을
자꾸만 변화시키려고 하니까
그것도 정말 힘이 들었다

자꾸만 변하고 변하다 보니
결국 변해야 할 것이 있었고
변하지 말아야 할 것이 있었다

마치 꽃이 주변 환경에 따라
겉모습을 변화시켰지만 결국
변함없이 씨를 남기는 것처럼 말이다

(2012. 6. 8)

#00565. 모든 순간이 고맙다

가만히 눈을 감고
살아온 날들을 뒤돌아보니

모든 순간순간이
정말 고맙다

눈부시게 행복했던 순간이
정말 고맙고

아프고 힘들었던 순간조차
정말 고맙다

눈부시게 행복했던 순간이
단 1초라도 있었기에 미련이 없고

아프고 힘들었던 순간이
단 하루라도 있었기에 미련이 없다

가만히 마음을 열고
살아온 날들을 되새겨 보니

모든 순간순간이
정말 고맙다

(2012. 6. 9)

#00566. 별 하나 (2)

별
하나

신비로운 우주에서
신비롭게 태어나

세상이 얼마나 신비로운지
잘 모르고 살다가

어느 날
신비롭게 사라졌네

아……

마치
우리들의 삶처럼

(2012. 6. 10)

#00567. 변화와 적응

내 자신을
변화시킨다는 것은

어떻게 보면
가능에 가까웠고

다른 사람을
변화시킨다는 것은

어떻게 보면
불가능에 가까웠다

내가 세상에
적응한다는 것은

어떻게 보면
가능에 가까웠고

내가 세상을
변화시킨다는 것은

어떻게 보면
불가능에 가까웠다

(2012. 6. 11)

#00568. 누군가 찾아와

누군가 찾아와
읽어 주기 전에는
곱게 잠들어 있는 시

누군가 찾아와
읽어 주면 마법처럼 번쩍
깨어나는 시

바람이 불면
반짝거리며 흔들리는
나뭇잎 같은 시

누군가 찾아와
즐겁고 맛있게 먹고 가는
신비한 요리 같은 시

여신이 다가와
눈부신 가슴으로 꼭 끌어안는
한 권의 시집 같은 시

누군가 찾아와
읽어 주면 마법처럼 번쩍
깨어나는 시

해가 뜨면
반짝거리며 타오르는
파도 같은 시

(2012. 6. 12)

#00569. 마법처럼 시가 된다

마음속에서 방금 꺼낸
물고기 같은 언어가

손끝에서
마법처럼 시가 된다

바닷속 물고기 떼처럼
헤엄치고 있는 수많은 언어들

손끝에서
시가 되지 못한 언어들이

손끝을 맴돌다
마음속으로 수없이 사라지고

마음속에서 힘들게 찾아낸
보물 같은 언어가

손끝에서
마법처럼 시가 된다

(2012. 6. 13)

#00570. 징검다리

손꼽아 기다렸던
하루를

나는 소년이 되어
징검다리처럼 건너고

언젠가 만나게 될
운명의 여신은

소녀가 되어
어딘가의 징검다리에서 기다리고 있다

하루하루는
내일로 가는 징검다리

또는

벗어날 수 없는
시간의 외나무다리

손꼽아 기다렸던
하루를

나는 다시 소년이 되어
징검다리처럼 건너고

언젠가 만나게 될
운명의 여신은

다시 소녀가 되어
어딘가의 징검다리에서 기다리고 있다

(2012. 6. 14)

#00571. 같은 시간 속에 있다 (1)

같은 시간 속에 있다

수많은
풀들과 꽃들과 나무들이

같은 시간 속에 있다

수많은
새들과 네발짐승과 물고기들이

같은 시간 속에 있다

수많은
들판과 숲과 산이

같은 시간 속에 있다

수많은
바람과 물과 빛이

같은 시간 속에 있다

수많은
땅과 별과 우주가

같은 시간 속에 있다

(2012. 6. 15)

#00572. 같은 시간 속에 있다 (2)

같은 시간 속에 있다

나와 너
너와 나

같은 시간 속에 있다

나와 그
그와 나

같은 시간 속에 있다

나와 그녀
그녀와 나

같은 시간 속에 있다

너와 그
그와 너

같은 시간 속에 있다

너와 그녀
그녀와 너

같은 시간 속에 있다

너와 나
나와 너

같은 시간 속에 있다

(2012. 6. 16)

#00573. 밖으로 뛰쳐나간 시

내 안에 있다가
갑자기 밖으로 뛰쳐나간 시

꼭꼭 숨어 있어
원래 아무도 볼 수 없었던 시

저렇게 밖으로 뛰쳐나가지 않았다면
그냥 조용히 사라졌을 시

밖으로 뛰쳐나갔다가
갑자기 내 안으로 달려드는 시

무심코 탑처럼 쌓아 올린
수많은 하루하루의 시

(2012. 6. 17)

#00574. 정돈되지 않은 책상

책상 위에
수북이 쌓인 메모지와 영수증들

정돈되지 않은 책상처럼
하루가 무척 어지럽다

무엇에 정신이 팔렸는지
그저 바쁘게만 살다 보니

책상도 하나 제대로 정돈하지 못하고
그저 계속 미루기만 했다

책상 위에

수북이 쌓인 먼지와 안내 책자들

정리되지 않은 책상처럼
하루가 정말 어지럽다

(2012. 6. 18)

#00575. 스트레스 집어던지기

알 수 없는 외계인 같은
스트레스가 날 계속 공격하면

나는 외계인 같은 스트레스를
조용히 지켜보다가

나도 모르게
지구만 한 거인이 되어

우주 밖으로 있는 힘껏
스트레스를 집어던져 버린다

순간
홀가분해지는 마음

마음은
항상 비워야 편안한가 보다

(2012. 6. 19)

#00576. 하루가 지났다는 것은

하루가 지났다는 것은
지구가 스스로

한 바퀴 돌았다는 것이고

한 해가 지났다는 것은
지구가 태양을
한 바퀴 돌았다는 것이다

하루가 지났다는 것은
내게 있어
한 편의 시를 썼다는 것이고

한 해가 지났다는 것은
내게 있어
365편의 시를 썼다는 것이다

하루가 지났다는 것은
그에게 있어
하루를 더 살았다는 것이고

한 해가 지났다는 것은
그에게 있어
365일을 더 살았다는 것이다

(2012. 6. 20)

#00577. 진정 사랑했기에

진정 사랑했기에
사랑을 사랑이라 말하지 않았다

진정 사랑했기에
사랑을 일부러 증명해 보이지도 않았다

진정 사랑했기에
피해 입힐 말은 절대로 하지 않았다

진정 사랑했기에
단 한 번도 사랑을 나누지 않았다

진정 사랑했기에
사랑을 사랑이라 말하지 않았다

(2012. 6. 21)

#00578. 1등이라는 것

1등이라는 것은
2등보다 더 잘한 것

1등이라는 것은
2등이 있기에 존재하는 것

1등이라는 것은
절대적이면서 상대적일 수밖에 없는 것

1등이라는 것은
2등보다 항상 앞서 있는 것

1등이라는 것은
2등보다 항상 앞서 있어야만 하는 것

1등이라는 것은
2등보다 앞서기 위해 항상 노력하는 것

1등이라는 것은
1등인 자기 자신마저 이겨 버리는 것

1등이라는 것은 어찌 됐거나
2등보다 더 잘한 것

(2012. 6. 22)

#00579. 하루의 막이 내리면

하루의 막이 내리면
다음 하루의 막이 오른다

모두가 하루의 주인공인데
어쩌면 서로 관객이기도 하다

하루의 문이 닫히면
다음 하루의 문이 열리고

하루의 창이 닫히면
다음 하루의 창이 열리다가

하루의 막이 내리면
다음 하루의 막이 또 오른다

아, 모두가 하루의 주인공인데
어쩌면 서로 관객이기도 하다

(2012. 6. 23)

#00580. 여기는 궤도

여기는 궤도
누군가 궤도를 만들었다

궤도에 오르면
온몸을 궤도에 내맡기면 된다

궤도에 오르면
궤도를 따라 빙글빙글 저절로 돌게 된다

여기는 궤도

누군가 궤도를 만들었다

궤도에 오르기 위해서는
엄청난 중력의 속박을 이겨 내야 된다

궤도에 오르기 위해서는
대기권 돌파의 압박을 이겨 내야 된다

여기는 궤도
누군가 궤도를 만들었다

(2012. 6. 24)

#00581. 낡은 하루가 사라지면

낡은 하루가 사라지면
새로운 하루가 나타난다

날마다 암탉이 알을 낳듯
새로운 하루가 나타난다

날마다 뉴스가 방송되듯
새로운 하루가 나타난다

날마다 젖소가 우유를 주듯
새로운 하루가 나타난다

새로운 하루가 나타나면
하루가 하루를 또 창조한다

날마다 똑같은 하루 같은데
새로운 하루가 나타난다

낡은 하루가 사라지면

새로운 하루가 또 나타난다

(2012. 6. 25)

#00582. 내게 시를 들려주었다

바람이 새처럼 지나가며
내게 시를 들려주었다

샘물이 눈물처럼 솟아나며
내게 시를 들려주었다

비가 폭포처럼 쏟아지며
내게 시를 들려주었다

강물이 군중처럼 움직이며
내게 시를 들려주었다

파도가 햇살처럼 부서지며
내게 시를 들려주었다

전철이 용처럼 꿈틀거리며
내게 시를 들려주었다

버스가 코끼리처럼 달리며
내게 시를 들려주었다

바람이 다시 새처럼 지나가며
내게 시를 들려주었다

(2012. 6. 26)

#00583. 시의 종류

아주 짧게 마주한 시
잠시

같은 순간을 맞이한 시
동시

자꾸 높아져야만 하는 시
도시

아주 힘들게 준비한 시
고시

무엇인가를 꼭 해내야만 하는 시
반드시

잘하나 못하나 항상 지켜보는 시
감시

스스로 깨우치게 해 주는 시
계시

빨갛고 탐스럽게 익어 가는 시
홍시

신랑의 사랑이 꼭 필요한 시
각시

계속 반복할 수밖에 없는 시
다시

아, 새콤달콤한 음악 속의 시
도레미파솔라시

(2012. 6. 27)

#00584. 밝은 사람을 만나고 싶다

눈부신 햇살처럼 밝은
사람을 만나고 싶다

내가 힘들고 지칠 때
그저 바라만 봐도 힘이 되어 주는

추운 겨울 아랫목처럼 따뜻한
그런 사람을 만나고 싶다

부정적이고 어두운 생각으로
주위를 더 어둡게 하는 사람보다는

긍정적이고 밝은 생각으로
어둠 속 등대처럼 주위를 환하게 밝혀 주는

그런 아름다운
사람을 만나고 싶다

(2012. 6. 28)

#00585. 새가 울었다

새가 울었다

아침에 창가에서
새가 울었다

신비로운 세상을 향해
신비로운 목소리로

새가 울었다

한낮에 숲속에서
새가 울었다

눈부신 세상을 향해
눈부신 목소리로

새가 울었다

저녁에 하늘에서
새가 울었다

노을 진 세상을 향해
노을 진 목소리로

새가 울었다

(2012. 6. 29)

#00586. 시를 남겼다

바람의 손길이
하늘에 시를 남겼다

부스스 흔들리는
녹색 요정 같은 나뭇잎들의

시

묵묵히 흘러가는
하얀 양떼 같은 구름들의

시

점점이 날아가는

눈부신 햇살 같은 새들의

시

바람의 손길이 또
하늘에 시를 남겼다

(2012. 6. 30)

#00587. 하루의 문이 열리고

하루의 문이
열리고

하루가
바쁘게 지나간다

하루의 문은
하루 동안만

한없이
열려 있다가

다시
진공 상태가 되어

굳게
닫혀 버린다

하루의 문이
닫히고

새로운 하루의 문이
또 열리면

하루가
다시 바쁘게 지나간다

(2012. 7. 1)

#00588. 변화 속에 기회 있다

세상의 모든 것들이
뚜렷하고 확실하다면
아무런 걱정이 없다

세상의 모든 것들이
변화 속에 있는 것이 아니라면
별다른 기회가 없다

세상의 모든 것들이
흐릿하고 불확실하다면
수많은 고민이 있다

세상의 모든 것들이
변화 속에 있는 것이 맞다면
엄청난 기회가 있다

(2012. 7. 2)

#00589. 어떤 흐름 속에

어떤 흐름 속에
나는 있다

가만히 있는데
어딘가를 향해 움직이고 있다

출렁이는 바다 위에 떠 있는
동력 잃은 배처럼

많은 인파 속에 갇혀
떠밀리듯 길을 가는 사람처럼

어떤 흐름 속에
나는 있다

내게 지금
필요한 것은 아마도

가야 할 곳을
뚜렷하게 정하는 것과

그곳에 갈 수 있는
충분한 힘을 갖추는 것

어떤 흐름 속에
나는 있다

(2012. 7. 3)

#00590. 창의적인 일

아무도 생각하지 않은 것을 생각했다
그것은 창의적인 일이다

아무도 만들지 않은 것을 만들었다
그것은 창의적인 일이다

아무도 말하지 않은 것을 말했다
그것은 창의적인 일이다

아무도 그리지 않은 것을 그렸다
그것은 창의적인 일이다

아무도 가지 않은 길을 갔다
그것은 창의적인 일이다

아무도 쓰지 않은 것을 썼다
그것은 창의적인 일이다

하지만 어떻게 보면 회사를 세우는 것이
더 창의적인 일일 수 있고

또 어떻게 보면 아이를 낳는 것이
가장 창의적인 일일 수 있다

(2012. 7. 4)

#00591. 1등의 고민

1등은 고독하다
새로운 도전에 직면해서
새로운 경쟁자를 이겨 내기가 쉽지 않다
수많은 변수를 감당하며
단 한 번의 실수라도 있다면
1등을 놓치게 된다

1등은 의지할 곳이 없다
무한 경쟁 속에서
항상 2등을 견제하고 있지만
어디선가 알 수 없는 곳에서
새로운 경쟁자가 순식간에 나타나
1등을 빼앗아 간다

1등은 항상 노력할 수밖에 없다

1등은 역시 1등이지만
자기 자신을 이기지 못하는 순간
순식간에 1등을 놓쳐 버리고 만다
방심하는 순간
모든 것을 빼앗기고 마는 것이다

(2012. 7. 5)

#00592. 사람들이 사람들 속에서 (1)

닿을 듯 말 듯
닿지 않는

인연

띄우고 띄워도
오지 않는

편지

사람들이 사람들 속에서
잊혀져 간다

사람들이 사람들 속에서
사라져 간다

닿을 듯 말 듯
닿지 않는

옷깃

띄우고 띄워도
오지 않는

엽서

사람들이 사람들 속에서
잊혀져 간다

사람들이 사람들 속에서
사라져 간다

(2012. 7. 6)

#00593. 사람들이 사람들 속에서 (2)

사람들이 사람들 속에서
잊혀져 가고

풀들이 풀들 속에서
잊혀져 간다

아……

다 함께 있지만 외롭다는 것이
바로 이런 것일까

아……

살아 있지만 죽은 듯한 기분이
바로 이런 것일까

사람들이 사람들 속에서
사라져 가고

꽃들이 꽃들 속에서
사라져 간다

(2012. 7. 7)

#00594. 성공한 사람

성공한 사람

그는 성공했기 때문에
행복했을 수도 있고

행복했기 때문에
성공했을 수도 있다

실패한 사람

그는 실패했기 때문에
불행했을 수도 있고

불행했기 때문에
실패했을 수도 있다

성공한 사람

그는 한때 수없이
실패했던 사람이었을 수도 있다

실패한 사람

그는 한때 수없이
성공했던 사람이었을 수도 있다

(2012. 7. 8)

#00595. 사람들이 사람들 속에서 (3)

풀들이 영롱한 풀빛을
미소처럼 머금었을 무렵

사람들이 사람들 속에서
기억되고 있었고

사람들이 사람들 속에서
잊혀지고 있었다

풀들이 풀들 속에서
기억되고 있었고

풀들이 풀들 속에서
잊혀지고 있었다

꽃들이 영롱한 오색 빛을
눈부시게 뿜어냈을 무렵

사람들이 사람들 속에서
나타나고 있었고

사람들이 사람들 속에서
사라지고 있었다

꽃들이 꽃들 속에서
나타나고 있었고

꽃들이 꽃들 속에서
사라지고 있었다

(2012. 7. 9)

#00596. 가고 싶은 길이 있다면

가고 싶은 길이 있다면
정말 가야 했지

문제가 있다면
정말 풀어야 했지

그렇지만 반드시
주어진 시간 안에

가고 싶은 길을 가야 했고
문제를 풀어야 했지

우리 인생도 주어진
100세 전후의 시간을 산다

머뭇거리기엔
삶의 속도가 너무 빠르다

그렇다
빠르고 정확한 결단이 필요하다

그리고
실천해야 한다

그것이 바로 지금
해야 할 일이다

가고 싶은 길이 있다면
정말 가야 했지

문제가 있다면
정말 풀어야 했지

(2012. 7. 10)

#00597. 시가 써지지 않을 때

마음이 어지러워
시가 써지지 않을 때

마치 밥 한 공기 비우듯
마음을 모두 비워 내니

비로소
시가 써졌다

머릿속이 복잡해서
시가 써지지 않을 때

마치 방 청소를 하듯
머릿속을 모두 쓸어 내니

비로소
시가 써졌다

(2012. 7. 11)

#00598. 모두 연결되어 있다

세상이 모두
연결되어 있다

공중에 걸려 있는
투명한 거미줄처럼

열린 우주를 향해 수없이 뻗어 있는
운명의 나뭇가지처럼

이 세상에서

저 세상으로

저 세상에서
이 세상으로

해와 달이 뜨고
해와 달이 지는 것처럼

지구 중심을 향해 수없이 뻗어 있는
숙명의 나무뿌리처럼

세상이 모두
연결되어 있다

(2012. 7. 12)

#00599. 마음을 모두 열어 보니

마음을 모두
창문처럼 활짝 열어 보니

그 순간

나는 세상이었고
세상은 나였다

아……

벅찬 감동이
밀물처럼 밀려왔다가

다시
썰물처럼 빠져나간다

어쩌면

나는
너였을지도 모르고

너는
나였을지도 모른다

마음을 모두
냄비 뚜껑처럼 활짝 열어 보니

그 순간

나는 세상이었고
세상은 나였다

(2012. 7. 13)

#00600. 하루의 느낌

한 숟가락
두 숟가락

밥을
떠먹는 것 같은 느낌의

하루

한 젓가락
두 젓가락

반찬을
집어 먹는 것 같은 느낌의

하루

한 송이
두 송이

꽃을
피우는 것 같은 느낌의

하루

한 편
두 편

시를
쓰는 것 같은 느낌의

하루

(2012. 7. 14)

#00601. 좋은 날

좋은 날

좋은 느낌이 있던 날

좋은 말을 서로 주고받던 날

좋은 꿈을 서로 나누던 날

좋을 수밖에 없던 날

좋았던 날

좋았다고 평생 추억할 날

좋은 날

(2012. 7. 15)

#00602. 바람이 세차게 불고

바람이 세차게 불고
꽃잎이 떨어지고 있었다

바람이 세차게 불어도
떨어지지 않는 꽃잎이 있었다

바람이 세차게 불고
나뭇잎이 떨어지고 있었다

바람이 세차게 불어도
떨어지지 않는 나뭇잎이 있었다

바람이 세차게 불고
열매가 떨어지고 있었다

바람이 세차게 불어도
떨어지지 않는 열매가 있었다

(2012. 7. 16)

#00603. 하나의 시가 깨어난다

시가
내 마음속 깊은 곳에
잠자는 숲속의 공주처럼
잠들어 있다

아무리 몸을
흔들어도 깨어나지 않는
100년의 깊은 잠

그 어떤 무엇이
잠든 시를 깨울 수 있을까

바람이 불고
풀들이 속삭인다

비가 오고
꽃들이 촉촉하다

잔잔한 감동이 밀려와
백마를 탄 왕자처럼
시에 입을 맞추면

잠들어 있는
수많은 시 중에서
하나의 시가 깨어난다

화면에 쏙쏙
별처럼 들어가 박히는
하나의 시가 깨어난다

(2012. 7. 17)

#00604. 꽃잎들

땅바닥에 떨어져
다닥다닥 붙어 있는 꽃잎들

어디에선가
바람이 거꾸로 불어온다

떨어진 꽃잎들이
하나둘씩 공중으로 떠올라

다시 한 송이
싱싱한 꽃이 되어

꽃나무에
하나둘씩 들어가 박힌다

빨간 꽃
파란 꽃

노란 꽃
하얀 꽃

그리고
눈부신 꽃

꽃은 그토록
아름답게 피어나기 위해

그렇게 떨어질 수밖에
없었던 것일까

꽃은
그렇게 떨어지기 위해

그토록 아름답게
피어 있던 것일까

어디에선가
고요한 바람 소리가 들린다

(2012. 7. 18)

#00605. 반짝거린다

비가 주룩주룩
몹시도 내린다

호수가 수면에서
반짝거린다

강이 수면에서
반짝거린다

땅이 바닥에서
반짝거린다

산이 산등성이에서
반짝거린다

하늘이 대기권에서
반짝거린다

우주가 마음속에서
반짝거린다

비가 주룩주룩
몹시도 내린다

(2012. 7. 19)

#00606. 눈부시게 아름답던

마음이 들여다보이는
두 개의 창

저마다 아름다운 눈빛들이

나를 훑고 지나간다

살아온 시간이 축적되어 있는
하나의 통로

저마다 아름다운 얼굴들이
내게 미소 짓고 지나간다

눈부시게 아름답던
그 어느 날

눈부시게 아름답던
그 어느 곳에서

(2012. 7. 20)

#00607. 마음을 담아

마음을 담아
무엇으로 표현하면 좋을까

마음을 담아
돈으로

마음을 담아
물건으로

마음을 담아
말로

마음을 담아
글로

마음을 담아

그림으로

마음을 담아
음악으로

마음을 담아
태도로

마음을 담아
그 무엇으로 표현하면 좋을까

(2012. 7. 21)

#00608. 지나간 하루

이미 지나간 하루를
절대로 되돌릴 수 없음을

하루를 다 보내고 나서야
다시 뼈저리게 느끼게 된다

깨뜨리고 싶어도
절대로 깨뜨릴 수 없는 법칙

절대로 되돌릴 수 없는
순간순간의 하루

하루하루가 모여
결국 사람의 인생이 된다

하루하루가 모여
결국 사람의 역사가 된다

(2012. 7. 22)

#00609. 시를 완성하기까지

요즘 들어
시가 잘 써지지 않아
한 편의 시를 완성하기까지
거의 6시간이 걸린다
적은 분량에 비해
소모되는 에너지와 시간이
상대적으로 너무 많은 것 같다
시라는 것이 결국
많은 생각들을 압축하고 또 압축하여
짧은 글의 형태로 표현하는 것이다 보니
오히려 길게 늘여서 쓰는 것보다
상대적으로 더 힘이 드는 것 같다
시를 쓴다는 것은
마치 큰 대리석을 갖다 놓고
많은 부분을 피와 땀으로 깎아 내며
공들여 조각하는 것과 같고
산문을 쓴다는 것은
마치 뼈대를 만들고
그 위에 찰흙을 계속 덧붙이며
공들여 만들어 가는 것과 같다
요즘 들어
머릿속에 잡념만 많아서 그런지
한 편의 시를 완성하기까지
정말 많은 시간이 걸린다

(2012. 7. 23)

#00610. 우주와 시

수많은 우주와 우주와
한 개의 주제

수많은 별과 별과
한 개의 소재

수많은 고민과 고민과
한 개의 시어

수많은 상념과 상념과
한 개의 행

수많은 상상과 상상과
한 개의 연

수많은 하루와 하루와
한 편의 시

(2012. 7. 24)

#00611. 무더운 날에

무더운 날에
매미가 큰소리로 울었다

무더운 날에
땀이 온몸에서 흘렀다

무더운 날에
바람이 전혀 불지 않았다

무더운 날에
사람들이 삼계탕을 먹었다

무더운 날에
사무실은 매우 시원했다

무더운 날에
매미가 다시 큰소리로 울었다

(2012. 7. 25)

#00612. 집채만 한 꽃

비바람처럼 몰아치는
눈부신 운명의 박쥐 떼

햇살처럼 쏟아지는
수많은 기회의 순간들

사방으로 팔방으로
순간의 향기가 물결처럼 퍼진다

집채만 한 꽃
어쩌면 안테나 같은 존재

집채만 한 꽃
어쩌면 확성기 같은 존재

나는
있다

어떤
흐름 속에

(2012. 7. 26)

#00613. 하루를 산다

나도 모르게

어느 한 영화의 주인공이 되어
하루를 산다

하루 또 하루

하루를 살고
하루를 외우고
하루를 연기하고
하루를 점수 매긴다

수많은 우리들의 약속들로
얼기설기 이어진
거미줄 같은 세상

그 속을 마구 뛰어다니는
길들여지지 않은
야생마 같은 소년

어쩌면 그저 반항만 했던
아무것도 모르는 사춘기 소년

아니

어쩌면 모든 것을 이미 알고 있었던
그래서 반항할 수밖에 없었던 사춘기 소년

그러나 하루하루를 살아가며
반항의 대상들은
점점 잊혀져 버리기도 한다

그러다 보면 하루하루를 살아가며
살아가는 그 자체가 중요해지기도 한다

마치

내가 지금
살고 있는 이 집이

전기 요금을 내야 전기가 들어오고
수도 요금을 내야 수도가 들어오고
가스 요금을 내야 가스가 들어오는 것처럼

그리고 죽을 때까지 내야만 하는
건강 보험료가 내게 주어져 있는 것처럼

그렇게

하루를 살고
하루를 외우고
하루를 연기하고
하루를 점수 매긴다

하루 또 하루

나도 모르게
어느 한 영화의 주인공이 되어
하루를 산다

(2012. 7. 27)

#00614. 고요한 아침

고요한 아침
컴퓨터를 켠다

아……

그를 알고
하루가 지났다

아……

그녀를 알고
하루가 지났다

아……

그들을 알고
하루가 지났다

아……

나를 알고
하루가 지났다

고요한 아침
컴퓨터를 켰다

(2012. 7. 28)

#00615. 고요한 밤

고요한 밤
컴퓨터를 켠다

음……

그를 알고
하루 같은 100년이 지났다

음……

그녀를 알고
하루 같은 100년이 지났다

음……

그들을 알고
하루 같은 100년이 지났다

음……

나를 알고
하루 같은 100년이 지났다

고요한 밤
컴퓨터를 켰다

(2012. 7. 29)

#00616. 하루를 찍어 낸다

우주에서
하루를 찍어 낸다

똑같은 모양과
똑같은 간격으로

연탄 공장 연탄처럼
하루를 찍어 낸다

주어진 하루를
하얗게 태우는 존재

검은 연탄이
하얀 연탄이 되는 것처럼

또는

너와 나의
똑같이 복제된 하루

우주에서 또
하루를 찍어 낸다

똑같은 모양과
똑같은 간격으로

(2012. 7. 30)

#00617. 사랑을 하려면

사랑을 하려면
공간이 있어야 하고

사랑을 하려면
시간이 있어야 하고

사랑을 하려면
존재가 있어야 하고

사랑을 하려면
만남이 있어야 하고

사랑을 하려면
마음이 있어야 하고

사랑을 하려면
평화가 있어야 하고

사랑을 하려면
에너지가 있어야 하고

사랑을 하려면
꿈이 있어야 한다

(2012. 7. 31)

#00618. 짝을 찾아서

짝을 찾기 위한
존재의 수없이 많은 실패

나는 진정 누구를 위하여
짝을 찾았던 것일까

세상에는 짝을 찾은 사람들과
짝을 찾지 못한 사람들이 있다

그러나

짝이 있다고 해서
무조건 행복한 것도 아니고

짝이 없다고 해서
무조건 불행한 것도 아니다

세상에는 짝을 찾으려는 사람들과
짝을 찾지 않으려는 사람들이 있다

그러나

내가 눈높이를 낮춘다고 해서
상대방이 눈높이를 낮추는 것도 아니며

상대방이 눈높이를 낮춘다고 해서
내가 눈높이를 낮추는 것도 아니다

짝을 찾기 위한
존재의 수없이 많은 실패

나는 진정 누구를 위하여
짝을 찾았던 것일까

(2012. 8. 1)

#00619. 두 존재의 마음

꿈은 그저
꿈으로만 남으려나

세상에는 혼자서도
충분히 가능한 일이 있고

혼자서는
도저히 불가능한 일이 있다

둘이서 해야만 하는 일을
하는 것이 꿈이라면

두 존재의 마음이
맞아야 한다

그렇게 하기 위해서
존재는 어디선가

마음이 맞는
존재를 찾아야 한다

어떻게 보면 쉬울 것 같은데
참 어렵기도 한 길

꿈은 그저
꿈으로만 남으려나

(2012. 8. 2)

#00620. 그런 인연인가

한순간 스치듯 지나가는
그런 인연인가

죽을 때까지 함께할
그런 인연인가

하루 또 하루
지나가고 지나가면

청춘은 애처롭게
세월 속에 묻혀 버리고

아름다운 추억으로만
그렇게 남을 것인가

생활이 무엇인지
살림이 무엇인지

나는 몰랐다
나는 몰랐다

한순간 스치듯 지나가는
그런 인연인가

죽을 때까지 함께할
그런 인연인가

(2012. 8. 3)

#00621. 그들만의 세상

세상 속에는 알 수 없는
그들만의 세상이 있었다

아무리 이해하려고 해도
도저히 이해할 수 없는

도저히 이해할 수 없어
아무도 이해하려고 하지 않는

미처 생각하지 못한
그런 우주 밖의 우주 같은 세상

그런……
세상 같은 세상이 있었다

세상 속에는 그렇게 알 수 없는
그들만의 세상이 있었다

(2012. 8. 4)

#00622. 다시 원점이네

돌고 또 돌고 나서
다시 원점이네

오르고 또 오르고 나서
다시 원점이네

흐르고 또 흐르고 나서
다시 원점이네

내리고 또 내리고 나서

다시 원점이네

돌고 또 돌고 나서
다시 원점이네

(2012. 8. 5)

#00623. 창작의 고통 (2)

창작을 하는 동안
창작의 고통이
나의 일부를
잔인하게 죽이고
또 죽이지만
창작이 끝나고 나면
창작의 기쁨이
나의 전부를
말끔하게 치유한다

(2012. 8. 6)

#00624. 마음을 열고 있소

제0의 사람이 바닥 높이에서
다른 이성에게 마음을 100% 열고 있소

제1의 사람이 1층 높이에서
다른 이성에게 마음을 70% 열고 있소

제2의 사람이 5층 높이에서
다른 이성에게 마음을 50% 열고 있소

제3의 사람이 10층 높이에서

다른 이성에게 마음을 30% 열고 있소

제4의 사람이 15층 높이에서
다른 이성에게 마음을 10% 열고 있소

제5의 사람이 20층 높이에서
다른 이성에게 마음을 5% 열고 있소

제6의 사람이 25층 높이에서
다른 이성에게 마음을 3% 열고 있소

제7의 사람이 30층 높이에서
다른 이성에게 마음을 1% 열고 있소

제∞의 사람이 ∞층 높이에서
다른 이성에게 마음을 0% 열고 있소

(2012. 8. 7)

#00625. 별과 시간

닭이 알을 낳듯
우주가 별을 낳고

닭이 알을 낳듯
우주가 시간을 낳는다

아기에게 젖을 주는 엄마처럼
우주가 별을 키우고

아기에게 젖을 주는 엄마처럼
우주가 시간을 키운다

(2012. 8. 8)

#00626. 더우니까

더우니까
매미 소리가 크다

더우니까
땀이 줄줄 흐른다

더우니까
물을 마시고 싶다

더우니까
움직이고 싶지 않다

더우니까
밖에 나가고 싶지 않다

더우니까
시원한 바람이 그립다

더우니까
매미 소리가 크다

(2012. 8. 9)

#00627. 쉽게 쓰자

너무 어렵게
쓰지 말고

0. 쉽게 쓰자
1. 쉽게 쓰자
2. 쉽게 쓰자
3. 쉽게 쓰자
4. 쉽게 쓰자
5. 쉽게 쓰자
6. 쉽게 쓰자
7. 쉽게 쓰자
∞. 쉽게 쓰자

(2012. 8. 10)

#00628. 톡톡톡

톡톡톡

새가 한바탕 지저귀다가
저 멀리 달아난다

톡톡톡

투명 지붕을 정신없이 쪼다가
저 멀리 달아난다

톡톡톡

언제 왔는지 모르게 왔다가
저 멀리 달아난다

톡톡톡

이제 겨우 정든 것 같은데
저 멀리 달아난다

톡톡톡

이제 막 다가서려고 했는데
저 멀리 달아난다

톡톡톡

새가 눈부시게 지저귀다가
저 멀리 달아난다

(2012. 8. 11)

#00629. 환상

어쩌면
눈앞에 보이는
모든 것들이
환상이었는지도 모른다

사람들은 저마다
다른 사람들에게 보여 줄
눈부신 환상을
만든다

사람들은 저마다
다른 사람들에게 보여 주지 않을
적나라한 현실을
만든다

어쩌면
눈앞에 보이지 않는
모든 것들이
현실이었는지도 모른다

정말
그랬는지도 모른다

(2012. 8. 12)

#00630. 지독한 더위

올여름 더위 한번
참 지독했구나

비가 밤새
한바탕 오고 나니

더위는 좀
수그러든 것 같고

매미는 여름이 가는 게 아쉬운지
저렇게 큰소리로 울고 있는데

지나간 여름날은 온통
땀으로만 기억되는구나

낮에도 땀이 주르르
밤에도 땀이 주르르

그래도 나름 부채를 부치며
견딜 수 있었지만

올여름 더위 한번
참 지독했구나

(2012. 8. 13)

#00631. 집이 있다

하늘
그 위에 집이 있다

산

그 위에 집이 있다

나무
그 위에 집이 있다

땅
그 위에 집이 있다

물
그 위에 집이 있다

동굴
그 속에 집이 있다

집
그 위에 집이 있다

(2012. 8. 14)

#00632. 자기 멋에 살다

이 세상을
살아간다는 것

까놓고 보면
별다를 것도 없이

저마다 그냥
자기 멋에 사는 것뿐이다

누구나 다
자기 기준에서 세상을 본다

그렇다

그럴 수밖에 없다

그게 세상이다
그게 바로 현실이다

이 현실을
살아간다는 것

까놓고 보면
별다를 것도 없이

저마다 그냥
자기 멋에 사는 것뿐이다

(2012. 8. 15)

#00633. 아름다운 지구

어디에서 왔는지도 모르게
이 세상에 왔다가

어디로 가는지도 모르게
이 세상을 떠난다

가장 확실한 것은
이 세상이 있다는 것

문득

올려다보는 하늘이
눈부시게 파랗고

우주에서

내려다보는 지구가
눈부시게 파랗다는 것

손으로 만져지는
신비로운 세상

아름다운
지구

(2012. 8. 16)

#00634. 바람이 잔다

숲속에서
바람이 잔다

흔들리던
나뭇잎 사이에서

아이처럼 뛰어놀던
바람이 잔다

구름 뒤에는
무지개가 숨어 있고

바다 끝에는
파도가 부서지고 있는데

그림 같은 하늘에는
새들이 눈부시게 날아간다

흔들리던
물결 그 위에서

아이처럼 뛰어놀던
바람이 잔다

물속에서
바람이 잔다

(2012. 8. 17)

#00635. 파리 날다

파리 날다
행주에서 돌연 죽다

구더기 꿈틀거리다
뙤약볕에 말라비틀어져 죽다

바퀴벌레 숨다
양변기 물에 빠져 죽다

모기 윙윙거리다
무더위에 지쳐 죽다

매미 울다
찬바람에 소리 없이 죽다

(2012. 8. 18)

#00636. 평범한 남자 얼굴

제0의 평범한 남자 얼굴이 다가오는데
눈 높은 한 여자가 그를 거절하더니 25세가 된다

제1의 평범한 남자 얼굴이 다가오는데

눈 높은 한 여자가 그를 거절하더니 30세가 된다

제2의 평범한 남자 얼굴이 다가오는데
눈 높은 한 여자가 그를 거절하더니 35세가 된다

제3의 평범한 남자 얼굴이 다가오는데
눈 높은 한 여자가 그를 거절하더니 40세가 된다

제4의 평범한 남자 얼굴이 다가오는데
눈 높은 한 여자가 그를 거절하더니 45세가 된다

제5의 평범한 남자 얼굴이 다가오는데
눈 높은 한 여자가 그를 거절하더니 50세가 된다

제6의 평범한 남자 얼굴이 다가오는데
눈 높은 한 여자가 그를 거절하더니 55세가 된다

제7의 평범한 남자 얼굴이 다가오는데
눈 높은 한 여자가 그를 거절하더니 60세가 된다

제∞의 평범한 남자 얼굴이 다가오는데
눈 높은 한 여자가 그를 거절하더니 100세가 된다

(2012. 8. 19)

#00637. 못생긴 여자 얼굴

제0의 못생긴 여자 얼굴이 다가오는데
평범한 한 남자가 그녀를 거절하더니 25세가 된다

제1의 못생긴 여자 얼굴이 다가오는데
평범한 한 남자가 그녀를 거절하더니 30세가 된다

제2의 못생긴 여자 얼굴이 다가오는데

평범한 한 남자가 그녀를 거절하더니 35세가 된다

제3의 못생긴 여자 얼굴이 다가오는데
평범한 한 남자가 그녀를 거절하더니 40세가 된다

제4의 못생긴 여자 얼굴이 다가오는데
평범한 한 남자가 그녀를 거절하더니 45세가 된다

제5의 못생긴 여자 얼굴이 다가오는데
평범한 한 남자가 그녀를 거절하더니 50세가 된다

제6의 못생긴 여자 얼굴이 다가오는데
평범한 한 남자가 그녀를 거절하더니 55세가 된다

제7의 못생긴 여자 얼굴이 다가오는데
평범한 한 남자가 그녀를 거절하더니 60세가 된다

제∞의 못생긴 여자 얼굴이 다가오는데
평범한 한 남자가 그녀를 거절하더니 100세가
된다

(2012. 8. 20)

#00638. 4차원 속의 매미

4차원 속의 매미가
시끄럽게 울고 있어서 그런지

어느 여름날과 여름날 사이
어느 어긋난 틈에서

눈부신 소리가
차갑게 새어 나온다

2차원 속의 매미가
시끄럽게 울고 있어서 그런지

어느 나무와 나무 사이
어느 신비한 공간에서

요란한 빛이
따갑게 새어 나온다

(2012. 8. 21)

#00639. 여름날의 파리

어느 불타는 여름날
그 뜨거운 열기 속에서

4차원 파리가
3차원으로 이동하고

3차원 파리가
2차원으로 이동한다

한 거인 같은 그림자는
거대한 파리채를 들고

3차원에서 2차원으로
빛보다 빠르게 이동한다

2차원에 갇힌 파리가
파리채에 맞아 기절하면

2차원 파리가 다시
4차원으로 이동한다

어느 불타는 여름날
그 뜨거운 열기 속에서

(2012. 8. 22)

#00640. 새로운 날의 기쁨

마음속의 그리움이
바람을 타고 일제히 솟아오르면

눈부신 시간은 빛을 밟고
줄달음질 치듯 내달리고

지난날의 아득함은
그림자를 따라 턱없이 길어지는데

가슴속의 슬픔을 미련 없이
새장 속의 새처럼 날려 보내니

새로운 날의 기쁨은
분수처럼 그렇게 자꾸만 샘솟는다

(2012. 8. 23)

#00641. 수많은 하루 (2)

눈 감으면
하늘에서 쏟아지는
수많은 하루

아득한
블랙홀 속으로
순식간에 빨려 들어간다

피어난 꽃
그 중심 어딘가에
참을 수 없는 쾌감이 있었고

떨어진 꽃
그 주변 어딘가에
알 수 없는 서글픔이 있었다

눈 뜨면
땅에서 솟아오르는
수많은 현재

펼쳐진
허허벌판 속으로
눈부시게 흩어져 버린다

(2012. 8. 24)

#00642. 고통스럽지 않은 일

시를 쓴다는 것은
전혀 고통스럽지 않은 일이다

다만

시가 마음대로
술술 써지지 않을 때마다

무척

고통스러운 일이라는 것을
다시 한 번 깨닫게 될 뿐이다

결국

시를 쓴다는 것은
전혀 고통스럽지 않은 일이다

(2012. 8. 25)

#00643. 아무것도 하지 않았는데

아……

나는
아무것도 하지 않았는데

바람이
바람처럼 분다

물이
물처럼 흐른다

아……

나는
아무것도 하지 않았는데

태양이
태양처럼 뜬다

비가
비처럼 온다

아……

나는
아무것도 하지 않았는데

하늘이
하늘처럼 있다

땅이
땅처럼 있다

그렇다

(2012. 8. 26)

#00644. 하루를 보낸다

때로는
아무런 생각도 없이
하루를 보낸다

그렇게 하루를
보낼 수 있는 날은 무척
편안하게 느껴진다

때로는
아무런 걱정도 없이
하루를 보낸다

그렇게 하루를
보낼 수 있는 날은 무척
행복하게 느껴진다

(2012. 8. 27)

#00645. 바람이 아주 세차게 불고

제0의 지점에서 제1의 지점으로

바람이 아주 세차게 불고
나무가 뿌리째 뽑혀 쓰러진다

제1의 지점에서 제2의 지점으로
바람이 아주 세차게 불고
건물 간판이 쿵 하고 떨어진다

제2의 지점에서 제3의 지점으로
바람이 아주 세차게 불고
바다가 몹시도 높이 일어난다

제3의 지점에서 제4의 지점으로
바람이 아주 세차게 불고
구름이 눈부시도록 빠르게 움직인다

제4의 지점에서 제5의 지점으로
바람이 아주 세차게 불고
꽃이 바닥의 바닥까지 눕는다

제5의 지점에서 제6의 지점으로
바람이 아주 세차게 불고
배가 거꾸로 뒤집힌다

제6의 지점에서 제7의 지점으로
바람이 아주 세차게 불고
담장이 힘없이 무너진다

제7의 지점에서 제∞의 지점으로
바람이 아주 세차게 불고
비가 엄청나게 쏟아진다

제∞의 지점에서 제∞의 지점으로
바람이 아주 세차게 불고
마음이 몹시도 어수선하다

(2012. 8. 28)

#00646. 세찬 바람이 지나가고

세찬 바람이 지나가고
주위가 고요하니
내 마음도 같이 고요하다

매미는 죽었다가 되살아난 듯
도시 그 어디쯤에서
다시 요란스럽게 울어 대고

어디서 공사를 하는지
두두두두
기계음이 온통 귓가에 가득하다

비행기는 굉음을 내며
주기적으로
집 위를 스치듯 지나가고

오토바이는 경적을 울리며
무작위로
집 앞을 눈부시게 지나간다

세찬 바람이 지나가고
주위가 그나마 고요하니
내 마음도 같이 고요하다

(2012. 8. 29)

#00647. 외로운 존재

어차피 사람이란
외로움을 피할 수 없는 존재

어차피 피할 수 없는 외로움이라면
즐겁고 행복한 외로움이고 싶다

혼자 있어도 여럿이 함께 있어도
마음 한구석이 텅 비어 외로운 것은

사람이라는 존재가 지구 위에
혼자서 두 발로 서 있기 때문일까

남자는 남자라서 외롭고
여자는 여자라서 외롭다

여자는 여자라서 다시 외롭고
남자는 남자라서 다시 외롭다

어차피 피할 수 없는 외로움이라면
즐겁고 행복한 외로움이고 싶다

(2012. 8. 30)

#00648. 꿈이 날아다닌다

꿈이 새처럼
공중을 날아다닌다

날고 날며
돌고 돌며

그렇게
자신의 힘으로

또는

그렇게
타인의 힘으로

날고 날며
돌고 돌며

꿈이 별처럼
우주를 날아다닌다

(2012. 8. 31)

#00649. 눈부시게 옮겨 간다

제0의 날에서 제1의 날로
시간이 눈부시게 옮겨 간다

제1의 날에서 제2의 날로
존재가 눈부시게 옮겨 간다

제2의 날에서 제3의 날로
공간이 눈부시게 옮겨 간다

제3의 날에서 제4의 날로
에너지가 눈부시게 옮겨 간다

제4의 날에서 제5의 날로
목표가 눈부시게 옮겨 간다

제5의 날에서 제6의 날로
방향이 눈부시게 옮겨 간다

제6의 날에서 제7의 날로
자원이 눈부시게 옮겨 간다

제7의 날에서 제∞의 날로
생각이 눈부시게 옮겨 간다

제∞의 날에서 제∞의 날로
마음이 눈부시게 옮겨 간다

(2012. 9. 1)

#00650. 별거 없소

어떻게 그런
아름다운 여자를 얻으셨소?

별거 없소
아름다운 여자가 그저 나를 좋아했을 뿐

어떻게 그런
잘생긴 남자를 얻으셨소?

별거 없소
잘생긴 남자가 그저 나를 좋아했을 뿐

어떻게 그런
돈 많은 아내를 얻으셨소?

별거 없소
돈 많은 여자가 그저 나를 좋아했을 뿐

어떻게 그런
돈 많은 남편을 얻으셨소?

별거 없소
돈 많은 남자가 그저 나를 좋아했을 뿐

별거 없소
별거 없소

진짜 진짜
별거 없소

(2012. 9. 2)

#00651. 운명 같은 지구

오……
아름다운 지구여

아……
운명 같은 지구여

나라는 나라마다 서로
다른 나라를 무척 그리워해서

그녀의 나라로
여행을 가 보고 싶어한다

그의 나라로
여행을 가 보고 싶어한다

비행기를 타고
배를 타고

기차를 타고
자동차를 타고

바다를 건너
대륙을 건너

오……
아름다운 지구여

아……
운명 같은 지구여

어쩌면
지구 같은 곳은

전 우주에서
오직 하나뿐일 것만 같다

아……
우리의 지구여

(2012. 9. 3)

#00652. 혼자와 둘의 차이

혼자서는 마음먹기에 따라
얼마든지 행복할 수 있다

하지만 둘이 같이 살게 될 경우
두 사람의 마음이 맞지 않으면
절대로 행복할 수 없다

서로에 대한 기대치와
서로의 현재 상태가 비슷하다면
어느 정도 행복할 수 있다

혼자서는 정말 마음먹기에 따라
얼마든지 행복할 수 있다

이것이 혼자 사는 사람과
둘이 사는 사람의 가장 큰 차이다

(2012. 9. 4)

#00653. 슬피 울었네

거울을 보지 못해 그랬는지
눈만 높은 30세의 새 한 마리
어느새 100세가 되어
하염없이 목 놓아 슬피 울었네

안 좋은 말만 들어 그랬는지
눈만 높은 35세의 새 한 마리
어느새 100세가 되어
하염없이 목 놓아 슬피 울었네

완벽한 이상형을 기다리려 그랬는지
눈만 높은 40세의 새 한 마리
어느새 100세가 되어
하염없이 목 놓아 슬피 울었네

완벽한 자유인이 되고 싶어 그랬는지
눈만 높은 45세의 새 한 마리
어느새 100세가 되어
하염없이 목 놓아 슬피 울었네

마땅한 짝이 없어서 그랬는지
눈만 높은 50세의 새 한 마리
어느새 100세가 되어
하염없이 목 놓아 슬피 울었네

원래부터 독신주의여서 그랬는지
눈만 높은 55세의 새 한 마리
어느새 100세가 되어
하염없이 목 놓아 슬피 울었네

(2012. 9. 5)

#00654. 오늘 하루

사과 같은 하루를
덥석 입에 물었다

새콤한 희망
달콤한 행복

별 같은 하루를
와락 가슴에 안았다

눈부신 성공
핑크빛 전율

애인 같은 하루를
문득 꿈속에서 만났다

뜨거운 사랑
황홀한 빅뱅

오……
오늘 하루여

(2012. 9. 6)

#00655. 나는 잘 모르겠다

아무리 생각해도 나는
나는 잘 모르겠다

세상의 말들 속에서
세상의 모습들 속에서

무엇이 진실이고

무엇이 진실이 아니었는지

드러난 것이 진실이었는지
드러나지 않은 것이 진실이었는지

감추어진 것이 진실이었는지
감추어지지 않은 것이 진실이었는지

아무리 생각해도 나는
나는 잘 모르겠다

(2012. 9. 7)

#00656. 사람이다 보니

사람이다 보니
사람처럼 살아야 했다

꽃이다 보니
꽃처럼 피어야 했다

풀이다 보니
풀처럼 자라야 했다

벌레다 보니
벌레처럼 지내야 했다

별이다 보니
별처럼 보여야 했다

숲이다 보니
숲처럼 우거져야 했다

사람이다 보니

사람처럼 다시 살아야 했다

(2012. 9. 8)

#00657. 부대끼다가

바람에 부대끼다가
깃발이 되었고

깃발에 부대끼다가
바람이 되었다

사람에 부대끼다가
별이 되었고

별에 부대끼다가
사람이 되었다

시간에 부대끼다가
공간이 되었고

공간에 부대끼다가
시간이 되었다

바다에 부대끼다가
파도가 되었고

파도에 부대끼다가
바다가 되었다

그랬다

(2012. 9. 9)

#00658. 그 사람의 시간

그 사람의 시간은
일주일이 하루다

이 사람의 시간은
한 시간이 하루다

하루에 한 번
서로 관심을 가지고 싶은데

그 사람은
일주일에 한 번 관심을 가지고

이 사람은
한 시간마다 관심을 가진다

그 사람은
그 사람의 세계에 있고

이 사람은
이 사람의 세계에 있다

다른 사람이 보면
두 사람은 같은 세계에 있지만

그 사람의 시간은
일주일이 하루다

이 사람의 시간은
한 시간이 하루다

(2012. 9. 10)

#00659. 수없이 많은 생각들

깊이 한숨을 내쉬는데
수없이 많은 새들이 나오고

급히 길을 걷는데
수없이 많은 나비들이 뒤따라온다

가만히 책을 읽는데
수없이 많은 여신들이 찾아오고

묵묵히 밥을 먹는데
수없이 많은 풀들이 자라난다

문득 머리를 긁적거리는데
수없이 많은 생각들이 떠오르고

천천히 하늘을 보는데
수없이 많은 시간들이 흘러간다

(2012. 9. 11)

#00660. 산산이 부서져

어느 날
어느 곳에서

우주와 별과 집이
산산이 부서져
한 줌의 먼지가 되어 버렸다

음……

사람과 나무와 꽃이

산산이 부서져
한 줌의 바람이 되어 버렸다

음……

시간과 꿈과 행복이
산산이 부서져
한 줌의 빛이 되어 버렸다

음……

어느 날
어느 곳에서

아……
그렇게

(2012. 9. 12)

#00661. 시가 필요할 때

시라는 것이 일상생활에 별로
필요없는 것이라고 느껴지기도 하지만
누군가에게는 꼭 필요한 것이기도 하다

시가 시 자체로서 돈을 벌 때
시 같은 문구로 광고 카피에서 성공할 때
시적인 대화체로 드라마가 성공할 때
시적인 이미지로 영화가 성공할 때
교과서에 넣어야 할 시를 찾을 때
시에 대해 가르쳐야 할 때
시에 대해 공부할 때
시에 대해 연구할 때
시에 관한 책을 쓸 때

시에 관한 문제를 낼 때
시가 시험에 나오고 그 답을 맞춰야 할 때
시로 사랑 고백을 하고 싶을 때
그림에 시를 새겨 넣고 싶을 때
돌에 시를 새겨 넣고 싶을 때
음악에 시를 넣고 싶을 때
무엇인가 짧은 글로 긴 여운을 전달하고 싶을 때
시 낭송을 해야 할 때
시집 한 권 손에 들고 왠지 시적으로 보이고
싶을 때
실내 장식을 위해 책장에 시집을 전시해 놓고
싶을 때
인기 있는 시집 몇 권 정도는 있어야 할 때
무엇인가 완곡하게 비판하고 싶을 때
무엇인가 시적으로 표현하고 싶을 때
시에 대해 이야기하고 싶을 때
시인에 대해 이야기하고 싶을 때
시를 읽고 싶을 때
시를 쓰고 싶을 때
시집을 출판하고 싶을 때
시인이 되고 싶을 때
시가 정말 재미있고 즐겁다고 느낄 때
시가 평상시 느끼지 못했던 색다른 감동을 줄 때
등등……

(2012. 9. 13)

#00662. 시를 쓴다 (1)

비행기가 거북처럼 기어가며
하늘에 굉음의 시를 쓰고

꽃이 흐드러지게 피어나며
길가에 미학의 시를 쓴다

오토바이가 여우처럼 꼬리 치며
도로에 곡예의 시를 쓰고

풀이 무성하게 솟아나며
들판에 생명의 시를 쓴다

모터보트가 바람처럼 달려가며
물 위에 파동의 시를 쓰고

나무가 눈부시게 자라나며
숲속에 휴식의 시를 쓴다

(2012. 9. 14)

#00663. 하루만이라도 더 빨리

아, 운명이여……

내가 이렇게 문득 홀로 맞이한
그 어떤 중요한 날보다

하루만이라도 더 빨리
겸손한 태도를 익혔더라면
정말 좋았을 텐데

하루만이라도 더 빨리
감사하는 마음을 가졌더라면
정말 좋았을 텐데

하루만이라도 더 빨리
인내의 가치를 알았더라면
정말 좋았을 텐데

하루만이라도 더 빨리

용서의 마법을 배웠더라면
정말 좋았을 텐데

하루만이라도 더 빨리
실천의 중요성을 깨달았더라면
정말 좋았을 텐데

하루만이라도 더 빨리
성공의 방법을 깨달았더라면
정말 좋았을 텐데

하루만이라도 더 빨리
행복의 비밀을 깨달았더라면
정말 좋았을 텐데

아, 운명이여……

(2012. 9. 15)

#00664. 채움과 비움

가득 차 있다는 것은
더 이상 무엇인가를
집어넣을 수 없다는 것이다

가득 차 있다 보면
낡은 것들이 더 낡아져 없어지고
어느 순간 텅 비어 버린다

텅 비어 있다는 것은
새로운 무엇인가를 더
집어넣을 수 있다는 것이다

텅 비어 있다 보면

새로운 것들이 더 들어와 쌓이고
어느 순간 가득 차게 된다

채우고 채우고
또 채우면
자꾸만 비워지고

비우고 비우고
또 비우면
자꾸만 채워진다

(2012. 9. 16)

#00665. 불타는 사랑

모든 사실을 부정할 수 있다 해도
나 하나의 존재는
땅 위에 있고 하늘 아래에 있다

우주 그 어디에선가
나 하나의 존재를
어떻게 바라볼지는 몰라도

내 발 밑에는 땅이 있고
내 머리 위에는 하늘이 있고
내 가슴속에는 불타는 사랑이 있다

(2012. 9. 17)

#00666. 말한다는 것

말한다는 것은

아무것도 없는 백지 같은 세상에
무엇인가를 던지는 것

도화지에 지워지지 않는 볼펜으로
무엇인가를 기록하는 것과 같은 것

말을 가슴으로 삼키고 있으면
절대 드러날 수 없는 것

말한다는 것은

마치 주문을 외우는 것처럼
사람들이 그 말에 집착하게 만드는 것

그래서 때로는
조용히 있어야만 하는 것

그래서 때로는
과감히 말해야만 하는 것

말한다는 것은

아무것도 없는 잔잔한 호수 위에
돌을 던지는 것

(2012. 9. 18)

#00667. 원래 그런 사람

원래 그런 사람,
원래 그랬던 사람
원래 습관이 몸에 배어 그런 사람
원래 자신의 힘으로 더 좋게 변해 가는 사람
원래 그래서 앞으로도 그럴 사람

그런 사람을 만나고 싶다

상대방이 앞으로 변할 것이라고 기대한다면
그에 대한 상처와 실망은 너무나도 크다
자신이 살아온 방식과 습관을 바꾼다는 것
자신의 생각과 말과 행동을 바꾼다는 것
그 얼마나 어려운 일인가

상대방이 좋은 방향으로 변하기를
그냥 마음속으로만 간절히 바라고 싶다
지금 있는 그대로의 모습을 그대로 받아들이고
싶다
내 스스로도 변하기가 이렇게 힘이 드는데
상대방을 변화시키기 위해 강요할 수는 없을 것
같다

상대방을 변화시켜야만 하는 것이
직업인 사람이라면 어쩔 수 없겠지만
어떤 규칙이나 법, 예절을 지키지 않아
사회적으로 큰 문제를 일으킨 것이 아니라면
상대방을 변화시키기 위해 강요할 수는 없을 것
같다

원래 그런 사람
원래 그랬던 사람
원래 습관이 몸에 배어 그런 사람
원래 자신의 힘으로 더 좋게 변해 가는 사람
원래 그래서 앞으로도 그럴 사람

그런 사람을 만나고 싶다

(2012. 9. 19)

#00668. 기쁨이 샘솟고 있소

제0의 기쁨이
나의 마음속에서 샘솟고 있소

제1의 기쁨이
너의 마음속에서 샘솟고 있소

제2의 기쁨이
우리의 마음속에서 샘솟고 있소

제3의 기쁨이
그의 마음속에서 샘솟고 있소

제4의 기쁨이
그녀의 마음속에서 샘솟고 있소

제5의 기쁨이
그들의 마음속에서 샘솟고 있소

제6의 기쁨이 다시
우리의 마음속에서 샘솟고 있소

제7의 기쁨이 다시
너의 마음속에서 샘솟고 있소

제∞의 기쁨이 다시
나의 마음속에서 샘솟고 있소

(2012. 9. 20)

#00669. 길

제0의 길이

시작부터 끝까지 나 있소

제1의 길이
입학부터 졸업까지 나 있소

제2의 길이
준비부터 합격까지 나 있소

제3의 길이
입사부터 퇴사까지 나 있소

제4의 길이
만남부터 이별까지 나 있소

제5의 길이
노력부터 행복까지 나 있소

제6의 길이
행복부터 성공까지 나 있소

제7의 길이
삶부터 죽음까지 나 있소

제∞의 길이
끝부터 시작까지 다시 나 있소

(2012. 9. 21)

#00670. 조각 같은 시간

사람들의 희망을
잡아먹고 사는 괴물

좋은 희망이든

나쁜 희망이든

가리지 않고 닥치는 대로
잡아먹고 사는 괴물

마음속에서 곧 사라져 버릴
외계인 같은 희망

눈앞에서 곧 사라져 버릴
UFO 같은 희망

사람들의 희망을
잡아먹고 사는 괴물

산산이 쪼개지는
조각 같은 시간

(2012. 9. 22)

#00671. 사랑이 빅뱅처럼

제0의 사랑이
빅뱅처럼 눈부시게 폭발하고 있소

제1의 사랑이
꽃처럼 화사하게 피어나고 있소

제2의 사랑이
함박눈처럼 하얗게 내리고 있소

제3의 사랑이
풀처럼 푸르게 자라나고 있소

제4의 사랑이

파도처럼 수없이 밀려오고 있소

제5의 사랑이
아이처럼 천진난만하게 달려오고 있소

제6의 사랑이
별처럼 아름답게 반짝거리고 있소

제7의 사랑이
소나기처럼 시원하게 쏟아지고 있소

제∞의 사랑이
빅뱅처럼 다시 눈부시게 폭발하고 있소

(2012. 9. 23)

#00672. 아무것도 없었을 때

우주가 생기기 전
아무것도 없었을 때

누군가가 온도계로
그때 그곳의 온도를 잴 수 있었다면

아마도 그곳은
무한대의 극저온이었을 것 같다

아무것도 없었으니까
온도도 없고 공간도 없었겠지만

태양처럼
뜨거운 것이 없었으니까

아마도 그곳은

무한대의 극저온이었을 것 같다

(2012. 9. 24)

#00673. 사라지던 곳

눈부신 태양이
밤이 오기 전에 사라지려고 할 때

귀여운 다람쥐가 도토리를 안고
날 보며 사라지던 곳

어느 공기 좋은 숲속
어느 키 큰 나무 뒤편이었을 것이다

빛나는 별이
아침이 오기 전에 사라지려고 할 때

작은 개미가 과자 부스러기를 물고
말없이 사라지던 곳

어느 평화로운 공원
어느 벤치 주변 보도블록 틈이었을 것이다

(2012. 9. 25)

#00674. 거울 속 세상

아무리 거울 위로
바람이 세차게 불어도

거울 속 세상은
전혀 움직이지 않는다

이쪽 세상에서
바람이 세차게 불면

나뭇잎들이 흔들리고
풀잎들이 흔들린다

나뭇잎 소리가 들리고
풀잎 소리가 들린다

저쪽 세상에서
바람이 세차게 불면

나뭇잎들이 조용하고
풀잎들이 조용하다

나뭇잎 소리가 들리지 않고
풀잎 소리가 들리지 않는다

아무리 거울 위로
바람이 세차게 불어도

거울 바깥 세상은
전혀 움직이지 않는다

(2012. 9. 26)

#00675. 무한함에 대해

우주가 무한하듯
시간도 무한하다

다만 사람의 생명이
무한하지 못할 뿐이다

그러나 사람은 이상하게도
시간이 무한한 것처럼 산다

오히려 그렇게 생각하며 사는 것이
행복한 것인지도 모른다

무한하다는 느낌
풍요롭다는 느낌

하지만 냉정하게도
시간은 자꾸만 흘러간다

(2012. 9. 27)

#00676. 있었고 없었다

그곳에

내가 있었고
꽃이 한 송이 피어 있었다

어느 순간

내가 없었고
꽃이 한 송이 지고 있었다

그곳에

내가 있었고
풀이 한 포기 자라 있었다

어느 순간

내가 없었고

풀이 한 포기 시들고 있었다

그곳에

내가 있었고
시간이 멈추어 있었다

어느 순간

내가 없었고
시간이 흐르고 있었다

(2012. 9. 28)

#00677. 오랜만에 찾은 고향

오랜만에 찾은 고향은
낯익은 사람 얼굴처럼 느껴졌고

그 옛날 수많은 추억들이
하나둘씩 마음속에 떠올랐다

오랜 세월이 지나며
그곳에는

원래 살던 사람들이
변함없이 살아가고 있었지만

낯선 사람들도
같이 그렇게 살아가고 있었다

오랜만에 찾은 고향은
낯익은 사람 뒷모습처럼 느껴졌고

그 옛날 숱한 추억들이
하나둘씩 머릿속에 떠올랐다

(2012. 9. 29)

#00678. 눈부신 사랑 (1)

눈부신 사랑이
가슴속에서 피어난다

수천 년의 추억을
꾹꾹 눌러 담아

한 송이의 꽃으로
한 잎의 새싹으로

황홀하게 피어나고
또 싱그럽게 피어난다

수천 년을
참고 또 참아 낸

눈부신
그대의 사랑이

(2012. 9. 30)

#00679. 오붓하게 둘이 있으면

세상 속에
덩그러니 혼자 있으면

왜 그런지

잘 모르겠지만

무엇인가 텅 빈 것 같은
느낌이 들고

세상 속에
오붓하게 둘이 있으면

왜 그런지
잘 모르겠지만

무엇인가 꽉 찬 것 같은
느낌이 든다

(2012. 10. 1)

#00680. 같이 있을 때

같이 있을 때
서로 말이 통하고

같이 있을 때
서로 마음이 통하고

같이 있을 때
서로 즐겁고

같이 있을 때
서로 편안하고

같이 있을 때
서로 사랑하고

같이 있을 때

서로 행복하고

같이 있을 때
서로 도와주고

같이 있을 때
서로 힘이 되어 주고

같이 있을 때 정말
서로 말이 통하고

같이 있을 때 정말
서로 마음이 통하는

그런 사람
어디 없나요

(2012. 10. 2)

#00681. 우리는

우리는

떨어져 있어도
하나이고

같이 있어도
하나이다

우리는

서로 달라도
하나이고

서로 같아도
하나이다

우리는

서로 싸워도
하나이고

서로 사랑해도
하나이다

우리는

다시 떨어져 있어도
하나이고

다시 같이 있어도
하나이다

우리는

(2012. 10. 3)

#00682. 나뭇잎이 떨어지고 있소

제0의 나뭇잎이
마음속에서 떨어지고 있소

제1의 나뭇잎이
마음 밖으로 떨어지고 있소

제2의 나뭇잎이
마음 밖에서 떨어지고 있소

제3의 나뭇잎이
길 위로 떨어지고 있소

제4의 나뭇잎이
길가에서 떨어지고 있소

제5의 나뭇잎이
길 위로 떨어지고 있소

제6의 나뭇잎이
마음 밖에서 떨어지고 있소

제7의 나뭇잎이
마음속으로 떨어지고 있소

제∞의 나뭇잎이
마음속에서 떨어지고 있소

(2012. 10. 4)

#00683. 짧은 여행

하루하루가
내게는
짧은 여행이었다

아침에 일어나서
밤에 잠들기 전까지
눈앞에 펼쳐졌던 모든 순간들이

돌이켜 보면
하나둘씩
마음속에서 아름다운 별이 되고

마음은
하루의 기억을 더듬으며
눈부신 밤하늘이 된다

하루하루가
내게는 정말
짧은 여행이었다

(2012. 10. 5)

#00684. 유리 지붕

탁
탁
탁

유리 지붕을
새 한 마리가 쪼다가 간다

탁
탁
탁

유리 지붕에
새가 머리를 부딪히고 간다

탁
탁
탁

유리 지붕에
새가 발톱을 부딪히고 간다

탁

탁
탁

유리 지붕에
새가 잠깐 내려앉았다가 간다

탁
탁
탁

유리 지붕을
새 한 마리가 다시 쪼다가 간다

(2012. 10. 6)

#00685. 함께 걷던 그 길

사랑하는 사람과
함께 걷던 그 길은
정말
무척이나 아름다웠네

삭막하게 느껴졌던 도시의 거리도
사랑하는 사람과 함께 있으면
정말
마법처럼 아름답게 느껴졌네

손을 꼭 붙잡고
서로의 보조를 맞추며
같은 곳을 향하여 걷던
바로 그 길

사랑하는 사람과
함께 걷던 그 길은

정말
무척이나 아름다웠네

(2012. 10. 7)

#00686. 행함과 행하지 않음

하루에 한 방울씩이라도
끊임없이 떨어진다는 것

그 어딘가에서 흘러와
매번 같은 곳을 향하여

항상 한결같이
눈부시게 황홀한 설렘으로

아……
그렇게 백만 년 천만 년

시간이 흐르고 또
흐른다면

아무리 단단한 바위라도
결국 구멍이 난다

아……
그렇게

무엇인가를 행함과
행하지 않음은

시간이 갈수록
엄청난 차이를 만드는구나

(2012. 10. 8)

#00687. 책을 읽고

제0의 책을 읽고
A라는 사람은 B가 되었소

제1의 책을 읽고
B라는 사람은 C가 되었소

제2의 책을 읽고
C라는 사람은 D가 되었소

제3의 책을 읽고
D라는 사람은 E가 되었소

제4의 책을 읽고
E라는 사람은 F가 되었소

제5의 책을 읽고
F라는 사람은 G가 되었소

제6의 책을 읽고
G라는 사람은 H가 되었소

제7의 책을 읽고
H라는 사람은 I가 되었소

제∞의 책을 읽고
I라는 사람은 진정한 A가 되었소

(2012. 10. 9)

#00688. 누군가 나를

누군가 나를

읽었다

누군가 나를
몰래 숨어서 읽었다

누군가 나를
읽고 갔다

누군가 나를
모두 읽고 갔다

누군가 나를
훑고 지나갔다

누군가 나를
모두 훑고 지나갔다

누군가 나를
빨아먹고 갔다

누군가 나를
모두 빨아먹고 갔다

누군가 나를
가지고 갔다

누군가 나를
모두 가지고 갔다

누군가 나를
훔쳐 갔다

누군가 나를
모두 훔쳐 갔다

누군가 나를
읽었다

누군가 나를
몰래 숨어서 또 읽었다

(2012. 10. 10)

#00689. 남자의 마음

제0의 가을이 다가와
남자의 마음이 허전하오

제1의 가을이 다가와
남자의 마음이 추풍낙엽이오

제2의 가을이 다가와
남자의 마음이 단풍잎이오

제3의 가을이 다가와
남자의 마음이 문학 소년이오

제4의 가을이 다가와
남자의 마음이 짝사랑이오

제5의 가을이 다가와
남자의 마음이 눈물이오

제6의 가을이 다가와
남자의 마음이 사막이오

제7의 가을이 다가와
남자의 마음이 허허벌판이오

제∞의 가을이 다가와
남자의 마음이 역시 허전하오

(2012. 10. 11)

#00690. 스치듯 지나가며

A라는 사람이 그를
스치듯 지나가며 웃었소

B라는 사람이 그를
스치듯 지나가며 화를 냈소

C라는 사람이 그를
스치듯 지나가며 울었소

D라는 사람이 그를
스치듯 지나가며 무표정했소

E라는 사람이 그를
스치듯 지나가며 시무룩했소

F라는 사람이 그를
스치듯 지나가며 미소 지었소

G라는 사람이 그를
스치듯 지나가며 욕을 했소

H라는 사람이 그를
스치듯 지나가며 침을 뱉었소

I라는 사람이 그를
스치듯 지나가며 침묵했소

(2012. 10. 12)

#00691. 사랑은 (2)

사랑은

좋아하고 싶은 것만
좋아할 수 있는 것은 아니었다

좋지 않은 것이 있어도
좋아할 수 있어야만 하는 것이었다

사랑은

그냥 가만히 있어도
저절로 느껴지는 것만은 아니었다

무엇이든 말하고 행동해서
느끼도록 만들어야만 하는 것이었다

사랑은

상대방의 모든 것을 다
가져야만 하는 것은 아니었다

상대방의 소중한 것을 아껴 주고
지켜 줄 수 있어야만 하는 것이었다

(2012. 10. 13)

#00692. 이쪽에 서 있으니

이쪽에 서 있으니
저쪽이 잘 보일 것이고

저쪽에 서 있으니

이쪽이 잘 보일 것이다

같은 시간 속에서

이쪽에 서 있으니
저쪽이 정말 잘 보이고

저쪽에 서 있으니
이쪽이 정말 잘 보인다

같은 시간 속에서

이쪽에 서 있으니
저쪽이 역시 잘 보였고

저쪽에 서 있으니
이쪽이 역시 잘 보였다

(2012. 10. 14)

#00693. 한동안 떨어져 있어도

한동안 떨어져 있어도
서로 말이 통하고

한동안 떨어져 있어도
서로 마음이 통하고

한동안 떨어져 있어도
서로 즐겁고

한동안 떨어져 있어도
서로 편안하고

한동안 떨어져 있어도
서로 사랑하고

한동안 떨어져 있어도
서로 행복하고

한동안 떨어져 있어도
서로 도와주고

한동안 떨어져 있어도
서로 힘이 되어 주고

한동안 떨어져 있어도 정말
서로 말이 통하고

한동안 떨어져 있어도 정말
서로 마음이 통하는

그런 사람
어디 없나요

(2012. 10. 15)

#00694. 사랑이 마음속에서

제0의 사랑이 마음속에서
눈부시게 꿈틀거리고 있소

제1의 사랑이 나뭇가지 끝에서
황홀하게 흔들거리고 있소

제2의 사랑이 깃발 끝에서
힘차게 펄럭거리고 있소

제3의 사랑이 꽃잎 위에서
부드럽게 하늘거리고 있소

제4의 사랑이 파도 위에서
요염하게 춤추고 있소

제5의 사랑이 밤하늘 속에서
아름답게 빛나고 있소

제6의 사랑이 아이스크림 속에서
달콤하게 녹아들고 있소

제7의 사랑이 수도꼭지에서
시원하게 쏟아지고 있소

제∞의 사랑이 마음속에서 다시
눈부시게 꿈틀거리고 있소

(2012. 10. 16)

#00695. 시인이 시를 썼소

A 지점의 시인이 제0의 날에
무엇에 대한 시를 썼소

B 지점의 시인이 제1의 날에
무엇에 대한 시를 어렵게 썼소

C 지점의 시인이 제2의 날에
무엇에 대한 시를 생각 없이 썼소

D 지점의 시인이 제3의 날에
무엇에 대한 시를 다시 썼소

E 지점의 시인이 제4의 날에
무엇에 대한 시를 야릇하게 썼소

F 지점의 시인이 제5의 날에
무엇에 대한 시를 말없이 썼소

G 지점의 시인이 제6의 날에
무엇에 대한 시를 또다시 썼소

H 지점의 시인이 제7의 날에
무엇에 대한 시를 쉽게 썼소

I 지점의 시인이 제∞의 날에
무엇에 대한 시를 끝없이 썼소

(2012. 10. 17)

#00696. 깊고 깊은 곳의 나

내면의
깊고 깊은 곳의 나

내가 기억하지 못하는
수많은 시간과 공간 속의 나

또는

내가 기억할 수 있는
지금 이곳의 나

어쩌면

수백 년 동안 나무에서 떨어진
나뭇잎 같은 나

바람이 불어와 어디론가 날아가 버린
나뭇잎 같은 나

또는

날아가지 못해 그렇게 쌓여 있는
나뭇잎 같은 나

내가 기억할 수 있는
지금 이곳의 나

또는

내가 기억하지 못하는
수많은 시간과 공간 속의 나

내면의
깊고 깊은 곳의 나

(2012. 10. 18)

#00697. 살아 있는 그림

펼쳐진
공간 속으로

나무는
수많은 손을 뻗는다

어느 화가의 마법 같은 붓끝으로
그려지는 그림처럼

나무는
스스로를 창조하고

산속에서
숲속에서

또는
도시의 거리와 공원에서

한 폭의
살아 있는 그림이 된다

(2012. 10. 19)

#00698. 사람들이 돌아간다

사람들이 돌아간다
돌아가고 있다

분주했던 이곳
그 어느 거리에서

사람들은 저마다
돌아갈 곳이 있어 보인다

어둑어둑해진
골목길 끝 어딘가에서

밝아오는
새벽 그 어디쯤에서

사람들이 돌아간다
돌아가고 있다

(2012. 10. 20)

#00699. 시간이 갔다

나의 시간이 가고
너의 시간이 갔다

그의 시간이 가고
그녀의 시간이 갔다

그들의 시간이 가고
그들 아닌 그들의 시간이 갔다

소년의 시간이 가고
소녀의 시간이 갔다

우리의 시간이 가고
우리 아닌 우리의 시간이 갔다

다시

나의 시간이 가고
너의 시간이 갔다

(2012. 10. 21)

#00700. 우주의 탄생

누군가
우주의 탄생을 봤다면

그것은 아마도
지독한 눈부심이었을 것이다

차마 눈 뜨고 볼 수 없는
그런 눈부심

여신의 하얀 속살 같은
그런 눈부심

팝콘처럼
팝, 팝, 팝, 터지는

하얀 꽃잎 같은
그런 눈부심

달빛처럼
환, 하, 게, 드러나는

황홀한 고백 같은
그런 눈부심

누군가
사랑의 탄생을 봤다면

그것은 아마도
찬란한 눈부심이었을 것이다

(2012. 10. 22)

#00701. 날마다 (2)

날마다
기쁨이 샘솟는 시

날마다
해처럼 떠오르는 시

날마다
꽃처럼 피어나는 시

날마다
새처럼 지저귀는 시

날마다
손님처럼 찾아오는 시

날마다
폭포처럼 쏟아지는 시

날마다
화산처럼 폭발하는 시

날마다
폭죽처럼 터지는 시

날마다
샘처럼 솟아나는 시

날마다
행복이 샘솟는 시

(2012. 10. 23)

#00702. 자꾸 생각나지만

자꾸 생각나지만
그저 아득하고 잔잔하기를

자꾸 보고 싶지만
그저 행복한 마음이기를

자꾸 설레지만
그저 아름다운 추억이기를

자꾸 만나고 싶지만
그저 즐거운 상상이기를

자꾸 참아야 하지만
그저 애틋한 감정이기를

자꾸 또 생각나지만
그저 아득하고 잔잔하기를

(2012. 10. 24)

#00703. 마음을 닫으니

마음을 닫으니
내 안의 세계는 조용했지만
그 크기는 시간이 갈수록
한없이 작아져만 갔고
상대적으로
바깥 세계는 한없이 커져만 갔다

마음을 여니
내 안의 세계는 시끄러웠지만
그 크기는 시간이 갈수록
한없이 커져만 갔고
상대적으로
바깥 세계는 한없이 작아져만 갔다

(2012. 10. 25)

#00704. 나를 비운다

마음을 비우고
세상을 본다

세상을 보고
세상을 느낀다

세상을 느끼고
눈을 감는다

눈을 감고
마음을 느낀다

마음을 느끼고
마음을 본다

마음을 보고
마음을 느낀다

마음을 느끼고
눈을 뜬다

눈을 뜨고
세상을 느낀다

세상을 느끼고
세상을 본다

세상을 보고
마음을 비운다

마음을 비우고
나를 비운다

(2012. 10. 26)

#00705. 마음을 보는데

마음을 보는데
마음속에서
사랑이 불타오른다

사랑이 불타오르는데
눈동자 속에는
해맑게 웃는 사람이 있다

해맑게 웃는 사람이 있는데
눈동자 속에서
사랑이 불타오른다

사랑이 불타오르는데
마음속에서
눈부신 추억이 떠오른다

(2012. 10. 27)

#00706. 가까운 데만 보고 사니

가까운 데만 보고 사니
가까운 데만 잘 보이고

먼 데만 보고 사니
먼 데만 잘 보인다

어두운 데만 보고 사니
어두운 데만 잘 보이고

밝은 데만 보고 사니
밝은 데만 잘 보인다

아래쪽만 보고 사니
아래쪽만 잘 보이고

위쪽만 보고 사니
위쪽만 잘 보인다

(2012. 10. 28)

#00707. 어제의 바람이 분다

가만히 공원 벤치에
앉아 있는데

문득
어제의 바람이 분다

가을 향기가
물씬 묻어나던 단풍잎의 추억

아득한 기억 속
저편 어딘가에서

하루 종일
가을비는 내리고 있었다

어떤 순간이었을까
어떤 곳이었을까

비는
끝없이 쏟아지는데

어느 한 연인은
같은 우산 속에 있었고

둘의 시간은
잠시 멈춰져 있었다

가만히 공원 벤치에
앉아 있는데

문득
어제의 바람이 다시 분다

(2012. 10. 29)

#00708. 여기에 서 있다

나는
여기에 서 있다

여기는
높은 곳 그 어디쯤이다

문득
어깨 위에 내린

햇살의 그 느낌은
연인의 손길처럼 사랑스럽지만

유리벽 너머에는
찬바람이 세차게 불고 있다

높은 빌딩 숲 그 어디쯤
나는 서 있는데

이쪽 유리벽에서
저쪽 유리벽으로

수많은 생각이 자꾸만
아슬아슬한 외줄 타기를 한다

여기는
높은 곳 그 어디쯤이다

나는
그곳에 서 있다

(2012. 10. 30)

#00709. 똑, 똑, 똑

한 편의 시가
물방울처럼 떨어진다

똑
똑
똑

추운 겨울
얼지 말라고 틀어 놓은

그 수도꼭지 끝에서
떨어지는 물방울처럼

똑
똑
똑

한 편의 시가
떨어진다

시인의 눈물처럼

사랑과 평화를 모두 담아

똑
똑
똑

가슴 뜨겁게
떨어진다

투명한
세상의 원고지 위로

똑
똑
똑

한 편의 시가
떨어진다

(2012. 10. 31)

#00710. 어쩌면 오늘이

어쩌면 오늘이
당연한 하루일지도 모르지만
어떻게 보면
특별한 하루일지도 모른다

어쩌면 오늘이
무의미한 하루일지도 모르지만
어떻게 보면
소중한 하루일지도 모른다

어쩌면 오늘이

재미없는 하루일지도 모르지만
어떻게 보면
즐거운 하루일지도 모른다

어쩌면 오늘이
힘든 하루일지도 모르지만
어떻게 보면
행복한 하루일지도 모른다

어쩌면 오늘이
낡은 하루일지도 모르지만
어떻게 보면
새로운 하루일지도 모른다

(2012. 11. 1)

#00711. 물고기 속에 물고기

빨간색 물고기 속에
주황색 물고기

주황색 물고기 속에
노란색 물고기

노란색 물고기 속에
초록색 물고기

초록색 물고기 속에
파란색 물고기

파란색 물고기 속에
남색 물고기

남색 물고기 속에

보라색 물고기

보라색 물고기 속에
빨간색 물고기……

(2012. 11. 2)

#00712. 개미 밑에 코끼리

엄청 큰 개미 밑에
엄청 작은 코끼리

엄청 작은 코끼리 밑에
엄청 큰 모기

엄청 큰 모기 밑에
엄청 작은 고래

엄청 작은 고래 밑에
엄청 큰 하루살이

엄청 큰 하루살이 밑에
엄청 작은 하마

엄청 작은 하마 밑에
엄청 큰 개구리

엄청 큰 개구리 밑에
엄청 작은 코뿔소

엄청 작은 코뿔소 밑에
엄청 큰 개미……

(2012. 11. 3)

#00713. 숲 옆에 숲

빨간색 숲 옆에
주황색 숲

주황색 숲 옆에
노란색 숲

노란색 숲 옆에
초록색 숲

초록색 숲 옆에
파란색 숲

파란색 숲 옆에
남색 숲

남색 숲 옆에
보라색 숲

보라색 숲 옆에
빨간색 숲……

(2012. 11. 4)

#00714. 한 사람의 꿈

한 사람의
꿈

아……

두 사람의
꿈

아……

세 사람의
꿈

아……

네 사람의
꿈

아……

다섯 사람의
꿈

아……

여섯 사람의
꿈

아……

일곱 사람의
꿈

아……

여덟 사람의
꿈

아……

꿈
꿈
꿈

다시

아……

한 사람의
꿈……

(2012. 11. 5)

#00715. 어느 날이었을까

어느 날이었을까

눈보라 몰아치듯
앞이 잘 보이지 않았고

비바람 몰아치듯
사방이 아수라장이었다

어느 날이었을까

따뜻한 겨울용 이불처럼
햇살이 땅을 뒤덮었고

커다란 우윳빛 커튼처럼
구름이 강을 뒤덮었다

어느 날이었을까

낮이면 하늘색 도화지에
눈부신 꿈을 그렸고

밤이면 검은색 도화지에
찬란한 꿈을 그렸다

어느 날이었을까

끈질긴 노력은 어느새
성공이 되었고

간절한 꿈은 어느새
현실이 되었다

(2012. 11. 6)

#00716. 시 한 편에

시 한 편에
세상을 담고

사진 한 장에
감동을 담고

그림 한 폭에
꿈을 담고

소설 한 편에
인생을 담고

영화 한 편에
즐거움을 담고

요리 한 접시에
정성을 담고

밥 한 공기에
마음을 담고

다시

시 한 편에
세상을 담네

(2012. 11. 7)

#00717. 시가 참 시다

오랜만에 맛본
시가 참 시다

오렌지처럼
레몬처럼

참
시다

눈꺼풀이 파르르
떨린다

입안에 침이 막
고인다

오렌지 같은
시집

레몬 같은
시집

오랜만에 맛본
시가 참 시다

(2012. 11. 8)

#00718. 같은 시간과 공간 (1)

있다
움직인다

같이 있다
같이 움직인다

둘은
둘이면서 하나였고

하나는
하나면서 둘이었다

아……
그렇게

같은 시간
같은 공간 속에

있다
움직인다

같이 있다
같이 움직인다

(2012. 11. 9)

#00719. 같은 시간과 공간 (2)

없다
움직이지 않는다

서로 없다

서로 움직이지 않는다

둘은
하나면서 없었고

하나는
둘이면서 없었다

아……
그렇게

같은 시간
같은 공간 속에

없다
움직이지 않는다

서로 없다
서로 움직이지 않는다

(2012. 11. 10)

#00720. 같은 시간과 공간 (3)

어쩌면

있는 것도 아니었고
없는 것도 아니었다

움직이는 것도 아니었고
움직이지 않는 것도 아니었다

같이 있는 것도 아니었고
혼자 있는 것도 아니었다

둘이 둘인 것도 아니었고
둘이 하나인 것도 아니었다

하나가 하나인 것도 아니었고
하나가 둘인 것도 아니었다

아……
그렇게

같은 시간
같은 공간 속에

어쩌면

있는 것도 아니었고
없는 것도 아니었다

움직이는 것도 아니었고
움직이지 않는 것도 아니었다

(2012. 11. 11)

#00721. 아파하지 말아야지

다른 사람을
사랑했던 적이 있냐고
묻지 말아야지

다른 사람을
사랑했다고 해도
아파하지 말아야지

다른 사람을
사랑하고 있냐고

묻지 말아야지

다른 사람을
사랑하고 있다고 해도
아파하지 말아야지

다른 사람을
사랑할 것이냐고
묻지 말아야지

다른 사람을
사랑할 것이라고 해도
아파하지 말아야지

(2012. 11. 12)

#00722. 없음에서 있음으로

없음에서 있음으로
(0 ▷ 1)

있음에서 무한대로
(1 ▷ ∞)

무한대에서 무한대로
(∞ ▷ ∞)

무한대에서 있음으로
(∞ ▷ 1)

있음에서 없음으로
(1 ▷ 0)

없음에서 없음으로

(0 ▷ 0)

없음에서 다시 있음으로⋯⋯
(0 ▷ 1)

(2012. 11. 13)

#00723. 그는 살아 있다

고단한 하루를 보내다가
문득 눈을 감는다

내면으로 스며드는
몸과 마음의 소리

몸속에서
심장이 뛰는 소리가 들린다

마음속에서
별들이 반짝이는 소리가 들린다

그는
살아 있다

그의 꿈도
살아 있다

아⋯⋯
그렇구나

4차원 속을 헤매다가
문득 눈을 뜬다

(2012. 11. 14)

#00724. 행복한 마음속에

행복한 마음속에 놓인
꿈 하나

꿈같은 세상 속에 놓인
성공 하나

성공의 눈부심 속에 놓인
노력 하나

노력과 인내 속에 놓인
행복 하나

행복한 마음속에 놓인
꿈 하나……

(2012. 11. 15)

#00725. 햇살이 따사롭다

벌판 같은 피부 위로
바람이 분다

이어

갈대 같은 털들이
바람에 흔들린다

아아

흔들리고 있는
사진 속의 갈대숲

으음

저 멀리
해가 떠오르고 있다

문득

사막 같은 등 위로
햇살이 따사롭다

(2012. 11. 16)

#00726. 시가 좋아서 (2)

시가 무엇인지
잘 모른다

시가 무엇인지
잘 몰랐고

왠지 모르게
그냥 시가 좋았다

시가 좋아서
시를 찾아 읽었고

시가 좋아서
시집을 사서 읽었고

시가 좋아서
시인을 존경했고

시가 좋아서
시를 썼다

시가 무엇인지 정말
잘 몰랐다

그래서
시가 좋았나 보다

아……
정말로 정말로

시가 무엇인지 아직도
잘 모르겠다

(2012. 11. 17)

#00727. 꿈이 있기에

꿈을 향해
나아가는 하루

꿈이 있기에
하루를 견딜 수 있다

정말 힘들어 죽겠고
또 죽겠어도

지금보다는
더 나은 날이 올 것이다

아……
어쩌면

지금보다는
더 나은 날이 올 수 있도록

온갖 정성을 다해
열심히 노력해야 할 것이다

꿈을 향해
나아가는 하루

꿈이 있기에
하루를 견딜 수 있다

(2012. 11. 18)

#00728. 시간이 갈수록

시간이 갈수록
세상이 자꾸 변하고 있다

시간이 갈수록
세상이 더 빨리 변하고 있다

버려야 할 것이 있다면
과감히 버려야겠다

지켜야 할 것이 있다면
확고히 지켜야겠다

배워야 할 것이 있다면
열심히 배워야겠다

시간이 갈수록
세상이 자꾸 변하고 있다

시간이 갈수록
세상이 더 빨리 변하고 있다

(2012. 11. 19)

#00729. 길을 걷는다

나뭇잎이
다 떨어졌다

어느 날
어느 거리

나뭇잎을 밟으며
길을 걷는다

나무는 추워서
벌거벗고 있었고

소녀는 추워서
털목도리를 하고 있었다

가을 어느 날
서울 어느 거리

나뭇잎들이
길바닥에 참 많다

사람을 태운 버스가
부웅 지나간다

어디에선가
불어오는 바람

나뭇잎을 밟으며
길을 다시 걷는다

(2012. 11. 20)

#00730. 봄, 봄, 봄

눈을 감고 있는데
마음속으로 사랑이 스며든다

마음속에서
온몸으로 번지는 사랑

사랑은
아랫목처럼 따뜻하다

추운 겨울이 막
오려고 하면

나무는 살아남기 위해
누가 시키지 않아도

자신의 이파리를
모두 버리고

혹독한 추위를 견디며
눈부신 봄을 꿈꾼다

봄
봄
봄

봄은 꽃처럼 화사하고
꿀처럼 달콤하다

봄
봄
봄

아, 올려다보는 하늘이

유독 높고 파랗다

(2012. 11. 21)

#00731. 시간이 간다

그냥 나무처럼
가만히 있는데
시간이 간다

시간이 가는데
그냥 나무처럼
가만히 있는다

바람이 불어오고
구름이 지나가고
눈이 내리고
해가 떠오른다

가만히 있어야 할 때라면
그냥 나무처럼 있으면 된다

가만히 있지 말아야 할 때라면
그냥 새처럼 날아다니면 된다

그냥 새처럼
날아다니고 있는데
시간이 간다

시간이 가는데
그냥 새처럼
날아다니고 있다

안개가 끼고

이슬이 맺히고
비가 내리고
해가 떠오른다

해가
다시 떠오른다

(2012. 11. 22)

#00732. 노력

노력했던 어제가 있었기에
오늘이 조금은 다르다

노력했던 오늘이 있었기에
내일이 조금은 다를 것이다

노력할 내일이 있기에
앞날이 정말 많이 다를 것이다

(2012. 11. 23)

#00733. 어느새 지나간다 (1)

누구나
힘든 순간이 온다

힘든 순간이 오면
정말 힘들다

힘든 순간을
힘들다고만 생각하면

힘든 순간이
더욱 더 힘들다

힘든 순간은

참다 보면
어느새 지나가고

꿈꾸다 보면
어느새 지나가고

노력하다 보면
어느새 지나간다

그러다 보면 어느새
좋은 순간이 온다

(2012. 11. 24)

#00734. 어느새 지나간다 (2)

누구나
좋은 순간이 온다

좋은 순간이 오면
정말 좋다

좋은 순간을
좋다고만 생각하면

좋은 순간은
그저 좋은 순간이다

좋은 순간은

즐기다 보면
어느새 지나가고

꿈꾸다 보면
어느새 지나가고

노력하다 보면
어느새 지나간다

그러다 보면 어느새
더 좋은 순간이 온다

(2012. 11. 25)

#00735. 미지의 세계

미지의 세계를 향해
뛰어들어 가는데

알 수 없는 이유로
튕겨져 나온다

아, 그곳은
정말 미지의 세계

미지의 세계는
자신만의 법칙이 있나 보다

미지의 세계는
정말 미지의 세계

미지의 세계에서
튕겨져 나와 쓰러져 있는데

저 멀리 다시
미지의 세계가 보인다

다시 일어서고 싶다
온몸이 바르르 떨린다

(2012. 11. 26)

#00736. 끝이 없다

써도
써도 끝이 없다

시
시
시

라는 것은
정말

퐁
퐁
퐁

끝없이
샘솟는 샘물처럼

줄
줄
줄

끝없이
흐르는 강물처럼

써도
써도 끝이 없다

시
시
시

라는 것은
정말

써도
써도 끝이 없다

(2012. 11. 27)

#00737. 별 같은 사람들

지하철로
출퇴근을 하는데

문득

오가는 사람들이 모두
별 같다는 생각이 든다

알 수 없는
어떤 규칙에 의해

날마다 움직이고 있는
하나하나의 별들

그런 별들이 바쁘게
제 갈 길을 가고 있다

옷깃을 스치고 지나가는
수많은 별들

마음을 스치고 지나가는
수많은 인연들

아무 생각 없이
도시의 거리를 걷는데

문득

오가는 사람들이 모두
별 같다는 생각이 든다

(2012. 11. 28)

#00738. 배우고 익히면 되오

아무것도 할 줄 모르오
그러면 배우고 익히면 되오

자꾸 배우고 익히다 보면
혼자서도 잘할 수 있소

혼자서도 잘할 수 있게 되면
한 단계 더 올라갈 수 있소

원한다면 자신이 잘하는 것을
다른 사람들에게 가르쳐 줄 수도 있소

다른 사람들을 가르치며
한 번 더 배우고 익히게 되오

그렇게 하면 자기도 모르게

더 확실하게 알게 될 것이오

정말 아무것도 할 줄 모르오
그러면 배우고 익히면 되오

(2012. 11. 29)

#00739. 책상 정리

정리하지 않은 영수증들이
책상 위에서 가랑잎처럼 쌓여 간다

언젠가는 손대야 할
수많은 숫자와 시간들

언젠가는 결정해야 할
수많은 선택과 순간들

언젠가는 풀어야 할
수많은 문제와 고민들

정리하지 않은 생각들이
책상 위에서 영수증처럼 쌓여 간다

그래서인지 책상 위 공간이
점점 비좁아지고 있다

이 비좁은 하루의 갑갑함을
어떻게 벗어날 수 있을까

아, 어서 빨리
책상을 정리해야겠다

(2012. 11. 30)

#00740. 단 10분만이라도

하루가 아무리 바빴다고 해도
하루에 단 10분만이라도
편안한 시간 속에 있고 싶다

일 때문에 바쁘고 정신없고
사람 때문에 스트레스 쌓이고
화가 나고 짜증이 나더라도

하루에 단 10분만이라도
편안한 시간 속에
아무런 걱정 없이 있고 싶다

그 시간만큼은
그 어떤 영향도 받지 않고
그저 편안한 마음을 가지고 싶다

(2012. 12. 1)

#00741. 무거운 짐 (2)

무거운 짐이 내게로
오려고 하다가 오지 않고

시간이 간다
아……

무거운 짐이 내게로
오지 않으려고 하다가 오고

시간이 간다
아……

짊어져야 하나
짊어지지 말아야 하나

시간이 간다
아……

내려놓아야 하나
내려놓지 말아야 하나

시간이 간다
아……

무거운 짐과 젊은 청년
알 수 없는 안개 속에 있다

시간이 간다
아……

시간이 간다
아……

(2012. 12. 2)

#00742. 욕심이 없다면

욕심이 없다면
그저 있는 그대로 만족하며
행복하게 살아가면 된다

꿈이 있다면
그만큼 더 노력하고 준비하며
행복하게 살아가면 된다

돈을

많이 쓰며 살고 싶다면
많이 벌면 된다

돈을
많이 벌고 싶다면
그만큼 실력을 쌓으면 된다

돈을
많이 모으고 싶다면
많이 벌고 적게 쓰면 된다

욕망이 없다면
그저 있는 그대로 만족하며
행복하게 살아가면 된다

목표가 있다면
그만큼 더 노력하고 준비하며
행복하게 살아가면 된다

(2012. 12. 3)

#00743. 수많은 사람들 속에서

수많은 사람들 속에서
나는 왜 나일 수밖에 없었을까

수많은 사람들 속에서
나는 왜 다른 사람이 될 수 없었을까

지구에는 같은 생김새를 한
사람들이 모여 살고 있다

나라에는 같은 말을 쓰는
사람들이 모여 살고 있다

아……
사람들은 모두 사람들이다

어떤 사람은 참 불쌍하고
어떤 사람은 참 부럽다

어떤 사람은 참 가난하고
어떤 사람은 참 부유하다

어떤 사람은 참 모자라고
어떤 사람은 참 넘친다

어떤 사람은 참 멍청하고
어떤 사람은 참 똑똑하다

어떤 사람은 참 일을 못하고
어떤 사람은 참 일을 잘한다

어떤 사람은 참 게으르고
어떤 사람은 참 부지런하다

어떤 사람은 참 악하고
어떤 사람은 참 착하다

어떤 사람은 참 불행하고
어떤 사람은 참 행복하다

아……
사람들은 모두 사람들이다

다른 사람들의 마음을 이해하고
뼛속 깊이 공감한다고 해도

수많은 사람들 속에서
나는 왜 나일 수밖에 없었을까

수많은 사람들 속에서
나는 왜 다른 사람이 될 수 없었을까

(2012. 12. 4)

#00744. 미래

미래는 지금
이 순간부터 만들어지는 것

미래는 정말
불확실한 것일 수도 있지만

어쩌면 너무나
뚜렷한 것일 수도 있는 것

그동안 얼마 살지는 않았지만
문득 느껴진 것은

미래는 어쩌면 너무나
뚜렷한 것이었을지도 모른다는 것

그러므로 지금부터라도
뚜렷한 것을 생각하며 만들어 가야 하는 것

마치 노련한 조각가가
마감 시간까지 조각을 해내듯

지금 이 순간부터 무엇인가 마음먹고
그렇게 해 나가야 하는 것

또는 그렇게 되려고
끊임없이 진심으로 노력하는 것

그것이 바로 결국
미래가 될 수밖에 없는 것

미래는 지금
이 순간부터 만들어지는 것

미래는 정말 지금 이 순간부터
그렇게 만들어지는 것

(2012. 12. 5)

#00745. 행복할 수 있는 능력

어떤 상황에서도
행복한 사람이고 싶다

필요한 것은
행복할 수 있는 능력

꼭 행복하고야 말겠다는
굳은 의지와 실천

스스로 정말
행복할 수 있어야 하고

다른 모든 사람들에게도
행복을 줄 수 있어야 한다

어떤 상황에서도
정말 행복한 사람이고 싶다

다른 모든 사람들도
정말 행복했으면 좋겠다

(2012. 12. 6)

#00746. 모이고 모여 (2)

내 안의 모든 슬픔이 모여
한 방울의 눈물로 떨어지고

내 안의 모든 기쁨이 모여
한순간의 표정으로 밝아지네

내 모든 노력이 모이고 모여
하나의 성공으로 돌아오고

내 모든 인내가 모이고 모여
한없는 행복으로 솟아나네

(2012. 12. 7)

#00747. 거대한 물결

눈부신 시간이 흐르고
거대한 물결이 움직인다

거대한 물결에 맞서
잠시
힘들게 버틸 수는 있다

하지만 거대한 물결을
혼자서
모조리 막을 수는 없다

거대한 물결은 거대한 물결이다

눈부신 시간이
거대한 물결을 타고 움직인다

오래전부터 준비했던 시간
이미 오래전에 씨앗을 심었기에
이제는 무엇인가 열려야 할

그런 시간……

어쩌면 수학의 함수 같은 것
무엇을 넣으면 무엇이 나와야 하는 것
어쩌면 하나의 실험 같은

그런 인생살이……

아주 먼 곳으로부터 흘러내려 온
작은 물결들이 모이고 모여
거대한 물결이 만들어진다

거대한 물결에 맞서
잠시
힘들게 버틸 수는 있다

하지만 거대한 물결을
혼자서
모조리 막을 수는 없다

거대한 물결은 다시 봐도
거대한 물결이다

눈부신 시간이 다시 흐르고
거대한 물결이 움직인다

(2012. 12. 8)

#00748. 밝아지고 있다

밝아지고 있다
밝아지고 있다

수평선 끝이 잘 보이지 않다가
다시 보이려고 하고 있다

지평선 끝이 잘 보이지 않다가
다시 보이려고 하고 있다

밝아지고 있다
밝아지고 있다

기나긴 어둠의 끝 그 어디에서
다시 밝음의 처음 그 어디를 향해

혹독한 겨울의 끝 그 어디에서
다시 봄의 처음 그 어디를 향해

밝아지고 있다
밝아지고 있다

잘 보이지 않던 눈도
잘 들리지 않던 귀도

딱딱하게 굳어 있던 머리도
숨 막히게 닫혀 있던 마음도

밝아지고 있다
밝아지고 있다

아, 그러고 보니 이제
새벽이 머지않았다

아, 그러고 보니 이제
봄이 머지않았다

밝아지고 있다
밝아지고 있다

눈부시도록 환하게
아, 그렇게……

(2012. 12. 9)

#00749. 묵묵히 가고 싶다

가야 할 길을 묵묵히 가고 싶다
남들이 알아주지 않더라도
나는
가야 할 길을 묵묵히 가고 싶다
가고 가다 보면 나도 모르게
저절로 그 이유를 알게 될 것이다
최고의 자리는 항상 아슬아슬한 것
행복은 꼭 정상에만 있는 것은 아닌 것
아무도 알아주지 않을 때가
어쩌면 더 행복한 것이었는지도 모른다
남들이 알아주지 않더라도
나는
가야 할 길을 묵묵히 그렇게 가고 싶다

(2012. 12. 10)

#00750. 가야 할 시간

나도 모르게
눈꺼풀이 무겁다

게다가 약간 추운 듯하다
눈을 감고 잠시
다른 세상으로 간다
다른 세상은
눈을 감아야 보이는 세상이다
꾸벅꾸벅
눈꺼풀 뒤에서 달콤하게 존다
뚜벅뚜벅
눈꺼풀 뒤에서 끝없이 걷는다
근데 어디로 가야 할까
근데 무엇을 해야 할까
어디선가 은은한
종소리가 귓가에 들려온다
눈을 뜨고 다시
이 세상으로 온다
아, 어디론가 정말
가야 할 시간인가 보다
아, 무엇인가 정말
해야 할 시간인가 보다

(2012. 12. 11)

#00751. 사랑이 있었다

하나의 멋진 공원이 있었고
그곳에 하나의 사랑이 있었다

하나의 멋진 풍경이 있었고
그곳에 하나의 사랑이 있었다

하나의 멋진 식사가 있었고
그곳에 하나의 사랑이 있었다

하나의 멋진 자연이 있었고

그곳에 하나의 사랑이 있었다

하나의 멋진 도시가 있었고
그곳에 하나의 사랑이 있었다

하나의 멋진 직장이 있었고
그곳에 하나의 사랑이 있었다

하나의 멋진 야경이 있었고
그곳에 하나의 사랑이 있었다

하나의 멋진 건배가 있었고
그곳에 하나의 사랑이 있었다

하나의 멋진 인연이 있었고
그곳에 모두의 사랑이 있었다

(2012. 12. 12)

#00752. 사진첩 속에는

사진첩 속에는 사진이 있었고
사진 속에는
사람이나 풍경이 있었고
사진 밖에는
그 순간을 찍은 사람이 있었다
때로는 사진을 찍은 사람이
사진 속에 있기도 했다

사진첩을 천천히 보는데
사진 속의 한 소녀는
지금 엄마고
사진 속의 한 소년은
지금 아빠다

사진첩을 천천히 다시 보는데
사진 속의 한 논밭은
지금 아파트고
사진 속의 한 바다는
지금 육지다

어쩌면 참 아득하기만 한 세월
사진첩 속에는 추억이 있었고
추억 속에는 항상 내가 있었다

(2012. 12. 13)

#00753. 숲이 웃었다

어느 해였을까

숲이 웃었다
아마도 녹색 물감처럼 푸르게

숲이 웃었다
봄에 피어난 개나리꽃처럼 노랗게

숲이 웃었다
김장용 고춧가루처럼 붉게

숲이 웃었다
한겨울 피어난 눈꽃처럼 하얗게

어느 해였을까

숲이 울었다
알에서 갓 깨어난 새처럼

숲이 울었다

밤새 짝을 찾는 고양이처럼

숲이 울었다
주인을 애타게 기다리는 강아지처럼

숲이 울었다
시간을 맞춰 둔 휴대폰 알람처럼

어느 해였을까

숲이 다시 웃었다
아마도 갓 돋아난 새싹처럼 푸르게

숲이 다시 웃었다
울려 퍼지는 함성처럼 짙푸르게

숲이 다시 웃었다
펼쳐진 황금벌판처럼 누렇게

숲이 다시 웃었다
천사의 마음처럼 새하얗게

(2012. 12. 14)

#00754. 말 한 마디

불쑥 내뱉은
말 한 마디가
아무 생각 없이 내뱉은
말 한 마디가
때로는
날카롭고 차가운 칼날이 되어
상대방의 마음속에
깊은 상처를 남기고

때로는
환하고 따뜻한 빛이 되어
상대방의 마음속에
희망의 불씨를 남긴다

(2012. 12. 15)

#00755. 내뱉은 말

주워 담을 수가 없다
도저히 주워 담을 수가 없다

나도 모르게

내뱉은
수없이 많은 말들을

나도 모르게

내뱉은
수없이 잘못된 말들을

그렇게

말하지 말았어야 했던
수없이 많은 말들을

아, 이제는 정말
주워 담을 수가 없다

그 순간으로 돌아가서 모두
다시 입속에 주워 담고 싶지만
도저히 주워 담을 수가 없다

까마득한 시간의 산맥과 함께
퇴적암처럼 딱딱하게 굳은 채로
그 어느 4차원 깊숙한 곳에 묻혀 버려
도저히 끄집어낼 수도 없고
도저히 주워 담을 수도 없다

입 밖으로 나간 말
마음과 생각과 느낌을 모아
온몸으로 말한 말
그러나 결국은 입을 통해서만
밖으로 나갈 수 있었던 말

아, 이제는 정말
주워 담을 수가 없다

그 순간으로 돌아가서 모두
다시 마음속에 주워 담고 싶지만
도저히 주워 담을 수가 없다

(2012. 12. 16)

#00756. 느껴지는 사랑

애써 말하지 않아도
느껴지는 사랑

그냥 스쳐 가는 눈짓 하나로도
온몸을 휘감아 버리는 사랑

예사로운 몸짓 하나로도
마음속 깊은 곳까지 설레는 사랑

어쩌면 너무나 포근한
어쩌면 너무나 편안한 그런 사랑

아득하기만 한 기억 속에서도
생생히 떠오르는 사랑

그와 그녀의 마음속에서
밤하늘의 별처럼 반짝거리는 사랑

아, 애써 말하지 않아도
느껴지는 사랑

(2012. 12. 17)

#00757. 노력하면 대부분 된다

노력하면 대부분 된다
하지만 노력해도 안 될 때가 있다
노력하고 또 노력해도 안 될 때
가장 큰 불만과 절망을 느끼게 된다
그러므로 가장 큰 불만과 절망을 느낄 때
마음을 가다듬고 다시 더욱 노력해야 한다
반드시 이루어야 할 것이라면
절대로 포기하지 말고 나아가야 하고
반드시 이루어야 할 것이 아니라면
과감히 포기해야 할 수도 있다
노력하면 대부분 된다
하지만 노력해도 안 될 때가 있다
그러나 노력조차 하지 않으면
아무것도 안 된다는 것만큼은 분명하다

(2012. 12. 18)

#00758. 같은 겨울이라도

같은 겨울이라도

마냥 춥지만은 않은가 보다

어떤 겨울날은
해를 볼 수 없어서 그런지
정말 견딜 수 없이 춥고
어떤 겨울날은
햇살이 따스해서 그런지
아주 약간만 춥고
어떤 겨울날은
하늘에 구멍이 나서 그런지
하루 종일 함박눈이 내리고
어떤 겨울날은
날이 좀 풀려서 그런지
아침부터 겨울비가 내리고
어떤 겨울날은
물방울 요정이 밤새 울어서 그런지
지붕 끝에는 기다란 고드름이 열리고
어떤 겨울날은
매서운 찬바람이 불어와서 그런지
꽁꽁 얼어붙은 길이고
어떤 겨울날은
거리를 뒤덮었던 눈이 녹아서 그런지
질퍽질퍽한 길이고
어떤 겨울날은
하얀 눈이 쌓여서 그런지
걸을 때마다 뽀드득 뽀드득
소리가 나는 길이고
어떤 겨울날은
바람이 한 점 없어서 그런지
그렇게 춥지만은 않은 길이다

같은 겨울이라도 그렇게
마냥 춥지만은 않은가 보다

(2012. 12. 19)

#00759. 내가 없어도

내가 없어도
지구는 돌 것이다
내가 있어도
지구는 돌 것이다

내가 없어도
시간은 갈 것이다
내가 있어도
시간은 갈 것이다

내가 없어도
봄은 올 것이다
내가 있어도
봄은 올 것이다

내가 없어도
꽃은 필 것이다
내가 있어도
꽃은 필 것이다

하지만 내가 없으면 안 될
소중한 사람들이 있다

내가 없어도
그들이 행복했으면 좋겠다
내가 있어도
그들이 행복했으면 좋겠다

(2012. 12. 20)

#00760. 올 한 해 동안

이제 한 해도 조금씩
저물어 간다

올 한 해 동안
내가 한 것은 무엇이었고
하지 못한 것은 무엇이었을까

올 한 해 동안
내가 잘한 것은 무엇이었고
잘못한 것은 무엇이었을까

이제 한 해도 정말
저물어 간다

낡은 해가 가고 나면
새로운 해가 올 것이다

새로운 해가 오고 나면
낡은 해는 이미 갔을 것이다

365일
그 하루하루의 삶
소중한 우리 모두의 시간이여

이제 한 해도 정말
어느덧 저물어 간다

(2012. 12. 21)

#00761. 빼앗긴 마음

세상에는 정말

많은 것들이 있다

세상에는 그렇게
많은 것들이 있기 때문에

마음을 쉽게
다른 것들에 빼앗기고 마는구나

방황하고 있는 동안
돌이킬 수 없는 시간이 가고

망설이고 있는 동안
따라잡을 수 없는 시간이 아득히 멀어진다

헤매고 있는 동안
금보다 더 소중한 시간이 사라지고

주저하고 있는 동안
피 같은 시간이 자꾸만 흘러간다

눈을 감고
가만히 내 안을 들여다보면

내 안의 세상에도 정말
많은 것들이 있다

내 안의 세상에도 그렇게
많은 것들이 있기 때문에

마음을 쉽게
다른 것들에 빼앗기고 마는구나

(2012. 12. 22)

#00762. 창공을 향해

창공을 향해
금빛 날개를 펼친다

불어오는 바람
펄럭거리는 수많은 깃발

눈부신 하루가
광활한 평야처럼 펼쳐진다

시간이 소리 없이
성벽 같은 문턱을 넘어간다

금빛으로 빛나는
이름 모를 새 한 마리

망망대해를 향해
부푼 가슴을 내민다

불어오는 바람
흔들거리는 수많은 물결

저 멀리 수평선 뒤에
붉은 해가 보인다

저 멀리 수평선 뒤에
새로운 희망이 보인다

(2012. 12. 23)

#00763. 행복한 사람들은

행복한 사람들은

주어진 시간에 감사하며
주어진 시간을 모두
행복한 순간들로 재창조한다

암흑 같은 절망의 끝에서도
눈부신 희망을 창조해 내는 능력
행복한 사람들에게는
어쩌면 참 당연한 일인지도 모른다

행복한 사람들은
주어진 하루에 감사하며
주어진 하루를 모두
행복한 순간들로 재창조한다

(2012. 12. 24)

#00764. 긴 터널 같은 시간

어둡고 차가운
불빛 없는 긴 터널 같은 시간을
건너온 것 같다
힘들고 어려운
더 이상 내려갈 곳 없는 바닥 같은 시간을
견뎌 온 것 같다
나도 모르게
길고도 깊은 잠에서 깨어난다
숨이 막혀 부리로 원고지를 쫀다
도저히 견딜 수 없어
부리와 발톱으로 갑갑한 장벽을 허문다
눈부시게 쏟아지는 빛줄기
태어나서 처음 보는 환한 세상이다
세상에는 분명 어딘가에 먹을 것이 있다
훨훨 날 수 있는 하늘도 있다
이제 날아가는 연습을 하면 된다

이제 먹이를 찾아 떠나면 된다

(2012. 12. 25)

#00765. 행복과 불행

행복하게 살기 위해서는
무엇을 해야 하는지
정확하게 알고 있는 천재가 되고 싶다

불행하게 살기 위해서는
무엇을 해야 하는지
아무것도 알 수 없는 바보가 되고 싶다

행복하게 살기 위해서는
무엇을 하지 말아야 하는지
정확하게 알고 있는 천재가 되고 싶다

불행하게 살기 위해서는
무엇을 하지 말아야 하는지
아무것도 알 수 없는 바보가 되고 싶다

(2012. 12. 26)

#00766. 자유 (2)

남에게 피해를 주지 않으면서
아무것도 하지 않을 수 있는 자유
남에게 피해를 주지 않으면서
무엇인가 하고 싶은 것을 할 수 있는 자유
하지만 그 결과에는 무조건
스스로 책임을 질 수밖에 없는 자유
남과 비교할 필요가 없는

남의 탓을 할 필요가 없는 그런 자유
누군가 간절히 원했던
누군가 간절히 느끼고 싶었던 그런 자유
이렇게 두 손으로 만져지는
무한한 공간으로 펼쳐지는 그런 자유
다른 존재에게 피해를 주지 않으면서
아무것도 하지 않을 수 있는 자유
다른 존재에게 피해를 주지 않으면서
무엇인가 하고 싶은 것을 할 수 있는 자유
하지만 그 결과에는 무조건
스스로 책임을 질 수밖에 없는 자유

(2012. 12. 27)

#00767. 변해 가는 것

그냥 그렇게
하나둘씩 변해 가는 것
지금 무엇을 어떻게 하느냐에 따라
앞날의 모습이 조금씩 변해 가는 것
또는 그렇게 끊임없이 계속될 수 있다면
결국 앞날의 모습이 완전히 변해 버리는 것
어쩌면 너무나도 쉬워 보이는 것
어쩌면 너무나도 쉽게 예상되는 것
그러나 살다 보면 영원히
변하지 말아야 할 것도 있는 것

그냥 그렇게
하나둘씩 변해 가는 것
때로는 여전히 앞날을 알 수 없는
그런 불확실성 속에 있는 것
짙은 안개 속처럼 앞뒤를 알 수 없고
양옆도 역시 알 수 없는 것
어수선한 주변 분위기 속에서

끝없이 불어오는 차디찬 산바람 같은 것
진정 어디가 바닥이고 어디가 꼭대기인지
도무지 알 수 없는 우주 공간 같은 것

조금씩 천천히 변해 가고 싶은데
그러다가는 결국 너무 뒤떨어지게 되는 것
그래서 한순간에 송두리째
변할 수밖에 없는 것
그렇게 송두리째 변해야만
정말 변한 것처럼 느껴질 수밖에 없는 것
그러다 보니 살기 위해 변하는 것인지
변하기 위해 사는 것인지 도무지 알 수 없는 것
그러나 살다 보면 영원히
변하지 말아야 할 것도 있는 것

(2012. 12. 28)

#00768. 누구나 행복할 수 있다

누구나 행복할 수 있다고 본다
어떤 생각을 하고
어떤 마음을 먹느냐에 따라
누구나 정말 행복할 수 있다고 본다
행복의 양은 무한해서
전 세계 사람들이 모두 행복해도 문제가 없다
전 세계 사람들이 모두 행복하고
행복하고 또 행복해도
행복의 양은 절대 줄어들지 않는다
퍼내고 퍼내고 또 퍼내도
끝없이 솟아오르는 행복의 샘
비록 경쟁에서는 순위가 매겨져서
일등과 이등, 그리고 꼴등이 있겠지만
누군가가 행복하다고 해서 다른
누군가가 반드시 불행해진다고 볼 수는 없기에

어떤 생각을 하고
어떤 마음을 먹느냐에 따라
누구나 정말 행복할 수 있다고 본다

(2012. 12. 29)

#00769. 지식과 실천

공기 방울이 깊은 물속에서
수면 위로 떠오르고 나서
공기 중으로 흔적 없이 사라지듯
수없이 많은 좋은 생각들이
마음속 깊은 곳에서 입 밖으로 나오더니
순간 세월 속으로 사라진다
그렇게 사라지는 것에 대한 안타까운 마음에
때로는 놓치고 싶지 않아
때로는 잊어버리고 싶지 않아
글로 옮겨 놓은 좋은 생각들
하지만 아쉽게도 실천하지 못하고
그냥 생각으로만 남아 있는 것들이 많다
좋은 생각을 하나라도 더 떠올리고 싶고
좋은 생각을 하나라도 더 실천하고 싶은데
그렇게 하는 것이 쉽지만은 않은 것 같다
실천해야 할 좋은 생각들이 있다면
반드시 실천하며 살아가고 싶은데
생각처럼 쉽게 되지 않는 것을 보면
실천한다는 것은 그저 알고 있다는 것과는
전혀 다른 그런 문제인 것 같다

(2012. 12. 30)

#00770. 그 길을 간 사람

그 길을 간 사람
그렇게 그 길을 간 사람
그렇게 그 길을 가기로 한 순간
이미 모든 것이 정해진 사람
그러므로 이미 그 길을 가고 있는 사람
그렇게 그 길을 끝없이 갈 사람
그래서 결국은 그렇게 가 버린 그 사람
그렇게 갈 수밖에 없었던 그 사람
그렇게 가지 않았더라면
모든 것이 달라졌을 그 사람
그런데 이미 그렇게 그 길을 간 사람
고집스럽게 가고 가고 또 간 그 사람
결국은 그렇게 가 버린 그 사람

(2012. 12. 31)

#00771. 사과

새로운 하루를 눈부신 희망으로 맞이하고
햇살이 따스한 의자에 앉아
탐스럽도록 붉은 사과를 한 손에 쥔다
빙글빙글 돌리며
다른 한 손에 쥐어져 있는 과일칼로
타오르는 태양 같은 사과를 깎는다
아득한 시간의 끝에서
나선형으로 끊임없이 벗겨지고 있는 껍질들
수수께끼 같은 시도
뒤엉킨 실타래 같은 문제도
언젠가는 결국 어떻게든 풀리게 될 것이다
아득한 시간의 끝에서
새색시가 깎아 놓은 사과처럼
새로운 하루가 예쁘고 수줍게 조각나

내 앞에 눈부시게 놓일 것이다

(2013. 1. 1)

#00772. 봄을 꿈꾸며

추운 겨울
봄을 기다리면서 가슴속에 희망을 품는다
찬바람이 불어 세상이 꽁꽁 얼어붙더라도
언젠가는 따스한 봄날이
사람들의 집 앞을 다시 찾아올 것이다

아무도 관심 갖지 않는
앙상한 나무 한 그루
봄이 오면 눈부신 꽃으로 뒤덮일 것이다
나무는 겨우내 봄을 꿈꾸며
눈부신 꽃만을 그토록 간절히 생각했을 것이다

그 어떤 시련 속에서도
그 어떤 좌절 속에서도
앙상한 겨울 나무처럼 묵묵히
가슴속에 품은 희망을 잃어버리지 않고
끝없이 행복의 꿈을 꾸고 싶다

마음속에 티끌만 한
희망의 불씨라도 남아 있다면
삶은 아직 끝나지 않은 것이다
앞으로 가야 할 눈부신 길이
끝없이 펼쳐져 있을 뿐

(2013. 1. 2)

#00773. 처음의 뜻

처음의 뜻을 잊지 말아야지
가고 가고 가다 보면
어느새 처음의 뜻을 잊어버리고
나도 모르게 자꾸만
다른 길로 들어서게 되는구나
마음속에 새긴 처음의 뜻 말고는
아무것도 보이지 않고
아무것도 들리지 않는다면
아무 생각도 없이
가고자 하는 길을 갈 수 있겠지만
세상에는 달콤한 유혹이 참 많구나
게다가 초시계처럼 빠른 속도로 변하는
세상에 잘 적응하며 살아가려면
세상에 전혀 무관심할 수도 없을 것이고
그렇다고 항상 신경을 쓰며 사는 것도
생각보다는 힘이 드는 일이다 보니
가끔씩 눈도 피곤하고 머리도 아프구나
또 사람의 앞날은 도무지 알 수 없고
사람의 겉모습은 세월 속에서
자기도 모르게 조금씩 변해 가는데
변하지 않을 것만 같은 사람의 생각도
세월의 거대한 물결에 떠밀려
때로는 그렇게 변하는구나
가고 가고 가다 보면
어느새 처음의 뜻을 잊어버리고
나도 모르게 자꾸만
다른 길로 들어서게 되는구나
하지만 그렇더라도 그럴 때마다
처음의 뜻을 다시 마음속에 새겨야지
그리고 결코 잊지 말아야지

(2013. 1. 3)

#00774. 평범한 사람

그러고 보니
나는 평범한 사람이다

종교의 길을 가는
사람도 아니다

무엇인가에 저항하는
사람도 아니다

남에게 피해를 입히고 싶어 하는
사람도 아니다

그저 내가 생각하는 것을
시로 쓰는 사람일 뿐

언젠가 시 아닌 다른 글을
써야 할 날이 찾아오겠지만

지금 이 순간
나는 시를 쓰는 사람일 뿐이다

매일 밥을 먹고 잠을 자며
일하거나 쉬는 평범한 사람

무엇인가를 이루기 위해서
꿈을 꾸며 노력하는 평범한 사람일 뿐이다

정치의 길을 가는
사람도 아니다

나 혼자만의 행복을 생각하는
사람도 아니다

그렇다고 모든 것을 초월한
사람도 아니다

그러고 보니
나는 정말 평범한 사람이다

(2013. 1. 4)

#00775. 그 꽃

매일 떠오르고 지는
해의 열정 속에서 피어났다

그 꽃

대지의 물을 먹고
대지의 영양분을 먹고 피어난

그 꽃

하나의 생명이
그렇게 활짝 피어났다

그 꽃

끝없이 펼쳐진 우주 공간 속에
덩그러니 우주처럼 피어 있는

그 꽃

매일 떠오르고 지는
달의 변화 속에서 피어났다

그렇게

(2013. 1. 5)

#00776. 연결돼 있다

나뭇가지처럼
서로 연결돼 있다

보이지 않는 끈처럼
일상생활 속의 인터넷처럼

태초부터 지금까지
서로 연결돼 있다

없음의 순간부터 있음의 순간까지
있음의 순간부터 무한대의 순간까지

끝없는 우주 속에서 그렇게
서로 연결돼 있다

고기잡이 그물처럼
눈에 잘 보이지 않는 거미줄처럼

마음에서 마음으로 이미
서로 연결돼 있다

(2013. 1. 6)

#00777. 아무리 조심하더라도

어둠에 물들면
아무리 조심하더라도
나도 모르게
어둠을 뚝뚝 흘리며 다니게 되고
게다가
누가 시키지 않아도
주위를 자꾸 어둡게 만들게 된다

빛에 물들면
아무리 조심하더라도
나도 모르게
빛을 내뿜으며 다니게 되고
게다가
누가 시키지 않아도
주위를 자꾸 환하게 만들게 된다

(2013. 1. 7)

#00778. 생각을 불태우고

꺼지지 않는 빛이 되기 위해서는
끝없이 생각을 불태워야 하는구나

책을 읽으며 생각을 불태우고
신문을 읽으며 생각을 불태우고
공부를 하며 생각을 불태우고
음악을 들으며 생각을 불태우고
그림을 보며 생각을 불태우고
운동을 하며 생각을 불태우고
TV를 보며 생각을 불태우고
영화를 보며 생각을 불태우고
인터넷을 하며 생각을 불태우고
일을 하며 생각을 불태우고
휴식을 취하며 생각을 불태우고
밥을 먹으며 생각을 불태우고
아무것도 생각하지 않으며 생각을 불태우고

그렇게 꺼지지 않는 빛이 되기 위해서는
끝없이 생각을 불태워야 하는구나

(2013. 1. 8)

#00779. 온몸으로 시간을

바깥바람을 쐬다가
온몸으로 시간을 느낀다

사방에서 정신없이 불어오는 바람처럼
시간이 온몸을 휘감고 사라진다

가만히 이 세상의 시간을 들여다보면
시간은 마치 연기처럼
눈에 보이는 것 같으면서도
때로는 공기처럼 그냥
있는 듯 없는 듯 보이지 않는 것 같다

집으로 돌아와 샤워를 하다가
온몸으로 시간을 다시 느낀다

샤워기에서 떨어지는 물줄기처럼
시간이 온몸을 타고 흐른다

가만히 이 세상의 시간을 들여다보면
시간은 마치 강물처럼
흘러왔다가 흘러가는 것 같으면서도
때로는 호수처럼 그냥
정지해 있는 것 같다

(2013. 1. 9)

#00780. 창밖 어딘가에서

쉴 새 없이
두드리는 컴퓨터 키보드 소리
동시에 손끝에서
부서지는 수많은 시간

저 멀리 창밖 어딘가에서
새벽이 밝아오고 있었다

태양처럼 쉬지 않고
스스로를 불태우는 열정
자신의 모든 것을 불태우고
언젠가는 아득한 시간 속으로
사라질지도 모를 태양

쉴 새 없이
지저귀는 새들의 소리
동시에 부리 끝에서
부서지는 수많은 시간
저 멀리 창밖 어딘가에서
새벽이 또다시 밝아오고 있었다

(2013. 1. 10)

#00781. 정말 고맙다

살아온 날들
모두가 고마운 존재
모두가 고마운 시간
모두가 고마운 공간

고맙다
고맙다
고맙다
정말 고맙다

너도 고맙고
그도 고맙고
그녀도 고맙고
그들도 고맙다

그러고 보니
삶이 무엇인지도 모르고
이렇게 살아온
나도 고맙다

살아온 날들
모두가 고마운 존재
모두가 고마운 시간
모두가 고마운 공간

고맙다
고맙다
고맙다
정말 정말 고맙다

(2013. 1. 11)

#00782. 남는다

옷을 입고 나면
빨랫거리가 남고
밥을 먹고 나면
설거짓거리가 남고
집에서 살다 보면
뽀얀 먼지가 남는다

사랑을 하고 나면
책임이 남고
용서를 하고 나면
평화가 남고
행복을 나누다 보면
행복이 남는다

(2013. 1. 12)

#00783. 될 일을 안 될 일이라고

될 일을 안 될 일이라고
누군가 말했다고 해서 그 사람 말처럼
될 일이 안 될 일이 되는 것일까
될 일이 정말 될 일인지 안 될 일인지는
직접 해 보고 나서야
비로소 알 수 있을 텐데
해 보지도 않고 될 일을 안 될 일이라고
누군가 말했다고 해서 그 사람 말처럼
될 일이 정말 안 될 일이 되는 것일까
될 일을 안 될 일이라고 생각하며 한다면
될 일이 정말 안 될 수도 있고
될 일을 안 될 일이라고 생각하며
아예 시작조차 하지 않는다면
그 일은 정말 안 될 것이 확실하고
될 일을 될 일이라고 생각하며 한다고 해서
반드시 이룰 수 있다고 볼 수는 없지만
그 일에 기울인 열정과 노력에 따라
언젠가는 정말 이룰 수 있을지도 모른다

(2013. 1. 13)

#00784. 마주 앉아 있다

마주 앉아 있다
너와 나

아득한 세월 같은
탁자를

사이에 두고

피할 수 없는 운명 같은

촛불을

사이에 두고

지금 이 순간 이렇게
마주 앉아 있다

광고 인형처럼 말없이
찻잔을

손에 들고

눈빛으로만 눈빛으로만
수없이

많은 말을 하면서

그와 그녀
마주 앉아 있다

아득한 세월 속에서
그렇게

그렇게
마주 앉아 있다

(2013. 1. 14)

#00785. 계속 써야 할 운명

무엇인가를 계속
써야 할 운명인가

끝없이 샘솟는 샘물처럼

마음속에서 언어가 솟아오른다

끊임없이 새로워야 할
젊은 시인의 숙명

끊임없이 살아가야 할
보통 사람의 숙명

느껴진다
느껴진다

젊은 시인의 두 어깨에 짊어져 있는
시와 삶의 눈부신 무게

젊은 시인의 손끝에서 태어나는
수많은 시어의 몸부림

정말 무엇인가를 계속
써야 할 운명인가

끝없이 떠오르는 태양처럼
마음속에서 언어가 떠오른다

(2013. 1. 15)

#00786. 쏟아지는 별빛

비틀어진 시공간의 그
어느 틈새에서

자꾸만

쏟
아

지
는

별
빛

어둠 속에 가두려고 해도
도저히 가둘 수가 없고

어둠이 짙어질수록
오히려 더 밝게 빛나는 별빛

또다시

쏟
아
지
는

별
빛

살아 움직이는 별들이 남긴
눈부신 침묵

밝은 빛 속에서는
오히려 제 모습을 숨기는 별빛

끝없이

쏟
아
지
는

별
빛

어둠 속의 씨앗이 땅을 뚫고
눈부신 세상 밖으로 나오듯

철벽 같은 어둠을 뚫고
그렇게 자꾸만 새어 나온다

그렇게

쏟
아
지
는

별
빛

아, 비틀어진 시공간의 그
어느 틈새에서

(2013. 1. 16)

#00787. 나는 오늘도

나는 오늘도
행복한 하루를 맞이한다

시를 쓸 수 있어
더없이 행복한 날들

좋은 독자가 있어
더없이 감사한 날들

책을 읽을 수 있어
더없이 재밌는 날들

생각을 나눌 수 있어
더없이 소중한 날들

맘껏 상상할 수 있어
더없이 즐거운 날들

나는 오늘도
행복한 하루를 맞이한다

(2013. 1. 17)

#00788. 시를 쓴다 (2)

블랙홀 같은
시간 속에 빠져
정신없이 시를 쓴다

수많은 언어들이
마음속에서 떠오르지만
안타깝게도 곧바로
시가 되지는 못한다

생각하고 생각하고
또 생각하고
고치고 고치고
또 고치고
다듬고 다듬고
또 다듬은 후에야 비로소
한 편의 시가 된다

거대한 바다 같은

언어 속에 빠져
정신없이 시를 쓴다

어쩌면 내 자신을
치유하기 위해서
이렇게 날마다 시를
쓰고 있는 것인지도 모른다

날마다 밥을 먹고
차를 마시고
휴식을 취하고
운동을 하고
사랑을 하고
잠을 자듯
그렇게

(2013. 1. 18)

#00789. 신나게

신나게 일어나서
신나게 시를 쓰고
신나게 일을 하고
신나게 공부를 하고
신나게 놀고
신나게 밥을 먹고
신나게 운동을 하고
신나게 책을 읽고
신나게 음악을 듣고
신나게 사랑을 하고
신나게 잠을 잔다

(2013. 1. 19)

#00790. 생명처럼 소중한 꿈

고단한 하루
그 일과를 마치고
자리에 누우면
베개를 베자마자
정신없이 곯아떨어진다

어쩌면 너무나도
달콤한 시간
모든 것을 잊고
잠이 드는
그 짧은 순간의 기나긴 평화

어쩌면 삶이라는 것은
무척 길면서도 짧은 듯하다
깃발처럼 부대끼는 세월을 살아오며
가슴속 깊이 고이 간직한
생명처럼 소중한 꿈이여

아…… 나는
깨어 있으면서도 꿈을 꾸었고
잠을 자면서도 꿈을 꾸었다

아니 어쩌면 나는
꿈을 꾸기 위해 항상 깨어 있었고
또 잠을 잤는지도 모른다

고단한 하루
그 일과를 마치고
자리에 누우면
이불을 덮자마자
정신없이 곯아떨어진다

(2013. 1. 20)

#00791. 정해진 날 정해진 시간까지

꿈이었는지 목표였는지 모르지만
정해진 날 정해진 시간까지
꼭 해야만 할 일들이 있어
하루하루가 무척 바쁘게 지나갔고
또 그렇게 정신없이 일을 하며
하루하루를 보낼 때는 잘 몰랐는데
문득 아무것도 할 일이 없어
정말 아무것도 하지 않고
무료한 시간을 보내 본 적이 있다 보니
정해진 날 정해진 시간까지
꼭 해야만 할 일들이 없었다면
삶이 무척 심심할 수도 있었겠다는
생각이 문득 들었다

(2013. 1. 21)

#00792. 어디론가 가고 있다

무엇인가 힘들게 짊어지고
어디론가 가고 있다

무엇인지 잘 모르지만
어깨가 참 무겁다

그것은
스트레스일까
분노일까
증오일까
걱정일까
불안일까
질투일까
짜증일까

아, 모르겠다
정말 모르겠다

누군가 그에게
짊어진 짐을 내려놓으라 한다

누군가 그에게
불필요한 짐을 내려놓으라 한다

내려놓고 계속 갈까
짊어지고 계속 갈까

무엇인가 힘들게 짊어지고
어디론가 가고 있다

무엇인지 잘 모르지만
마음이 참 무겁다

(2013. 1. 22)

#00793. 지금 이 순간의 나는

어제의 나는
어제의 나였고
아득한 시간 속으로
이미 사라져 버렸기 때문에
어제의 나와 완전히 똑같은 나는
이제 더 이상 없다

지금 이 순간의 나는
어제를 추억할 수는 있어도
도저히 거스를 수 없는
시간의 흐름 속에 있기 때문에
사라져 버린 어제를

오늘로 다시 되돌릴 수는 없다

지금 이 순간의 나를 만들기 위해
수없이 사라져 버린 어제의 나
무엇을 생각하고 무엇을 실천해 온 것일까
하루가 지나고 또 하루가 지나면
어제의 내가 되어 버릴 내일의 나를 위해
지금 이 순간의 나는 무엇을 하면 좋을까

(2013. 1. 23)

#00794. 아름답게 살아가야지

우주의 역사에 비하면
짧은 순간에 지나지 않겠지만
내게 주어진 시간은
정말 생명처럼 소중하다
다른 세상으로 갈 때는 가더라도
지금 이 순간을 아름답게 살아가야지
이 우주 속에는
우리가 살고 있는 이 지구만큼
신비로운 생명으로 가득한 곳은 없을지도 모른다
어쩌면 수많은 생명체들이 간절히 바라던
그 세상이 바로
우리가 살고 있는 이 지구일지도 모른다
사랑이 가득한 세상
평화가 가득한 세상
모든 사람들이 행복한 세상
어쩌면 그런 세상들은
우리가 우리도 모르게 그토록 간절히 바라던
우리 모두의 꿈이었을지도 모른다

(2013. 1. 24)

#00795. 빈 것처럼 허전하다

가끔은 살아온 날들을
뒤돌아본다
나는 그동안 세상을
어떻게 살아온 것일까
하루하루 바쁘게 살아온 것은
맞는 것 같은데
어딘가 마음 한 구석이
텅
빈 것처럼 허전하다

한 번밖에 없는 인생
나는 무엇을 그토록 꿈꾸었고
무엇이 그토록 되고 싶었을까
정말 하고 싶었던 일은 무엇이었고
그 무엇을 하기 위해 진심으로
끝없이 꿈꾸고 끝없이 노력했을까
정말 하고 싶었던 일들을 계속
나중으로 미루고 있었던 것은 아니었을까
어딘가 마음 한구석이
텅
빈 것처럼 허전하다

(2013. 1. 25)

#00796. 미루고 미루다 보니

소중한 것을
바로 하지 않고
귀찮다는 이유만으로
또는 습관적으로
자꾸만
다음으로 미루지는 않았을까

그렇게 자꾸만
미루고 미루다 보니
10년이 지나고
20년이 지나도
결국은
그것을 하지 못했다

(2013. 1. 26)

#00797. 하루 (2)

정말 받고 싶었던 선물처럼
내 앞에 불쑥 나타난 하루
살아 있다는 느낌만으로도
정말 눈물겹게 고마운 하루
내일을 향해 수수께끼처럼 놓여 있는
시냇물 징검다리 같은 하루
하루를 건너고 건너다가
우연히 만난 한 송이 꽃 같은 하루
아득한 전설 속의 이무기처럼
한없이 꿈틀거리다가
어느새 하늘로 비상하는 하루
저 하늘 어디에선가
해가 뜨고 달이 뜨고 구름이 뜨고
수많은 별들이 뜨고 지는 하루
누군가 그토록 간절히
바라고 바라던 팔만육천사백 초의 하루
시간의 책꽂이에 진열된
공들인 한 권의 책 같은 하루
또는 문 앞에 신문지처럼 툭
던져진 것만 같은 하루
문득 떨어지는 눈물방울처럼
가슴 뭉클하게 젖어 드는 하루
아, 아름다운 꽃향기가 진동하는

투명한 선물 상자 같은 하루
눈부시도록 환한 미소가 가득한
수많은 얼굴 같은 그런 하루

(2013. 1. 27)

#00798. 나도 어느새

함박눈 속을 걷다 보니
나도 어느새 함박눈이다
마음을 활짝 열어 보아도
그 속은 온통 새하얗고
몸을 한껏 뻗어 보아도
그 겉은 온통 새하얗다

게다가 찬바람 속을 걷다 보니
나도 어느새 찬바람이다
그렇지만 가슴속은 아직도
따뜻한 온기로 가득하고
머릿속은 아직도
눈부신 희망으로 가득하다

(2013. 1. 28)

#00799. 눈이 부시다

눈부신 태양이 바로
내 코앞에 있으니
눈을 꼭 감아도
눈이 부시고
고개를 좌우로 돌려도
눈이 부시고
고개를 아래로 숙여도

눈이 부시고
고개를 위로 젖혀도
눈이 부시고
뒤돌아서 있어도
역시 눈이 부시다

(2013. 1. 29)

#00800. 그릇

그릇이 우주처럼 크면
엄청난 노력을 기울인다고 해도
죽을 때까지 혼자서는 절대로
다 채우지 못할 것이고

그릇이 간장 종지처럼 작으면
조금만 노력을 기울여도
금방 다 채우게 되니 결국
그 이상 담아낼 수가 없을 것이고

그릇이 세숫대야만 하면
엄청나게 열심히 노력한다고 해도
상당한 세월이 지난 후에야 비로소
다 채워질까 말까 할 것이고

그릇이 보통 밥그릇만 하면
어지간하게 끊임없이 노력하고
노력하고 또 노력할 경우에는 분명
다 채울 수 있을 것이다

(2013. 1. 30)

#00801. 누군가 먼저 (2)

누군가는 먼저 그곳에 갔고
누군가는 그곳에서
누군가의 세상을 창조했다

나중에 그곳에 도착한
다른 누군가는
누군가의 법칙에 따라
움직여야만 했다

그곳을 가고 싶어 하는
또 다른 누군가는
누군가의 기준에 맞지 않아
그곳에 들어갈 수 없었다

누군가는 우주처럼 끝없이
새로운 세상을 창조하며
그 세상에 맞는 뛰어난 인재들을
하나둘씩 채용하고 있었다

누군가는 수많은 누군가가 되어
사람들에게 필요한 것과
사람들이 원하는 것을
하나둘씩 만들어 내고 있었다

누군가 먼저 그곳에 갔고
누군가는 그곳에서
누군가의 세상을 창조했다

(2013. 1. 31)

#00802. 나보다 더

나보다 더 많이 아는 사람
나보다 더 부지런한 사람
나보다 더 정직한 사람
나보다 더 성실한 사람
나보다 더 책을 많이 읽은 사람
나보다 더 많이 공부한 사람
나보다 더 사색을 많이 한 사람
나보다 더 글을 잘 쓰는 사람
나보다 더 행복한 사람
나보다 더 건강한 사람
나보다 더 돈이 많은 사람
나보다 더 높은 지위에 있는 사람
나보다 더 인격이 뛰어난 사람
나보다 더 인기 있는 사람
이렇게 나보다 더 뛰어난 사람들은
세상에 얼마든지 많이 있겠지만
내가 시를 쓰는 이유 중 하나는
내 마음을 치유하기 위해서다

(2013. 2. 1)

#00803. 몸과 마음 (2)

몸을 가만히 두면
나약해질 수밖에 없는 것처럼
마음도 가만히 두면
나약해질 수밖에 없다

몸은 적절한 식사와
운동으로 단련되고
마음은 풍부한 독서와
사색으로 단련된다

몸이 더 중요한 것일까
마음이 더 중요한 것일까
아니면 몸과 마음이
똑같이 중요한 것일까

몸을 함부로 대하면
망가질 수밖에 없는 것처럼
마음도 함부로 대하면
망가질 수밖에 없다

눈에 보이는 몸의 세계
눈에 보이지 않는 마음의 세계
그러고 보니 그 어느 것 하나
내게 중요하지 않은 것이 없다

(2013. 2. 2)

#00804. 인내의 시간

유리컵에서 샘물이 저절로 솟아올라
투명한 세상 밖으로 흘러넘칠 때까지

씨앗 하나가 혼자서 땅을 뚫고 나와
비바람 속에서 꽃을 피울 때까지

작은 새가 알을 깨고 나와
저 높은 하늘로 날아오를 때까지

나비가 번데기를 뚫고 나와
이 우주를 향해 날개를 펼칠 때까지

가슴속에 사랑이 가득 차올라
이 세상 밖으로 흘러넘칠 때까지

머릿속에 행복이 가득 차올라
결국 성공으로 빛을 발할 때까지

(2013. 2. 3)

#00805. 꿈에 대하여

세상에는 꿈이 있는 사람과
없는 사람이 있다
꿈이 있는 게 좋을까
없는 게 좋을까

세상에는 꿈을 찾은 사람과
찾지 못한 사람이 있다
어떻게 하면
꿈을 찾을 수 있을까

세상에는 꿈을 이룬 사람과
이루지 못한 사람이 있다
어떻게 하면
꿈을 이룰 수 있을까

세상에는 노력하는 사람과
노력하지 않는 사람이 있다
노력하는 게 좋을까
노력하지 않는 게 좋을까

(2013. 2. 4)

#00806. 꿈은 저 멀리

꿈은 저 멀리
우주에도 있고

가까운
나의 집에도 있다

꿈을 찾아
전 세계를 헤맬 수도 있고
작은 동네에
그냥 머무를 수도 있다

꿈을 쫓아
이 현실을 달릴 수도 있고
현실과는 전혀 다른
저 꿈속을 달릴 수도 있다

꿈은 저 멀리
그대 마음속에도 있고
가까운
나의 마음속에도 있다

(2013. 2. 5)

#00807. 시간의 징검다리

째깍째깍
눈부신 시간의
징검다리를 수없이 밟으며
정신없이
전속력으로 내달린다

댕
댕
댕

시간의 숲속을
소리보다도 더 빠르게

눈부시게 내달린다

그렇게 내달리고
또 내달린다

그렇게 하지 않으면
붕괴되는 시간의 동굴 속에
어느새 파묻히게 된다

저 아득한 시간의
동굴 속에 파묻혀 버리면
이대로 영원히 머나먼
과거의 사람이 되고 만다

댕
댕
댕

내달려야 한다
내달려야 한다

어딘가를 향해
끝없이 놓여 있는
수많은 수수께끼의 길

시간과 함께
필사적으로 내달리는데
땀방울은 주르르 흘러
아득한 시간 속으로 사라지고
나는 자꾸만 떠밀리듯
앞으로 나아가고 있는 기분이다

째깍째깍
눈부신 시간의
징검다리를 수없이 밟으며

정신없이
전속력으로 내달린다

(2013. 2. 6)

#00808. 습관

제0의 습관이 태어나면서부터
나를 계속 따라다니고 있소

제1의 습관이 내 몸의 일부처럼
나를 계속 따라다니고 있소

제2의 습관이 그림자처럼
나를 계속 따라다니고 있소

제3의 습관이 아무도 모르게
나를 계속 따라다니고 있소

제4의 습관이 다른 습관들을 파괴하며
나를 계속 따라다니고 있소

제5의 습관이 자꾸만 걸리적거리게
나를 계속 따라다니고 있소

제6의 습관이 내 몸의 일부가 되어
나를 계속 따라다니고 있소

제7의 습관이 다른 습관들을 바로잡으며
나를 계속 따라다니고 있소

제∞의 습관이 죽을 때까지 그렇게
나를 계속 따라다니고 있소

(2013. 2. 7)

#00809. 시가 될 수 있을까

흐르는 것인지 멈춘 것인지
도무지 알 수 없는 시간 속에
지금 있는 그대로의 나를
완전히 녹여 낼 수 있다면
지금 이 순간의 나는
있는 듯 없는 듯
공기 같은 시가 될 수 있을까

지금 이 순간
수많은 나의 발자취는
방금 전 사라진 시간과 함께
말끔히 사라지고 마는데
지금 이 순간의 나는
끝없이 샘솟는
샘물 같은 시가 될 수 있을까

(2013. 2. 8)

#00810. 시간

제1의 시간이 호수처럼 잔잔하오
제2의 시간이 나뭇잎처럼 흔들리오
제3의 시간이 강물처럼 흘러가오
제4의 시간이 눈물처럼 고여 있소
제5의 시간이 선물처럼 주어지고 있소
제6의 시간이 주인공처럼 나타나고 있소
제7의 시간이 연기처럼 사라지고 있소
제8의 시간이 손바닥 위에 놓여 있소
제9의 시간이 손끝에서 움직이고 있소
제10의 시간이 저 멀리 아득하기만 하오
제11의 시간이 정말 아름답소
제12의 시간이 눈부시게 평화롭소

(2013. 2. 9)

#00811. 아침을 깨우는 것은

아침을 깨우는 것은
침대맡의 자명종이었을까
내면의 자명종이었을까
아침에 문득 저절로
눈이 떠질 때가 많았다

좋은 습관을 만들어야 했을 텐데
게으른 습관 때문이었을까
풀리지 않은 피로 때문이었을까
침대맡의 자명종 소리를 듣고도
일어나지 못할 때가 많았다

(2013. 2. 10)

#00812. 씨앗 (1)

작은 씨앗 속에
무한한 가능성을 담았다

꽃은 씨앗 속에
눈부시도록
아름다운 시간을 축적하고

나무는 씨앗 속에
눈부시도록
푸르른 시간을 축적했다

단단한 껍질로
세월의 거센 물살을 견디며
때를 기다리는 그들

앞으로 어떻게 해야 할지

모든 것이 뚜렷하게
조각처럼 새겨져 있는
작은 씨앗의 내부

흙을 만나 때가 되면
뿌리를 뻗고 줄기를 뻗고
가지를 뻗으며 자라오를 것이다

사랑을 만나 때가 되면
꽃을 피우고 열매를 맺고
수많은 씨앗을 남길 것이다

아, 작은 씨앗 속에
무한한 가능성이 담겨 있다

(2013. 2. 11)

#00813. 추억을 만들고

제1의 좋은 추억을 만들고
우리는 서로 기뻐했소

제2의 예쁜 추억을 만들고
우리는 서로 기뻐했소

제3의 행복한 추억을 만들고
우리는 서로 기뻐했소

제4의 아름다운 추억을 만들고
우리는 서로 기뻐했소

제5의 황홀한 추억을 만들고
우리는 서로 기뻐했소

제6의 눈부신 추억을 만들고
우리는 서로 기뻐했소

제7의 신비로운 추억을 만들고
우리는 서로 기뻐했소

제8의 꿈결 같은 추억을 만들고
우리는 서로 기뻐했소

제9의 신나는 추억을 만들고
우리는 서로 기뻐했소

제10의 소중한 추억을 만들고
우리는 서로 기뻐했소

제11의 가슴 설레는 추억을 만들고
우리는 서로 기뻐했소

제12의 별처럼 빛나는 추억을 만들고
우리는 서로 기뻐했소

(2013. 2. 12)

#00814. 준비 시간

빨랫거리를 모아 세탁기에 넣고
시작 버튼을 누르기 전까지의 시간

세탁이 끝나자마자 빨래를 모두 꺼내
빨래 건조대나 빨랫줄에 널기 전까지의 시간

있던 길을 더 넓히고
없던 길을 새로 만들기 전까지의 시간

길을 닦고 또 닦아서
누구나 잘 다닐 수 있기 전까지의 시간

열심히 배우고 또 배워서
혼자서도 잘 살아가기 전까지의 시간

분주한 하루 속에서 진정한 나를 만나기 위해
마음의 거울을 꺼내 들기 전까지의 시간

지난 하루를 돌아보며 내일의 꿈을 향해
행복한 기분으로 잠들기 전까지의 바로 그 시간

(2013. 2. 13)

#00815. 현관 청소

혹독한 겨울은
이제 다 지나간 것인지
그렇게 춥지는 않다

먼지 쌓인 현관을 모처럼
쓸고 닦는다

청소를 하고 나니
묵은 때가 싹 가신 듯
기분이 참 좋다

아, 오늘 하루도
좋은 일들이 가득할 것 같다

맑은 햇살이 따스하게
마음속으로 스며든다

(2013. 2. 14)

#00816. 꿈이 움트는 소리

가만히 귀 기울이면
여기저기 꽃눈마다 분주하게
봄을 준비하는 소리가
들린다

이제
곧
겨울이 지나가니까

더

자세히 들어 보면
앙상한 나무의 마음속에서
꿈이 움트는 소리가
들린다

이제
곧
봄이 오니까

(2013. 2. 15)

#00817. 아주 먼 길을

갈 곳을 정했다면
그곳으로 가면 된다

오랫동안 아주 먼 길을
계속 가야만 한다면

가는 길에 길가에 앉아
잠시 쉬어도 좋다

휴식은
참 달콤하다

하지만 때가 되면
주저 없이 일어나야 한다

그리고 가던 길을
계속 가야 한다

갈 곳을 이미 정했고
이제 그곳으로 가면 되니까

(2013. 2. 16)

#00818. 시가 비처럼 쏟아져서

시가 비처럼 쏟아져서
마음이 흠뻑 젖었다

시를 물처럼 생각하고 나니
갈증이 확 풀렸다

시가 공기처럼 있으니까
그 속에서 마음껏 숨 쉴 수 있었다

시가 꽃처럼 피어나길래
같이 활짝 피어 버렸다

시가 눈덩이처럼 불어나더니
마음을 새하얗게 뒤덮어 버렸다

(2013. 2. 17)

#00819. 고요하다

아무도 없는 곳에
나 홀로 있으니
바람 한 점 없는
호수처럼 참 고요하다

아래층도 없고
위층도 없으니
서로 같은 높이에서
서로서로 참 고요하다

집 안에서 막 뛰어다니며 놀던
아이들이 신나는 꿈나라에 가 있으니
집이 쿵쿵 울리지도 않고
깊은 산속처럼 참 고요하다

모두가 잠든 밤 도로에는
차도 다니지 않으니
말 없는 가로등만 고개를 숙인 채
밤하늘 별빛처럼 참 고요하다

아무도 없는 곳에
나 홀로 있으니
바람 한 점 없는
사막처럼 참 고요하다

(2013. 2. 18)

#00820. 언어의 바다

눈을 감고 가만히 앉아
마음속 어딘가 있을
수많은 언어의 바다에서

그물로 물고기를 잡듯
언어를 있는 힘껏 끌어올린다

펄떡거리는 생명의 언어
뛰어오르는 월척의 언어
고르고 고른 꿈의 언어가
시인의 손끝에서
마법처럼 시가 된다

(2013. 2. 19)

#00821. 시를 삼키고

시를 삼키고
눈물을 삼킨다

시간의 아픔을
다시 침묵으로 삼킨다

시간은 아프다
쉬지 않고 가야 하므로

침묵은 외롭다
알면서도 참아야 하므로

아, 생명의 아픔을
다시 침묵으로 삼킨다

그렇게 시를 삼키고
눈물을 삼킨다

(2013. 2. 20)

#00822. 실행

생각하고 생각하고
또 생각하다가
무엇인가를 하겠다고
굳게 마음먹고 나서
그것을 바로
실행에 옮기려다 보니
결국 시간이라는 것이 필요했다
하려고 하는 것이 많을수록
더 많은 시간이 필요했다

(2013. 2. 21)

#00823. 주어진 시간

시간이라는 것은
누구에게나
똑같이 주어져 있는 것이니까

어쩌면
세상은 참
공평한 것인지도 모르겠다

(2013. 2. 22)

#00824. 실천의 관점에서

정해진 시간 내에
무엇인가를 해내기 위해서는
어떻게 해서든지
그것을 해낼 수 있는
충분한 시간을 확보하고

어떻게 해서든지
그것을 해낼 수 있는
효과적인 방법을 찾아
그것을 생각으로만
머무르게 하지 말고
곧바로 실행에 옮기면 된다

이때 그것이
법을 어기게 될 일이라면
곧바로 실행하지 말고
생각으로만 머무르게 하는 것이 좋겠고
실천의 관점에서 볼 때
처음부터 그런 생각은
아예 하지 않는 것이 제일 좋겠다

(2013. 2. 23)

#00825. 나는 움직인다

나는 움직인다
움직이고 있다

움직이고 있는 시간 속에서
멈추어 있는 공간 속에서

바람이 불듯이 그렇게
강물이 흐르듯이 그렇게

나는 움직인다
움직이고 있다

아니
어쩌면

나는 움직이지 않는다
움직이지 않고 있다

멈추어 있는 시간 속에서
움직이고 있는 공간 속에서

산이 멈추어 있듯이 그렇게
땅이 가만히 있듯이 그렇게

나는 움직이지 않는다
움직이지 않고 있다

(2013. 2. 24)

#00826. 시간이 물처럼

시간이 물처럼
흘러가는 것이라면
시간이 흐르는 곳 어딘가에
커다란 댐을 만들어
저장해 두고 싶다

시간이 필요 없을 때는
시간을 안 쓰고 저장해 두면 되고
시간이 많이 필요할 때는
그동안 저장해 둔 시간을
필요한 만큼 꺼내 쓰면 되니까

(2013. 2. 25)

#00827. 눈물이 길을

눈물이 길을 만든다

주
르
르
르

중력이 이끄는 방향으로
그렇게

하나의 길을 만든다

(2013. 2. 26)

#00828. 가만히 있는데

가만히 있는데
고요한 바람이 분다

시간을 타고 바람이 불고
길을 따라 바람이 분다

산꼭대기에서도 바람이 불고
코끝에서도 바람이 분다

가만히 있는데
생명의 물이 흐른다

시간을 타고 물이 흐르고
길을 따라 물이 흐른다

산골짜기에서도 물이 흐르고
땅속에서도 물이 흐른다

가만히 있는데
바람이 불고 물이 흐른다

(2013. 2. 27)

#00829. 열쇠

잠긴 문을 여는
열쇠

움직인다
수족관의 열대어처럼

몸속에
그 모든 정보를 입력한 채

무엇인가를 향해
그렇게

움직인다
움직이고 있다

그렇게 살아 움직이며
문을 연다

잠긴 문을 열 때마다
쏟아지는 비밀과 눈부신 신비로움

아, 닫혀 있던
이 마음의 문이 열린다

아, 막혀 있던
이 우주의 문이 열린다

(2013. 2. 28)

#00830. 숫자가 되어

나는 나도 모르게

하나의 숫자가 되어

또는
그 어떤 다른 숫자의 일부가 되어

누군가의 통계 속에서
끝없이 추격전을 펼치며
소리 없이 다른 숫자들과 싸우고 있었다

숫자의 바람을 맞으며
숫자의 파도를 타고
숫자의 바다를 건너고 있었다

숫자의 바닥을 나뒹굴며
숫자의 산을 오르고
숫자의 우주를 탐험하고 있었다

나는 나도 모르게
하나의 숫자가 되어

또는 그 어떤
다른 숫자의 일부가 되어

누군가의 상상 속에서
끝없이 문제를 풀며
소리 없이 역사로 기록되고 있었다

(2013. 3. 1)

#00831. 시가 있는 날

어느 날에는
시가

뚝
뚝

떨어져서

발밑에 수북이
마른 나뭇잎처럼 쌓인다

한 발자국
두 발자국

발걸음을 옮길 때마다
시가 자꾸만

뚝
뚝

떨어진다

참 기분 좋은 날
시가 있는 날이다

(2013. 3. 2)

#00832. 나는 지금 있다

거대한 우주 속
어느 한 지점에 그는 지금 있다

그곳은
뚜렷한 공간

그때는
뚜렷한 시간

그는
뚜렷한 존재

신비한 우주 속
어느 한 지점에 나는 지금 있다

(2013. 3. 3)

#00833. 이 세상에서

이 세상에서 내가
앉을 수 있는 공간은 결국
방석만 한 크기였다

이 세상에서 내가
누울 수 있는 공간은 결국
이불만 한 크기였다

이 세상에서 내가
걸어갈 수 있는 공간은 결국
내 몸만 한 크기였다

(2013. 3. 4)

#00834. 봄이에요, 봄!

날이 따뜻해진 것 같아
옷을 화사하게 입고
모처럼 밖으로 나갔는데

날 보는 사람들이 저마다
"봄이에요, 봄!"
이라고 하네요

네, 맞아요
봄이에요, 봄!

사람들이 저를 보며
그렇게 희망차게 말하듯이

정말
봄이에요, 봄!

(2013. 3. 5)

#00835. 창문이 열린다

깊은 하늘을 향해
창문이 열린다

창문이 열리고
바람이 분다

바람이 불고
마음이 열린다

마음이 열리고
나무가 자란다

나무가 자라고
우주가 열린다

우주가 열리고
열매가 열린다

열매가 열리고
지구가 움직인다

깊은 하늘을 향해
다시 창문이 열린다

(2013. 3. 6)

#00836. 둥그렇게 됐다

자꾸 구르다 보니
나도 모르게 둥그렇게 됐다

모난 돌 같은 마음이
오랜 세월 모진 세상을 살며
사람들에게 부대끼고
스스로에게 부대끼고
또 여기저기 부딪히다 보니
나도 모르게 둥그렇게 됐다

강 상류의 모난 돌이
오랜 세월 모진 물살을 맞으며
바닥을 구르고 굴러
여기저기 부딪히고 깨지며
강의 하류에서 강의 바닥에서
둥글둥글한 자갈이 된 것처럼
나도 모르게 그렇게
둥그렇게 됐다

(2013. 3. 7)

#00837. 강물 속의 돌

누가 시키지 않아도
강물은 흘렀다

강물 속의 돌에게는
물의 흐름이 시간이었다

물속에서
숨을 쉬는 돌

물고기처럼 헤엄치고 싶지만
헤엄칠 수 없는

세월 속에서 그렇게
구두 굽처럼 닳아가는

물속에서
살아남은 돌

둥그렇기 때문에
살아남은 것일까

살아남았기 때문에
둥그런 것일까

아, 해도 달도 별도
모두 그렇게 둥그렇다

(2013. 3. 8)

나무의 마음이
보였다

산의 마음이
보였다

하늘의 마음이
보였다

가만히 서 있는데
문득

바위의 소리가
들렸다

숲의 소리가
들렸다

땅의 소리가
들렸다

우주의 소리가
들렸다

(2013. 3. 9)

#00838. 산책을 하는데

산책을 하는데
문득

꽃의 마음이
보였다

#00839. 꿈이 필요한 곳에

꿈이 필요한 곳에
꿈이 가득하길

열정이 필요한 곳에
열정이 가득하길

행복이 필요한 곳에
행복이 가득하길

성공이 필요한 곳에
성공이 가득하길

건강이 필요한 곳에
건강이 가득하길

돈이 필요한 곳에
돈이 가득하길

사랑이 필요한 곳에
사랑이 가득하길

평화가 필요한 곳에
평화가 가득하길

꿈이 필요한 곳에
꿈이 다시 가득하길

(2013. 3. 10)

#00840. 꿈이 없으면

꿈이 없으면
노력할 것도 없다

달려갈 곳이 없으니
애써 달릴 필요가 없다

달려갈 곳이 있다면
애써 달릴 필요가 있다

달려갈 곳이 있기에
잘 닦여진 길이 필요하다

꿈이 있기에
이 세상이 정말 필요하다

(2013. 3. 11)

#00841. 혼자서만 문제를

문제가 주어졌을 때
여럿이 모여 머리를 맞대고
서로 의논해서 푼다면
보통 더 쉽게 풀 수 있겠지만
이 세상을 살아가다 보면
꼭 혼자서만 문제를 풀어야 할 때가 있다

다른 사람이 나를 대신해서
모든 문제를 다 풀어 주면 좋겠고
다른 사람들과 함께
모든 문제를 다 풀 수 있으면 좋겠지만
꼭 혼자서만 문제를 풀어야 할
그런 때가 가끔은 있다

(2013. 3. 12)

#00842. 시 한 편에도

시 한 편에도
부피가 있고
깊이가 있고
무게가 있고
크기가 있고

높이가 있고
성질이 있고
냄새가 있고
질감이 있고
소리가 있고
맛이 있고
느낌이 있다

(2013. 3. 13)

#00843. 반드시 그만큼의

이 세상에 존재하는 것이라면
무엇이든 얻을 수 있겠지만
그 무엇을 얻으려면
그 무엇을 얻기 전까지는
반드시 그만큼의 대가를 치러야만 하고

이 세상에서 되고 싶은 것이 있다면
무엇이든 될 수 있겠지만
그 무엇이 되려면
그 무엇이 되기 전까지는
반드시 그만큼의 노력을 기울여야만 한다

(2013. 3. 14)

#00844. 글자와 말

눈동자 속으로 글자들이
빛의 속도로 쏟아져 들어온다

귓속으로 말들이
소리의 속도로 헤엄쳐 들어온다

까마득히 먼 곳을 향해
계속해서 가야만 한다면

글자가 더 빨리 갈 수 있을까
말이 더 빨리 갈 수 있을까

세월 속으로 글자들이
빛의 속도로 쏟아져 들어간다

세월 속으로 말들이
소리의 속도로 헤엄쳐 들어간다

(2013. 3. 15)

#00845. 우물의 바닥이 드러나니

우물의 바닥이 드러나니
저 산 어느 계곡에서는
폭포가 다시 쏟아져 내렸다

폭포의 물이 사라지니
어느 산속 옹달샘에서는
물이 다시 솟아올랐다

옹달샘의 물이 그치니
어느 공원 분수대에서는
물이 다시 솟아올랐다

분수대의 물이 그치니
이 세상 어느 곳에서는
하루 종일 비가 내렸다

(2013. 3. 16)

#00846. 시간의 흐름

시간이 흐르고 있다고 느끼는 것은
아마도 사람의 피가
흐르고 있기 때문일 것이다

피가 흐르지 않는 사람은
아마도 없을 테니까 말이다

피가 흐르지 않는 사람은
아마도 죽은 사람이다

시간이 흐르지 않는 공간은
아마도 죽은 공간이다

피가 흐르고 있다고 느끼는 것은
아마도 시간이
흐르고 있기 때문일 것이다

(2013. 3. 17)

#00847. 둥글어야 사나 보다

둥글어야 사나 보다

사과도 둥글고
포도알도 둥글고
수박도 둥글고
사람 얼굴도 둥글고
지구도 둥글고
달도 둥글고
해도 둥글고
우주도 둥글다

정말 둥글어야 사나 보다

(2013. 3. 18)

#00848. 촛불처럼 은은하게

즐겁고 행복한 생각을 하며
밝고 긍정적인 마음으로
촛불처럼 은은하게
내가 가야 할 길을 밝히고 싶다

바람이 불어와
심하게 흔들리더라도
그 흔들림을 이겨 내고
생명이 다할 때까지
끊임없이 타오르고 싶다

바람이 불어와
생각이 흩어지고
마음이 흔들리고
몸이 휘청거린다고 해도
묵묵히 가야 할 길을 가고 싶다

즐겁고 행복한 생각을 하며
밝고 긍정적인 마음으로
촛불처럼 은은하게
내가 가야 할 길을 밝히고 싶다

(2013. 3. 19)

#00849. 하루는 장난꾸러기

하루는

장난꾸러기

하루는 짓궂게도
내가 쉽게 풀 수 없는 문제를 내놓고
그 해답을 시간의 금고 속에 넣어
자물쇠로 잠그고는
이 세상 어딘가에 숨겨 둔 것 같다

하루는
정말 장난꾸러기

나는 오늘도 그 해답을 찾아
미로 같은 하루를 헤맨다

나는 오늘도 그 열쇠를 찾아
대나무 숲 같은 시간 속을 헤맨다

(2013. 3. 20)

#00850. 꽃의 작은 우주

꽃의 중심에
또 하나의 우주가 있다

불어오는 봄바람에
꽃의 작은 우주가 흔들린다

이 세상을 향해 앞다퉈 뛰쳐나오는
눈부시도록 아름다운 꽃들

내 마음에도 꽃이 피고
그의 마음에도 꽃이 핀다

이 세상을 향해 소중한 꿈을 펼치는

고귀한 생명의 꽃들

내 마음에도 꽃이 피고
그들의 마음에도 꽃이 핀다

쏟아져 내리는 봄비에
꽃의 작은 우주가 춤을 춘다

꽃의 중심에
또 하나의 우주가 있다

(2013. 3. 21)

#00851. 긍정과 부정

사람들의 말을 많이 들어 주라는데
사실 그것도 그렇게 쉬운 일은 아니다

주로 부정적인 사람들의 말을
많이 들어 주다 보니
나도 모르게 내 머릿속에는
부정적인 생각들로 가득하다

이러면 안 되는데
이러면 정말 안 되는데

사람들의 말을 많이 들어 주는 것도 좋지만
내 자신의 스트레스에다가
다른 사람들의 스트레스까지 떠안고
그렇게 살아간다는 것은 참 힘겨운 일이다

부정적인 사람은 계속해서
부정적인 것을 퍼뜨릴 수밖에 없다
부정적인 사람은 부정적인 것이 옳다고

스스로 믿고 있기 때문이다
그러니까 어쩔 수 없다

긍정적인 사람은 계속해서
긍정적인 것을 퍼뜨릴 수밖에 없다
긍정적인 사람은 긍정적인 것이 옳다고
스스로 믿고 있기 때문이다
그러니까 어쩔 수 없다

긍정과 부정은
절대로 물러설 수도 없고
또 양립할 수도 없는
선과 악의 대립과도 같다

사람들의 부정적인 말을 많이 듣기 때문에
내 자신이 부정적인 생각으로 오염될지라도
눈부신 긍정의 불빛으로 나를 되살리고
새로운 하루를 다시 살아가야겠다

(2013. 3. 22)

#00852. 나의 별에도

나의 별에도 봄이 왔다

추운 겨울에도 항상
봄을 꿈꾸었고

봄이 오기 한참 전부터
마음으로 먼저 봄을 느꼈다

봄볕 따뜻한 날이 오기 전까지
찬바람은 몹시도 불었고

맑게 개인 하늘이 펼쳐지기 전까지
비는 몹시도 내렸을 것이다

집을 나서는데
집 앞의 목련이 막 피어나고

어디선가 불어오는 봄바람에서
봄의 냄새가 난다

아, 나의 별에도 봄이 왔다

(2013. 3. 23)

#00853. 나른한 어느 봄 한낮에

나른한 어느 봄 한낮에
꾸벅꾸벅 졸고 있는 나를

파도처럼 밀려온 시간이
천천히 흔들어 깨운다

비틀거리는 혼미함 속의 나는
꿈과 현실을 정신없이 넘나들고

저 멀리 아득함 속 어딘가에서는
지평선이 성큼성큼 다가온다

나른한 어느 봄 한낮에
꾸벅꾸벅 졸고 있는 나를

새처럼 날아온 시간이
모이를 먹듯 자꾸만 쪼아 댄다

(2013. 3. 24)

#00854. 눈을 감고 가만히

눈을 감고
가만히
하루를 상상한다

하루는 모두
손에 들고 있는 휴대폰 안에
들어 있을지도 모른다

손끝으로 건드리면
잠들어 있던 총천연색의 하루가
화면 속에서 꿈틀거린다

하루는 모두
저 하늘 속 뭉게구름 뒤에
숨어 있을지도 모른다

눈을 감고
가만히
하루를 상상한다

(2013. 3. 25)

#00855. 아침부터 밤까지

상쾌한 아침을
이글거리는 열정과 함께
눈부시게 맞이한다

활기찬 점심때를
지혜에 굶주린 영혼이 되어
진지하게 맞이한다

꿈결 같은 저녁을
밤하늘 속에서 피어나는 폭죽의 불꽃처럼
가슴 벅차게 맞이한다

포근한 밤을
장밋빛 그 아름다운 사랑으로
황홀하게 맞이한다

(2013. 3. 26)

#00856. 시를 찾아

고독한 어느 한 영혼이
시를 찾아 거리를 헤맨다

눈부신 거리
그 어느 날의 희뿌연 안개 속에

여
기
저
기

시가
꽃처럼 피어 있었다

띄
엄
띄
엄

시가
나무처럼 서 있었다

푸
드
덕
푸
드
덕

시가
깃발처럼 퍼덕이고 있었다

굶주린 어느 한 영혼이
꿈을 찾아 거리를 헤맨다

(2013. 3. 27)

#00857. 시인이 시를 낳고

우주가
지구를 낳고

지구가
숲을 낳고

숲이
새를 낳고

새가
알을 낳고

알 같은 세계에서
시인이 번쩍 깨어나

세상을 향해 다시
시를 낳고

시가
행복을 낳고

행복이
성공을 낳고……

(2013. 3. 28)

#00858. 시라는 것은

시를 찾아
이 세상을 수없이 헤매고
돌아다니다 보니

시라는 것은 결국
마음속에 있었다는 것을
알게 된 것 같다

(2013. 3. 29)

#00859. 새들이 다시 울었다

새들이 울었고
바람이 불었다
나뭇잎들이 흔들렸고
새들이 날았다
나뭇잎들이 떨어졌고
지구가 한 바퀴 돌았다
나비들이 깨어났고
꽃들이 일제히 피어났다
비가 몹시도 쏟아졌고
풀들이 자라올랐다
해가 뜨겁게 떠올랐고

바람이 차갑게 불어왔다
새들이 하늘을 날았고
나뭇잎들이 흔들렸다
바람이 불었고
새들이 다시 울었다

(2013. 3. 30)

#00860. 나의 사명 중 하나는

나의 사명 중 하나는 바로
시를 쓰고
행복한 하루를 보내는 것

시를 쓰지 않고 오늘 하루를
그냥 보내지 않도록 하는 것

그리고 내일이 와도
그 사실을 절대 잊지 않도록 하는 것

아무것도 먹지 않으면
저절로 배고파지는 것처럼

아무 시도 쓰지 않으면
어딘가 모르게 허전해지는 것

그렇게 시를 쓰지 않고 오늘 하루를
그냥 보내지 않도록 하는 것

나의 사명 중 하나는 바로
시를 쓰고
행복한 하루를 보내는 것

(2013. 3. 31)

#00861. 봄이 왔지만

봄이 왔지만
나는 몹시 추웠다

봄이 왔지만
바람이 몹시 불었다

꽃이 피었지만
나는 몹시 추웠다

꽃이 피었지만
바람이 몹시 불었다

추운 겨울 동안
감기 한 번 안 걸렸지만

봄이 되니까
갑자기 코감기에 걸리고 말았다

봄이 왔지만
나는 몹시 추웠다

봄이 왔지만
바람이 몹시 불었다

(2013. 4. 1)

#00862. 새 주방장

가끔씩 찾아가는
서울 어느 한 중국집에
새 주방장이 들어왔는지
평소에는 빨리 나오던

음식이 아주 늦게 나왔다

가만히 기다리고 있는데
주방에서 주인과 새 주방장이
싸우는 소리가 들렸다
어느 한 손님은 한참을 기다리다가
주문을 취소하고 그냥 나갔다

나는 한참을 더 기다리다가
주어진 점심시간이 다 끝날까 봐
늦게 나온 음식을 급하게 먹고 나왔는데
30분쯤 지났을까
갑자기 배가 살살 아팠다

주인과 새 주방장의 싸움이
음식 속에 담겨 있었던 것일까
아픈 배를 손으로 살살 문지르며
서로 화해를 시키고 나니
배는 다시 괜찮아졌다

(2013. 4. 2)

#00863. 하나의 우주가 되어

문득
이 공간 속에서

나도 모르게
하나의 우주가 되어

주변에 있는
다른 우주들을

모두 다

집어삼켜 버리고 말았다

하나의 우주는
하나의 우주

다른 우주는
더 이상 보이지 않았다

문득
이 시간 속에서

하나의 우주는
마치

내가 살고 있는
집 같기도 했고

내가 다니는
회사 같기도 했고

내 안에 있는
세포 같기도 했다

하나의 우주는
하나의 우주

우주를 우주 속에서
그렇게

절실하게
느끼고 말았다

(2013. 4. 3)

#00864. 시를 쓰지 않았기에

시를 쓰지 않았기에
식사 금지 1일에 처함

시를 쓰지 않았기에
독서 금지 7일에 처함

시를 쓰지 않았기에
TV 금지 30일에 처함

시를 쓰지 않았기에
여행 금지 100일에 처함

시를 쓰지 않았기에
음주 금지 365일에 처함

시를 쓰지 않았기에
게임 금지 1,000일에 처함

(2013. 4. 4)

#00865. 지하철에서

지하철

어느 한 정거장이
어느새 나도 모르게
한 행의 시가 되고

지하철

어느 한 환승역이
어느새 그들도 모르게

한 연의 시가 되고

지하철

어느 한 종착역이
어느새 우리도 모르게
한 편의 시가 되네

(2013. 4. 5)

#00866. 상상 속에서

먼저 상상을 하고
그 상상 속에서 하루를 산다

언젠가 그토록
상상했던 그 하루가

바로
오늘 같다

그렇게
하루를 눈부시게 살고

그렇게
하루를 온몸으로 느끼고

그렇게
하루를 송두리째 보내고

그렇게
하루를 다시 맞이한다

아, 그렇게

우리의 상상 속에서

(2013. 4. 6)

#00867. 정해진 세계

정해진 세계에서
정해지지 않은 세계로

정해지지 않은 세계에서
자꾸만 변하는 세계로

자꾸만 변하는 세계에서
절대로 변하지 않는 세계로

절대로 변하지 않는 세계에서
정해지지 않은 세계로

정해지지 않은 세계에서
다시 정해진 세계로

(2013. 4. 7)

#00868. 타임머신

문득

미래의 그 어느 날에서
타임머신을 타고
오늘이라는 날로 슈우웅
하고 날아온 것 같은 기분이 든다

어쩌면

오늘이라는 날은
수없이 많은
사람들의 땀방울로 이루어진
거대한 우주인 것만 같다

문득

오늘의 어느 순간에서
타임머신을 타고
미래의 그 어느 날로 슈우웅
하고 날아간 것 같은 기분이 든다

(2013. 4. 8)

#00869. 살아남아야만 했다

살아남아야만
했다

혹독한
경쟁 속에서도

버텨 내야만
했다

숨막히는
공간 속에서도

움직여야만
했다

불확실한
미래 속에서도

준비해야만
했다

참을 수 없는
혼란 속에서도

이야기해야만
했다

수많은
침묵 속에서도

침묵해야만
했다

수많은
이야기 속에서도

다시

살아남아야만
했다

혹독한
경쟁 속에서도

어쩌면 그것은
인생을 담보로 진행되는

하나의 잔인한
게임이었는지도 모른다

(2013. 4. 9)

#00870. 오지 않는 봄

여기저기서 꽃들이
불꽃처럼 피어나는데
나는 아직
얼음처럼 차가웠다

여기저기서 새싹들이
눈부시게 자라나는데
나는 아직
초라하게 멈춰 서 있다

여기저기서 봄이
잔뜩 묻어나는데
나는 아직
겨울처럼 아주 추웠다

(2013. 4. 10)

#00871. 시가 된다

한 걸음
한 걸음

걸을 때마다
발밑에서 시가 돋아난다

한 걸음
한 걸음

걸을 때마다
발밑에서 시가 피어난다

그렇게

눈부시게 시가 돋아나고

그렇게
눈부시게 시가 피어나고

다시

시가 눈앞을
별처럼 스쳐 지나가고 있다

수많은 상념과 함께
수많은 길을 가며

한 걸음
한 걸음

걸을 때마다
발밑에서 시가 된다

하나둘 움츠렸던 겨울이
꽃처럼 피어난다

한 걸음
한 걸음

걸을 때마다
눈부신 삶이 된다

이젠 정말
봄이다

(2013. 4. 11)

#00872. 하루가 가네

하루가 가네
하루가 가고 있네

어느새

그토록 기다렸던
하루가 오고

또 그토록 간절했던
하루가 가네

주어진 삶을
끝까지 살아 내야지

그러기 위해서는
꼭 해야 할 일들이 있을 거야

음……

그러기 위해서는
꼭 해야 할 숙제가 있을 거야

하루가 가네
하루가 가고 있네

어느새

그토록 꿈꾸었던
하루가 오고

또 그토록 설레었던
하루가 가네

(2013. 4. 12)

#00873. 실험적이라는 것

실험적인 것은 좋지만
실험적인 것이라고 해서
반드시 옳다고 볼 수는 없네

실험적인 것은 좋지만
오히려 반응이 좋지 않아서
실패할 확률이 높네

아무리 실험적인 것이라고 해도
전통적이고 일반적인 것을
이기지 못하는 경우가 많네

그러므로 단지
실험적이라는 것만으로는
그다지 대단한 것이 못될 수도 있네

그렇다고 계속
전통적이고 일반적인 것에
머물러 있을 수도 없네

그렇게 계속 한곳에
머물러 있다 보면 이 세상은
더 이상 발전하지 못할 것이네

수많은 실패를 감수한
누군가의 실험 정신이 모이고 모여
이 세상이 발전하고 있네

실험적인 것은 좋지만
실험적이라고 해서
무조건 옳다고 볼 수는 없네

(2013. 4. 13)

#00874. 써야 한다

써야 한다
그동안 쓰지 못했으므로

써야 한다
이제는 정신을 차리고

써야 한다
365일 묵은 침묵을 깨고

써야 한다
이제는 정말 써야 하므로

써야 한다
참으로 진짜로 정말로

(2013. 4. 14)

#00875. 시는 (2)

시는
내 친구였네

시는
내 애인이기도 했네

시는 앞으로도
내 친구일 것이네

시는 앞으로도
내 애인이기도 할 것이네

시는

짧으면서도 길었네

시는
3차원이면서도 4차원이었네

시는
있으면서도 없었네

시는
죽었으면서도 살아 있었네

시는
내 친구였네

시는
내 애인이기도 했네

(2013. 4. 15)

#00876. 시간의 소중함

1분의 소중함
1초의 소중함

이 한순간
한순간의 소중함

그렇게 만져지는 사랑의
이 한순간

그렇게 느껴지는 행복의
이 한순간

1분

1초

바로
이 한순간

(2013. 4. 16)

#00877. 창작의 고통 (3)

시가 막 떠오를 때는
그냥 쓰면 되는데

아무것도 떠오르지 않을 때는
가만히 있을 수밖에 없구나

바로 그
진통의 순간

무엇을 하고 있는 것도 아니고
무엇을 하지 않고 있는 것도 아닌 듯한

바로 그
처절한 순간

그냥 의미 없이 흘려보내기에는
정말 아깝게 느껴질 수도 있는

바로 그
인내의 순간

한 편의 시를 쓰기 위해서
그런 순간들이 있어야만 했구나

시가 막 떠오를 때는

그냥 쓰면 되는데

아무것도 떠오르지 않을 때는
가만히 있을 수밖에 없구나

(2013. 4. 17)

#00878. 나는 정말

나는 정말 필사적으로
내 삶을 살아왔을까

만약 그게
사실이 아니라면

그동안 나는 정말 필사적으로
내 삶을 살 필요가 없었던 것일까

아니면 그렇게 하고 싶은데
그렇게 하지 못하고 살았던 것일까

시간이 흘렀다
그렇게

약속은 어느 순간
내 미래를 저당 잡고

현재는 어느 순간
과거가 되어 버린다

아마도 매 순간 필사적이었다면
무척 고단한 삶이었겠지

아마도 매 순간 필사적이 아니었다면
무척 후회하는 삶이었겠지

아마도 그랬겠지
아마도 그럴 수밖에 없었겠지

시간이 흘렀다
그렇게

(2013. 4. 18)

#00879. 꿈 같은 순간

잠깐 만져졌던
황홀한 꿈 같은 순간

먹고 소화시키고 흡수하고 배출하고
나는 살아간다 살아간다

우리라는 유전자
필요한 걸 찾아 얻고
불필요한 걸 찾아 버리며
살아간다 살아간다

그리고 또
그렇게 움직인다

움직이는 생명체
또는 움직이지 않는 생명체

잠깐 만져졌던
황홀한 사랑 같은 순간

눈부시게
그렇게 움직인다

(2013. 4. 19)

천일시화

#00880. 봄이 나를

봄이 나를
어김없이 찾아왔다

음……

추운 줄 알았는데
따뜻하다

음……

움츠리려고 했는데
나도 모르게 몸이 활짝 펴진다

음……

봄이 나를
어김없이 찾아왔다

음……

생각의 저편
그 어딘가에서

(2013. 4. 20)

#00881. 세상의 양면

일정 수준 이상
잘하지 못하면
절대 생존할 수 없는
세상이 있다

일정 수준 이상
잘하지 못해도
그냥 생존할 수 있는
세상이 있다

어떻게 보면
세상이
참 관대하기도 하지만
참 냉혹하기도 하다

내게 주어진 하루하루를
자꾸만 살아 볼수록
세상이라는 게
정말 그런 것 같다

(2013. 4. 21)

#00882. 늘 같은 세상일까

늘 같은 세상일까
늘 같은 세상이 아닐까

삶은 살아 볼수록
배울 것들이 많다

삶은 살아 볼수록
깨달을 것들이 많다

늘 같은 세상일까
늘 같은 세상이 아닐까

삶은 살아 볼수록
느낄 것들이 많다

삶은 살아 볼수록
실천할 것들이 많다

(2013. 4. 22)

#00883. 시가 움직인다

시는 정말
어려운 것일까

시는 정말
어려워야만 하는 것일까

사용 빈도수가
엄청나게 낮으면서도

복잡해 보이는 어느 한자처럼
그렇게 어려워야만 하는 것일까

다양하고 신비로운
언어의 축제

일상생활에서 꺼내 쓰지 않는
오래 묵은 옷 같은 언어들

가끔씩
튀어나온다 목구멍에서

또는
시퍼런 눈동자에서

아……

물속에서

물고기가 헤엄치듯

시가
움직인다

아……

고층 빌딩에서 비 내리는
창밖을 내려다보면

수많은 우산들이
분주히 횡단보도를 오가듯

시가
움직인다

아……

지구가
태양 주위를 돌듯

수많은
너와 나의 마음속에서

시가
움직인다

(2013. 4. 23)

#00884. 아기가 운다

응애응애
아기가 운다

배고파도 울고 졸려도 울고
볼일 보고 나서 불편해도 울고
그냥 깜짝 놀라서도 울고
어디가 아파도 운다

시도 때도 없이
아기가 운다

방긋방긋 웃다가도 울고
울음을 그칠 듯하다가도 울고
아기는 말을 못하니까
그냥 울기만 한다

아기가 우는 이유를 바로
알 수 있다면 참 좋을 텐데

밤새도록
아기가 운다

(2013. 4. 24)

#00885. 한곳에 오랫동안 있다 보면

한곳에
오랫동안 있다 보면
사람들이 들어오고
나가는 것이 보인다

새로운 사람들이
우르르 들어왔다가
어느 순간
하나둘씩 흐지부지 사라진다

일을 잘했던 사람은

잘해서 떠나고
일을 못했던 사람은
못해서 떠난다

한곳에
오랫동안 있다 보면
정말 수없이 오고가는
사람들이 보이고
결국 어떤 사람들이 남는지
알게 된다

무엇이 정답인지는
잘 모르겠지만
이 세상을 살아가기 위해서는
어느 곳이든
내가 원하는 곳에서
살아남아야 한다는 것만큼은
분명하다

(2013. 4. 25)

#00886. 똑같은 하루인 것 같지만

똑같은 하루인 것 같지만 우리는
1년에 365번의 새로운 하루를 맞이한다

하루하루 나도 미세하게
조금씩 달라져 간다

정강이가 어딘가에
부딪혀서 멍들어 있을 때도 있고

손에 가시가 박혀 빨갛게
부어 있을 때도 있다

내 생각도 영상이나 책을 보면서
조금씩 달라지는 것 같은데

정말 달라진 것이 있는지
문득 거울을 보면 잘 모르겠다

하루가 가고 한 달이 가고 한 해가 가며
그렇게 조금씩 달라지고 있는 것일까

어차피 달라지는 거
좋은 방향으로 달라지자

좋은 글귀 하나라도 더 마음에 새기고
하나라도 더 실천하며 살아가자

좋은 것을 알고만 있고
실천하지 못한 것들이 참 많구나

좋은 것을 알고 이를 실천하는 것이 바로
좋은 방향으로 달라지는 방법이었구나

똑같은 하루인 것 같지만 우리는
1년에 365번의 새로운 하루를 맞이한다

(2013. 4. 26)

#00887. 상상의 힘

상상의 힘이 바로
지금의 나를 만들었다

사랑의 힘이 바로
지금의 나를 만들었다

용서의 힘이 바로
지금의 나를 만들었다

꿈의 힘이 바로
지금의 나를 만들었다

희망의 힘이 바로
지금의 나를 만들었다

행복의 힘이 바로
지금의 나를 만들었다

긍정의 힘이 바로
지금의 나를 만들었다

실천의 힘이 바로
지금의 나를 만들었다

상상의 힘이 바로
지금의 나를 만들었다

(2013. 4. 27)

#00888. 시간이 가는데

시간이 가는데
문득 시간이 가지 않는다

시간은 어쩌면 처음부터
정지해 있었을지도 모른다

다시

시간이 가지 않는데

문득 시간이 간다

어제도 오늘도 내일도 없이
늘 지금이었을지도 모른다

다시

시간이 가는데
문득 시간이 가지 않는다

시간은 어쩌면 태초부터
없었을지도 모른다

다시

시간이 가지 않는데
문득 시간이 간다

(2013. 4. 28)

#00889. 우주 밖 어딘가에서

수많은 시간을 참아 내고
꽃이 피어났다

우주 밖 어딘가에서
지금 이곳으로 꽃이 찾아왔다

꽃이 공간을 뚫고
작은 세상을 창조했다

햇살이 반짝이고
바람이 불었다

수많은 시간을 참고 피어난
꽃이 잠깐 동안 흔들렸다

창조된 작은 세상이
잠깐 흔들렸다

(2013. 4. 29)

#00890. 모양이 어느새

모양이 어느새
만들어졌다

간절히 원했던
그 모양으로

시간이 갈수록
하나둘씩 만들어졌다

동그라미를 계속
생각하고 생각하며

동그라미를 위해
수많은 날들을 보냈더니

모양이 어느새
그렇게 만들어졌다

(2013. 4. 30)

#00891. 하나의 관문

낯익은 사람이

내 앞을
수줍은 듯 지나가네

아침마다 비둘기 모이 주던
그 사람은
오늘 오지 않았는지

비둘기 떼가 보이지 않고
참새만 두어 마리
짹짹거리네

무척 바쁘게 움직이는
아침 출근 시간이라
빠른 걸음으로 걸어서 그런지
심장이 막 두근두근하네

무엇을 하기 위해서는
꼭 필요한 오늘 이 하루

꼭 지나가야만 하는
하나의 관문

오늘
이 하루라는 시간

낯익은 사람이
내 앞을 다시
수줍은 듯 지나가네

(2013. 5. 1)

#00892. 출근길에 꽃이 핀다

아침 출근길에

꽃이 핀다

출근길 지하철역에서도
꽃이 피고

출근길 도로변에서도
꽃이 피고

출근길 사람들 얼굴에서도
꽃이 피고

출근길 꿈속에서도
꽃이 피고

출근길 상상 속에서도
꽃이 피고

아침마다 출근길에
꽃이 핀다

화사한
웃음꽃이 핀다

(2013. 5. 2)

#00893. 정해진 시간 내 무엇인가를

별것도
아닌 듯한 시간

어쩌면 1분, 5분이
별것도 아닌 것 같은데

그 짧은 시간에도

상당히 많은 걸 할 수 있다

시간을 그냥
보내려고만 한다면

시간은 잘 가지 않고
시간은 가치가 없어 보인다

하지만 정해진 시간 내
무엇인가를 하려고 보면

시간은 정말 일분일초가 정말
소중한 것이 된다

(2013. 5. 3)

#00894. 이제 정말 봄이다

영원히 계속될 것만 같던
겨울도 이제는 정말 가고
누구도 거부할 수 없는 봄이 왔다

수많은 변화를 이겨 내며
기업은 살아남고 성장하고
수많은 사람들도 삶 속에서
생각하고 행동하며
수많은 변화를 이겨 내고 성장한다

끝도 없는 낭떠러지가
저 밑에 수없이 많이 있을 것만 같은데
어느덧 밑바닥이다

더 이상 나빠질 것이 없는 상태
우리는 그것을 밑바닥이라고 불렀나

그럼 이제 더 나아질 일만 남았다
더 나아지기만 하면 된다

영원히 계속될 것 같던
찬바람도 이제는 그치고
누구도 거부할 수 없는 따뜻한 바람이 불어온다

그래
이제 정말 봄이다

(2013. 5. 4)

#00895. 흐드러지게 피었다

흐드러지게 피었다
벚꽃

노랗게
개나리도 피었다

목련도
어느새 피었고

저 산 어디쯤
진달래도 피었고

이 마음 어디쯤
웃음꽃도 한 번 피었다

주위를 둘러보는데
정말

벚꽃
흐드러지게 피었다

(2013. 5. 5)

#00896. 단순한 것과 복잡한 것

아무리 단순한 것도
결국 해결되기 전까지는
복잡한 것이었다

음……

씨앗은 기나긴 겨울을 지나
봄이 오자 싹을 틔우고
이파리를 키우고
꽃을 피운다

수많은 날의 비와 바람과
수많은 날의 해와 나비와
수많은 날의 달과 안개

수많은 복잡함을 이겨 내고
수많은 정보를 담아
수많은 씨앗을 남긴다

수많은 씨앗은 또
기나긴 겨울을 지나
봄이 오면 싹을 틔우고
다시 꽃을 피운다

음……

아무리 복잡한 것도
결국 해결되고 나면
단순한 것이었다

(2013. 5. 6)

#00897. 아무것도 하지 않고

아무것도 하지 않고
휴식할 수 있는 시간이
우리에게는 꼭 필요하네

아무것도 하지 않고
영원히 휴식할 수 있다면
그것은 진정한 자유네

아무것도 하지 않고
가만히 있는 것은 어쩌면
재미가 없을 수도 있네

아무것도 하지 않고
휴식할 수 있는 시간이
그래도 반드시 필요하네

(2013. 5. 7)

#00898. 세상을 살아가다 보니

세상을 살아가다 보니
어떤 때는 모든 게
단순하고 쉬웠지만

결국에는 모든 게 그렇게
단순하고 쉽지만은 않았다는 것을

문득
나는 알게 되었네

세상을 살아가다 보니
어떤 때는 모든 게

복잡하고 어려웠지만

결국에는 모든 게 그렇게
복잡하고 어렵지만은 않았다는 것을

문득
나는 알게 되었네

(2013. 5. 8)

#00899. 살아가는 이야기

거의 결말에 다가선
이야기

어떻게 보면 참
영화 같은 이야기

그렇게 내가 지금
살아가는 이야기

이제 한 가지가 또
마무리되고 다시 시작될 이야기

멀리멀리 저 멀리
돌아가고 돌아간 이야기

어쩌면 방금 도착한
새로운 눈물의 이야기

(2013. 5. 9)

#00900. 축적된 하루

피곤함을 이기며
하루를 보낸다

축적된 하루의 무게가
왠지 모르게 참 묵직하다

짊어진 어깨 위의
커다란 우주

피곤함을 이기며 그렇게
또 하루를 보낸다

(2013. 5. 10)

#00901. 환절기

이제 좀 더워졌나 싶더니
어느 순간 다시 추워진다

요즘의 날씨가 그렇다

이제 좀 추워졌나 싶더니
어느 순간 다시 더워진다

요즘의 하루가 그렇다

코 훌쩍
목 따끔

앗!
감기를 조심해야겠다

(2013. 5. 11)

#00902. 글자

글자들이
소통의 바다에서
물고기 떼처럼 헤엄친다

상어 같은 글자
멸치 같은 글자

글자들이
정보의 우주에서
눈부신 속도로 날아간다

별빛 같은 글자
암흑 같은 글자

글자들이
소통의 그 어느 산줄기에서
가끔씩은 고요하다

(2013. 5. 12)

#00903. 땀이 난다

바쁘게 움직이니
발에서 땀이 난다

지금 일이 잘 되고 있다고 해서
계속 안심하고 있을 수는 없다
잠시 안심할 수는 있어도
계속 그럴 수는 없다

세상은 자꾸만 변하고
아무도 그 변화를 막을 수가 없다

이 세상에서 살아남기 위해서는
내 스스로 먼저 변해야만 한다

아, 정말 그렇게 바쁘게 움직이니
온몸에서 땀이 난다

(2013. 5. 13)

#00904. 건강 보험

건강 보험은 건강한 사람들이
아픈 사람들을 돕는 것이네

건강한 사람들도 언젠가
아프게 되면 도움을 받게 되네

아무리 건강한 사람도
사고로 다치거나 아플 수 있고

아무리 아픈 사람도
다시 건강해질 수 있네

건강 보험은 건강한 사람들이
아픈 사람들을 돕는 것이네

건강한 사람들도 언젠가
아프게 되면 도움을 받게 되네

(2013. 5. 14)

#00905. 이제야 너를 다시

오랜만에 너를

만난다

끼어들 수 없는
시간의 긴 행렬

자꾸 지나쳐 가기만 했던
차창 밖 풍경 같은 세월

더 중요한 일
더 급한 일

지금 눈앞에 보이는
바로 그런 일

그런 일들에 정신이 팔려
오랜 시간

너를 정말
만나지 못했다

문득 정신을 차렸을 때는
이미 수많은 세월이 흘러 버렸다

아……

이제야 너를 다시
만난다

(2013. 5. 15)

#00906. 손바닥 위의 기기

떠돌아다니던
글자와 이미지들이

손바닥 위의 기기 속으로 집약된다

나는 별처럼
가야 할 행로를
궤도에 맞춰 돌고 있다

그렇게 자꾸 돌고 돌아야
스스로의 임무를
마칠 수 있었으니까 말이다

떠돌아다니던
존재와 시공이 여기저기서
새롭게 태어나

푸드덕 푸드덕
굶주린 새들처럼
내 손바닥 위로 모여든다

(2013. 5. 16)

#00907. 발로 찬다

발로 찬다
작은 두 발로

엄마 배 속에서 태동하던
그때처럼

발로 찬다
아빠 발 닮은 두 발로

이불을 차 내고
허공을 차 낸다

축구 선수 같은
허벅지

무엇인가를 향해
작은 두 발을

쭉
뻗는다

(2014. 5. 11)

#00908. 되면 할까 하면 될까

만약 꿈이 있다면
그 꿈을 이루기 위해

하면 된다고 생각하며
노력해야 할까

되면 할 것이라고 생각하며
멈춰 서야 할까

만약 어떤 일을
꼭 해야만 하는 것이라면

하면 된다고 생각하며
노력해야 할까

해도 안 된다고 생각하며
노력해야 할까

만약 힘든 상황에 처해 있다면
그 상황을 이겨 내기 위해

할 수 있다고 생각하며
노력해야 할까

할 수 없다고 생각하며
포기해야 할까

(2014. 5. 12)

#00909. 긍정의 마음으로

강한 믿음과 열정

그것들이
지치고 피곤했던 하루를
버틸 수 있게 해 준다

이겨 내자

눈부신
긍정의 마음으로

(2014. 5. 13)

#00910. 비둘기

남산서울타워와 명동성당이 보이는
그 지점 어디쯤에서
길을 걷는데

길바닥에는 쌀알이 많다
비둘기가 먹다가 참새가 먹다가
남은 쌀알인가 보다

누군가 거의 매일 아침마다
쌀을 뿌리고
간다

쌀을 뿌리지 않은 날은
조용하다
비둘기도 없고 참새도 없다

누군가에게
무슨 일이 있었던 것은
아닐까

문득 아득한 아침의 기억 속에서
무척 궁금한 하루가
그렇게 지나간다

(2014. 5. 14)

#00911. 뚫고 날아간다

시간이 쏜살같이
DNA를 뚫고 날아간다

번개 같은 순간
천둥 같은 공간

공간이 총알같이
생각을 뚫고 날아간다

(2014. 5. 15)

#00912. 움직이자

가만히 앉아
시를 생각하며 2시간을 인내하고
수많은 생각을 떠올리고
또 수많은 생각을 지워도
다시 원점일 때가 있다

이상하게도 머릿속에는
아무것도 떠오르지 않는다

마치 가뭄에
메말라 버린 샘물처럼

또는

오아시스 없는
뜨거운 태양의 사막처럼

아……
이 목마른 공간

아……
이 간절한 꿈 같은 갈증의 순간

가만히 앉아
수많은 시간을 보내고
그렇게 하루를 보내고
그렇게 또 일주일을 보내고
그렇게 또 한 달을 보내도

아무것도 생각나지 않음은
휴식이 필요하다는 것일까
새로운 경험이 필요하다는 것일까

다시 움직이자
움직이고 생각하자
생각하고 또 바로 움직이자
때로는 깊이 생각하고
때로는 충분한 휴식도 취하고
하지만 다시 신속하게 결정하고
곧바로 움직여서
뚜렷한 목표를 향해 나아가자

가만히 앉아
시를 생각하며 2시간을 인내하고
수많은 생각을 떠올리고
또 수많은 생각을 지워도
다시 원점일 때가 있다

그래 그렇다면 이제
다시 원점에서 움직이자

(2014. 5. 16)

#00913. 역사가 살아 있다

한 사람의 일생 속에
역사가 있다
역사가 살아 있다

어떻게 살아야 할까
이렇게 사는 게 좋을까

평화롭게 살고 싶다
자유롭게 살고 싶다

사람들은 모여서
함께 살아가는 존재이므로

서로 자유롭게 살면서도
서로 피해를 주지 않도록

지켜야 할 일들은
지켜야 할 것이다

어떻게 보면
한 가족을 이루고
자식들을 그렇게
잘 키워 낸 것만으로도
한 사람의 일생은
대단한 것인지도 모른다

결국에 가서 남는 것은
사람이라는 존재가 아닐까

살아간다는 것
살아남는다는 것

그렇다
지금 이 순간이 그렇다

한 사람의 일생 속에
역사가 있다
역사가 살아 있다

(2014. 5. 17)

#00914. 하루하루 새로운

하루하루
새로운 도전에 직면한다

정지해 있는 것 같은

내 존재도

하루하루
조금씩 성장하고 있고

멈춰 있는 것 같은
주변 환경도

하루하루
조금씩 변해 가고 있다

나도 모르게
나는 시간 속에서 변하고

하루가 다르게
세상은 마법처럼 변해 간다

모든 것들이 자꾸 변하고 있지만
변치 말아야 할 것은 사랑

아……

그렇게 하루하루
새로운 문제에 또 직면한다

(2014. 5. 18)

#00915. 사계절

봄인데
누가 꽃을 약 올렸는지
꽃잎이 붉다

여름인데

누가 페인트칠을 했는지
산이 짙푸르다

가을인데
누가 배고팠는지
나무 열매가 눈부시다

겨울인데
누가 눈싸움을 했는지
세상이 새하얗다

(2014. 5. 19)

#00916. 생활해야 할 이유

생활해야 할 이유
평화

평화로워야 할 이유
사랑

사랑해야 할 이유
행복

행복해야 할 이유
성공

성공해야 할 이유
생존

생존해야 할 이유
성공

성공해야 할 이유

행복

행복해야 할 이유
사랑

사랑해야 할 이유
평화

평화로워야 할 이유
생활

(2014. 5. 20)

#00917. 눈부신 봄

봄이 눈부시게
꽃잎 위에서 빛난다

수없이 이어진
꿈의 레일 위를 달린다

그대의 시선과
나의 시선이 교차하며 달린다

어느덧 봄이 눈부시게
다시 꽃잎 위에서 빛난다

(2014. 5. 21)

#00918. 문득 어딘가에서

꿈이었을까
현실이었을까

아니면
그 어느 중간쯤이었을까

문득 어딘가에서
떠올랐던 하나의 생각

세상이 먼저 있었고
존재가 나중에 있었을까

존재가 먼저 있었고
세상이 나중에 있었을까

사람을 만들어 내기 위해
우주를 만들었을까

우주를 만들다 보니 그냥
사람이 만들어졌을까

만유인력의 비밀을 놓고 본다면
누군가 강하게 지구를 만들고
인류를 만든다는 목표를 가지고
노력했을 거라고 볼 수 있다

누군가 종이에 지구를 만들고
인류를 만들겠다고 써 놓지 않았을까
그 누군가는 정말 신이었을까
똑같은 사람이었지만
좀더 뛰어난 사람이었을 뿐이었을까

문득 어딘가에서
떠올랐던 하나의 생각

아……

꿈이었을까

현실이었을까

아니면
그 어느 중간쯤이었을까

(2014. 5. 22)

#00919. 그래도 움직여야 한다

방법을 찾아
목표를 이루어 간다

길을 찾아
목적지에 도착한다

뒤를 돌아보고
반성도 필요하지만

언제까지나 뒤만 돌아보고
그렇게 있을 수는 없다

움직여야 한다
쉬지 않고 움직여야 한다

언젠가는
움직이지 못하게 될 날이 오겠지만

그래도 움직여야 한다
움직여야 한다

(2014. 5. 23)

#00920. 사람들이 오고 간다

회사는 남고
사람들이 오고 간다

집은 남고
가족들이 오고 간다

성공은 남고
피와 땀이 오고 간다

국가는 남고
사람들이 오고 간다

우주는 남고
별들이 오고 간다

(2014. 5. 24)

#00921. 사람, 사람, 사람

같은 일정을 가지고 있는
사람

같은 버스를 타고 있는
사람

같은 길을 걷고 있는
사람

같은 곳을 가고 있는
사람

우연히 같이 있게 된

사람

문득 마주치게 된
사람

같은 공간 속의
사람

같은 시간 속의
사람

같은 차원 속의
사람

그런 사람, 사람
사람

(2014. 5. 25)

#00922. 아침의 경험

보였던 것

아침에
그렇게 보였던 것

아침에 그렇게
보이고 들렸던 것

아침에 그렇게 매일
보이고 들리고 느껴졌던 것

그것은
사랑이었나

행복이었나
희망이었나

느껴졌던 것

아침에
그렇게 느껴졌던 것

아침에 그렇게
느껴지고 들렸던 것

아침에 그렇게 매일
느껴지고 들리고 보였던 것

그것은
평화였나
자유였나
평등이었나

(2014. 5. 26)

#00923. 연기처럼 사라진다

머릿속에서 떠오르는 것을
어딘가에 붙잡아 두지 않으면
금세 연기처럼 사라진다

생각이라는 것은
맨눈으로 볼 수 없는
별개의 차원 속에 있는 것일까

맨눈으로 볼 수 있는
3차원의
물리적 공간 속에 있는 것일까

사람이
만약
컴퓨터라면

생각이라는 것은
맨눈으로 볼 수 없는
전기 속에 있는 것일까

맨눈으로 볼 수 있는
3차원의
하드웨어 속에 있는 것일까

머릿속에서 떠오르는 것을
어딘가에 붙잡아 두지 않으면
어느덧 연기처럼 사라진다

(2014. 5. 27)

#00924. 시를 잊어버린다

바쁜 일들이 있어
정신없이 바쁘다 보니
순간순간 시를 잊어버린다

시를 잊어버리면 안 되는데
시를 잊어버리지 말아야 하는데
먹고사는 일들로 정신없이 바쁘다

바쁜 일들이 있어
정신없이 그렇게 지내다 보니
문득 시를 잊어버린다

(2014. 5. 28)

#00925. 움직임 속에 있었다

빛나는
시간 속을
빠른 걸음으로
신나게 걷는다

나는
그 시간 속에 있었다

나는
그 움직임 속에 있었다

태어난 아이는
하루가 다르게 커 가고 있었다

빛나는
공간 속을
좀더 빠른 걸음으로
신나게 걷는다

나는
그 공간 속에 있었다

나는
그 움직임 속에 있었다

(2014. 5. 29)

#00926. 역사의 흐름

거대하고 육중한
역사의 흐름

뜨거운 용암처럼
흐르는

되돌릴 수 없는
투명한 시간의 기록들

또는

아무도 알 수 없는
불투명한 기록들

흐르고 있다
멀어지고 있다

아차
하는 순간

미래는 곧 현재가 되고
현재는 곧 과거가 된다

(2014. 5. 30)

#00927. 육아

미지의 세계를
힘을 합쳐 헤쳐 나간다

6개월 된 아기는
그것을 알까 모를까

아기는 울고
부모는 어쩔 줄 모른다

시간이 오고 가며

새로운 문제와 마주한다

미지의 세계를
힘을 합쳐 헤쳐 나간다

(2014. 5. 31)

#00928. 눈부신 사랑 (2)

365일 동안
응축된 시가
180초 동안
우르르르 쏟아진다

40년 동안
숙성된 사랑이
180분 동안
눈부시게 펼쳐진다

100년 동안
축적된 시간이
180시간 동안
황홀한 축제를 연다

(2014. 6. 1)

#00929. 게슴츠레한 하루

왜 재미있었고
왜 재미없었을까

눈부신 날들의
흔적들

어디에서 왔을까
어디로 가던 길이었을까

창밖의 거리를 보며
눈을 껌뻑인다

이상하게도
게슴츠레한 하루다

(2014. 6. 2)

#00930. 하루가 또 지나간다

정신없음 속에서
하루가 지나간다

언젠가 자유롭고
여유로운 하루를 보낼 수 있으리라
생각하면서 살아간다

이 세상 어딘가에
눈부신 희망이 숨어 있을 것이다

아니

어쩌면 내 마음속 어딘가에
눈부신 희망이 숨어 있을 것이다

정신없음 속에서
하루가 또 지나간다

(2014. 6. 3)

#00931. 나를 잃어버렸다

어디선가에서

시를

깜빡

잃어버렸다

그랬더니

나는

나도 모르게

나를

잃어버렸다

(2014. 6. 4)

#00932. 오랜만에 기차를 탔다

오랜만에
기차를 탔다

도시를 떠나
자연으로

자연을 떠나
다시 도시로

짧은 시간 동안

그렇게 오고 갔다

기나긴 타임 터널을
지나온 것만 같다

그렇게

기나긴 역사의 강물을
오고 갔다

오랜만에
기차를 탔다

(2014. 6. 5)

#00933. 기차역

20년 전에 갔던 그 기차역은
20년 후가 된 지금도
그 자리에 꿈쩍 않고 있었다
도로는 넓어지고
건물은 높아졌는데
그 기차역은 그대로 있었고
나의 추억도 바로
그 자리에 그대로 있었다

(2014. 6. 6)

#00934. 존재를 내려놓았다

시간 위에
3차원 존재를 내려놓았다

공간 위에
3차원 존재를 내려놓았다

그 존재는
공간 속에서 공간을 만들고

시간 속에서
시간을 흡수했다

시간 위에
4차원 존재를 내려놓았다

공간 위에
4차원 존재를 내려놓았다

그 존재는
공간 속에서 시공을 만들고

시간 속에서
시공을 흡수했다

(2014. 6. 7)

#00935. 씨앗 (2)

씨앗은
눈부신 가능성의
창고

어떤 곳에 놓이느냐에 따라
씨앗의 운명이
달라진다

하지만 씨앗은

어쩔 수 없이 자라야 할
운명

주위 환경만
서로
다를 뿐

씨앗은
정말 자라야 할
운명

사람이 그렇고
가족이 그렇고
기업이 그렇다

백 년이고 천 년이고
계속
이어갈 수 있는 힘

그것은
바로 씨앗

(2014. 6. 8)

#00936. 바닥, 바닥, 바닥

바닥
바닥
바닥

그리고
절망

그 바닥의

처절한 밑바닥 끝에서

또다시
바닥

바닥
바닥
바닥

그 끝에서 새어 나오는
눈부신 빛 한 줌

어둠의 끝에서
또다시 어둠

그 끝에서
또다시 빛

바닥
바닥
바닥

바닥
바닥
바닥

그리고
희망

(2014. 6. 9)

#00937. 입안에서 바람이 분다

후……

입안에서 바람이 분다
세찬 바람이 분다

쩝……

입안에서 물이 솟는다
샘물 같은 물이 솟는다

후루룩

입안에서 빛이 퍼진다
황홀한 빛이 퍼진다

후……

입안에서 다시 바람이 분다
힘찬 바람이 분다

(2014. 6. 10)

#00938. 시간을 수혈 받고 싶다

주어진 시간이
곧 생명이고
하루하루가 결국
내 삶이다

돈도 피 같고
시간도 정말 피 같은데
그런 시간을 흠뻑
수혈 받고 싶다

잠을 줄이면서
시간을 수혈해야 할까

자투리 시간을 활용하면서
시간을 수혈해야 할까

주어진 시간이
곧 생명이고
하루하루가 결국
내 삶이다

(2014. 6. 11)

#00939. 스마트폰

마음만 먹으면 얼마든지
창조할 수 있는 시대에 살고 있다
스마트폰이 그 일을
어느 정도 대신해 주고 있다

스마트폰으로 글을 쓰고
스마트폰으로 사진을 찍고
스마트폰으로 동영상을 찍고
스마트폰으로 그림을 그린다

정말 신기한 세상인 것 같은데
어떻게 보면 이제는
전혀 신기하지가 않다

(2014. 6. 12)

#00940. 자투리 시간

자투리 돈도
모으고 모으면 나중에
많은 돈이 된다

자투리 시간도
모으고 모으면 나중에
많은 시간이 된다

(2014. 6. 13)

#00941. 자꾸만 시간이 간다

나도 모르게
자꾸만 시간이 간다

아무 생각을 하지 않는데
자꾸만 시간이 간다

별별 생각을 다 하는데
자꾸만 시간이 간다

움직이지 않고 가만히 있는데
자꾸만 시간이 간다

바쁘게 움직이고 있는데
자꾸만 시간이 간다

그렇게 하루하루 나도 모르게
자꾸만 시간이 간다

(2014. 6. 14)

#00942. 하나가 됐다

하나가
하나가 됐다

오랫동안 하나였던
어느 하나가

또 다른 하나를 만나
눈부신 하나가 됐다

하나가
하나가 됐다

하나가
다시 하나가 됐다

(2014. 6. 15)

#00943. 왜 그렇게 피어났을까

아주 높은 산을
오르는데
안개가 자욱해서
한 치 앞도 보이지 않았다

비가 오다가
눈이 왔고
눈이 오다가
비가 왔다

꽃은
어디에서
얼마나
피어 있었을까

꽃은
거기서 왜
그렇게

피어 있었을까

아주 높은 산을
오르는데
안개가 온통 주위에
가득하다

안개 속에서
또다시
비가 오고
눈이 왔다

음······

꽃이 피고
새가 날고
풀이 흔들리고
바람이 불었다

아주 높은 산을
오르는데
안개가 자욱해서 정말
한 치 앞도 보이지 않았다

(2014. 6. 16)

#00944. 잘 쉰 거 같다

잠시
쉬었는데

정말
잘 쉰 거 같다

(2014. 6. 17)

#00945. 그렇게 나아가야 한다

잘 쉬었으니 이제는
다시
무엇인가를 시작해야 한다

무에서 유를 향해
다시
그렇게 나아가야 한다

(2014. 6. 18)

#00946. 짧은 순간

문득
시계를 보는데

짧은 순간
나는 우주에서 사라졌다

괴상하게 생긴 손목시계
일그러진 눈금 속

4차원 공간으로
나는 사라졌다

문득
시계를 보는데

짧은 순간
나는 그곳에서 사라졌다

(2014. 6. 19)

#00947. 잠들어 있다

참
곤하게
잠들어 있다

비
무척 많이
쏟아지던 날

돗자리가 있고
허름한 가방이 있었던
그곳에서

한 걸인이

햇살이
눈부시게
쏟아지는데

참
곤하게
잠들어 있다

(2014. 6. 20)

#00948. 아, 맞다

아

맞다

바로

그 얼굴이다

(2014. 6. 21)

#00949. 예쁜 꽃

사람들의 아름다운 마음을
모두 모으고 모아

한 송이
예쁜 꽃으로 피어났네

별처럼 빛나는
눈부신 그 어느 곳에서

사람들의 아름다운 소망을
모두 모으고 모아

불멸의
예쁜 꽃으로 피어났네

(2014. 6. 22)

#00950. 둥둥 떠 있다

언어가 빨래처럼
사방에 널려 있다

여기저기 둥둥
공중에 떠 있다

우주 속의 운석처럼
무중력 상태의 우주인처럼

그렇게

언어가 둥둥
허공 속에 떠 있다

시 속에
우주 속에

여기저기 둥둥
그렇게 떠 있다

(2014. 6. 23)

#00951. 눈부시게 달린다

다른 사람들을 성공시켜야
내가 성공한다

한 명
두 명
세 명
네 명
다섯 명
여섯 명
일곱 명
여덟 명
아홉 명
열 명
열한 명
열두 명

이렇게 계속 다른 사람들을
하나둘씩 성공시키면서

같이 달려야 한다
그렇게 멋지게 달려야 한다

눈부신 속도로
희망과 긍정의 에너지를 내뿜으며

백 명
천 명
만 명
십만 명
백만 명
천만 명
억 명
십억 명
백억 명

이렇게 계속 다른 사람들을
하나둘씩 성공시키면서

있는 힘껏 달려야 한다
그렇게 전속력으로 달려야 한다

(2014. 6. 24)

#00952. 내가 살아남아야

내가 살아남아야
그가 살아남는다

그가 살아남아야
그녀가 살아남는다

그녀가 살아남아야
그들이 살아남는다

그들이 살아남아야
그녀가 살아남는다

그녀가 살아남아야
그가 살아남는다

그가 살아남아야
내가 살아남는다

(2014. 6. 25)

#00953. 생각은 최초의 우주로

생각은
최초의 우주로 가 있다

몸은
최후의 우주로 와 있다

지금 이 순간

그 간격은
점점 더 벌어지고 있다

다시

생각은
최초의 순간으로 그렇게 가 있다

몸은
최후의 순간으로 그렇게 와 있다

지금 이 순간

그 간격은
점점 더 벌어지고 있다

(2014. 6. 26)

#00954. 마음으로 쓸어 담는다

흩어진 시간들을
하나둘씩 불러 모은다

또는 눈부시게
빗자루로 쓸어 담는다

파괴됐던 시간들
복구할 수 없는 시간들

그런 시간들의
수많은 파편들

언제 어디에서
잃어버렸던 것일까

언제 어디에서
모른 척했던 것일까

흩어진 시간들을
하나둘씩 불러 모은다

또는 눈부시게 한껏
마음으로 쓸어 담는다

(2014. 6. 27)

#00955. 존재의 말

제0의 존재가
말없이 말을 하고 있소

제1의 존재가
눈부시게 말을 하고 있소

제2의 존재가
온몸으로 말을 하고 있소

제3의 존재가
눈빛으로 말을 하고 있소

제4의 존재가
침 튀기며 말을 하고 있소

제5의 존재가
입으로 말을 하고 있소

제6의 존재가
밝은 미소로 말을 하고 있소

제7의 존재가
진심으로 말을 하고 있소

제∞의 존재가
말없이 말을 하고 있소

(2014. 6. 28)

#00956. 지금 이 순간

지금 이 순간

내가 앞으로 행복하게
살아가기 위해
무엇을 해야 할 것인가가
바로 목표이고 답이네

지금 이 순간
그 목표와 답을 찾아냈다면
그것을 바로 실행에 옮기고
지속적으로 해내는 것이
바로 실천이고 의지네

지금 이 순간
마음이 자꾸 변한다면
계속 한 방향으로 갈 수 없기에
이때 필요한 것이
바로 믿음과 인내네

지금 이 순간
그렇게 믿고 인내하며
주어진 하루를 항상
감사하는 마음으로 살아가고
또 사소한 것에도
행복을 느낄 수 있다면

지금 이 순간
그것이 바로 성공이네

(2014. 6. 29)

#00957. 아내 앞에서

반갑게 나를
항상 비춰 주는 사람

그대는 세상에서 하나뿐인
저의 아내입니다

그대 앞에서
눈부신 그대 앞에서

저는 정말
행복한 남자입니다

따뜻하게 나를
항상 비춰 주는 사람

그대는 세상에서 하나뿐인
저의 아내입니다

(2014. 6. 30)

#00958. 나를 갈고닦자

나를
갈고닦자

나를
똑바로 보자

더 나은 내일의 나를
만나자

가끔씩 먼 훗날의 내가 되어
지금 이 순간의 나를 보자

나는 지금
무엇을 하고 있으면 될까

나는 지금
어디를 향해 가고 있으면 될까

나를
갈고닦자

나를
똑바로 다시 보자

더 나은 내일의 나를
만나자

(2014. 7. 1)

#00959. 계속 가야만 한다

의지가 있고 체력이 있으면
계속 앞으로 갈 수 있다

그렇게 계속 가다 보면
좋은 날도 있고
안 좋은 날도 있을 수 있다

그래도 포기하지 말고
계속 가야만 한다

어떻게 해서든지
계속 가는 것이 답이다

안 좋은 순간이 왔을 때는
낙담하지 말고
견뎌 낼 수 있어야 한다

좋은 순간이 왔을 때는

반갑게 맞이하고
누릴 수 있어야 한다

그래야 안 좋은 순간이 가고
좋은 순간이 왔을 때
그 세상을 누릴 수 있다

꿈이 있고 체력이 있으면 정말
계속 앞으로 갈 수 있다

(2014. 7. 2)

#00960. 마법 같은 하루

마법 같은 하루가
문득 내 앞에 나타났다

오늘도 어김없이
또 하나의 하루를 만나

눈부신 그의 품속으로
오늘도 신나게 뛰어들었다

순간

눈앞에 펼쳐지는
눈부신 시간의 빌딩 숲

순간

귓가에 밀려드는
따가운 시간의 파도 소리

아……

마법 같은 하루가
오늘도 내 앞에 나타났다

(2014. 7. 3)

#00961. 모두 시였다

하루하루가
모두 시였다

하루하루가
모두 작품이었다

하루하루가
모두 보물이었다

하루하루가
모두 추억이었다

하루하루가
모두 행복이었다

하루하루가
모두 시였다

(2014. 7. 4)

#00962. 그렇게 됐다

미워
하겠다는 마음으로
세상을 바라보니
나도 모르게

모든 것이 미워 보였고

사랑
하겠다는 마음으로
세상을 바라보니
나도 모르게
모든 것이 사랑스럽게 보였다

긍정
하겠다는 마음으로
세상을 바라보니
나도 모르게
모든 것이 긍정적으로 보였다

부정
하겠다는 마음으로
세상을 바라보니
나도 모르게
모든 것이 부정적으로 보였다

정말 나도 모르게
그렇게 됐다

(2014. 7. 5)

#00963. 대부분 문제의 답은

아무리 많은 생각을 하고
아무리 많은 고민을 해도

대부분 문제의 답은
결국

예 또는 아니오

글자 또는 숫자

몇 개로 단순하게
압축되고 만다

(2014. 7. 6)

#00964. 시를 쓰다 보면

시를 쓰다 보면
가끔씩 갈증이 난다

탈출할 수 없는
이 짧음

길게 쓸 수 없는
이 숙명

벗어날 수 없는
이 굴레

산문이 긴 치마라면
시는 짧은 치마일까

벗어던질 수 없는
이 짧음

한계를 극복할 수 없는
이 숙명

참을 수 없는
이 굴레

시를 쓰다 보면 정말

가끔씩 갈증이 난다

(2014. 7. 7)

#00965. 엄지로 쓴 시

이제 시인은
엄지로
시를 쓴다

스마트폰이
있으니까

(2014. 7. 8)

#00966. 시간 속으로

째깍째깍

시간 속으로

또 하나의 시간이 되어

눈부시게

뛰어든다

(2014. 7. 9)

#00967. 눈부시게 달려간다

이제 막

출발하려고 하는 열차로
부리나케 달려간다

열차에서 내린
수많은 사람들이
물밀듯이 쏟아져 나온다

순간 나는
물고기가 되어
그 속을 헤엄치듯 전진한다

이제 막
출발하려고 하는 열차로
눈부시게 달려간다

(2014. 7. 10)

#00968. 여자 A와 남자들

한 명의 여자 A를 향해
동시에 나아가는 수억 명의 남자들

기나긴 여정 속에서
수많은 남자들은 뒤처지고 만다

결국 살아남는 건
한 명의 강하고 뛰어난 남자 A

수많은 남자들은 모두
여자 A를 만나기 전에 죽고 만다

이런 사실을 알려 주지 않는다면
여자 A와 남자 A의 자손은 알 수 있을까

그렇게 태어난 수많은 사람들이
이 세상을 살아가고 있다

엄청난 경쟁률을 뚫고 태어난
소중하고 특별한 존재

이 세상 모든 사람들은 정말
모두 소중하고 특별하다

(2014. 7. 11)

#00969. 사칙 연산

이 우주에
나 하나를

더하고
빼고
곱하고
나누어 본다

이 우주에
너 하나를

더하고
빼고
곱하고
나누어 본다

이 우주에
우리 하나를

더하고
빼고
곱하고

나누어 본다

다시

이 우주에
나 하나를

더하고
빼고
곱하고
나누어 본다

(2014. 7. 12)

#00970. 아프면

아프면
주어진 시간이
더
힘들어진다

아프면
원래 힘들었던 시간이
더
힘들어진다

아프면
같은 시간도
더
힘들어진다

그러니까
건강해야 한다

(2014. 7. 13)

#00971. 쏟아져 들어온다

돈이
쏟아져 들어온다

통장 속으로
하나의 숫자가 되어

눈부시게
쏟아져 들어온다

월급날이었을까
성과급 받는 날이었을까

그 어느 여름날 밤
하늘에서 별빛이 쏟아지듯

돈이
쏟아져 들어온다

지갑 속으로
하나의 숫자가 되어

눈부시게
쏟아져 들어온다

(2014. 7. 14)

#00972. 오늘의 수수께끼

오늘의 수수께끼를 풀고
더 나은 내일을 향해 나아간다

날마다 쉬지 않고 내게

주어지는 수수께끼들

정말 생생하게 피부에 와 닿는
그런 수수께끼들

이제는 정말
지나간 날들의 영광을 잊고

오늘의 수수께끼를 다시
새롭게 풀어내야 한다

(2014. 7. 15)

#00973. 법 (2)

법

누군가
이미 그걸 정해 뒀다

음

그런데
미처 그걸 몰랐다

음

아무도
알려 주지 않았다

음

어쩌면
알려고 하지 않았다

음

태어나기도 전에
누가 미리 정해 놓았다

음

그러므로 싫든 좋든
그걸 따라야 했다

법

누군가
벌써 그걸 정해 뒀다

(2014. 7. 16)

#00974. 지금이 참 좋다

나는
지금이 참 좋다

어제도 좋고
내일도 좋지만

살아 숨 쉬는
이 순간

손으로 만져지는
이 순간

나는
지금이 참 좋다

(2014. 7. 17)

#00975. 이제는 아프지 말자

마음이 아프지만
이제는 아프지 말자

마음이 아픈 것은
몸도 같이 아픈 것

그동안
마음이 무척 아팠다

그동안
몸이 무척 아팠다

몸이 아픈 것은
마음도 같이 아픈 것

몸이 아프지만
이제는 아프지 말자

(2014. 7. 18)

#00976. 가능하다

잊자
모두 잊자

나를 불행하게 하는 것은
모두 잊자

기억하자
모두 기억하자

나를 행복하게 하는 것은
모두 기억하자

하자
지금 하자

지금 하면
모든 것이 가능하다

가능하다고 생각하고
가능하도록 노력하면

어느새
모든 것이 가능해진다

불가능하다고 생각하고
아예 시도조차 하지 않으면

어느새
모든 것이 불가능해진다

아, 정말 그렇다
우주의 법칙처럼 그렇다

잊자
모두 잊자

나를 불행하게 하는 것은
모두 잊자

기억하자
모두 기억하자

나를 행복하게 하는 것은
모두 기억하자

그리고

지금 다시
모든 걸 시작하자

(2014. 7. 19)

#00977. 지하철역에서

어디로 가야 하나

나는 지하철을
기다리고 있었다

사람들도 지하철을
기다리고 있었다

어디로 가야 하나

나는 스마트폰으로
무엇인가를 하고 있었다

사람들도 스마트폰으로
무엇인가를 하고 있었다

어디로 가야 하나

지하철이 들어오고 있었다
사람들이 줄지어 서 있었다

정말 어디로 가야 하나

(2014. 7. 20)

#00978. 별

수많은

여러분들이

바로

별입니다

(2014. 7. 21)

#00979. 그런 상상

저쪽 건너편 투명한 건물에
회의실이 하나 보인다

문득 내 마음은
그쪽으로 건너가서

이쪽 건너편 투명한 건물에
서 있는 나를 바라본다

건물과 건물
창문과 창문

내 마음과 나는
투명한 건물 속에 있었다

스치는 바람
흔들리는 나뭇가지

창문 밖의 세상을 바라보며
문득 그런 상상을 했다

(2014. 7. 22)

#00980. 반복된다는 것

시가 반복된다는 것은
삶이 반복된다는 것이다

삶이 반복된다는 것은
하루가 반복된다는 것이다

하루가 반복된다는 것은
지구가 돌고 있다는 것이다

지구가 돌고 있다는 것은
시간이 흐르고 있다는 것이다

시간이 흐르고 있다는 것은
빛이 번쩍이고 있다는 것이다

빛이 번쩍이고 있다는 것은
시간이 흐르고 있다는 것이다

시간이 흐르고 있다는 것은
지구가 돌고 있다는 것이다

지구가 돌고 있다는 것은
하루가 반복된다는 것이다

하루가 반복된다는 것은
삶이 반복된다는 것이다

삶이 반복된다는 것은
시가 반복된다는 것이다

(2014. 7. 23)

#00981. 하루에 대해

귀 따갑게
번쩍이는 하루

또는 눈부시게
귓가에 들려오는 하루

게다가 황홀하게
향기로 맡아지는 하루

결국 뜨겁게
온몸으로 느껴지는 하루

(2014. 7. 24)

#00982. 조각한다

시 한 편의 조각칼로
공간을 조각한다

시 한 편의 조각칼로
시간을 조각한다

시 한 편의 조각칼로
존재를 조각한다

시 한 편의 조각칼로
우주를 조각한다

(2014. 7. 25)

#00983. 정상 궤도

꿈을 정상 궤도에 올리면
모든 것들이 시스템처럼
자동으로 돌아간다

마치 지구가
태양 주위를 돌듯이
마치 인공위성이
지구 주위를 돌듯이

그러나 왜 그렇게
계속 돌고 있는지는
아무도 모른다
정말 아무도 모른다

정상 궤도를 향한
끝없는 창의적인 발상과
끝없는 노력과
끝없는 인내

꿈을 정상 궤도에 올리면
모든 일들이 시스템처럼
자동으로 돌아간다

(2014. 7. 26)

#00984. 늦지 않았다

늦었지만 결코 늦지 않았다
빨랐지만 결코 빠르지 않았다
느렸지만 결코 느리지 않았다
어렸지만 결코 어리지 않았다
늙었지만 결코 늙지 않았다

늦었지만 결코 늦지 않았다

(2014. 7. 27)

#00985. 기회

무수히
지나가는 기회

붐비는 시간
강남역 부근의 사람 물결처럼

무수한 기회가
오고 간다

준비해야 한다
배워야 한다

무수히
지나가는 기회

놓치지 않고
꽉 잡으려면 말이다

(2014. 7. 28)

#00986. 특별한 하루

아무렇지도 않게
매일 찾아오는 당연한 하루가
내게는 특별한 하루입니다

당연한 하루가 내게는

정말 무척 소중한 하루입니다

(2014. 7. 29)

#00987. 주고 싶은 마음

이 세상의 모든 것을
주고 싶은 마음입니다

이 우주의 모든 것을
주고 싶은 마음입니다

이 마음의 모든 것을
주고 싶은 마음입니다

이 존재의 모든 것을
주고 싶은 마음입니다

그러나

이 세상의 모든 것을
줄 수 없는 상태입니다

이 우주의 모든 것을
줄 수 없는 상태입니다

이 마음의 모든 것을
줄 수 없는 상태입니다

이 존재의 모든 것을
줄 수 없는 상태입니다

그렇습니다

(2014. 7. 30)

#00988. 꿈틀꿈틀

지금 막
알에서 깨어난
애벌레가 꿈틀꿈틀

지금 막
잠에서 깨어난
구렁이가 꿈틀꿈틀

지금 막
꿈에서 깨어난
우주가 꿈틀꿈틀

(2014. 7. 31)

#00989. 사진처럼

생각은 사진처럼
그때 그곳의 모습 그대로
선명하게 정지해 있다

생각은 책 속에서
살아 움직이다가 어느 순간
선명하게 정지해 버린다

실제 모습은 동영상처럼
쉬지 않고 움직이는데
사진은 정지한 채로 영원하다
생각을 글로 적는다면
그때 그곳에서의 느낌으로
사진처럼 정지해 버린다

(2014. 8. 1)

#00990. 알 수 있었다

당근을 오랫동안
음미하며 씹었더니
토끼가 왜
당근을 좋아하는지
당나귀가 왜
당근을 좋아하는지
알 수 있었다

배춧잎을 오랫동안
음미하며 씹었더니
배추벌레가 왜
배추를 좋아하는지
달팽이가 왜
배추를 좋아하는지
알 수 있었다

(2014. 8. 2)

#00991. 어느 날이었던가

어느 날이었던가
시는 상처를 입고
블랙홀 같은
언어의 쓰레기통으로
흔적도 없이
빨려 들어가고 있었다

아……

어느 날이었던가
시는 방향을 잃고
4차원 같은

언어의 시공간 속에서
소리도 없이
사라져 버리고 있었다

아……

어느 날이었던가
시는 희망을 품고
번데기 같은
언어의 인큐베이터에서
예고도 없이
솟구쳐 나오고 있었다

(2014. 8. 3)

#00992. 변화의 원인

미래가 바뀌니까
현재가 바뀌는 건지

현재가 바뀌니까
미래가 바뀌는 건지

나는 잘 모르겠구나

운명이 바뀌니까
태도가 바뀌는 건지

태도가 바뀌니까
운명이 바뀌는 건지

나는 잘 모르겠구나

(2014. 8. 4)

#00993. 아득한 세월

천천히 뒤돌아보니
아득한 세월이다

모든 것들이 그토록
눈부시게 아득하다

이유를 알 수 없는
눈부신 최후의 삶

우리는 이 세상에 와서
잠깐 머물고 있다

우리는 예전에
어디에 있었던 것일까

우리는 예전에
어디를 가고 있었던 것일까

천천히 앞을 내다보니
그 또한 아득한 세월이다

아, 모든 것들이 그토록
눈부시게 아득하다

(2014. 8. 5)

#00994. 잠이 부족하던 날

잠이 부족하던 날
지하철을 타고 가다가
잠깐 눈을 붙였는데
잠이 정말 꿀맛이었네

꾸벅꾸벅 졸면서도
머릿속에는 온통
목적지에 대한 생각뿐이었네

지하철은
사람들을 태우고 내리기 위해
섰다가 갔다가 했네

잠이 부족하던 날
지하철을 타고 가다가
잠깐 눈을 붙였는데
잠이 정말 포근했네

(2014. 8. 6)

#00995. 한 방향으로

한 방향으로 1년을
가는 것은 쉽다

한 방향으로 2년을
가는 것도 쉽다

하지만

한 방향으로 10년을
가는 것은 쉽지 않다

한 방향으로 100년을
가는 것은 더 쉽지 않다

(2014. 8. 7)

#00996. 다시 시작한다는 것

하얀 종이만
보고 있다

한동안 손을 좀
놓았더니

다시 시작한다는 것이
참 낯설구나

하얀 종이만
보고 있다

동시에 수없이
하루가 지나간다

다시 시작한다는 것이
참 어렵구나

(2014. 8. 8)

#00997. 사람들 속에서

혼자서 할 일도 많지만
사람들 속에서 소통하며
여럿이 함께할 일도 참 많다는 것을
나는 다시 깨달았다

내 안에서 나 스스로
혼자 갇혀 있어야만 했던
수많은 세월

불현듯

어느 한 소통의 순간에서
막힘없이

나는 너를 알게 되고
너도 나를 알게 된다

사람들 속에서
항상 잊지 말아야 할 태도
경청과 공감

불현듯
어느 한 소통의 공간에서
황홀하게

나는 너를 알게 되고
너도 나를 알게 된다

여럿이 함께할 일도 많지만
조용한 곳에서 말없이
혼자서 할 일도 참 많다는 것을
나는 다시 깨달았다

(2014. 8. 9)

#00998. 사랑은 원래

사랑은 원래
무척 아플 수도 있는 것

그러니

그러려니 하고
그냥 넘어가도 좋은 것

그러나

그래도 참을 수 없이
그저 아플 수밖에 없는 것

눈물이 앞을 가리고
식음을 전폐할지도 모르는 것

이 세상이 모두
끝난 것처럼 느껴질 수도 있는 것

사랑은 원래
무척 아플 수도 있는 것

(2014. 8. 10)

#00999. 지금 이 순간을 본다

미래의 그 어느 날로 가서
성공과 행복의 관점으로
지금 이 순간을 본다

꿈을 이루기 위해서
나는 지금
무엇을 하고 있어야 하나

꿈을 이루기 위해서
나는 지금
무엇을 하지 말아야 하나

미래의 그 어느 날로 가서
성공과 행복의 관점으로
지금 이 순간을 본다

(2014. 8. 11)

#01000. 천 편의 시

시인은
천 일 동안 시를 썼다

천 일을
일상의 하루같이

하루를
우주의 천 일같이

아……

시인은
천 편의 시를 썼다

천 편을
마치 한 편같이

한 편을
마치 천 편같이

음……

잠시
뒤돌아보고

또 잠시
뒤돌아보니

살아온 공간들이
태초의 우주처럼 정말 아득하다

음……

다시
뒤돌아보고

또다시
뒤돌아보니

살아온 시간들이
존재의 생명처럼 정말 소중하다

아……

시인은
하루 동안 시를 썼다

하루를
우주의 천 일같이

천 일을
일상의 하루같이

아……

시인은
한 편의 시를 썼다

한 편을
마치 천 편같이

천 편을
마치 한 편같이

음……

시인은
천 일 동안 시를 썼다

시인은
천 편의 시를 썼다

아……

그렇게

(2014. 8. 15)

시인은

천 편의 시를 썼다

천일시화

천 일 동안의 시와 이야기

찾아보기

[ㄷ]

천일시화

[ㅈ]